邹艳 著

月泉吟社研究

（修订本）

徐儒宗题

人民出版社

责任编辑:孙兴民
封面设计:徐　晖
责任校对:伍　琼

图书在版编目(CIP)数据

月泉吟社研究/邹 艳 著. —北京:人民出版社,2012.12(2017.3 重印)
ISBN 978－7－01－011390－6

Ⅰ.①月…　Ⅱ.①邹…　Ⅲ.①古典诗歌-诗歌研究-中国-元代
　Ⅳ.①I207.22

中国版本图书馆 CIP 数据核字(2012)第 263399 号

月泉吟社研究(修订本)
YUEQUAN YINSHE YANJIU

邹 艳 著

人民出版社 出版发行
(100706　北京市东城区隆福寺街 99 号)

保定市北方胶印有限公司印刷　新华书店经销

2013 年 1 月第 1 版　2017 年 3 月北京第 2 次印刷
开本:880 毫米×1230 毫米 1/32　印张:11.5
字数:265 千字　印数:3,001-6,000 册

ISBN 978－7－01－011390－6　定价:42.00 元

邮购地址 100706　北京市东城区隆福寺街 99 号
人民东方图书销售中心　电话 (010)65250042　65289539

目 录

序

方 勇

　　《月泉吟社研究》为邹艳同学的博士学位论文,是沿着我的博士论文《南宋遗民诗人群体研究》有关章节进行大力开拓和深入研究的又一新成果,标志着月泉吟社研究已取得了重大突破。

　　我国诗人雅集,自东晋永和九年(353)王羲之等一觞一咏于兰亭以来,至唐宋便进入发展期,而宋末元初的浦江月泉吟社,不仅是文学史上第一个规模大、组织严、诗作丰富的诗社,其于元世祖至元二十三年(1286)发生的数千南宋遗民的诗歌大联唱,实质上还是向蒙元统治者发起的一次政治抗争。这在中国历史上留下了浓重的一笔,也是浦江县历史上有文字记载以来最值得称道的一桩盛事。月泉吟社的遗址在我的故里,吟社的重要组织者方凤是我的二十四世祖,因此我对月泉吟社的历史一直很关注,对它的研究也具备得天独厚的条件。由于这些原因,兼以月泉吟社在宋元遗民文化中具有特别重要的意义,我在做博士学位论文《南宋遗民诗人群体研究》时,最为用心剖析的事例就是浦江月泉吟社。遗憾的是,我完成这篇博士学位论文后,便于1997年7月进入北京大学中文系博士后流动站从事博士后研究工作,重新回到了先秦汉魏六朝诸子学研究上,而对浦江月泉吟社的进一步研究已无暇顾及,然于心实有所不甘。故自2002年招收博士研究生以来,所定研究方向虽皆在诸子学方面,但我还是破例招收了邹艳同学,让她沿着我的博士论文有关章节的基本思路，全力研究浦江月泉吟社，并拟定其学位论文题目为《月泉吟社研究》。

邹艳同学本为唐宋文学硕士，后又在江西南昌大学中文系担任古典文学科研和教学工作，从事古代文学研究已有十余年之久，具有扎实的理论基础和较丰富的科研经验，科研成果相当丰富，故而让她来完成《月泉吟社研究》，实为理想人选。邹艳既列我门下，果能不负我之所望，心无旁骛，全力投入对月泉吟社的研究，而我亦悉心指导，尽可能予以帮助，提供各方面的文献资料，包括我所藏整部《浦阳仙华方氏宗谱》，使她顺利完成了《月泉吟社研究》的撰写工作，并获得了专家们的充分肯定。

细审《月泉吟社研究》，著者能在吸收前人成果的基础上，对月泉吟社进行全面系统的研究，从诗史、诗社、遗民文学三个方面弥补了以往文学史之不足。全书深入考察了月泉吟社形成的旧社基础和时代背景、该诗社的组织形式及一系列活动情况，又结合浦江独特的地域文化及几大家族的历史变迁等来分析，使月泉吟社研究全面而又深入，较真实地展现了该社的历史面貌。著者既能从地域、家族等历史文化视角来分析研究对象，也能纵向观照研究对象承前启后的主要脉络走向，多有突破和创获。其中对月泉吟社在诗歌史上的影响、意义、定位等相关问题的探讨，著者每有开拓性的见解，尤其值得肯定。

《月泉吟社研究》是第一部全面研究该诗社的专著，无论从选题还是内容上看，均有很高的学术价值。著者尝试着用文学、民俗、历史、美学及综合互证的研究方法，将文献与批评相结合，史实与艺术剖析相结合，在广泛考证文献的基础上展开分析和评价，提出了许多新见解。著者还多次到浦江县走访月泉吟社旧址，重视实证考察，占有许多第一手资料，因此该著所得出的结论也具有相当高的可信性和很强的说服力。我相信,此书的面世,定能引起业内人士的广泛关注,也一定会大大推动浦江县对月泉历史文化的开发。

月泉在浦江旧县城西二里,其泉随月为之消长,自朔至望则盈,自望至晦则退,而从宋元建书室(院),尤其是至元二十三年月泉吟社集会以来,其声名更是远播海内,实为浦江文脉之所系和浦江文化对外传播的最重要窗口。但自晚清以降,社会动荡不已,月泉及其书院渐被废弃,甚或野兔出没其中,农夫耕种其上,浦阳千年文脉,已是不绝如缕。故一邑有识之士,无不感到痛心。上世纪八、九十年代,我先负笈北国,后复求学南土,偶归故里,必与乡贤有所过从,言谈之间,每以乡邦不能开发月泉文化为憾,故痛骂有司者恒有之。

然近十年来,随着国家文化大环境的不断改善,和邑人呼声的日益高涨,月泉文化的开发终于有了新的进展。2010 年 5 月 4 日下午,我应浦江县宣传部、文化局、文联等部门的盛情邀请,在县府会堂"月泉讲坛"开坛仪式上作了一场题为《月泉吟社的历史地位》的讲演,使沉寂七百年之久的月泉讲坛得以重现人间,于是浦江各界人士对月泉吟社和月泉文化有了更为深刻甚至全新的认识。2012 年 6 月,浦江县委办公室、浦江县人民政府办公室联合下文《关于建立浦江县月泉文化遗址建设工程领导小组的通知》,标志着月泉文化已进入实质性开发阶段。值此之际,邹艳博士的专著《月泉吟社研究》又得以在人民出版社出版,更为月泉文化的开发助以一臂之力。欣喜之余,特作斯序,以为祝贺。

2012 年 9 月 12 日于上海

导　论

南宋灭亡初期,南方文坛活跃着遗民的身影。在抗元英雄文天祥、谢枋得等人爱国精神的感召下,文人纷纷用手中的笔记录下蒙元入侵带来的变化,抒写异族统治下的耻辱与苦闷。随着时间的流逝,蒙元统治者访求汉族人才的不断进展,遗民群体出现了一些细微变化,其中至元二十三年(1286)是个重要的转折。是年,元世祖下诏:"自会省、部、台、院必参用南人",并遣集贤直学士南人程钜夫赴江南访求人才。此举在遗民当中激起千层浪。在婺州浦江县,前义乌令吴渭,延请方凤、谢翱、吴思齐召集了一次声势浩大的诗歌比赛。因浙江婺州浦江县有一处名泉曰"月泉",故此次征诗及相关活动遂称月泉吟社,竞赛诗作集遂名《月泉吟社诗》。

杨镰先生在《元诗史》中将月泉吟社称为"奇迹":

> 作为一个民间诗人的社集,月泉吟社具有了一切特点,并影响了几代的诗人,一直波及到明初。一个有两三千人实际参与的任何文化活动,特别是完全处于自发状态,起自民间,这在信息并不发达的宋元之间都是奇迹了。

清初文坛领袖王士祯见到《月泉吟社诗》"遍和之",并且进行重新排名。《带经堂诗话》和《池北偶谈》①均有记载：

> 宋末浦江吴渭倡月泉吟社，赋田园杂兴近体诗，名士谢翱辈第其高下，诗传者六十人，清新尖刻，别自一家。予幼于外祖邹平孙公家见古刊本，后始见琴川毛氏本，常遍和之。窃谓皋羽所品高下，未尽当意，因戏为易置次第如左：春日田园杂兴 第一名子进，本名魏新之，号石川。第二名魏子大，梁必大。第三名全泉翁，全璧，字君玉。第四名山南隐逸，刘应龟，字符益。第五名蹑云，翁合老，仲嘉。第六名仙村人。第七名方赏，方德麟，号藏六。第八名高宇，梁相，字必大。第九名俞自德。第十名槐窗居士，黄景昌。十一名东湖散人。十二名徐端甫。十三名仇近村，仇远，字仁近。十四名陈希邵，陈舜道。十五名子直，魏石川。十六名司马澄翁，冯澄，字澄翁。十七名陈纬孙，何教。十八名闻人仲伯，陈希声。十九名君瑞，二十名田起东，刘汝钧，号蒙山。二十一名罗公福，连文凤，号应山，原第一名。

明清两代藏书家、刻书家、文学家、史学家对月泉吟社也极为重视。元明清学者如陶宗仪、毛晋、钱谦益、黄宗羲、金俊明等均对月泉吟社颇为用心。陶宗仪在《说郛》中将月泉吟社的社规、誓诗坛文、诗评等详尽记载，毛晋汲古阁将月泉吟社诗精校精刊，金俊明手抄《月泉吟社诗》。黄宗羲"暇日翻阅藏书，目见有标题《月泉吟社》者，急检视之"，钱谦益"欲网罗之以补新史之阙，以洗南朝李侍郎之耻。"可见，《月泉吟社诗》深为后世重视。

---

① 见《带经堂诗话》卷二十五《韵事类上》，《池北偶谈》卷十九《谈艺九》。

　　月泉吟社尤其为元、明两代遗民珍视。金俊明将《月泉吟社诗》、《谷音》、《河汾诸老》、《中州集》、《中州乐府序目小传》归为一类。毛氏汲古阁《诗词杂俎》①也将《月泉吟社诗》、《谷音》、《河汾诸老诗》一起刊刻。清代朱彝尊同样将《月泉吟社诗》、《谷音》相提并论：

　　　　诗以言志，诵其诗可以知其志矣。顾有幽忧隐痛不能自明，漫托之风云月露美人芳草，以遣其无聊，则既非志之所存，而工拙亦在文字之外。后之人欲想见其为人，得其幺篇短韵，相与传而宝之，洵乎诵其诗，尤必论其世也。……从来易姓之际，孤臣节士不见载于朝野史者，何可胜数？其偶然著述，或隐姓名，或仅书甲子，如今所传亡宋遗民《天地间集》、《月泉吟社》、《谷音》之类是已，是皆不必其词之工以为重。……庶几比于谢翱、吴渭、杜本所录，可以观矣。（《天愚山人诗集序》，《曝书亭集》卷三十六）

朱彝尊将《月泉吟社诗》与《谷音》、《天地间集》一起视为"亡宋遗民"之诗，认为其人皆为"易姓之际，孤臣节士"，不必以"其词之工以为重"，"工拙亦在文字之外"。天愚山人对月泉吟社予以高度评价，认为月泉吟社诸诗人之为人即可"相与传而宝之"了。然而，从月泉吟社目前在文学史、诗学研究史上的地位来看，虽然不能说是荒芜，但至少可以说研究和挖掘的程度与吟社自身的魅力

---

　　①　汲古阁《诗词杂俎》：曰《众妙集》，曰《剪绡集》，曰《四时田园杂兴》，曰《月泉吟社诗》，曰《谷音》，曰《河汾诸老诗》，曰《三家宫词》，曰《二家宫词》，曰《二妙集》，曰《漱玉集》，曰《断肠词》，曰《女红余志》，共十二种。

很不相符,处于亟待开发的状态。

古典诗歌的研究,自古至今备受关注,但是元代的诗歌研究则起步较晚。与其他断代诗歌相比,元诗的研究成果和关注程度都远远不够,元代初期诗歌的研究就更是微乎其微了。通观历年的文学史,大都将焦点集中在元代散曲、杂剧,至于诗歌研究也是重点关注元诗"四大家",对元代初期的诗歌更是一笔带过,几乎未提到月泉吟社,即便是诗学研究专著也同样如此。陈良运《中国诗学批评史》(第十七章 金元诗论缀要)认为,元初诗歌主要受到来自南宋末期"四灵""江湖派"的影响。汪涌豪、骆玉明主编《中国诗学》(第一卷"再度融合的新流")认为,元代前期诗坛的最大特色是"庞以蔚"。"庞"是指元前期诗坛的丰富性、复杂性;"蔚"是指其繁盛而富有生机。作者引用了《元诗选·凡例》中欧阳玄的话来概括元初诗坛的总体面貌,将元初诗人分为两大类:北方诗人由金入元,一部分诗人是遗民诗人,一部分是元朝开国之臣;南方诗人以方回、戴表元、赵孟頫等由宋入元的诗人为代表。认为宋、金、元的不同风会交相汇流,撞击出生命力更为强盛的元诗,"众派汇流"。张涤云《中国诗歌通论》(第四章第一节"辽金元诗派")注意到了遗民诗人在元初诗坛上的地位,但是以"河汾遗老诗派"和"雪堂雅集诗派"为代表。作者认为元初诗坛仍与金初一样,主要以遗民诗人为主。由宋入元的有方回、戴表元、陈孚、黄庚、赵孟頫、宋无等,由金入元的有元好问、李俊民、郝经、刘因等。指出元初遗民诗人虽人数众多,但地域分散于南北各地,难以形成像金初那样的遗民诗派。即便细查元初诗坛,某一部分遗民诗人形成流派也只有河汾遗老诗派。张晶《辽金元诗歌史论》第三编认为元代前期的诗歌是"众派汇流":由金入元的诗人是元好问和李俊民,二者分别代表了金前后时期;由宋入元的诗人是方回、黄庚、戴表元。而将许衡、刘因、饶鲁、吴澄、程钜夫、虞集、袁桷、许谦、柳贯等称为理学家之诗。龙榆生的《中国韵文史》则对元代诗歌描述得极为简洁，认为整个元代诗人都在蒙古异族的压迫下，士气消沉，诗歌无甚特色，而元初期的诗歌与宋末江湖一派的纤佻不同，开始出现刘因、王恽这样的风骨高迈之作了。

　　以上著作中陈著比较强调元初受到四灵、江湖诗派的影响。汪涌豪、骆玉明二位先生在众派中没有关注南宋遗民诗人对元初诗坛的影响。张著关注到了元初的遗民诗歌，但以河汾诸老为代表。张晶先生在元初众多的诗人群体中也没有关注到早期的遗民诗人。可见，月泉吟社研究在现有文学史和诗学史中近乎空白。

　　杨镰先生的《元诗史》是第一部也是唯一一部关注月泉吟社的断代诗歌史专著。该书将月泉吟社视为元代同题集咏①，设专节介绍月泉吟社。杨先生指出，当时江南各地，特别是一些自古就重视诗文的郡邑，都有吟社（诗社）或类似的组织，这种赛诗之会也并非唯一一次，但这次竟然在战争硝烟刚刚散去的江南城镇村墟，引起了空前广泛的关注，是元代并不出色的诗社中唯一有广泛影响力的诗社。此外，王水照先生、熊海英女士著《南宋文学史》第四章"王朝终局与文学余响"在论及"亡国之诗，遗民心史"时，极为简要地提及月泉吟社"规模最大，人数最多"，"抒发眷怀故

---

　　①　杨镰先生将月泉吟社咏"春日田园"、咏物诗、西湖竹枝词、宫词与上京纪游诗、咏梅归为同题集咏，并认为同题集咏是元代诗坛的一个推动力，不但使诗歌得到普遍的应用，也使诗人在更大的程度上贴近了生活，诗人之间因之具有了广泛的交流渠道。同题集咏是元诗史的特点，也是元诗的组成部分。同题集咏几乎是可以无限制拓展的题目，元诗因此而充满活力。见《元诗史》第626页至第632页。

国、与元不共戴天的情怀气节。"①徐永明先生专著《元代至明初婺州作家群研究》在介绍方凤的主要经历时提及月泉吟社。

尽管月泉吟社在文学研究史和诗学研究史上缺乏应有的地位,所幸的是,上世纪九十年代出现了两部力作:方勇先生《南宋遗民诗人群体研究》和欧阳光先生《宋元诗社研究丛稿》,分别从遗民和诗社两个角度对月泉吟社进行全面探究。方勇先生在《南宋遗民诗人群体研究》中最为用心剖析的事例就是浦江月泉吟社②。该书从遗民诗人群体的角度,论述了以方凤等为首的浦阳群,分析了月泉吟社吴渭主盟征诗的缘由、月泉吟社活动形式的独创性,考述了月泉吟社社员及《月泉吟社诗》的版本,对月泉吟社的主要人物方凤、谢翱等的经历、创作以及月泉吟社竞赛诗作的情感主旨也做了一定的阐释。欧阳光先生《宋元诗社研究丛稿》对月泉吟社的结社与活动形式、月泉吟社的作者等进行考证,对方凤的生平和创作做了较全面的探析。以上两部著作从遗民和诗社角度发掘月泉吟社的价值,都具有开创性的意义。

与研究专著相比,单篇的学术论文数量虽有所超过,但角度和深度均未能超出,主要从遗民的角度来论证。如:徐儒宗《元初的遗民诗社——月泉吟社》、张文德《月泉吟社与遗民抗节》、王次澄《元初遗民诗人的桃花源〈月泉吟社〉及其诗》、施新《论〈月泉吟社诗〉及其在遗民诗史中的地位》《〈月泉吟社〉活动形式考》《触

---

① 王水照、熊海英撰《南宋文学史》,人民出版社,2009 年,第 330 页至第 331 页。

② 方勇先生在《南宋遗民诗人群体研究》再版序中讲到:"这不仅因为月泉吟社遗址就在我的故里,我的二十四祖方凤公又是月泉吟社的重要主持人。更为重要的是因为元世祖至元二十三年月泉吟社那件大事情,是数千南宋遗民在诗歌大联唱的幌子下向残暴的蒙元统治者进行了集体抗争,成了浦江县历史上有文字记载以来最为天下文人士子所津津乐道的一桩盛事。"

物兴怀言不尽,春来非是爱吟诗——〈月泉吟社诗〉主旨及影响》
等文章专论月泉吟社,凸显遗民的精神风范。在宋元之际遗民文
学研究的论文中,也多以方凤、谢翱为遗民之代表来论述,较少提
到月泉吟社,即便提及也仅一笔带过,点到为止。近两年来,出现
了从田园诗的角度来观照月泉吟社的论文:章琦《试论宋代田园
诗的绝响及其余音——以〈四时田园杂兴〉和〈月泉吟社诗〉为例》
和周青《试析田园诗在宋元之际的衍变——从〈四时田园杂兴〉与
〈月泉吟社诗〉谈起》。由于月泉吟社征诗题目是《春日田园杂
兴》,章文和周文将其视为田园诗,论述了田园诗在宋元之际的新
变,角度新颖,突破了大多数研究成果,从田园诗的角度揭示了
《月泉吟社诗》的价值。

　　综上所述,月泉吟社的研究已经取得了一定的成果,这与文学
史微观研究的深入不无关系。但是现有的成果无论在规模还是数
量上,与月泉吟社应有的地位仍不相符。月泉吟社是易代文学的
代表,其价值尚未被充分发掘。《南宋遗民诗人群体研究》将月泉
吟社视为遗民诗人群体互动中的典型事例,《宋元诗社研究丛稿》
则将其作为宋元诗社中独具特色的诗社,二者都只将月泉吟社作
为个案来研究。鉴于个案式的定位和研究规模远不能揭示月泉吟
社应有的历史地位和作用,笔者将月泉吟社作为研究对象,力图对
吟社及其诗集进行全面、系统的阐释,通过论证月泉吟社产生和活
动的外因和内核,诗集的审美特征和精神价值,以揭示月泉吟社在
诗歌发展、诗社发展史上的意义,补现有古代文学史和诗学史之缺
失,丰富古代诗社研究的成果。

　　一代有一代之文学,易代有易代之文学,明末藏书家毛晋将
《月泉吟社诗》与《河汾诸老诗集》、《谷音》等刊刻成套,清代金俊
明手写《月泉吟社诗》、《谷音》、《河汾诸老诗》、《中州集》、《中州

乐府序目小传》，可见《月泉吟社诗》与《谷音》、《河汾诸老诗集》已经成为元初遗民诗歌的象征。在以上三部诗集中，《谷音》和《河汾诸老诗集》均出现了研究专著，陈冠梅著《杜本及〈谷音〉研究》和刘达科、阎凤梧著《河汾诸老研究》，唯独月泉吟社尚无，这不可不谓一大憾事，这种状况与月泉吟社自身的价值也不符，本书意欲弥补此空白。

尽管月泉吟社研究取得了不小的突破，但仍存在不少的"疑点"，如：

第一，吴渭为什么借范成大的诗歌题目《春日田园杂兴》征诗，在《诗评》中却强调要"与义熙人相尔汝也"。这种外"范"内"陶"的做法，其理由是什么？

第二，王士祯对月泉吟社进行了重新排名，王士祯自己说是"戏为之"，清四库馆臣也认为只是时代不同所致。笔者认为作为清初文坛大家的王士祯见到《月泉吟社诗》"常遍和之"，此举说明王氏重新排名并非仅仅是好玩，那么王士祯重新排名的真正理由究竟是什么？

第三，在《月泉吟社诗》中，笔者发现第十二名邓草径，别注有"号蒙山"，第十七名田起东的别注有"刘蒙山"。方勇先生和欧阳光先生都对刘汝钧进行了考证，但均忽视了此问题。两个"蒙山"，是巧合？还是同一个人呢？

第四，月泉吟社征诗发生在元至元二十三年，离南宋灭亡正好十年。十年，对亡国之人来讲还不算久。在大乱初定，人们还沉浸在亡国之痛中，吴渭为什么要以《春日田园杂兴》这种牧歌式的诗题征诗？在短短的三个月中，竟然收到两千多卷诗，其影响之大在类似的活动中实属空前。那么月泉吟社的空前"魅力"来自何方？征诗题目、时代氛围、规模影响等相一致吗？

　　第五，与以往诗社、吟社相比，月泉吟社以规模之大、形式之严整著称。尤其是采用寓名形式征诗比赛，月泉吟社因而成为我国历史上首次民间"锁院试士"。在诗社发展史上究竟该如何为其定位？对明清诗社的发展又有何影响？

　　以上诸多的"疑点"都是现有成果不曾系统研究过的，本书正是以解决这些"疑点"为突破口，挖掘月泉吟社新的内涵和价值，这也是本书主要创新之一。与以往研究成果相比，本书还着重从史的角度分析研究对象，在阐释月泉吟社的文学特征和外在属性的基础上，揭示其在中国古代田园诗发展史、元代诗歌发展史、中国古代诗社发展史以及遗民文学发展史中的地位和价值。

　　本书的研究内容具体为月泉吟社征诗比赛、吟社主要成员以及竞赛诗作《月泉吟社诗》①。概而言之，主要围绕三个方面展开：一、月泉吟社的外在属性研究，即月泉吟社版本的传承源流、月泉吟社形成的文化渊源、思想基础、现实条件等。二、月泉吟社的本体属性研究，即月泉吟社竞赛诗作的意象特征、内容主旨、诗评评诗、创作主体等。三、月泉吟社的定位研究，即月泉吟社在诗歌史和诗社史的地位与影响。由于月泉吟社入选成员多达 53 位，分布在几个省份，且又不是一个固定的团体，加之吟社采用寓名，很多人的身世、创作均不可考，所以在材料的处理时

---

　　① 月泉吟社的竞赛诗作在后世文献中多有记载。在各种版本中，诗集名为《月泉吟社》的有汲古阁诗词杂俎本、粤雅堂丛书本、金华丛书本、宋集珍本丛刊本等。诗集名为《月泉吟社诗》的有四库全书本、丛书集成初编本等。在历代题跋书志中，傅增湘、高儒、黄丕烈等称之为《月泉吟社》，而耿文光、丁丙、钱大昕等则称其为《月泉吟社诗》。笔者认为，《月泉吟社》可指包括诗集在内的与吟社有关的一切文字，未必指诗集，所以为了行文方便和避免产生歧义，本书将竞赛诗作诗集称为《月泉吟社诗》。

突出重点,兼顾全局,将重要人物分布在不同章节介绍,采用"互见"法,尽可能做到点、线、面相结合。在研究方法上,采用"大胆假设,小心求证"的思路,同时避免武断和先入为主,尽量以陈寅恪先生之"同情"来解读先辈们的心路历程。除了借鉴以往侧重史实考证、文学阐释的角度外,还结合家族、地域、人口、交通、经济等领域的方法和成果进行全方位、多角度的研究,努力做到"了解之同情"①:

　　　　凡著中国古代哲学史者,其对于古人之学说,应具了解之同情,方可下笔。盖古人著书立说,皆有所为而发。故其所处之环境,所受之背景,非完全明了,则其学说不易评论,而古代哲学家去今数千年,其时代之真相,极难推知。吾人今日可依据之材料,仅为当时所遗存最小之一部,欲借此残余断片,以窥测其全部结构,必须备艺术家欣赏古代绘画雕刻之眼光及精神,然后古人立说之用意与对象,始可以真了解。所谓真了解者,必神游冥想,与立说之古人,处于同一境界,而对于其持论所以不得不如是之苦心孤诣,表一种之同情,始能批评其学说之是非得失,而无隔阂肤廓之论。否则数千年前之陈言旧说,与今日之情势迥殊,何一不可以可笑可怪目之乎? 但此种同情之态度,最易流于穿凿附会之恶习。因今日所得见之古代材料,或散佚而仅存,或晦涩而难解,非经过解释及排比之程序,绝无哲学史之可言。然若加以联贯综合之搜集及统系条理之整理,则著者有意无意之间,往往依其自身所遭际之时

----

　　①　见《二十世纪中国学术文化随笔大系》第一篇"心志术业篇",《陈寅恪学术文化随笔》,第 10 页至第 13 页。

代，所居处之环境，所熏染之学说，以推测解释古人之意志。由此之故，今日之谈中国古代哲学者，大抵即谈其今日自身之哲学者也。所著之中国哲学史者，即其今日自身之哲学史者也。其言论愈有条理统系，则去古人学说之真相愈远。此弊至今日之谈墨学而极矣。今日之墨学者，任何古书古字，绝无依据，亦可随其一时偶然兴会，而为之改移，几若善博者能呼卢成卢，喝雉成雉之比。此近日中国号称整理国故之普通状况，诚可为长叹息者也。今欲求一中国古代哲学史，能矫附会之恶习，而具了解之同情者，则冯君此作庶几近之。(《冯友兰〈中国哲学史〉上册审查报告》)

第一章 从月泉旧社到月泉吟社

文人结社是促进诗歌发展的动力之一,它与诗人的交往唱和、诗派的形成发展、诗风的兴盛传播等关系密切,诗社研究是诗歌发展史研究的有机部分。一个诗社的形成有其自身的条件,法国的著名文学思想家泰纳曾指出,影响文学创作与发展有环境、时代、种族三大要素,月泉吟社的形成同样如此。

一、月泉吟社名称的由来

月泉吟社得名于浦阳县(今称浦江县)的名泉——月泉。据《嘉靖浙江通志》记载:"其泉视月盈虚为消长",自朔至望,月亮由缺变圆,泉水则增,自望至晦,月亮由圆变缺,泉水则亏,故称之月泉。月泉对浦江县来说具有极为特殊的意义,"月泉,泉之瑞者也。""月泉,学池也。……泉之通塞,士之否泰关焉。"月泉被视为一县文脉兴盛的象征。

一方水土养一方人,山川清淑之气,钟于人者亘古不息。刘勰在《文心雕龙·物色》里说:"若乃山林皋壤,实文思之奥府。"山林皋壤是文人创作灵感的源头之一。文学尚且如此,文化、信仰、习俗、经济乃至政治又何尝不是? 特定的地理地势所构成的区域环境,对其区域内成员的思想气质、性格特征、文化修养、审美情趣、语言声调、生活方式等地域特色的形成均有很大影响。区域文化又包括自然环境与社会习俗。浦江县风景秀丽，历史悠久，人文深厚，为月泉吟社的成立准备了文化积淀和物质条件。

浦江县因浦江而得名。浦江又名浦阳江，本吴越三江①之一。浦阳江源出深裹山，江水虽小却与吴淞钱塘汇入海。浦阳江与富春江在萧山闻堰的东江嘴汇合，注入杭州湾，即钱塘江。富春江则由来自安徽休宁的新安江和来自衢州的兰江汇合而成。新安江、兰江与浦阳江一起，形成三江入海的局面，所以钱塘江又被称为三江。柳贯《过钱清》写道："浦阳配三江，犹以小洁大。我家其始源，涓流激湍濑。到兹直达海，混混百川会。……浮舟绝江津，浪触银花碎。"浦阳江虽小，却以大海为终点，因而能成为一方之胜。《金华府志》"浦江县"条记载："南溪诸水自月泉截柏井坑合流，会于县南，绕湖山枫江，注诸钱塘，达于海，为一方胜槩。"②水之入江者，含英咀华，乃能成至大至深者，"地通沧海脉，气合太阴精。"（元·徐木润《月泉》）

浦江县有悠久的文化传统。自唐天宝间开始设浦江县，"陈隋以前为乌伤（今义乌）之北鄙，隋开皇九年为婺州戍堡。唐天宝十三载升为浦阳县，又析兰溪之东二乡，及杭州富阳二里之地附焉，戍犹置将不废。五代时钱镠据两浙，因与淮南节度使杨行密有仇，其属地与杨同音者，悉请于梁而更之，贞明三年遂改为浦江。

----

①　"三江"即新安江、兰江、浦阳江。新安江发源于安徽省休宁县，流经淳安至建德梅城的三江口，与来自衢州的兰江汇合，汇合后的称为富春江，再流经萧山的东江嘴，与浦阳江汇合，后流入杭州湾段，汇合后称为钱塘江，也称三江，整条河流统称为浙江。

②　（明）王懋德等修，陆凤仪等编《金华府志》卷之二"形胜""浦江县"条，中国方志丛书，华中地方，第498号，成文出版社有限公司据明代万历六年刊本影印，第81页至第82页。

宋因之，为上县。元为下县，仍隶婺州。"①壤地虽不越一百里，浦江县境内却有着不同寻常的历史地理与人文内涵。晋宋之交大诗人谢灵运曾写诗句"晨发赤亭谷，今宿浦阳汭"，将浦江之旅写入诗中。浦江境内山回水转，风景秀丽，人文荟萃，胜迹可稽。县城东侧，有建于北宋天圣三年(1025)的龙德寺塔，宣和二年(1120)郑刚中曾读书授徒于此。宋元明时期，浦阳尤其地灵人杰，出了方凤、柳贯、吴莱、宋濂、戴良、张孟兼等一批文学名人，明代"开国文宗"宋濂在朱元璋军队攻入婺州之前也曾在浦江县生活了二十多年。宋元之交月泉吟社的出现更离不开浦江地域文化的熏染。

农耕社会对江河具有独特的感情，就如华夏儿女视黄河为"母亲河"。浦阳江的水孕育滋养着一代一代的浦江人，培养出了众多的不朽人物和文化。古越国"正身"、"诚信"、坚毅、不屈的遗风浸染了古越人，"句践之时，天子微弱，诸侯皆叛。于是句践抑强扶弱，……以其诚在于内，威发于外，越专其功，故曰《越绝》。"作为以"卧薪尝胆"精神耀炳于后世的古越后裔，先民的遗教和深厚的文化传统使浙东人崇尚名节正气。浙东一带山川之气郁深，故报仇雪耻之心生成其中，正如清代王思任所言："夫越乃报仇雪耻之国，非藏垢纳污之区也"。正是在浙东传统文化的滋养下，南宋遗民身上流淌着先辈们反抗强暴、坚毅不屈的血液。月泉不仅纳浦阳江之精髓，更得月之精华，滋养着月泉人的灵魂。"吴越富山水，取名藉甚，唯兹泉载地志，二三大夫独见旌赏，得无旨乎哉？试为之语曰：清可激似心，止可鉴似智，悟容光于观澜，似造精微；窥精神于清夜，似见性本；三五盈缺，与月齐声，又似知时而进止

---

① 《金华府志》卷之一"建置　疆域"，《中国方志丛书》华中，第498号，第51页。

者。不然,激其余波,味其溢流,润泽生民,尚无限也。"(《嘉靖浦江志略》)吴越之山水养育出守信、忠义、正直的人们。

山水自古与人的灵气相通,孔子说:智者乐水,仁者乐山。月泉之水滋养人,浦江县的山也不例外。浦江境内的山岚自严、徽起伏而来,形势斗拔。仙华诸峰,拔地而起,奇形傀观,如旌旗,如宝莲花,如铁马临关,如天马行空,凌霄独耸。左右宝掌、金坑,如龙翔虎踞,尖员奇特,拱向而北面,与大江之水相呼应。浦阳实乃天地间秀绝之地。境内群山之主峰名仙华山,又名少女峰,俗称仙姑山,在浦阳县城北十里,自然景观十分优美,曾吸引了历史上许多人来这儿采奇掬秀,发为诗文。东晋人郑缉之说:"仙华山,轩辕少女元修于此上升,故名。"①关于仙姑的传说就有遗麻和画丹。清初张燧于方凤《八景胜概·仙坛灵草》诗下注云:"郑缉之《记》、《广舆记》,皆称黄帝少女修真处,上有异草。郑东白《游记》:'山椒夹岫处,即仙坛遗址。'又曰:'异草如丝缕,生峭壁上,相传仙姑麻苎之遗。'"又于《卦尖望鼎》下注云:"少女峰,北负一山,峻嶒突兀,八角垂芒,相传少女尝画卦置丹鼎处"。历史的传说极大地强化了徜徉其间的遗民对炎黄子孙身份的认同感。"帝胄"留给后代的一草一木,月泉遗民绝不容许任何人蹂躏践踏。仙华山高度人文化的环境,甚能诱发国破家亡者的黍离之悲,因此成了遗民诗人们频繁聚集和慷慨悲歌之地。月泉遗民的交游活动以及感情联络,他们的诗歌创作以及诗艺切磋,都以仙华山为依托,仙华堪称月泉遗民亡国后的精神归宿。宋濂在《吴思齐传》中说:"濂游浦

---

① 《东阳记》,见《光绪浦江县志稿》"山川"条,第4页。《光绪浦江县志》刻于光绪三十一年,民国五年,张鼎治据黄志瑞所藏《光绪浦江县志》铅字排印成《光绪浦江县志稿》。

阳仙华山,问思齐旧游处,见其石壁题名尚隐隐可辨。故老云:思齐与方凤、谢翱无月不游,游辄连日夜。或酒酣气郁时,每扶携望天末恸哭,至失声而后返。夫以气节不群之士,相遇于残山剩水间,奈之何而弗悲!"

仙华山唤起的是亡国之痛,源出仙华山之仙峰下的月泉则给人以力量,是遗民获取人格力量的源泉。"视月盈虚以为消长,自朔至望则增,自望至晦则亏,因名焉。"①"兹泉以月名,与月共亏盈。万古自辉映,一泓常湛清。"泉因月之盈亏而涨落,月因泉之守信而泽民,月清莹透彻,泉则忠诚守信,它们更加坚定遗民忠于故宋不事新朝的人生信念,"魂到月泉仍俎豆"②。元至元二十三年(1286),故宋义乌县令吴渭抚事悼时,慕义熙之高蹈,以《春日田园杂兴》为题,树月泉吟社。"盖月泉乃浦江胜地,远近之所知慕者也,于是四方吟士水赴云会而竞趋之。"(黄灏《月泉吟社重刊诗集序》)可见,月泉对南宋遗民具有多么大的吸引力!

月泉吟社的成立还离不开月泉书堂、月泉精舍这些旧社③对人文素养的重视和培养。月泉书院的历史较为悠久,据县志记载,月泉之上,曾建有两座书院,一为三塘书院,一为月泉书院。"三

———————

① (明)毛凤韶修,王庭兰校《嘉靖浦江志略·疆域志》"月泉"条,天一阁藏明代方志选刊,上海古籍书店据宁波天一阁藏明万历刻本影印,1981年重印,第32页。

② 谢翱《晞发集·月泉游记》说:"予方谋日游其间,与月约盈亏,泉约消长。"这说明他正要约月泉共誓,决不以故宋灭亡而贰其心。故他既殁之后,弟子吴贵"祠之月泉"(见方凤《谢君皋羽行状》),后人遂有"魂到月泉仍俎豆"语。

③ 月泉旧社的存在还可从《月泉吟社》的赏札和回札中得知,在方凤诸公写的赏札中有多处提到"旧社",如给倪梓的赏札:"田园杂兴,偶徵旧社之同盟。"给骑牛翁的赏札:"伏以月泉旧社,久依文字之辉。"给陈柔著的赏札:"月泉旧社,惠徵湖海之同盟。"给天目山人的赏札:"月泉社友,爰献旧盟。"在回札中也有提到旧社的,如山南野逸的回送诗小札写道:"顷因月泉之续社,分示石湖之旧题。"

角塘去县东北二百步,水注月泉,张迁器建书屋于塘之上,名三塘书院。"①关于月泉书院最早的记载是北宋政和三年(1113),知县孙藐"按图牒,搜遗迹,得月泉旧址于社壝之西","于是构亭南上,以备观览"(楼寅亮《月泉记》)。咸淳三年(1267),知县王霖龙扩建为月泉精舍,"疏月泉池,筑月泉亭,建月泉书堂,始以月泉书堂为名","命庠序职员运材石,创书堂十,筑于泉庭之西北,不匝旬而得旷地十余亩。寓公佳士乐捐助者交至,用能会众工而绩于成,外之桥曰登瀛,池之石曰芳润。其北曰涵洙,涵洙之东曰正心,正心之北曰明德。两祠之后堂曰明理,以至曰斋、曰序、曰直舍、曰祭器,房米廪公厨井匽咸具,总四十五楹,为扁者二十有二,以是州东莱先生吕成公讲道。紫阳先生朱文公尝提举浙东常平行部过此,且与成公善,遂于此地阐明正学。"②王霖龙还为书堂置办学田,"士不可以无教,尤不可以无养。虽然教为上,养次之,箪瓢捽茹,赢粮千里,果志于养者乎?易之顺者,养也。既曰观其所养,又曰观其自养。自养在下,所养在上。在下者固非汲汲于求养,在上者宁不思所以养之之道哉?老守襄令浦阳规月泉隙地为书堂,仰以祀先师,俯以淑诸生,得田三十六亩,二十八步地,山塘一十五亩。……大抵古之学,威仪辞逊以养其体,文章物采以养其目,声音以养其耳,而又有理义以养其心,岂徒曰口体之养云乎哉?"③从上可知,在南宋灭亡之前,月泉已经成为浦江县的学池。修月泉池、筑月泉塘和月泉亭,

①　《嘉靖浦江志略》卷六"学校志""书院"条,天一阁藏明代方志选刊,上海古籍书店,1981 年,第 13 页。

②　《嘉靖浦江志略》卷六"学校志""书院"条,天一阁藏明代方志选刊,上海古籍书店,1981 年,第 14 页。

③　《嘉靖浦江志略》卷六"学校志""学田"条,天一阁藏明代方志选刊,上海古籍书店,1981 年,第 17 页。

成立月泉书堂、月泉精舍，至南宋灭亡之际，浦江早就已经有书院。

月泉书院的建设基本同步于浦江县的县学建设。浦江县早在北宋就已经兴建和发展了官学。皇祐六年（1054）重建文庙，崇宁中建学于庙，宣和七年（1125）迁庙学于县东南，淳熙十五年（1188）新建庙学，嘉定三年（1210）迁庙学于隅南，绍定三年（1230）创庙学，端平元年（1234）建主教厅及四斋。南宋继续发展，嘉熙元年（1237）建长桥于泮池，造祭器，淳祐十年（1250）修建学堂，宝祐二年（1254）绘夫子像，增六祠，景定三年（1262）建棂星门及二斋。"吾乡邑浦江，……宋尝以著令，有庙有学矣。"①"兴文教，抑武事"是赵宋王朝实现的基本国策，南宋王朝为了培养大批为南宋统治服务的人才，开展了三次兴学运动，除在京城开办学校外，在地方上兴办了一批官学。婺州的州学和义乌、武义、东阳、浦江、兰溪、永康各县的县学，就是这一时期相继建立起来的。北宋政和三年（1113）疏月泉池，筑月泉亭。南宋嘉定十六年（1223）修月泉池，筑月泉亭。南宋末咸淳元年（1265）导月泉源，复濬月泉塘，筑月泉亭。宋淳祐元年（1241）置书籍，淳祐二年（1242）续置书籍，宝祐二年（1255）置四书。咸淳元年（1265），导月泉源复之，筑月泉塘，筑月泉亭。"去榛土而补其漏，绕之以栏，植芳妍以绚其阳，翼之以堂荫茂密以崇其幽，又于池之前筑塘为斯泉之储，乃复虚盈之旧"。月泉自筑亭以来，经多次疏导，成为关系到一县否泰的学池，"池边皆学旷地也，泉之通塞，士之否泰关焉。此邑人才，位文昌、登台察者，大节凛然，炳炳史牒。"②相传理学大师朱

---

① （元）柳贯撰《浦江县修学记》，《柳贯诗文集》卷十五，浙江古籍出版社，2004 年，第 332 页至第 334 页。

② 见《嘉靖浦江志略》卷一"疆域志"之"月泉"条，天一阁藏明代方志选刊，上海古籍书店，1981 年，第 32 页。

熹、吕祖谦于南宋淳熙八年（1181）来此讲学①。宋咸淳三年
（1267），筑书堂十，成月泉书堂，立朱、吕二先生像于月泉精舍，使
学者瞻仰兴慕，肆业其中，"稽首堂中两夫子，六经言远视如天"
（元·柳贯《月泉春诵》），月泉遂成为学子学理之地。自此，月泉
人骨髓里便深深地留下了忠孝义理的思想。学校对一地文化兴旺
至关重要，柳贯在《浦江县修学记》中说道："校庠序之教，所以开
人心，兴民行，其效必要于迟久而后见。故古之善为政者，每以是
为急先务焉。……然而国之大贤，在礼与义。……习俗之移人，亦
何所不至？"月泉书堂虽是士子学理习经之地，但对整个浦江地区
的世风习俗都有影响。

　月泉书院的山长最初都是由吴氏家族成员担任。王霖龙置办
学田时便延请吴谦为月泉堂录。元至元二十八年（1291）吴谦又
起为本邑教谕，调月泉书院山长。吴塪，即伯和，也任过月泉书院
山长。元初，书院多为私人创办，官府的控制一时还不及书院，山
长多为创办者所礼聘。后来，元朝政府"举遗逸求隐迹之士，擢茂
异以待非常之人。"因此，不少隐逸和茂才被朝廷任命为书院山
长。自元代始，月泉精舍正式为官方认可，置山长一员（主教学
徒），并入元代书院管理范围。至元二十七年（1285）修月泉书院，
大德十年（1306）重修月泉书院，至顺三年（1335）重修月泉书院，
至正十二年（1352）重修月泉书院。大德间，月泉吟社成员陈公凯
被推为月泉书院山长。此后，刘应龟、戴良皆任过月泉书院
山长②。

---

　　① 关于朱、吕二人是否讲学于月泉书院，学界有两种观点：一种认为二人同
时来月泉书院讲学，一种认为两人并未见面，并非同时来的。详见方勇撰《吕祖谦
朱熹共讲月泉说质疑》，载于《浙江大学学报》，2006年第5期。
　　② 据《北山四先生学案》，见《宋元学案》卷八十二。

宋元易代之际，月泉旧社从"久盟湖海之交"（第一名罗公福《回札》）到"久寨诗锦之华"（吴渭《誓诗坛文》），经历了世事的沧桑剧变后获得了新的生命力，也正是见证了易代的沧桑，月泉才得以实现从亭到书堂旧社到吟社的转变。至元二十三年（1286）吴渭主盟，延请方凤、谢翱、吴思齐，以月泉的名义，假借范成大《四时田园杂兴》之《春日田园杂兴》为题，向各地诗社征诗，把前 60 名诗作和部分摘句汇编成集付梓。此次征诗活动的顺利开展和诗集的付梓，标志着月泉完成了从旧社向吟社的大转变。月泉吟社记载着亡国后月泉遗民的辛酸血泪，承载着广大南宋遗民的无奈与痛心，悲苦与愤慨，绝望与反抗，成为有元一代第一大诗社，肩负起新的历史使命！

二、月泉吟社的规模特色

月泉吟社以《春日田园杂兴》为题，限五、七言四韵律诗，征诗四方，在三个月的征诗期结束时，共收到应征诗作 2735 卷，作者遍布现在的浙、苏、闽、桂、赣各省。月泉吟社征诗活动时间之短，参与人数之多，是以往任何文人雅集或诗社活动均未有过的，其规模不可不谓空前，以至于杨镰先生在《元诗史》中将月泉吟社称为"奇迹"："作为一个民间诗人的社集，……一个有两三千人实际参与的任何文化活动，特别是完全处于自发状态，起自民间，这在信息并不发达的宋元之间都是奇迹了。"与以往的诗社觥筹交错、游山玩水、即兴唱和、诗酒赏罚的随意性不同，月泉吟社有一个完整而严密的过程：选题、解题、征诗、定期开榜、排名封赏、获奖者回送赏札。月泉吟社使中国诗社发展从随意性走向自觉性，标志着中国诗社发展进入一个崭新的阶段。

诗社之始于何时？成熟于何时？目前学界的说法并不完全一

致。张涛、叶君远《文学史视野下的中国古代文人社团》认为真正具有文学性质的结社始于唐代,即中晚唐幕府诗人所结之"诗社"①。熊海英《结友为文会——论诗社在北宋的兴起与发展》认为唐代文人亦曾结社,但不知具体情形如何。元丰七年贺铸在徐州与当地士人结彭城诗社,此后结社成为风气,因此诗社到宋代才真正成为文人阶层普遍进行的集体活动方式②。欧阳光在《宋元诗社研究丛稿》中认为,宋元时期,诗社已经很成熟,成为推动文学发展的重要动力。他还指出宋代诗社具有相当大的随机性,大都离不开分韵赋诗、次韵唱和的路子,而元代的诗社在形式上要正规得多,组织形式日趋完善和正规,对后世的影响也更加深远③。

---

① 该文认为这些幕府诗人主要是中唐时期的"大历十才子"。"大历十才子"之一司空曙诗中确切记载了他们的结社情况,如《题凌云寺》一诗:"不与方袍同结社,下归尘世竟如何。"《岁暮怀崔峒耿湋》一诗也曾记载:"洛阳旧社各东西,楚国游人不相识。"由此可知,"大历十才子"曾经在洛阳结社"唱和"。但是真正对后世文人结社产生影响的当数中唐诗人白居易晚年所结"香山九老会"。"九老会"由富有诗才的诗人和僧人组成,白居易与他们在香山寺诗酒唱和,切磋诗艺,创作了大量恬淡静美、富有禅境禅意的"闲适诗",不少曾积极参与政治,后来退出政坛闲居洛阳的文人们纷纷心向往之,因此九老会的影响力不可小觑。后世有很多文人士大夫仿效白居易"香山九老会"晚年结社赋诗相乐。载于《河北学刊》,2006年第1期。

② 熊海英认为,对于诗社来说,分题、分韵赋诗,传观、品评诗作,切磋、提高诗艺则是集会的首要目的、重心所在,这一点是确定诗社性质的关键,因此认为白居易"九老会"及宋代诸怡老真率集会都不属于诗社性质。宋真宗景德三年(1006),昭庆寺僧常师与宰相向敏中等朝官的西湖结社,从丁谓《西湖结社诗序》来看,此次结社乃是对庐山白莲社的追踪模仿,集会主题是修行佛理,也不能定性为诗社。载于《华中农业大学学报》(社会科学版),2005年第2期。

③ 欧阳光先生认为,在北宋大观政和年间,徐俯所结的豫章诗社对江西诗派的形成、壮大起到了不容忽视的重要作用。豫章诗社具有趋同的诗歌创作主张,十分重视对诗艺句法的切磋研探,并形成了对黄庭坚诗歌主张自觉认同的趋同性。尽管欧阳光先生未曾探讨诗社起源,但从《丛稿》中大致可知先生认为宋代诗社已经很成熟了。详见《宋元诗社研究丛稿》,第185页至第190页。

张、叶二位先生认为唐代是文学性质结社的开始时期,熊海英女士认为宋代文人结社成为风气,欧阳光先生认为元代诗社开始走向正规化。笔者认为,在诗社的发展历史中,月泉吟社地位独特,它不仅是众多的元代诗社中"最具特色,影响最深远的诗社",更标志着古代诗社的成熟,具有里程碑意义:

首先,月泉吟社宗旨明确,主旨特殊。

在月泉吟社以前,文人的雅集或诗社,形式均较为松散,主题多为愉悦消遣。按照集会的主旨,我们可以把月泉吟社之前的诗社大致分为三类:娱乐消遣类;谈禅养性类;诗艺切磋类。开消遣娱乐之雅集的是王羲之东晋永和召集的兰亭集会。此次集会虽然冠以修禊事,但是在流觞曲水之中充满了文趣。大家分坐于曲水之滨,以觞盛酒,美酒流觞,杯停赋诗。尽管此次雅集为后世所称道的是《兰亭集序》"天下第一行书",但是"崇山峻岭,茂林修竹"之间"畅叙幽情"却也为后世文人仰慕与效仿,宋代文豪欧阳修和他的学生曾巩等人在"醉翁亭"也曾流觞曲水,文酒以戏,效仿领略了兰亭诗会的雅趣。正因为此次集会之雅趣为人仰慕效仿,加上王羲之书写《兰亭集序》,人们反倒是忽略了当时即兴写下作品《兰亭集》,可见兰亭集会还未真正开启以文学为旨趣的结社之风。开谈禅养性类文人雅集的应该是竹林七贤,可惜竹林雅集创作缺乏文献,其价值尚未被发掘,使之在结社史上的研究为空白。有史料记载的最早的谈禅养性类集会是东晋时期的白莲社。此次结社是净土初祖释慧远大师集刘程之、周续之、宗炳、雷次宗等名士一百二十三人在庐山东林寺白莲池所结,其目的也是"同修净土之业"以传扬宗教佛学。但是,据《莲社高贤传》记载,慧远法师与诸贤曾以书招陶渊明(陶渊明时与刘程之、周续之号为浔阳三隐)入社。陶渊明的加入,再加上慧远师本人也是诗人①，白莲社在传扬净土佛教之余也不乏文人雅士的诗文唱和，据说连崇尚自由、不羁的大诗人谢灵运都想参加。可见，白莲社也不失为一个文人雅集团体。以上两种雅集，虽均具有文学创作的因素，但是主旨均在文学之外。到了唐宋两代，文人雅集呈现出特殊现象，那就是"怡老"诗社的出现和繁盛。所谓怡老诗社，就是退休闲居的老人为雅集主体的诗社，如白居易的"香山九老会"，及其影响下的宋代文彦博"洛阳耆英会"，宋初李运、宋琪、杨徽之等"七老会"，宋元丰初年徐师闵、元绛、程师孟等"九老会"，可见怡老会更是以愉悦为旨归的文人雅集。

纯粹以文学创作为目的的雅集应该是宋代以来的诗社。结社风气在宋元时期盛行②，出现了"西湖诗社"等纯文学的诗社。耐得翁《都城纪胜》"社会"条记录了当时京城临安诸多的会社，不少会社如课会、课社、书会、文会等与科举有关。宋元时期甚至还出现了不少专门切磋诗艺的诗社，如贺铸彭城（徐州）诗社③、邹浩颍川（今河南许昌）诗社、徐俯豫章（南昌）诗社、叶梦得许昌诗社、李若水诗社等。尤其是豫章诗社，由于与黄庭坚的关系密切，切磋诗艺句法成了豫章诗社的一个重要内容，并与江西诗

---

①　慧远著有诗集《庐山东林杂诗》，其文笔空灵，辞藻精美。

②　见吴自牧《梦梁录》卷一"元宵"条，卷二"诸库迎煮"条，耐得翁《都城纪胜》"社会"条，以上见欧阳光《宋元诗社研究丛稿》之《宋元科举与文人会社》，第17页。

③　宋代出现了许多诗社。在这些诗社中，彭城诗社和豫章诗社在雅集中切磋诗艺的成分较为突出。如贺铸彭城诗社，该诗社前后历时两年半，诗社所咏内容大致有咏史怀古、歌唱田园、抒写隐逸生活、切磋诗艺等。而其他诗社的活动也以唱和为主，在唱和中切磋诗艺。参见《宋元诗社研究丛稿》，第177页至第180页。

派的形成有着密切关系。尽管上述诗社有明显的文学创作目的，有的诗社甚至内部成员间联系还相当紧密，一致的文学主张，可惜这些诗社的组织不够严谨有序，活动的开展也没有固定的形式。

由上述可见，月泉吟社之前的诗社，不管是呼朋唤友、颐养天年，还是滔滔辩论、体悟养性，不管留情寓景、累篇成什，还是切磋诗艺、精益求精，都或多或少带有随意性、休闲性。与它们不同，月泉吟社是以倡导黍离之悲为主旨，征诗以"春日田园杂兴"为题，却重在"杂兴"二字：

> 所谓田园杂兴者，凡是田园间景物皆可用，但不要抛却田园，全然泛言他物耳。《归去来辞》全是赋体，其中"木欣欣以向荣，泉涓涓而始流，善万物之得时，感吾生之行休"四句，正属兴。此题要就春日田园上做出杂兴，却不是要将"杂兴"二字体贴。只为时文气习未除，故多不体认得此题之趣，识者当自知之。（《春日田园题意》）

《题意》是《月泉吟社诗》中专门解题的文字。《题意》举陶渊明对万物得时而体悟人生为例，希望诗歌创作要跳出田园，诗歌的主旨升华到更高境界，即所谓"杂兴"。《春日田园杂兴》要求诗人别有怀抱，言在田园，意在田园外。那么，吴渭他们要求的"言外之意"究竟是什么呢？所谓言外之意就是要在田园恬静的描写中孕育不平静的内涵，正如鲁迅先生说陶渊明不仅性本爱丘山，还有金刚怒目的一面一样。在赵宋王朝被北方野蛮强悍的民族驱赶、奴役的时代背景下，月泉吟社以牧歌般的题目征诗，与血腥、绝望、惊恐的时代氛围不协调。这种不协调正是主事者在《誓诗坛文》中所说的"伟事或偶成于戏剧"，以田园牧歌成就着救国伟事！由于亡国之痛、黍离之悲，才是月泉吟社诗歌的主旨，因此无论是意象的选取，还是情感的抒写，吟社竞赛诗作均打上亡国的悲痛，及对文化存亡危机忧虑的烙印。与此前无论是民间的还是文人之间的诗社均带有较强的愉悦性和随意性相比，月泉吟社以倡导黍离之悲为主旨，宗旨明确，主旨特殊，这是其最大的特色。

其次，月泉吟社仿效"锁院试士"之法，采用寓名，程序严谨，环环相扣。

"锁院试士"是古代科举取士的别称。"锁院"则指科举考试的措施、考场，甚至翰林院。《续资治通鉴》："旧制，锁院，给左藏库十万以资费用。"即以"锁院"指代科举考试的考场。清代钱谦益《秀才孙铭妻王氏墓志铭》："铭欲以文墨自奋，不就尚宝荫，又不幸屡困锁院。"（《墓志铭十》，见《牧斋初学集》卷五十九）则以"锁院"指代科举考试。《文献通考》（卷三十二）："诏：'祖宗旧法，诸路州军科场，并限八月五日锁院。缘福建去京远，遂先期用七月；川、广尤远，遂用六月。今福建、二广趋京不远，恐试下举人冒名再试他州，可依限八月初五日锁院。'"指代的是科考措施，即要求考生入试场后即封锁院门，以防范舞弊。清代赵翼《题周山茨观察老圃秋容图》诗："锁院秋灯酒共倾，粤江夜雨舟同系。"宋代吴自牧《梦粱录》："诸路举人到者，排日赴都堂，帘引讫，伺候择日殿试。前三日，宣押知制诰、详定、考试等官赴学士院锁院，命御策题，然后宣押赴殿。"① 则都指代翰林院。以上不管何种所指，"锁院"都与朝廷有关。然而月泉吟社却成了中国历史上第一个民间"锁院试士"。月泉吟社的发起者吴渭，不仅在征诗前定题、

① （宋）吴自牧撰 符均、张社国校注《士人赴殿试唱名》，《梦粱录》卷三，三秦出版社，2004年，第40页。

解题、发出征诗启示，而且延请方凤、谢翱、吴思齐三人担任考官，对 2700 多卷诗中评骘甲乙，选出 280 名，品评优劣，甄选编集、赠送赏札等。三月三日揭榜，依名次赠予奖赏，并将得名作品编集付梓。月泉吟社组织谨严，这在以往的诗社中是罕见的。此前的诗社，尽管有豫章诗社"社中向来人物之盛"①，成员之间联系也相当密切，但并非有组织和纲领的文学群体，其取名也仅仅是吕本中根据当时文坛上已经存在的情况和自己对这种情况的认识而代拟的名称。月泉吟社的井然有序、组织严谨形式极似朝中科考。

　　月泉吟社在形式上与以往诗社的不同，除了模拟科举考试，采用收卷寓名等形式外，还有以下几点：第一，月泉吟社以《春日田园杂兴》为题，公布天下，这与科考命题类似。征诗者对题目、题旨作了详尽解释，征诗的目标也很明确，这与宋代绝大部分诗社大都不离分韵赋诗、次韵唱和的路子，具有相当大的随机性不同。第二，除了定诗歌比赛的题目外，月泉吟社还延请名士硕儒担任评委，裁夺考卷的优劣等级，写出评语，这与唐宋时期诗社追求休闲愉悦为旨趣的做法有很大不同。月泉吟社以前的诗社虽然也偶尔有切磋诗技的赛诗活动，但评定优胜时往往采用即兴评定，而且多以喝酒论赏罚，主要追求"尚齿不尚官"，"少长无拘挛"的轻松与闲逸。而月泉吟社则带有很强的竞技色彩。第三，月泉吟社不仅选出 280 名，每名优胜者的诗后均附有谢翱等人的评语，月泉吟社还依据名次对优秀者给予物质奖赏。《送诗赏小札》对赛后事宜作了详尽交代：

---

① （宋）张元干撰《苏养直诗帖跋尾六篇》甲卷，《芦川归来集》卷九，上海古籍出版社，1978 年。

月泉吟社吴清翁盟诗,预于丙戌小春望日,以《春日田园杂兴》为题,至丁亥正月望日收卷,月终结局,收二千七百三十五卷,选中二百八十名,三月三日揭榜。

第一名公服罗一缣七丈笔五贴墨五笏

第二名公服罗一缣六丈笔四贴墨四笏

第三名公服罗一缣五丈笔三贴墨三笏

第四名止第十名各春衫罗一缣笔二贴墨二笏

第十一名止二十名各深衣布一缣笔一贴墨一笏

第二十一名止三十名各深衣布一缣笔一贴

第三十一名止五十名各笔一贴墨一笏吟笺二沓

以上所送并就缣端笔贴墨铭,用月泉诗赏,潜斋记号通榜,仍各送本社新诗一册。

与以往诗社喝酒论罚不同,月泉吟社按照名次予以奖励,奖品的数量和种类还有区分,这种做法是以往绝大多数诗社不曾有的。第四,月泉吟社的主考官还给每位获奖者送上了小诗,即诗赏小札(后文简称赏札),而得到诗赏的人要回札,称回送诗赏札(后文简称回札)。尽管与月泉吟社近乎同时的诗社也会定题征诗,如越中吟社诗题为《枕易》,山阴诗社题为《秋色》,武林社诗题为《梅魂》。越中诗社甚至也设考官和确定排名,并为入选诗歌附上评语①等,然而采用赏札和回札的却仅有月泉吟社,这是月泉吟社的独创。采用赏札和回札,实质上仍是仿效科举之制。宋代,及第进士都是"天子门生",及第举子可以得到来自皇帝的"恩例"。宋代

---

① 越中诗社的考官是前侍郎李应祈,第一名为黄庚,李应祈的评语附黄庚诗后。

皇帝有赐诗、箴等。"太宗皇帝既辅艺祖皇创业垂统,暨登宝位,尤留意斯文。每进士及第,赐闻喜宴,必制诗赐之,其后累朝遵为故事。"①南宋间赐儒典或诗,到后来发展为皇帝赐诗,群臣和作。"宁宗庆元五年(1199)五月,赐新及第进士曾从龙以下闻喜宴于礼部贡院,上赐七言四韵诗,秘书监杨王休以下继和以进,自后每举必如之。"②太宗开创的"恩例"还有赐新及第进士绿袍、靴、笏③,南宋照旧执行此"定制"。月泉吟社诸公在遴选名次后,同样"赐赏"衣物、文具,俨然按照宋廷恩例而行。吴渭诸公给前三十名写送赏札,受札者则回送赏札,赏札和回札还都用四六文撰写。可见,吴渭、方凤诸公仍然未能忘却科举,甚至还眷念着宋季科举,这是遗民对旧制的眷念,也是他们对旧朝悼念的一种方式。

第五,月泉吟社最引人注意的是所载前六十名的作者均用了寓名,而别注本名、字号、籍贯于其下。如:

> 第一名罗公福,杭清吟社,三山连文凤,伯正,号应山。
>
> 第二名司马澄翁,义乌冯澄,字澄翁,号来青。
>
> 第三名高宇,杭州西塾梁相,字必大。
>
> 第四名仙村人,古杭白云社。
>
> 第五名山南隐逸,义乌刘应龟,字符益,号山南。
>
> 第六名子进,分水魏石川先生,名新之,字德夫。

---

① (宋)陈岩肖著《庚溪诗话》卷上,见丁福保辑《历代诗话续编》,上海医学书局,一九一六年印行,第162页。

② 《赐进士宴》,见(元)脱脱等撰《宋史》卷一百一十四,中华书局,2000年,第1826页。

③ 笏是古代君臣在朝廷上相见时手中所拿的狭长板子,用玉、象牙或竹制成,上面可以记事。

第七名栗里，金华杨龙溪，名本然，舜举。

第八名倪梓，义乌陈尧道，字景传，号山堂。

第九名全泉翁，孤山社，名璧，字君玉，号邂初子。

第十名吕澹翁，东阳名文老。

第十一名方赏，桐江，徙居新城，方德麟，号藏六。

第十二名邓草径，三山刘汝钧，君鼎，号蒙山，寓杭。

第十三名魏子大，武林九友会，梁必大。

第十四名喻似之，分水何教，名鸣凤，字逢原。

第十五名蹑云，建德梓州，翁合老，仲嘉。

第十六名玉华吟客，分水林东冈，名子明。

第十七名田起东，昆山刘蒙山。……

寓名也称糊名，原本是科举考试中为了公平起见而采取的措施。月泉吟社采取寓名方式，实质上是学习科举考试的办法。寓名就是将原来的本名隐去，给自己取一个新的名字。人在取名的时候，所从事的是一项复杂的心理活动，伴随着复杂而丰富的审美心理、文化心理、期盼心理、标新心理、愤世嫉俗心理、民俗心理，甚至迷信心理。一个名字美不美，要讲求形美、音美、义美。寓名不同于名和字，可以字数不定，无行辈、礼教之束缚，取名时自由，变化很大，基本是个人根据自身的性格、志趣，随意而立，随兴而发，因而最能体现人物的思想、品位和节操，表达人物的情趣和寄托，我们从中可以窥视其内心世界。明代沈德潜说，取号的根本目的在于"自鸣其志"，或以明志，或以表情，或以自勉，或表个性，或表鄙夷时俗，或为感慨身世等等。

综观《月泉吟社诗》中成员的寓名，或以明志，或以表情，或以自勉，或表个性，或鄙夷时俗，或感慨身世，大致讲主要有以下几种情况:第一类表达心志,有的直言"隐"的志向,如安定书隐、山南隐逸、吟隐、槐窗居士等,均明确表示甘做隐士的心志。有的表示志趣爱好,如吕澹翁、学古翁等。有的表明自己在野的愿望,如樵逸山人、青山白云人、骑牛翁等。第二类表身份,如草堂后人表明自己是姓杜的后代;玉华吟客、云东老吟、感兴吟表明作者的文人身份,冷泉僧志宁表僧人身份,识字耕夫、仙村人表明作者的农夫身份。第三类将诗人的姓或名或号藏于其中,如司马澄翁名冯澄,山南隐逸号山南。第四类将名寓于诗歌中,如桑柘区诗歌:"粟爵瓜官懒觊觎,生涯云水与烟腴。晚风一笛麦秧陇,春雨半锄桑柘区。可是樊迟宜请学,肯教陶亮叹将芜。斜阳芳草关情处,更把新诗吊石湖。"总之,不管是哪一类,寓名充分展现了诗人应征作诗时的用心,与科举时代举子们的心态是一致的。

　　作为民间首次仿照锁院试士之法,采用寓名形式进行诗歌活动的诗社,月泉吟社采用寓名的原因为后世诗评家关注。笔者将它们概括为"隐语廋辞说"和"公正说"。"隐语廋辞说"认为月泉吟社采用寓名是出于隐晦,因为遗民在新朝言语需小心谨慎,代表人物有明代黄养正。万历戊午九月朔日,江夏黄养正给攸署之群芳堂《月泉吟社》重刊诗集写序时说:"岂直托惊池塘之新春草,抑亦感怆峤海之旧王孙耳。盖忠臣节士牢骚之抒写,而非骚人、墨子流连之嘲弄也。社中诸君,往往微见此意,故其名姓之诡托,无非赵宋之遗民者"。清代的全祖望也猜测:"岂当日隐语廋辞,务畏人知,不惮谬乱重复以疑耶?"①"公正说"则认为寓名有助于公正。欧阳光先生认为,月泉吟社不过借吟咏田园风光曲折地寄寓一点民族情绪,大可

---

① (清)全祖望撰《跋月泉吟社后》,《鲒埼亭集外编》卷三十四,续修四库全书,集部,别集类,第一四三〇卷,第86页。

不必为此采用寓名的形式，并认为月泉吟社借用科举考试的"糊名"目的是以示公正。《四库全书总目》也注意到作者为什么不用真名："其人皆用寓名，而别注本名于其下，如第一名连文凤改称罗公福之类，未详其意，岂凤等校阅之时欲示公论，以此代糊名耶？"以上说法均为臆测，孰是孰非？笔者以为《月泉吟社诗》留下了蛛丝马迹，吴渭征诗时特意强调了糊名的理由。《征诗启示》云：

> 本社预于小春月望命题，至正月望日收卷，月终结局，请诸处吟社用好纸楷书，以便誊副，而免于差舛。明书州里姓号，以便供赏，而不致浮湛。

"以便誊副"就是仿照宋代科考的形式。从宋代开始，科举开始实行糊名和誊录，以杜绝徇私舞弊。糊名，就是把考生考卷上的姓名、籍贯等密封起来，又称"弥封"或"封弥"。宋太宗时，朝廷根据陈靖的建议，对殿试实行糊名制。后来，宋仁宗下诏省试、州试均实行糊名制。但是，糊名之后，还可以"认识字画"。后来又根据袁州人李夷宾建议，将考生的试卷另行誊录。考官评阅试卷时，不仅不知道考生的姓名，连考生的字迹也无从辨认。这种制度对防止主考官徇情取舍的确发生了很大的效力，保证了考官阅卷时既看不到考生的姓名、籍贯，也认不出其字体，尽量做到客观公正。吴渭虽未曾明说阅卷糊名，但在征诗启示中一再强调誊录备份，即有此意，所以他还反复叮嘱"明书州里姓号，以便供赏，而不致浮湛"。

　　《征诗启示》强调公平公正，严谨行事，特意指出"免于差舛"，因此笔者认为"公正说"更为贴近月泉吟社征诗的实际情况。"隐语廋辞说"并不符合元朝的文化政策。因为尽管元蒙采用了民族歧视政策，但在文化管理方面却是粗线条的，更不要说像汉人那样

咬文嚼字地编织文字罪名,著名的例子有"梁栋题峰":

> 宋末士人梁栋隆吉先生有诗名。……一日,登大茅峰题
> 壁赋长句有云:"大君上天宝剑化,小龙入海明珠沉。""安得
> 长松撑日月,华阳世界收层阴。"……一黄冠者与隆吉有隙,
> 诉此诗于句容县,以为谤讪朝廷,有思宋之心。县上于郡,郡
> 达于行省,行省闻之都省,直毁屋壁,函至京师,捰梁公系于
> 狱。不伏,但云:"吾自赋诗耳,非谤讪也。"久而不释。及礼
> 部官拟云:"诗人吟咏情性,不可诬以谤讪。倘使是谤讪,亦
> 非堂堂天朝所不能容者。"于是免罪放还江南。

"堂堂天朝"尚能容"谤讪",又怎会对江南发生的名不见经传的民
间征诗活动大作文章呢?

元初取消了科举考试,此举让一直把参加科考作为人生进阶
阶梯的读书人顿时陷入了物质与精神的困窘境地。他们惶惑,茫
然,无所适从。吴渭的糊名征诗比赛无疑就是一剂强心针,让他们
看得亲切,复燃科举梦。第一名罗公福在《回赏札》中说"惭非重
宝,俾获与锦囊之荣,赐侈香罗,复唤起青衫之梦",道出由宋入元
士人的共同心声。何况,在这么一场科举考试的预演中,文人们可
以检视自己所学,获取考试经验,增强自己应试的信心,这种心态
在元代末期"聚桂文会"中也得到了印证。①

糊名固然可以确保公正,但也带来了一些问题。今存传世本
的《月泉吟社诗》有60名作者,均用寓名,而"别注本名于其下"。

----

① 元至顺间(1330—1333),濮彦仁父子组织"聚桂文会",东南名士500人
以文赴会,由杨维桢阅卷,评其优劣,录选优秀文卷30稿,汇成专集。

但是，笔者翻阅别注时发现比较混乱：寓名下未注本名者有之，如朱孟翁；有将二人混为一人者，如杨本然与杨舜举，本为父子，却被别注成了同一个人①；当然更有将同一个人别注成两个不同的人，如高宇与魏子大、子进与子直、俞似之与陈纬孙、柳圃与陈鹤皋、临清与王进之、元长卿与闻人仲伯，他们均为一人两次投稿。除此之外，其实第十二名邓草径与第十七名田起东也应为同一人。月泉吟社征诗采用寓名增加了成员考证的难度。传世本《月泉吟社诗》中除了连文凤、黄景昌、仇远、白珽外，大多为"淹没不传"者。所幸欧阳光和方勇先生共考实了 22 位作者的生平事迹。今存《月泉吟社诗》一卷本，只收录了前 60 名的诗作，其中有 7 人为 1 人两投，所以实际作者为 53 人。按照《月泉吟社诗》的别注，重出者为高宇即魏子大、子进即子直、俞似之即陈纬孙、柳圃即陈鹤皋、临清即王进之、元长卿即闻人仲伯、杨本然即杨舜举②，属于同一个人以不同的名字出现 2 次。而杨本然与杨舜举并非同一人，厉鹗《宋诗纪事》、赵信《南宋杂事诗》、陈衍《元诗纪事》等沿用旧说并非科学，据清冯金伯辑《词苑萃编》引姚云文《江村剩语》"杨观我词"条，杨本然与杨舜举应为父子两人，本然为父，舜举为子。如此看来，传世本《月泉吟社诗》的成员还是应该为 53 人，有 7 人为 2 卷。不过，第七对重出者应该是田起东与邓草径，而不是杨本然与杨舜举，本书第三章将详尽论述之。

---

　　①　厉鹗《宋诗纪事》、赵信《南宋杂事诗》、陈衍《元诗纪事》均沿旧说，未加考证。清代冯金伯辑《词苑萃编》引姚云文《江村剩语》"杨观我词"，从此则材料论证，杨本然和杨舜举为父子两人。参见欧阳光《宋元诗社研究丛稿》，广东教育出版社，1996 年，第 89 页至第 91 页。

　　②　月泉吟社第七名署名栗里，别注云："金华杨龙溪，名本然，舜举。"月泉吟社第三十六名署名观我，别注："金华杨舜举。"按照吟社诗集中的别注来看，杨本然与杨舜举为同一个人。

月泉吟社在规模形式方面极具特色:实行实物奖励制度,由一个有威望的、有经济实力的人出来主持,聘请当地德高望重的先生参与协助;采取糊名制度,由统一的人把这些考卷抄写一遍。月泉吟社还仿效锁院试士之法,采用寓名,程序严谨,环环相扣,有《解题》、《征诗启示》、《诗评》、赏札回札、揭榜奖励、将诗集付梓等一系列程序,组织之严密史无前例。这些做法是历史上文人诗社活动的首次,在民间结社中也是首例,对后世影响很大,是我们了解古代诗社的重要一环,"此书的价值还在于它刊登宋代诗社的形制以及它在征诗时所列的社约、题意要求、誓诗坛文、诗评章则等,卷末附有赏格,据此可以想象南宋诗社的情形。"①总之,月泉吟社以其浩大声势、独特形式、鲜明主旨,成为宋元以来第一大诗社,它的成立标志着中国诗社的完全成熟,是中国诗社发展史上的里程碑。

三、月泉吟社形成的时代背景

月泉吟社成立于宋末元初,除了方凤、谢翱、吴思齐等外,成员中绝大部分是布衣,有的甚至连姓名都不可知,"当时主盟如方、谢、吴三先生至今学士皆能道其姓氏,而社中同榜之人自仇近村而外多已淹没不传"。② 月泉吟社虽无名流达官,却能形成一呼百应的声势,这不可不谓"奇迹"。这种空前规模的形成除了与方凤、谢翱等人的声望有关外,还离不开月泉吟社所处的特殊时代。

第一,有元一代的民族歧视和残暴激起了广大遗民的义愤和

---

① 王学泰编著《中国古典诗歌要籍丛谈》,天津古籍出版社,2004 年,第 766 页。
② (清)全祖望撰《跋月泉吟社后》,《鲒埼亭集外编》卷三十四,续修四库全书,集部,别集类,第一四三〇卷,第 85 页。

反抗,客观促成了社会群体意识的增强,是月泉吟社征诗比赛的思想基础。当草原民族的铁蹄踏过中原,横贯大江,来到江南这块富庶之地时,文明与野蛮顿时碰撞在一起。岳飞的"壮志饥餐胡虏肉,笑谈渴饮匈奴血"的豪言,"待从头、收拾旧山河,朝天阙"的壮志均付之东流。靖康耻不仅犹未雪,臣子恨不仅无时灭,蒙古人倒是捷足先登了。野性与血腥,带来了一场狂风暴雨。元陶宗仪著《南村辍耕录》记载下了一幕幕的苦难:

> 《江南谣》:汲郡王公《玉堂嘉话》云,宋未下时,江南谣云:"江南若破,百雁来过。"当时莫喻其意。及宋亡,盖知指丞相伯颜也。(卷一)

> 《发墓》:至元间,释氏豪横,改宫观为寺,削道士为髡。且各处陵墓,发掘迨尽。孤山林和靖处士墓,尸骨皆空,惟遗一玉簪。时有人作诗以悼之曰:"生前不系黄金带,身后空余白玉簪。"(卷十三)

当年的繁华被蒙元铁骑碾过,存留的只是"青芜古路人烟绝,绿树新墟鬼火明"①。"铁马蒙毡,银花洒泪,春入愁城。笛里番腔,街头戏鼓,不是歌声。"②据蒙古军队的规定,"凡敌人拒命,矢石一发,则杀无赦。"③这项野蛮的规定使蒙古军的大屠杀合法化,无数

---

① (宋)汪元量著《钱塘》,见胡才甫校注《汪元量集校注》,浙江古籍出版社,1999年。
② (宋)刘辰翁著《柳梢青·春感》,见唐圭璋编《全宋词》第五册,中华书局,1998年,第3197页至第3198页。
③ (元)苏天爵著《中书耶律文正王传》,见《元朝名臣事略》卷五,中华书局,1996年,第18页。

的中原人民因之死于非命。《元朝名臣事略》卷六《万户严武惠公》载严武通过个人的影响,制止了蒙古军在彰德、曹州、定陶、楚丘、上党、灵璧等地的屠城行为,可见,屠城是各地蒙古军经常性的行为,惨遭屠杀的人民不计其数。江河残破,生灵涂炭,唤醒了每个人的仇恨和愤懑。向来以修身、齐家、治国、平天下为己任的知识分子,面对着山河的破碎、百姓的苦难,却无回天之力,只能叹息。正当满腔的愤懑无处诉说之时,一点点旧朝故土的音讯都会让他们倍感亲切。得知吴渭、方凤、谢翱、吴思齐共创月泉吟社征诗竞技时,遗民们"闻者皆作,至今猥琐以强精神"①,"水赴云会而竞趋之。"②月泉吟社征诗反应之热烈,正是遗民对旧朝深切缅怀的表现,而这种情思正是易代之初士人共同的意识。

第二,科举制度的取消,断绝了文人进身的阶梯,儒士地位一落千丈,为月泉吟社征诗比赛奠定了人员基础。科举制度的取消,断绝了文人的出路,带给遗民强烈的失落感,而等级的划分更使南宋遗民沦为社会的最底层。在元代有"九儒十丐"之说:

> 一官、二吏、三僧、四道、五医、六工、七猎、八匠(又有说民)、九儒、十丐。(《郑所南集》)
>
> 我大元典制,人有十等:一官、二吏,先之者,贵之也;贵之者,谓其有益于国也。七匠、八娼、九儒、十丐,后之者,贱之也;贱之者,谓其无益于国也。(谢枋得《叠山集》)

即便在废立无常的科举考试中,也规定了蒙古人、色目人、汉人、南

---

① 天目山人著《回送诗赏札》,《月泉吟社诗》汲古阁本。
② (明)黄溍撰《月泉吟社重刊诗集序》,《月泉吟社诗》汲古阁本。

人不同的待遇①。蒙古族统治者不仅对汉族知识分子歧视,对广
大的汉族百姓也实行残酷的民族压迫。以归附时间先后为界,元
统治者把全元子民分为四个等级:蒙古人、色目人、汉人、南人,并
在法律上四等人的待遇也是不一样的:

> 诸蒙古人因争及乘醉殴死汉人者,断罚出征,并全征烧埋
> 银。(《元史》卷一〇五《刑法志》)

元代法规还明确规定了蒙古人可以殴死汉人不偿命,蒙古人与汉
人争,殴汉人,汉人勿还投,许诉于有司,后又改为蒙古、色目殴汉
人、南人者不得复。在官场上,汉人也受到严格的控制,只能做
副职:

> 世祖……定内外之官。官有常职,位有常员。其长则蒙
> 古人为之,而汉人南人贰焉。(《元史·百官志·序》)
> 故一代之制,未有汉人、南人为正官者。(赵翼《廿二史
> 札记》卷三〇)

　　蒙元的民族歧视和压迫使宋遗民在感受亡国的阵痛之外,还

---

①　元代皇庆后实行了科举考试。据《元史》卷八十一《志》第三十一对考试
程式规定为:"蒙古、色目人,第一场经问五条,……第二场策一道,……汉人、南
人,第一场明经经疑二问,……经义一道,各治一经。……第二场古赋、诏诰、章表
内科一道,……第三场策一道。……蒙古、色目人,愿试汉人、南人科目,中选者加
一等注授。蒙古、色目人作一榜,汉人、南人作一榜。"另据:《续通考》卷二一四
《选举考》一:延祐二年三月,始开科。分进士为左右榜:蒙古、色目人为右;汉人、
南人为左。……凡蒙古由科举出身者,授从六品,色目、汉人,递降一级。从以上
材料可见,由宋入元的知识分子一直处于弱势。

让他们饱受了人格与尊严被践踏的耻辱。"自京国倾覆,笔墨道绝,举子无所用其巧,往往于极海之涯、穷山之巅,用其素所对偶声韵者,变为诗歌,聊以写悲辛、叙危苦耳"①,舒岳祥在诗中写裂变给文人带来的感受。"山河千里在,烟火一家无。壮甚睢阳守,冤哉马邑屠。苍天如可问,赤子果何辜。唇齿提封旧,抚膺三叹吁"②,文天祥用诗歌写伯颜屠常州城的惨状给诗人心灵带来的悲痛。"禾黍何人为守闾,落花台殿暗销魂。朝元阁下归来燕,不见前头鹦鹉言"③,谢翱在诗中写重过故都临安时的感慨。事实上,比凄清的生活更吞噬着遗民的心的是文化的逐渐逝去,"华夏民族之文化,历数千载之演进,造极于赵宋之世"④。宋遗民在文化上的优越感越强,失落感就越浓,找不到归宿的孤独感也越烈。郑思肖《十方禅刹僧堂记》自谓"独行独往、独坐独卧、独吟独醉、独往独来",反映了南宋遗民普遍的孤独无助、迷惘惶惑的内心感受。南宋遗民面临的考验,不仅有生命价值的受损,更有人格尊严的践踏。失落与迷茫,屈辱与无奈交织在一起,从原来最受尊敬的座上客变成人们"嗤诋取笑"的社会弃儿,这种情绪充斥于元代初期士人阶层。月泉吟社仿照"锁院试士"之法向天下征诗时,遗民们如遇大旱甘霖,为寻求心理的平衡,宣泄内心的愤懑,他们积极地响应征诗,很快就形成风起云涌之势,所以月泉吟社在短短的三个月内征集到了 2700 多卷诗。

---

①　(宋)舒岳祥著《跋王矩孙诗》,见《阆风集》卷一二。
②　(宋)文天祥撰《常州》,是诗人被拘过常州时所写,见《文山先生全集》,四部丛刊初编缩本。
③　(宋)谢翱撰《过杭州故宫》,见《晞发遗集》卷上,文渊阁四库全书本。
④　陈寅恪著《邓广铭〈宋史职官志考证〉序》,《金明馆丛稿二编》,北京:三联书店,2009 版,第 277 页。

　　第三,元初浙江地区的相对稳定也为月泉吟社的征诗比赛准备了物质条件,并为吟社的活动开展提供了空间。如果说民族政策的高压促成月泉吟社的心理积淀,那么稳定的社会环境,发达完善的邮驿系统则为月泉吟社的顺利举行准备了物质条件。

　　首先,月泉吟社发生在浙江婺州浦阳,浙江一带相对的稳定是月泉的形成和顺利开展并迅速壮大的前提。在元兵攻打赵宋王朝的过程中,尽管中国的大部分地区都逃脱不了被掠夺的命运,相对而言,浙江地区的情况要好得多。元兵攻陷临安后,不愿降元的张世杰、文天祥等率领南宋残部退入广东,兵败后除了少数流落海外,多藏匿于东莞、新会、番禺诸县。文天祥反元活动转入广东一带,给广东带来了战火。光绪时期《嘉应州志》卷三十二《谈梅》记载:"元世祖至元十四年(1277),文信国引兵出江西,沿途招集义兵,所至响应,相传梅民之从者极众。至兵败后所余遗子只杨、古、卜三姓,地为之墟"。可见,反抗元军的大规模义举主要集中在广东、江西、福建一带,而临安等浙江地区相对来讲未遭受很大的战乱破坏,即使元兵攻克浙江时也没有遇到很强硬的抵抗,朝廷甚至奉玺以降:

　　《浙江潮》:明年正月甲申,丞相伯颜驻军皋亭山,宋奉表及国玺以降。遣千户曩加歹等入城慰谕,令居民门首各贴"好投拜"三字。及闻益王、广王如婺州,即命分兵屯守诸门。范文虎安营浙江沙滩,太皇太后望祝曰:"海若有灵,当使波涛大作,一洗而空之。"潮汐三日不至,军马晏然。文虎、吕文焕婿、安庆守臣降于我者。(《南村辍耕录》卷一)

　　另外,从元初的人口分布来看,我们也能看到南方尤其是浙江一带受到战争的破坏相对要少。至元二十八年(1291)的人口数据表明,尽管四川和江淮的人口因战争而锐减,北方人口占全国总人口比例下降至14.9%,而南方人口占全国人口总数的比重却上升到85.1%。在元统一后的十四五年间(从至元十二或十三年至至元二十七年),淮南东、西路人口减少,两浙、江东西、荆湖南、北五路人口增长。其中,两浙路增加13%,江东路增加109%,江西路增加82%,荆湖北路增加41%,荆湖南路增加112%①。试想如果战乱频仍,地为之墟,在短短的十来年的时间内人口增长是不可能这么迅速。元统一后,由于南方地区受战争破坏较少,经济很快恢复,并继续发展。北宋崇宁年间,北方占全国总户数的42.2%,元代降至14.9%,南方占全国总户数比例则由北宋57.8%上升至85.1%②。正因为相对的安定,生活在南方的遗民才可能在稳定的社会环境下缅怀自己的旧朝,嘘唏哀叹,流连于山水之间,尽情地宣泄被遗忘、被抛弃的痛苦和愤懑。

其次,南方的稳定保证了信件传递的顺利、及时。通过邮驿酬唱,是南宋遗民互动的主要方式之一。如方凤与陵阳牟巘、剡源戴表元、永康胡长孺、莆田刘濩、吴兴陈康祖等,主要通过诗作邮传的间接互动才连成文字交。方凤写的《古意》七首,戴表元以序代题,次韵以和,就是"因寄讯彼中吴子善前辈。"据白寿彝先生《中国交通史》记载③,元时邮驿之制最为发达,有站赤和急递铺。站

---

① 数据均来自葛剑雄、曹树基、吴松弟《简明中国遗民史》,福建人民出版社,1993年,第326页。

② 数据均来自葛剑雄、曹树基、吴松弟《简明中国遗民史》,福建人民出版社,1993年,第329页。

③ 白寿彝撰《中国交通史》,《白寿彝文集》,河南大学出版社,2008年,第311页。

赤,又名驿;急递铺,又名邮。站赤分为陆站和水站。陆站用马、用
牛、用驴,或用车,或用轿,或徒步,辽东还用狗。水站则用舟。元
代的邮驿制较为完备,《元史·兵志》"站赤"条记载:"于是四方往
来之使,止则有馆舍,顿则有供帐,饥渴则有饮食。"可见,元代的
站赤除了供给驿传外,还供给膳宿。从元代可考的站赤分布来看,
中书省所辖站赤总计 198 处,河南、江北等处行中书省所辖站赤总
计 196 处,辽阳等处行中书省所辖总计 120 处,江浙等处行中书省
所辖总计 262 处,江西等处行中书省所辖总计 154 处,湖广等处行
中书省所辖 173 处,陕西行中书省所辖总计 81 处,四川行中书省
所辖 132 处,云南诸路行中书省所辖总计 78 处,甘肃行中书省所
辖(脱脱禾孙马站)6 处①。依上所见,可以推测元时站赤的整体
情形。其中就省面积和各省站数及船、马、车、牛等数量而言,浙江
省交通最盛,驿站有 262 处,水路交通也盛于全国,每站可有 19 或
20 只船,遇到紧急时候还有急递铺。元制规定,每铺设铺丁 5 人,
皆为壮健善走者。日夜兼程,晚上持炬火传递。遇到道路狭窄时,
行人、坐车、乘马之人,甚至负载器物之人,均须躲在路边。铃声达
到传递人所要到的铺时,铺人须赶紧出来,在门口等着,接过文书,
辗转传递下去。在交接时要记载所转递人的姓名,文书到铺的时
刻。而本铺转递人将文书送到下铺时,由到达铺所签押交收时刻,
持以还铺。所转递文书,照例由寄发官司绢袋封记,以牌书号。铺
兵转递时,更里以软绢包袱,用油绢卷缚,夹版束系,且须注意,使
文书不破碎,不襞积,不濡湿。违者得依其情节轻重论罪。正是因
为元代有发达而完善的邮驿系统,各地的应征诗作才能够准时送

---

　　①　数据均来自白寿彝《中国交通史》,《白寿彝文集》,河南大学出版社,2008
年,第 312 页。

达,即使应征者分散在浙、苏、闽、桂、赣各省,诗社也能如期揭榜,顺利进行,所以月泉吟社在短短的三个月内,能收集 2735 卷应征诗作。

第四,遗民的互动相倚,吟社之间的互动往来,在浙江一带形成了一定的人脉,是月泉吟社征诗比赛的群众基础。方勇先生将南宋遗民的互动方式概括为四类:直接互动、间接互动、单向互动、连锁互动。其中直接互动、间接互动、连锁互动都能很好地联系遗民,扩大遗民群体的范围。在直接互动中,遗民与遗民相约而来,进行面对面地交流,或携手踟蹰于残山剩水之间,或唱叹于荒郊衰草之中,在此过程中,一个个遗民逐渐寻得集体,在集体归属感的趋动下,遗民以高风亮节互相砥砺,在互动中相倚,在同声相应中获得精神的慰藉和共同抗争的力量。这种互动不以时间和空间为隔阂,可以通过诗作邮传来实现跨越时空的文字之交。因此吟社征诗启示发出后,响应者众多,很快就延及几省。

有的遗民在某个群体中互动后,还把这个群体的精神带到了其他地区。东莞方幼学入元后流寓浙江桐庐一带,不但"与翱同汐社,多所赋咏"①,还与方凤、吴思齐、冯桂芳、翁登等遗民进行频繁的互动,后来返回东莞,又与那儿的气节之士开展一系列的互动相倚活动,于是便构成了锁链似的互动模式。特别是谢翱,因其尽倾家资,募乡兵数百以投效文天祥的义举堪称爱国典范,所以随着谢翱跟随文天祥转战闽、粤、赣各地,文天祥和谢翱的爱国精神便散布到了足迹所到之处。宋亡后,谢翱又慕屈原托兴远游,遍历闽、浙,寄情山水,探幽发奇,徘徊顾盼,创办汐社,参与组织月泉吟社,与故

---

① 《宣统东莞县志》卷五十四《人物略一》引陈子壮《郡驸方公墓表》,转自方勇《南宋遗民诗人群体研究》,第 99 页。

老同志相聚,以诗会友,以诗文抒怀相勉,保持民族气节,团结儒士文人。谢翱在聚集民间抗元力量和传播爱国主义精神的过程中,其影响之大、范围之广无人企及。南宋遗民的互动还具有逾身份、跨年龄的特点。马廷鸾,宋咸淳中拜右承相,而汪元量则仅为宫廷中一介琴士,二人地位存在高下悬殊。入元后,马廷鸾做了遗民,汪元量曾二次往谒,马氏读元量诗作,先是"潸然泪下",继则"抚席恸哭"。许月卿与江凯,从年龄上来看,本属前后两辈人,但由于面对着共同的残酷现实,他们的思想情感便日益趋向一致,于是二人一同徜徉林泉,日夜饮酒赋诗、抵掌而谈以宣泄亡国之悲。当吴渭、方凤等举行月泉吟社的消息传出后,借着遗民互动已经形成的影响,征诗比赛活动也会很快为遗民群体获悉。所以即便通讯远不及今天发达,凭借遗民群体原有的人脉,月泉吟社的"群众基础"也是相当不错的。

在遗民的互动中,除了个体寻求群体之外,遗民群体之间也会自觉地加强联络,诗社之间往来也随之变得更密切。南宋灭亡之后,仅临安就出现了很多诗社,如清吟社、白云社、孤山社、武林社、武林九友会和西湖社。浙江其他地方有月洞吟社、山阴诗社、越中吟社、雪川吟社、汐社、月泉吟社等。江西也出现了不少诗社,如青山社、明远诗社、香林诗社(二者均为徐元得创)、龙泽山诗社(熊升、甘果分别在此创建了诗社)等。这些诗社形式各异,但都是以团结广大遗民,抒发亡国之恨,激励守操保节为目的。在共同的宗旨下,诗社之间的交往也更为频繁。有的诗社成员同时参加了几个诗社的活动,如黄庚,字星甫,号天台山人,天台(今属浙江)人,出生宋末,早年习举子业。元初"科目不行,始得脱屣场屋,放浪湖海,发平生豪放之气为诗文",以游幕和教馆为生,曾较长期客越中王英孙(竹所)、任月山家,与宋遗民林景熙、仇远等多有交往。在他的《月屋漫稿》中有三首诗:《秋色》、《枕易》、《梅魂》,这三首诗下均有作者自注,分别为:"山阴社中选"、"越中诗社诗题都魁"、"武林试中"。可见,黄庚至少参加了这三个诗社的比赛。月泉吟社中有不少成员也是其他诗社的成员,如:

> 第一名罗公福杭清吟社,三山连文凤,伯正,号应山
> 第四名仙村人,古杭白云社
> 第九名全泉翁,孤山社,名璧,字君玉,号邂初子
> 第十三名魏子大,武林九友会,梁必大
> 第十八名唐楚友,孤山社,白湛渊,名珽,字廷玉
> 第十九名识字耕夫,武林社,泰州周暕,字伯阳,号方山
> 第二十七名陈柔著,武林社,三村东必曾,字孝先,号潮原
> 第三十名爱云仙友,杭白云社,赵必拆

遗民不拘于一社,这有助于诗社之间的交往和交流,而诗社活动不限于一地,也便于诗社与诗社之间的互动。如汐社至少在会稽、桐庐、浦阳三地活动过。龙泽社在征诗时"一会至二百人,……邻郡闻之,争求其韵赓和,愿入社,其风流倾动一时如此。"月泉吟社社员也分布在浙江、江苏、福建、江西诸省。可见,元初诗社之间的互动有不少。所以,吴渭在发出征诗启示时,"请诸处吟社用好纸楷书,以便誊副",便是特意针对诗社提出的誊副要求,而非竞赛者个人。

最后,程文海举士,元廷征召人才,考验遗民气节,是月泉吟社成立的直接导火线。至元二十三年,元廷采用汉儒的建议,较大地调整了对待汉儒士的政策,并于三月己巳诏程文海往江南博采知名之士,程文海推荐宋臣二十二人。博采之举,在江南士人中间引

起了不小的动荡。有坚辞不就者,如谢枋得。有欣然而往者,如赵孟頫。举士虽然给江南士子提供了入仕参政的可能,但面对异族统治下以夷代夏的现实,遗民面临着严肃的考验——入仕对民族气节构成严重威胁。针对朝廷的这一举措,吴渭约请方凤、谢翱、吴思齐精心策划了月泉吟社征诗比赛。

总之,国家的覆灭、民族的屈辱、科举的废弃,是月泉吟社成立的外部环境。巨大的心理重压,失落、屈辱、惶惑、迷惘、孤独、幻灭等感觉,迫使遗民寻求知己,相濡以沫,以便获得精神的慰藉、生活的勇气和抗争的力量,这些内在需求促使遗民频繁互动,为月泉吟社的成立提供了心理基础和人际氛围。而元代社会固有的较为发达的物质文明成果如邮递手段,以及战乱相对少的社会环境,则为月泉吟社的成立准备了客观条件。这些都是宋元易代之际的特殊时代所赋予的。

四、月泉吟社形成的思想基础

月泉吟社之所以出现在浦江,除了战乱相对少等原因外,还与浦江所处的地理位置有关。浦江县隶属婺州,与故都临安相距较近,婺州与临安在宋代都是重要的思想文化之地。婺州俗称小邹鲁,得天独厚的文化氛围为月泉吟社的形成提供了坚实的思想基础。

从地理文化上讲,浦阳处于婺学为主的理学氛围中。《元史·地理志》记载,婺州领六县:金华、东阳、义乌、永康、武义、浦江;领一州:兰溪州。婺州自宋代以来就与庐陵为中心的江西成为南方两大文化中心,形成了浓厚的文化气息和人文精神。《金华诗录序例》云:"金华称小邹鲁,名贤辈出,接考亭之传,衍濂洛之绪,以理学闻于人间。"以吕祖谦为首的婺学,是两宋两大理学派之一。婺州理学①具有包容性,容纳了吕祖谦为代表的东莱之学,陈亮为代表的事功之学,唐仲友的经制之学。理学讲究等级名分,讲究人的品格。作为婺州属县之一的浦江,深受理学精神的熏染,孔孟之道、理学之精髓培育出了深厚的人文传统,这些人文历史对浦江文化氛围的形成和月泉吟社的出现都有很大影响。

首先,浦江士人受朱熹、吕祖谦二位先贤思想的熏染。据《嘉靖浦江志略》记载:"宋咸淳三年建月泉书堂,立朱吕二先生祠。"朱熹、吕祖谦二人是宋代著名的理学家,月泉书堂为其立祠,悬挂二人画像,无疑是让月泉士人可时时敬仰二位先贤,见其人,想其学,以鞭笞学子。据方勇先生考证,尽管吕祖谦、朱熹没有来浦江讲学,二人更未能一起讨论、切磋,但吕祖谦来过浦江是有史可查的。吕祖谦九月九日重阳节来浦江登高、游山水一事在不少文献中有记载。吕祖谦自己在《入越录》中写道:"淳熙元年(1174)八月二十八日,自金华与潘叔度为会稽之游……三十日,早发。二里,石斛桥。溪流潺潺,岸旁大石如屋。桥西,走浦江道也。度桥而北。十里,石牛。有楼临路,楼下牖户亦明敞。主人留小语,云创以待使客,非其居也。……十里,新界。自石斛桥道出两山间,少旷土,至此山围始宽,秋稼极目,黄云蔚然。过义乌、东阳、浦江、永康四县巡检寨,婺、越界焉。"在浦江县城东南三十五里,至今仍有"石斛

① 婺州学派也称金华学派,代表人物为吕祖谦。婺学与朱熹创立的闽学、陆九渊创立的金溪之学并称全国三大理学学派。三个学派之间也存在交流,著名的"鹅湖之会"就是吕祖谦牵头,与朱熹和陆九渊交流论辩的聚会。朱熹生前几次到婺州讲学,接引弟子。死后,他的嫡传主要在婺州。因为大弟子黄幹门下的何基、王柏、金履祥、许谦都是婺州人,被称为"金华四先生",这支所传的朱学被朝廷视为理学的正宗。元朝理学称为官学后,四面八方的人都来婺州向许谦学习朱子之学。参见徐永明撰《元代至明初婺州作家群研究》,中国社会科学出版社,2005年。

桥"。《嘉靖浙江通志》卷六、《万历金华府志》卷四、《康熙金华府志》卷四、《乾隆浦江县志》卷二均有记载①,这些记载可佐证吕祖谦曾于重九日在浦江登过山。而朱熹为救灾事去南宋朝廷临安(即现在的杭州)述职,走得很匆忙。他从婺州往临安方向走,走的是官岩山附近的一条路,也经过石斛桥、官岩山一带,没有过浦江镇。尽管如此,浦江人却极为重视朱、吕二人与浦江的接触,为其立祠,努力将朱、吕二人的人格和学术都渗透到了浦江文化中,以此塑造浦江文人的灵魂。因此朱、吕二位先贤对浦江的文化影响深远。

其次,浦江士人对《春秋》思想的热衷。在浦江,讲理学、讲《春秋》颇有氛围。吴溪吴氏家族与谢翱一起开展了讲经活动,成立了讲经社,不定期地开展活动,并请谢翱、黄景昌等人讲《春秋》。

谢翱讲《春秋》,在浦江很受欢迎,"从者翕然"②,连方凤也很想去听,"翁衡与余子肖,俱尝从君(翱)受《春秋》,未卒业。诸学者经指授,率异向所能。余虽早衰,尚拟相从,尽衡霍之兴,归而潜文字以老。"③吴渭让自己的孙子良贵跟从谢翱学习。谢翱的父亲谢钥和外祖缪烈皆通《春秋》,谢翱从小跟随长辈学习《春秋》,受到《春秋》大义的严格熏陶。受家学的影响,谢翱自小就胸怀天下,不

---

① 《嘉靖浙江通志》卷六记为:"浦江……县东南三十五里曰石牛山,山侧有池,池中有石牛,水涸即见。载在吕东莱《入越录》中。"《万历金华府志》卷四、《康熙金华府志》卷四皆云:"登高山,(浦江)县东二十五里,相传为宋太史吕伯恭重九日于此登高,故名。"《乾隆浦江县志》卷二:"县北十五里外曰登高口,再进为登高山,其高百余丈。按郑仲涵《登高山九日记游序》云:'山在县东二十里,吕东莱太史尝于九日登之。'各志乘皆承其说,而今人多指此山为吕公登高之所。"尽管郑仲函写的诗序所说吕祖谦登山的方位与别的记载不同,但综合以上材料仍可断定吕祖谦的浦江之行是确有其事。

② (元)吴谦撰《谢君皋羽圹志》,见康熙壬午平湖陆氏辑本《晞发集》附录。

③ (宋)方凤《谢君皋羽行状》,见《方凤集》,第75页至第77页。

以世俗所累，宋濂称"其志汗漫超越，浩不可御，视世间事，无足当其意者"。当国家面临灾难之际，谢翱义无反顾地积极投身其中，捐家资，组织义军，转战于汀州、漳州、梅州、会昌、兴国等地。宋亡后，又流浪于两浙，成立汐社，参与、主事于月泉吟社。谢翱的足迹遍布了粤、闽、浙、赣，这些地方正好是南宋最后的抗元交战之地，所以谢翱耳闻目睹了众多的惨剧和悲壮，他也用手中的笔记录下南宋灭亡的过程。如《过杭州故宫》："禾黍何人为守阍，落花台殿暗销魂。朝元阁下归来燕，不见前头鹦鹉言。"《重过》："隔江风雨动诸陵，无主园池草自春。闻说就中谁最泣，女冠犹有旧宫人"，写山河破碎，抒发物是人非的感慨，颇似安史之乱后杜甫对时事诗史般的记载，"国破山河在"，"恨别鸟惊心"。南宋灭亡后，谢翱来到了浦江，与吴氏家族一起成立讲经社。浦江本县人黄景昌对《春秋》也很有研究，并给吴莱讲《春秋》，以至于吴莱到大都（今北京）参加进士考试时中的就是《春秋》科。《春秋》讲求"微言大义"，而且认为"大义"第一紧要是讲究名分等级，名分包括两个层面：一是君臣长幼的次序；二是"夷夏之辨"①。受到《春秋》的风气影响，在浦江，理学的正统思想很浓厚。

再次，因理学思想浓厚，浦江士人深受古人传统的天下观、国族观、忠君观、文化优越论的影响，对夷夏之辨有强烈的认同感。尽管孔子认为理想的夷夏关系是"裔不谋夏，夷不乱华"，二者和平共处。北宋石介也认为："各人其人，各俗其俗，各教其教，各礼其礼，各衣服其衣服，各居庐其居庐，四夷处四夷，中国处中国，各不相乱，如斯而已矣。"（石介《中国论》）但在历史的发展长河中，夷夏利益之争从未间断。中国古人独有的"天下观"，认为自己所

---

①　"夷"指"四夷"，又称"四裔"，包括东夷、西戎、南蛮、北狄，后来又成为少数民族的统称。

处位置就是世界的中心,也是文明的中心。大地就像一个棋盘或成回字形,由中心向四周不断延伸,地理空间越边缘,就越荒芜,越野蛮,文明等级越低。中心是王者住居的地方。"覆载之内,日月所临,华夏居土中。"(杜佑《通典》卷一八五"边防")"内诸夏而外夷狄","居天地之中者曰中国,居天地之偏者曰四夷。四夷外也,中国内也,天地为之乎内外,所以限也。"(石介《中国论》)古人认为中原就是中心,周边的四夷之邦围绕着中原,无论在文明等级还是财富积累上都低于中央,应受到中央的制约和管辖。

中国古人独有的天下观和国族观导出了独有的忠君观——"尊王攘夷"。尽管最早提出这一口号的是齐桓公,这种思想却被历代统治者提倡。齐桓公在管仲辅佐下,经过了内政、经济、军事等多方面改革,有了雄厚的物质基础和军事实力。为了突出自己和齐国的重要和地位而打出了"尊王攘夷"的旗帜,并且经过一系列的活动,最终确立了齐桓公霸主地位①。"尊王攘夷"政策使齐桓公的霸业更加合法合理,同时在客观上保护了当时中原经济和

---

①　"尊王",即尊崇周王的权力,维护周王朝的宗法制度。公元前655年,周惠王有另立太子的意向。齐桓公会集诸侯国君于首止,与周天子盟,以确定太子的正统地位。次年,齐桓公因郑文公首止逃会,率联军讨伐郑国。数年后,齐桓公率多国国君与周襄王派来的大夫会盟,并确立了周襄王的王位。公元前651年,齐桓公召集鲁、宋、曹等国国君与周王宰孔会于葵丘。周公宰代表周王正式封齐桓公为诸侯长。同年秋,齐桓公以霸主身份主持了葵丘之盟。此后遇到侵犯周王室权威的事,齐桓公都会过问和制止。"攘夷",即对游牧于长城外的戎、狄和南方楚国对中原诸侯的侵扰进行抵御。公元前664,山戎伐燕,齐军救燕。公元前661年,狄人攻邢,齐桓公采纳管仲"请救邢"的建议,打退了毁邢都城的狄兵,并在夷仪为邢国建立了新都。次年,狄人大举攻卫,卫懿公被杀。齐桓公率诸侯国替卫国在楚丘另建新都。经过多年努力,齐桓公对楚国一再北侵进行了有力的回击,到公元前655,联军伐楚,迫使楚国同意进贡周王室,楚国也表示愿加入齐桓公为首的联盟,听从齐国指挥,这就是召陵之盟。伐楚之役,抑制了楚国北侵,保护了中原诸国。

文化的发展,为中华文明的延续做出了大贡献。因此,每当出现汉夷之争,汉族政权出现危机,中华文化出现危机时,知识分子都会打出"尊王攘夷"的旗帜,以维护汉族的威严和统治。"人性和而才慧,地产厚而类繁,所以诞生圣贤,继施法教,随时拯弊,因物利用。三五以降,代有其人,君臣长幼之序立,五常十伦之教备,孝慈生焉,恩爱笃焉,主威张而下安,权不分而法一,生人大宝,实在于斯。"(马端临撰《四裔考》)古人把中国即中原想象成天下的中心,而天子代表中心的最高权威,"溥天之下,莫非王土;率土之滨,莫非王臣。"(《诗经·小雅·北山》)而认为四夷与生俱来就"居下":"天子者,天下之首也,何也? 上也。蛮夷者,天下之足也,何也? 下也。蛮夷征令,是主上之操也;天子共贡,是臣下之礼也。足反居上,首顾居下,是倒植之势也。……莫之能解,犹为国有人乎?""古之正义,东西南北,苟车舟之所达,人迹所至,莫不率服,而后云天子。"(贾谊《威不信》)将天下的中心由国变为家,即天下就是最高统治者的家,捍卫家的利益就必然要"攘夷"。天下之有主就如一家之有主,为此,就有了"圣人":"东海有圣人出焉,此心同也,此理同也。西海有圣人出焉,此心同也,此理同也。南海北海有圣人出焉,此心同也,此理同也。千百世之上有圣人出焉,此心同也,此理同也。千百世之下有圣人出焉,此心同也,此理同也。"(《宋史》卷四三四)"圣人贵中国贱夷狄,非私中国也,中国得天地中和之气,固礼义之所在,贵中国者,非贵中国也,贵礼义也。虽更衰乱,先王之典刑犹存,流风遗俗未尽泯然也。夷狄盛强,吞并小国,将乘其气力以凭夷诸夏,是礼义将无所措矣,此圣人之大忧也"。[①] 既然圣

---

① （南宋）陆九渊撰《大学春秋讲义》,见《陆九渊集》,中华书局,1980 年,第277 页。

人能够以"礼仪"天下为一己之忧,能够攘除野蛮落后的"四夷",那么尊重、爱戴进而拥护圣人就是普天之下子民应有的责任。这个圣人越来越清晰化为"君王",攘夷就是尊王。尽管古人的民族尊卑优劣观有一定局限①,但是面临民族危机和文化危机之时,民族观所表现出来的集体荣誉和文化归属感确为普遍士人广泛接受。

南宋遗民遭受到王朝灭亡之灾后,空前感受到一日不可无主的真正滋味。郑思肖虽非朝臣,却"痴忠"于宋朝君主,"我之所得者甚大也,奚自小之,乃不君其君,……五六年来,梦中大哭,号叫大宋,盖不知其几。此心之不得已于动也!""足大宋地,首大宋天,身大宋衣,口大宋田。"(《中兴集》自序)谢枋得《上程雪楼御史书》也说:"三纲四维,一旦断绝,此生灵所以为肉为血,宋之所以暴亡不可救也。……为人子止于孝,为人臣止于忠。"在宋遗民眼中,赵氏即是王朝,也是国家。"中国知识分子的最高理想是'应帝王','作宰辅','为帝王师',伊尹、周公、诸葛亮。……一般人很少能在意识和行动上冲破这个伦理——政治的政教结构,而总是心甘情愿地屈从于皇家权力和纲常秩序中,以谋得一定的政治地位和社会荣誉,政治上的人身依附和人情世故关系学极为严重,始终缺乏独立的近代人格观念。这正是中国知识分子个人

---

① 明确表明过此观点的有吕思勉、陈寅恪、傅雷等人。吕思勉在《中国民族精神发展之我见》中说:"近百年来民族主义的发展,其第一步还是沿袭着旧途径的,那便是盲目的排外。"陈寅恪在《冯友兰中国哲学史下册审查报告》中说:"其真能于思想上自成系统,有所创获者,必须一方面吸收输入外来之学说,一方面不忘本来民族之地位。"傅雷认为"只有深切领会和热爱祖国文化的人,才谈得上独立的人格,独创的艺术,才不至于陷入盲目的崇洋派,也不会变成狭隘的大国主义者,而能在世界文化中贡献出一星半点的力量,丰富人类的精神财宝。"(《致牛恩德》,见《傅雷文集》)

命运和自我意识的历史性的悲剧所在,也是知识分子尚未能脱出传统社会的一种表现。"(李泽厚《中国古代思想史论》)吕思勉同样认为:"民族主义鲜明的旗帜,无过于尊王攘夷之论。……然所以尊王,原是想一匡天下;而所以要一匡天下,则免于披发左衽,就是其中一个最重要的原因。……如此看来,攘夷之义实更重于尊王。"浦江文化注重气节,这与中国古代士人传统的忠君观、国族观一脉相承。

最后,浦江文化注重气节,反映了宋代士人价值观的主导倾向。宋代以儒学为立国思想,士人入仕前基本都接受儒家思想教育,以治国平天下为抱负。朝廷对士人的发掘选拔有多种方法,不仅有科举考试大量地吸收中下层知识分子加入进管理阶层,还可通过皇帝御赐出身等手段扩大人们进入仕途的门路。品格高尚,学识丰富的可以越级升迁,如遇到屈才的情况,还允许自己向朝廷提出,朝廷会进行必要的调整。朝廷对官员奖励、赏赐也比较多,尤其是对高级官僚的奖赏,"刑不上大夫",更对知识分子予以高度的关爱和保障。在工资俸禄、福利待遇上,对退休官员和遗属照顾也较为丰厚。赵姓皇权从政治地位和经济上优待士人,换取来的是士人对朝廷的支持和忠诚。元人修宋史,写忠义卷就有十卷之多。据祝丰年《宋代官吏制度》一书统计,忠义传中人数达173人,另外110人附传,总计达到该书人物的10.85%。相反,叛臣、奸臣等只有39人,占该书所记人物的1.4%。宋代的官员在朝时也能做到洁身自爱、奉公守法、忠勤体国,道德感强烈是宋代社会风气的主流。皇帝决定廷试时甚至也会以道德来取人。如:李谘的父亲想要休谘母,谘日夜号泣,不食不饮,直至感动父亲改变主意,当谘考进士时,真宗得知这就是安慰父母的孝子,就提谘为进士第三名。可见,在宋代科举及第的过程中,有时道德美名比文章优秀还有用,所以很多家族都注重家教,注意道德品格的培养,浦江的郑氏家规就是从宋代开始逐步形成。教诗书礼让以步青云是浦江望族家族的教育模式。如:吴渭家族的《吴氏家范》就写道:"训子之方惟教以诗书,间以礼让,使之步青云而来紫诰,其上也。其有智慧不逮于文,理不通者,躬耕之外无术也。"方氏家族宗谱也写道:"子孙有能励志读书,父兄须择明师,课以经义。……其功名利达虽有命,亦不失为诗礼之族"。强烈的道德感是宋代士人普遍的价值观,而宋代积贫积弱的国势,国家处在多事之秋的现实,恰恰为这种价值观提供了实践的"土壤"。士人享有优裕,面对的却是边疆战事不断的现实,因此忧国忧民是宋代绝大多数士人的思想。

综上所述,月泉吟社的形成离不开特殊的文化、地域和时代。在宋代重视文化、大力发展书院的政策下,月泉精舍蕴积了深厚的理学底蕴。浦江作为婺州之一县,浸染了"小邹鲁"的文化熏陶。由于靠近故都临安所在地,浦江还能享受到发达的物质便利,而元初整个江南地区遗民的互动则直接惠及月泉吟社,这些均为月泉旧社到月泉吟社的转变提供了条件。宋代士人的夷夏之辨思想尤其深刻,主要缘于两方面:一是宋代自建朝以来崇文抑武,文人的社会地位和俸禄待遇普遍强于以往,宋代士人对朝廷的感情非同一般,因此极力维护君主的正统地位是士人的普遍意识。二是当蒙古铁骑过江而来后,江南士子感到空前恐慌与彻底绝望。南宋遗民经历了新旧文化交替的剧变,心理难以适应,在缅怀旧朝的同时,更加珍视旧有的文化,排斥新朝与新的文化。加之传统士人对社会的责任感,对人格气节的执着追求,使得南宋遗民视气节重于生命,这些是月泉吟社形成的思想基础。

第二章 从浦江望族看月泉吟社的形成

月泉吟社征诗,是由浦江望族吴氏家族资助,吴渭牵头,延请同县大族方氏家族成员方凤,以及寓居在浦江的闽人谢翱、括苍吴思齐共同组织的活动。这次征诗的启示、题意、诗评、誓文等文字虽出自盟主吴渭之手,但作为本县享有威望的方凤理应为此次征诗的总策划之一。浦江吴溪吴氏家族和仙华方氏家族对月泉吟社的成立具有非同寻常的意义。本章欲从浦江家族、地域文化入手,对月泉吟社的形成及特色进行阐述。

一、浦江聚族"同居"的世风
——以吴氏家族和郑氏家族为例

家族与地方文化的关系密切而复杂。陈寅恪先生说"世家文化依赖于地域","其核心是优美之门风(家风)与因袭之学业(家学)"①,世家文化中家风与家学影响甚至决定着当时的政治与社会。在中国的历史上,家族一直是社会发展过程中非常重要的推动力。要弄清一地区的文化发展情况,就必须弄清楚该地区的一些代表性家族的情况,两者是分不开的。

---

① 陈寅恪著《唐代政治史述论稿》之《政治革命与党派分野》,上海古籍出版社,1980年。

　　我国古代东南出现了不少望族,这些望族凭借其财势和名声,通过物质资助或组织发起等形式,对当地的政治、经济和文化发挥着重要影响。"其耳目好尚,衣冠奢俭,恒足以树齐民之望而转移其风俗"(张海珊《聚民论》)。吴梅村亦云:"世家大族,邦之桢干,里之仪型,其有嘉好燕乐,国人于此观礼焉,四方于此问俗焉。"①世家望族具有影响一方的文化威势,因此,从家族的角度研究文学、文化现象,可以还原历史面目,丰富文学史研究的角度,即在师友结纳、文人社群、政治集团外,找到了文学创作另一种共同体力量,这必将有助于建立既有时间延续(门风),又有空间置根(地域),时空结合的中国文学新史②。月泉吟社之所以出现在浦江,与浦江的士族、世风有密切的关系。浦江吴氏家族、郑氏家族、方氏家族都是当地名望较高的大族。其中,郑氏家族在明代,吴氏家族在元代,方氏家族在宋代达到极盛。由于本书研究的对象月泉吟社发生在元初,此时期浦江三大家族以方氏家族为冠。因此,本章将以方氏家族和吴氏家族为中心,围绕方凤及其与吴氏家族成员的交往活动来展开。

　　1. 乐善好施的吴氏家族

　　浦江吴氏家族位于仙华山脚、月泉西侧,家境殷实,崇尚文化,乐善好施。在家族优良传统的影响下,吴渭身体力行,接济遗民,积极组织遗民开展缅怀故国的活动。既孝且义,是吴氏家族的第一大传统。吴氏、郑氏均是浦江闻名的家族,并且以"义居"著称。据《嘉靖浦江志略》载浦江县:"以义居闻者三(何氏、钟氏、郑氏),

---

　　①　(清)吴梅村著《顾母施太恭人七十序》,《吴梅村全集》卷三八,上海古籍出版社,1990年,第811页。
　　②　胡晓明撰《代序》,见朱丽霞著《清初、江南与家族文学》,上海古籍出版社,2006年,第5页。

效义同居者三(王氏、黄氏、吴氏)。"中国吴姓都奉周太王之子太伯、仲雍为始祖。据《史记》记载,太伯为了让位给弟弟季历而出逃,所避之地《史记》称之为"荆蛮"。太伯因受到当地居民的拥戴,建立了自己的国家"勾吴"。吴太伯无子,弟弟仲雍立,一传及简,再传叔达、周章。周武王灭殷后,寻求太伯、仲雍后裔,因周章已经实际治有吴国,武王因而封之,至仲雍19世孙寿梦时吴强大而称王。战国初,吴被越所灭,子孙就以国为姓。寿梦有四子,最小的儿子季札最贤,寿梦想立季札为继承人。季札不愿,让给长兄。由上述可见,在吴氏的宗谱溯源①中,守"悌"很凸显,权位谦让都发生在兄弟之间。而吴氏先祖季札挂剑则体现了吴氏宗族"义"的美德。据《史记·吴太伯世家》记载:"季札之初使,北过徐君。徐君好季札剑,口弗言。季札心知之,为使上国,未献。还至徐,徐君已死。于是乃解其宝剑,系之徐君冢树而去。从者曰:'徐君已死,尚谁予乎?'季子曰:'不然。始吾心已许之,岂以死倍吾心哉?'"徐国人赞美延陵季子:"延陵季子兮不忘故,脱千金之剑兮带丘墓。"季札挂剑,正是"己之所欲,亦施于人"美德的体现。

如果说既义且悌,是吴氏家族的优良传统,那么崇尚义气,乐善好施,是吴氏祖先流传给子孙的美德。据《金华贤达传》记载,宋时吴圭好施尚义。在太学时,有同学程某贷三十万钱葬其亲,被人诈骗,不能偿还,圭如数代还,众人都佩服他的义气,后来为官至承信郎。宣和二年(1120)冬,听说方腊在浙东起事,命舟东下。朋友劝阻,吴圭不听。系念母亲年老,又处于兵荒马乱之中,吴圭

---

① 尽管历来寻根问祖的过程中不乏臆造附会,但是从寻根问祖的出发点来看,本也无可厚非。况且,吴国本就是今天的浙江、江苏一带,以国为姓,自古既有。

不顾个人安危,坚持回家,结果在距家数十里时死于乱兵,爱国志士梅执礼为其撰写墓志铭。

自宋代以来,吴氏家族人才辈出。"维吴世族,望于浦阳。由宋迄今,簪绂炜煌,矧多儒硕,显于文章"①。据《吴溪吴氏家乘》记载,吴氏家族"一迁于鄱阳,再迁于严陵,三迁于浦江之新田吴村"②。自宋末至明代初,在浦江生活了六代人,其间"世多名儒巨卿,若集贤大学士行可,渊颖先生立夫,义乌知县清翁,松江府判良贵,……皆名著史册,彪炳古今。"③宋代为官入仕者中,十二世祖九璋公为宋代工部尚书,十三世祖蛮声宋时授登仕郎、秘书省校勘文字。吴渭这一代,因为正巧碰上宋元易代,所以仕途坎坷。至十五世幼敏、直方,吴氏家族成员的仕宦达到了高峰。宋末元初吴氏家族世代为官的情况具体见《宋元之际吴溪吴氏家族成员仕宦表》④(附录表2)。

浦阳吴溪吴氏家族知书达理,慷慨好施,素以重视文化教育闻名。据吴氏家乘记载:

> 吴蛮声,吴渭父,治《诗经》,登宋浙曹进士,授登仕郎、秘书省校勘文字,蓄书甚富,吴氏文风,公肇其先。
>
> 吴伯和……为月泉书院山长,月泉考志载公以振起斯文为己任,一时士论翕然。

---

① 乡贡进士修职韩府纪善同邑黄灏为吴氏家族撰《铭》,见《吴溪吴氏家乘》。

② 《万历辛亥二十六世孙尚信识》,见《前吴村志》,第118页。

③ 《嘉靖麟溪郑文元叙》,见《前吴村志》,第116页。

④ 因为月泉吟社成立于元代初期,所以本书只考察宋元两代吴氏家族成员的仕宦情况。

吴仲恭，蛮声子，……与王霖龙友善，授月泉堂录……有《乐闲山房稿》行世。

吴幼敏，字功父，授杭州路儒学正，转永嘉儒学……有《止所斋集》行世。

吴幼祥，伯和子……元授浙江行宣使。

吴似，字续古，仲恭子，元授绍兴府山阴县儒学教谕，……曰续古等皆时之高士，文章巨家也。

吴直方，字行可。学问宏博，姿性明敏，以郭庞鸿硕之学展为康济经世之业，泽被斯民，官至集贤大学士。

吴莱，字立夫，行可长子，七岁能文。

以上均为吴氏家族宋元两代的硕儒贤人。其中对月泉吟社征诗产生决定性影响的是吴蛮声之子吴渭。"吴渭，号清翁，……为义乌县令，国亡退食吴溪，慕陶靖节，自号曰潜，延至乡遗老方韶父与闽谢皋羽、括苍吴子善主于家。"①吴渭"自幼颖异，笃学，补将士郎，以浦阳尉兼护邑符，时寇扰亮蜂午，公修军械，崇学行，恩威并施，能声大著，移尹义乌，……多惠政。宋亡不乐仕进，匾所居曰潜斋。"②吴渭回到吴溪后，为了发展家族教育，与从弟吴谦一起办私塾，延请方凤为私塾教师。吴渭子吴幼敏、侄儿吴似孙及从弟吴谦等皆雅好慷慨，乐于接纳落魄志士，所以吴氏家族便成为遗民寓居的中心，这为月泉吟社的成立奠定了物质条件。在寓居吴氏家族之人中，谢翱、吴思齐本是投奔方凤的，却"遂俱客吴氏里中"（元

---

① （明）万斯同辑《宋季忠义录》卷十四，《宋代传记资料丛刊》，第二十九册，北京图书馆出版社，2006年，第334页。

② 见《吴溪吴氏家乘》"文学题名"。

胡翰撰《谢翱传》)。他们"每卧起食饮,相与语,意不能平,未尝不抚膺流涕也。"①吴氏家族为遗民提供了一个安定的住所,解决他们背井离乡、在外漂泊的温饱问题,使之免受饥寒之困,因此吴溪很快成为遗民寓居的中心,这也促成了浦阳遗民群体的形成。黄溍说:"浦阳方先生,馆同里吴氏,括吴先生善父、粤谢先生皋父,咸在焉。三先生隐者,以风节行谊,为人所尊师,后进之士争亲炙之。"②在以方凤、吴思齐、谢翱等为中心的遗民广泛交流过程中,月泉吟社也得以孕育,社规、誓文逐渐形成、成熟。吴氏家族的经济实力一向尚好,这是他们乐善好施的物质前提。吴氏家族在元代初期,所构新楼不在少数,仅吴幼敏一辈就有幼敏构"止所"别墅,吴幼祥构"望云楼"以思亲,晚构"栖碧楼"。从造桥一事也可见吴家的经济实力。吴渭为修治大南门外诸多桥梁之资,买田廿五亩,以其全部田租收入保证修桥费用。吴渭对其他扶贫济困,兴学育才的事,都很积极和热心,不愧为乡间之表率。吴氏家族有财力,更有对公益事业的极大热情。

月泉吟社的成立还得益于吴氏家族对文化的重视。吴氏家藏书极为丰富,自蛮声起家中蓄书甚多,一时名公巨儒都寄寓其家。家中藏书经吴渭传至吴幼敏,传经三代。吴幼敏家为吴氏家族中藏书最丰富者,吴直方、吴莱幼时均从中获益匪浅。吴直方七岁丧母,豪强欺其幼弱,家中更加衰败。直方虽年幼,亦感痛愤,便励志自强,奋发图上。在从兄幼敏家的书塾中,吴直方凝然如痴,至晚不归,执读弗辍。吴莱幼时也常从族叔幼敏家私取一书,连夜读

---

① （宋）方凤撰《谢君皋羽行状》,见《方凤集》,第75页至第77页。
② （元）黄溍撰《送吴良贵诗序》,《金华黄先生文集》卷十七,续修四库全书,第一三二三册,第256页。

完,次日又更一册,所看之书都能"琅然背诵,终篇未遗一字。"以至于幼敏"尽出所藏之书让其学习。"吴莱能博读群书,成为一世之大儒,完全得益于族叔幼敏家藏书丰富。吴氏阖族对子弟求学上进奖掖不遗余力,因此尊师重教,勤学苦读蔚成风尚。浓重的文化氛围使得吴家众多弟子为不辱门风,惴惴自奋,"不以得之深自负,而以负之重自惧。"自宋以来,考中朝廷文武科秀才、举人、进士者后先相继,代不乏人。

吴直方(1275—1356),字行可。父亲伯绍,性情宽厚。豪家欺其幼弱,时相侵凌,甚至夺其田,吴伯绍也无可奈何。吴直方年幼时便立志自强,后进入仕途。初,出游郡城和省会,但数年未酬其志。北走京城,孑然一身,居逆旅三十六年艰苦落魄,甚至到了缺衣少食的地步。吴直方身处困境,壮志却丝毫不减。有人劝其回家,他说:"生为寄,死为弃,等一死耳,何分冀北与江南乎?"其坚韧之性由此可见。由于吴直方气宇恢宏,太师马扎儿台留守汴京时延请直方,与之交流,吴直方很得太师赏识,便被延请到家教二子脱脱和也先铁木儿。吴直方与脱脱结下了师生缘,也有了向朝廷献言献策的机会。(后)至元三年(1337),身为长史的吴直方帮助脱脱终罢专权恣肆、拥兵自重的泰王伯颜的权柄。自此,凡国有大事,脱脱均先咨询吴直方而后执行。吴直方也以泽被斯民为己任,知无不言,脱脱均虚心采纳,逐一施行。因吴直方功高,升为集贤学士,阶资善大夫。没多久,直方便上章乞骸骨,以集贤大学士荣禄大夫致仕,食俸赐终身。吴直方官高位显,这除了与他性格"深沉有谋,人莫测其喜愠,夷险一致,可属天下大事"有关外,也离不开他早年在吴幼敏家博览群书所打开的视野,以及读书带来的独特气质和从众位长辈身上所受到的潜移默化的影响。从兄吴幼敏家多纳名士,如乡贤方凤、武夷谢翱、括苍吴思齐等常寄寓其处,或谈名理及古今成败治乱,或相互吟和唱酬,吴直方既然常侍左右,自然从中获益匪浅。可见,吴氏家族热衷藏书、崇尚文化的家风,对吴氏子孙影响颇深。

吴氏家族与月泉吟社关系最为密切。吴渭的长兄吴堨曾任月泉书院山长,以振起斯文为己任。咸淳三年(1267),邑令王霖龙创月泉精舍,吴渭的从弟吴谦被推荐为掌管精舍的学录。月泉吟社的成立离不开吴氏家族财力的支撑,以及吴渭的组织、联络等积极策划。

2. 孝义传家的郑氏家族

如果说吴氏家族为月泉吟社的形成直接提供了物质条件,那么郑氏家族则间接地影响了月泉吟社的形成。尽管“江南第一家”的称号是朱元璋赐封的,其实早在宋元时期,郑氏祖先已经将“义”的种子悄悄种下,并随着一代代人的继承、发扬,发展到明代才达到了鼎盛。北宋时,原籍睦州遂安县的郑淮,奉父亲郑安仁之命,慕名前往浦江,师从浦阳镇朴里巷的朱恮先生。由于天资聪颖,又勤奋好学,郑淮深受朱先生宠爱,后来朱先生将居住在感德乡承恩里的外甥女宣嘉许配给郑淮为妻,从此郑淮入赘宣家。北宋元符二年(1099),在郑淮夫妇的再三恳求下,郑渥、郑涗两兄弟也迁入浦江。兄弟三人定居浦江,兄弟、妯娌、老小之间关系十分融洽。鉴于郑氏三兄弟的为人及其家庭的和睦,当地人称之为“三郑”。“义”字当先,是郑氏家族为人处世的准则。宋至元初,浦江郑氏前辈,如郑淮、郑绮、郑德璋、郑铉均留下了义行佳话①。

郑氏义门奠基人郑淮的义行:靖康年间,金兵入侵中原,战火

---

① 芮顺淦撰《家族史上的奇葩廉洁德治的典范江南第一家——浦江郑义门琐谈》,《东南文化》,2003 年第 1 期。

四起，是年又遇大旱，庄稼颗粒无收，中原百姓经受不住战乱和自然灾害的双重打击，纷纷随朝廷南逃，以求生计。受过严格儒学伦理教育的郑淮，眼看着逃亡途中尸横遍野、家破国亡的凄惨景象，决心尽已所能救助灾民。郑淮夫妇卖掉几乎全部家产以赈济灾民。为了感恩，人们把夫妇俩居住的地方称为"仁义里"。

郑义门十五世同居的创始人郑绮的义行：因祖父毁产赈灾，郑绮自幼家贫辍学。但他家贫不落志，勤耕苦读，"朝出耕垄上，挂书于牛角，稍释末，辄取读不辍，夜更澄坐，或读书至达旦"，著有《春秋榖梁合经论》。郑绮主张以孝义立身，肃睦治家。父亲郑照因得罪势家致囚，为救父，郑绮以头撞圜扉出血，上书乞代父受刑。母亲瘫痪，久病在床，郑绮喂汤侍药，抱持就厕，三十年如一日，从不懈怠。母亲思饮甘泉，而时逢盛夏天旱，水脉皆绝，他"凿溪数仞而不得泉，乃恸哭其下三日夜不息，水为之涌出"，人们皆以为是因其孝感天所至，后人遂将此眼泉水称之为"孝感泉"。郑绮还善待族人，当他发现有族人"操瓢丐于道者"，便将其带回家，并"呼妻卖簪珥制衣衣之，且割所耕田禾以给"。代父受刑，敬嫂如母，扶持病母三十余年，情真动天地，引出孝感泉的感人故事流传至今。郑绮的行为，正是封建社会中理想的"行之一身则一身正，行之一家则一家顺，行之一郡则一郡理，行之四海则四海翕然归化"①人格准则的体现。在弥留之际，郑绮召全家子孙于祖先灵堂之下宣誓："吾子孙如若不孝不悌，不同釜炊者，天灾临殛之"。郑绮共财、同居、合食的遗训，代代相传，没有一个人违背，即使在朝廷当了大官的子孙，在家仍受到家规的制约。

---

①　(明)邱濬《大学衍义补》卷八十三，张岱年主编《传世经书》经库，朱维铮主编《经学史》，海南国际新闻出版中心，1996年。

　　义门的五世祖郑德璋的义行：郑德璋勇武好义。时有乡绅卢氏，横行不法，欺压百姓，郑德璋愤慨填胸，在卢氏诞辰之日，送去一只螃蟹，以示讥讽。宋元交替时，社会动荡，盗贼四起，德珪命其弟德璋以计诱之，捕获贼首，押送官府治罪。后又建立联防，垒大石为城，抗御贼盗，使乡民得以安生。宋元之际，战乱、灾荒让百姓饥饿待毙，郑德珪、郑德璋兄弟俩便请饥民来家同食。

　　孝顺父母，友悌兄弟，伸张正义，为民除害，这就是郑氏家族的为人准则。郑氏家族倡导的以"儒"治家，合食共居，礼仪独尊的做法，继承和发展了中国儒学文化。郑氏义门"家国一体"的思想，及其"乐善好施，忠孝义和"的行为，继承了儒家的孝悌之道，把敬兄尊父的"孝"、"悌"推广为一切社会人际关系的友善。郑氏《规范》有："吾家既以孝义表门，所习所行，无非积善之事，子孙皆当体此，不得妄肆威福，图胁人财，侵凌人产，以为祖宗植德之累，违者以不孝论。"在郑氏家族中，众人每日要晨训，听训诫："人家盛衰，皆系乎积善与积恶勤惰而已。何谓积善？居家则孝悌，处事则仁恕，凡所以济人者皆是也。"可见，"孝义"思想成了全族行为的准则和精神的凝聚剂。郑氏义门奉行"孝悌忠信礼义廉耻"，规定"既仕，必须时刻以报国为己任，奉公勤政，抚恤百姓，不可一毫妄取于民。若有贪赃枉法之事，生则于图谱上削去其名，死则神位不许进入祠堂"（《劝惩簿》），这些族规和观念都打上了传统儒家道德的烙印。

　　郑氏义门世代牢记祖先遗训，做到共财、同居、合食，在家族中实践着儒家的齐家思想，以十几代人的力量将抽象的儒家治家思想具体化。义门后代所秉持的兄弟和睦、自强不息的人格理想，勤劳俭朴的持家原则，尊师重教的教育思想，都充分展现了儒家"和为贵"、"己所不欲，勿施于人"的忠恕原则，以及"于此有人焉，入则孝，出则悌"的孝悌原则。而这些准则的背后是"天下之本在国,国之本在家,家之本在身"①,以及宋代理学思想宣扬的诚意、正心、修身、齐家、治国、平天下等纲常伦理。郑氏家族秉承的正是有宋以来社会精英普遍认为的,治理国家必须以孝敦本,而要做到以孝治天下,首先就要尊祖睦族,在家族内部倡率孝道,然后渐及全社会的观点。这种思想对郑氏家族影响很大,使之在整个宋代社会大家族渐趋解体的趋势之下,却能蓬勃壮大。由于宋代商品经济发达,宋代家族由于经济地位很不稳固,总趋势呈衰落态势,原始家族公社制受到外部势力冲击,族众生齿日繁,费用浩大,家族成员生活水平很低,甚至出现了家族解体的征兆。如郓州张诚家族除日常衣食供应外,别无积蓄。永乐姚氏家族不仅因歉收举家搬迁以解温饱,甚至还因无力应办朝廷均籴粮米而全家日夜哭泣,准备逃亡。尽管宋代家族呈现衰落的态势,浦阳县的郑氏家族却呈现出上升的强势,宋末元初出现了"孝义门"。宋元时期,浦江县有关郑氏的地名就有"仁义里"、"孝感泉"、"白麟"②、"东明精舍"等。它们无时无刻不向人们昭示以儒家思想治家的郑氏对浦江当地世风的影响力。

3. 浦江世风

浦江望族的家族文化为月泉吟社的形成提供了文化基础。浦江望族的家风对该地区"习俗醇厚"③世风的形成起着巨大作用。

---

①　(战国)孟子著《孟子·离娄上》,中华书局,2010 年,第 127 页至第 148页。

②　郑氏祖先郑淮迁居此地后为之命名,原名为"香岩溪"。白麟溪源出西北,绵延东南,幽曲环复如带,义门郑氏居其湄。

③　见《嘉靖浦江志略》卷二"民物志"之"风俗"条,第 2 页。

浦江在元代为浙东道宣慰司都元帅府治所婺州路①。"浦江在婺为山邑,非宾客商贾之所奔凑。民生其间,往往朴茂质实,力农务本,耻于华言伪行。"②据《嘉靖浦江志略》记载,浦江地区在很早以前就有"信鬼神,重淫祀"的习俗:"本邑浮屠劳氏之宫,岳祇神鬼之祀,奚啻百十,曰:不如是不足以延福也。元宵花朝之愿,男女锣鼓之声遍于中外,曰:不如是不足以禳灾也。有丧之家迎奉道佛、修斋设醮,动经数日,曰:不如是,则死者不得其所,生者不受其荫也。而不知违道、乱伦、失序、破家、毁业未得福也,而先受祸矣。呜呼,移以事父母、敬长上、修田庐学舍,不获福者哉? 吾民其试思之。"

　　然而世风并非一成不变。六朝前期,吴越民众仍以尚武逞勇为风气,粗犷中蕴涵精雅则是吴越文化的显著特征。晋室南渡后,士族文化的阴柔特质及其对温婉、清秀、恬静的追求,改变了吴越文化③的审美取向,逐步给其注入了"士族精神、书生气质"。浦江望族多以儒家为治家思想,特别崇奉有宋一代的理学。夷夏之辨的思想在宋代极盛,如梁启超言:"正统之辨,昉于晋而盛于宋"④。月泉书堂为朱熹、吕祖谦二位先生立祠,悬其像,就是要将理学正统观念植入浦江人的思想中。

　　总之,月泉吟社成立于充溢儒家正统思想的浦江,与当地世风

---

　　①　(明)宋濂等撰《元史》,卷六十二,志第十四,地理五,中华书局,2000 年,第 1497 页。

　　②　(元)柳贯撰《元赠承事郎婺州路浦江县尹金府君阡表》,见《柳贯诗文集》卷十二,第 255 页至第 256 页。

　　③　楚国打败越以前,以太湖、钱塘江流域为中心的越文化基本上是夷越文化,属于吴越文化圈。

　　④　梁启超著《新史学·论正统》,见《梁启超全集》第二册,北京出版社,第 747 页。

密不可分,世风的改变又深受浦江聚族义居、不信佛老、敦友睦邻等望族文化的影响。

二、簪缨蝉联不绝、清节素风传家的方氏家族

浦江三大家族中,吴氏家族在元代最为鼎盛,郑氏家族则在明代,只有方氏家族在宋代显赫。宋元易代之际,方氏家族中的方凤以其在当地的影响力对月泉吟社的形成起到重要作用。

> 浦阳之北,有山蟲其后,名曰仙华山,奇秀高耸,往往笃生异人。邑大姓方氏,世居其麓。方氏由唐处士元英曾孙景傅公由睦来迁,盖乐其山川之灵秀也。……余若果、若登、若策,亦举进士第,簪缨蝉联不绝,乃浦阳仕族之冠。……方氏先祖,代有闻人,多以清节素风传家,堪为后起者师。(柳贯《仙华方氏宗谱序》)

从柳贯序可知,仙华方氏是唐代处士方干的后裔。景傅公路过浦阳仙华山,惊异于仙华山的毓秀,决定定居仙华山山麓。"偶游古婺,过浦阳江桥,经仙华之麓,徐步峰峦之顶,有仙姑祠,相传为轩辕氏之少女修真于此。其山之毓秀钟灵,固出胜非常,公爱是登眺不已,见诸峰插天,嵌崎历落,环山抱水,接雾连云,远可以藐沧海于一粟,近可以收寰堵于弹丸。于焉憩足,徘徊不忍去。乃就岩下,卜筑以居之。"①

自迁至仙华山以来,浦江方氏家族人才辈出。"吾浦邑之名

---

① 《始祖辅卿公传》,见《浦阳仙华方氏宗谱》卷二。

山,惟仙华为最秀,而仙华一山之秀,惟钟灵于方氏为独盛。其先世之名贤仕宦远不胜述,第近观其人文蔚起,杰士挺生,毓秀之隆,历历可指。""景傅公从睦鸬鹚迁浦阳仙华山麓,而家世子孙,自宋至明,科目明经,宏材显达,次第鹊起,代亦不乏,三赐恩荣,固见显扬之美"①,"邑有方氏,始于景傅公,自桐庐来迁,得仙华灵秀。传四世至华资公。华资公中宋仁宗嘉祐八年进士,仕到礼部尚书。神宗元丰八年,御书飞白赐之曰:清节素风之家。五世扬远公,登哲宗元祐三年进士,历官兵部尚书,有能名,上屡降诏宠谕之。其后,如辉铸、上洙诸公,亦皆食禄于朝,以至簪缨蝉联不绝,乃为浦阳仕族之冠。十一世孙方凤,更以道德文章为人尊师,后进之士争亲炙之。呜呼,仙华方氏可谓盛矣!"②从景傅公至方凤共传十一世,方氏家族出现了四位进士,一位解元,两位尚书,还有不少入仕者③:

华资,字逢源,中嘉祐八年进士第,授长洲知州,转屯田员外郎,迁宁国观察使,转知泰州、徐州,升江淮盐铁使,加户部侍郎,即擢礼部尚书,出镇江东安抚使。以论新法忤王安石,出知真州,未上任被赐死。后上甚悔之,因改葬仙华山下之登高口,追赠金紫光禄大夫,封少帅高平郡伯。娶盛氏,封高平郡夫人。

扬远,字遐举,中元祐三年进士第,授秘书正字,迁大理寺丞刑狱,出为河北转运使。上念其可当北门锁钥,以兵部尚书赐节出镇

---

①　《仙华方氏宗谱·仕宦引》。

②　方勇先生撰《浦阳仙华方氏宗谱腊印序》。

③　见《方凤集》和《仙华方氏宗谱》。仙华家族方凤一支传宗辈分情况是:景傅→彦招→章宠、章遇→华资、华贯、华贞→扬道、扬远→辉镐、辉铸→上涛、上湜、上洙、上涣、上沂、上泐→同丰→云昉→汉达、汉通、汉逵→元凤、元珣、元珏→善樗、善梓、善栋。

大名府,封同安郡开国男,食邑五百户。娶兰溪范公少保女,封同安郡夫人。

锐,字世平,仕忠翊郎。

镐,字世赏,任宁国府经历①。

铸,字世范,历官太常寺博士,赠奉直大夫。学裕经纶,操持贞介,名闻于朝,授秀州通判,转知福、清州考,除太常博士,迁秘书阁少监,赠奉直大夫。

幹,字彦材,仕承事郎。

远可,字行之,授秘阁校理。

献可,字益之,仕朝议大夫。

郭,字明之,任宣议郎。

源,字载深,任常州府通判。

津,字载问,任江西布政司。

清,字朝宗,任本邑县尉。

洙,字宗鲁,历官新州太守。

湜,授宣议郎。

汸,应选入太学,升上舍,应进士举。

文明,字元高,将仕郎。

南仲,字元明,授迪功郎。

梁,字叔材,解元,任山阴县尉。

宁之,任宣教郎。

守之,授宣教郎。

宠之,字彦助,官大理寺评事。

祐之,任临安巡检。

———————

①　注,经查对,《宋代官制辞典》、《中国历代官制大词典》均无此官名。

果,字叔毅。中隆兴癸未(注:南宋孝宗1163年)科进士,任临安通判,赠朝散大夫。

云登,字王进,知饶州府,加中宪大夫,以文学知名,所著有《月泉记》。

焕,字茂叔,仕丹阳知县。

祖约,仕县尉。

燧,字仲明,封武翼郎,为秀州路令。

辉,仕安庆府通判。

炳,字叔文,缙云县知县。

烜,为节干。

东,授开州判官。

昉,以文学授本邑教谕。

策,原名汉名,字章父。进士,养亲不仕。

汉达,方凤父亲,中书舍人。

凤,字韶卿。容州文学,崇祀乡贤祠。

樗,字寿父,以明经授本邑教谕。

梓,字良父。任义乌训导。

另外,从方氏家族食禄及品阶的情况来看,方氏家族成员中享正一品、正二品的各有1人,享正三品的有2人,从三品1人,从五品1人,从五品下1人,正六品2人①。可见,自景傅公从睦迁浦阳以来,仙华方氏家族人才辈出。自华资公起,方氏家族迎来了最辉煌的时期,"凡四世俱能政事显,家学渊源,后先辉映,是诚无忝于清节素风之家声也"②。方氏家族成员通过参加科举考试进入

---

① 数据来源于《仙华方氏宗谱》,参照《宋代官制辞典》进行统计。

② 潘良贵撰《太守洙公传赞》,见《仙华方氏宗谱》。

仕途,所任官职多为文官。"有子为儒,知家教之有方也。"宋濂认为方氏家族累世食禄,与家族的教育密不可分,这点从宗谱可见一二①:

　　　　正家之训,惟孝为先。为人子者堂体父母爱子之心,竭力孝养以报。

　　　　子孙有能出仕者……务宜进思尽忠,退思补过,勿得贪酷,以丧名节,勿得奸恶以愄。

　　　　子孙有能励志读书,父兄须择明师,课以经义,作文俾应科举。或家窘而不能上进,富厚者资助之。其功名利达虽有命,亦不失为诗礼之族。

　　　　人能出仕,务在尽忠。无论秩之崇卑,皆当奉公称职,勤政恤民,毋得贪酷以丧名节,毋得奸恶以玷官箴,上辱祖宗,下羞子孙。

　　　　世人生女往往多致淹溺,男女皆属天亲骨肉,切不可弃而没之。俗云养女虽嫁即荆钗裙布,有何不可?

　　　　人子生日,此父母劬劳之日也。如父母具庆,当置酒以奉,欢娱父母。俱亡,当倍悲痛。此感恩报本之道也。

　　方氏的家族教育崇尚清节、仁爱、感恩、思进、诗礼。"清节素风"是方氏家族治家的准则。因方氏家族代代都有入仕食禄者,"科目明经,宏材显达,次第鹊起"②,所以家族特别注意廉洁自律的教育。如华资公为江淮盐铁使。盐铁使主管盐、铁、茶专卖及征

---

　　①　均见《仙华方氏宗谱》之"家规"。
　　②　《仙华方氏宗谱》仕宦引。

税的使职,掌管食盐的生产及专卖,矿冶(包括银、铜、铁、锡等)的征税等事务。盐铁使为财经要职,常以重臣领使,或由宰相兼任。华资"性生而忠孝耿介"而被委以盐铁使之职。任职期间,他"廉洁自持",故方氏家族被皇帝御书封赐为"清节素风之家"。此后,后世子孙传承了这种美德。又如果公,光禄大夫之后裔,湛深经术,学养兼优,掌临安国税,毫不苟取,"白叟黄童莫不诵德而歌",吴直方赞之曰:"一生志清白廉明,何殊于清节素风也。"华资公好为古文,嘉祐进士,与苏轼兄弟同榜,皆为欧阳文忠公器重。扬远公,聪明智慧,隽拔慷慨,以文章震耀一时,忠孝克尽,文武皆通。诗书律己,兵甲藏胸,举元祐进士第,授秘书正字,知袁州萍乡县,迁淮南节度使推官。扬远子辉铸,慷慨慈祥,学裕经纶,操持贞介,德业文章,克振耀于当时,在朝在野咸称其为忠清良翰之臣。后他捐地施金,改筑仙姑祠于仙华山麓,以便民之奉祀。辉铸之子上洙,好稽古,善属文词,乐广交海内学士文人,上矢忠于朝廷,下施惠于闾里,蔼然古大臣风范。方氏家族成员在官则忠清仁爱,在家则耿介直方,因此,严气正性、未尝苟同于俗的美德一代传一代。

　　方氏先人的耿介禀性、怀才报德、尚义存仁,都对方凤产生深远影响,而父子尚书、四世俱显的家族荣耀,更无时无刻不激励方凤。他心系社稷,积极奔走在浦阳遗民群体间,慷慨悲歌,为月泉吟社的征诗活动出谋划策。

三、方氏家族的处士精神与富春江的人文气息

　　作为诗礼之族的方氏家族,不入仕者亦能淡泊超然。方氏家族的处士精神始自方干。方干生于唐代宗大历三年(768),德宗贞元十二年(796)丙子科。因左唇缺,应举不第,隐居会稽镜湖。

后遇医补唇,可惜年岁已老,终因朝廷慰藉名儒不遇者十余人,才被赐官。《唐才子传》记载"干,字雄飞,桐庐人,幼有清才,散拙无营务,大中中,举进士不第,隐居镜湖中。……家贫,蓄古琴,行吟醉卧以自娱。……无复荣辱之念",咸通末卒,谥曰"玄英"。作为中晚唐重要的诗人之一,方干诗歌以苦吟创作著称。坎坷身世使方干对禅宗的体悟尤为深刻:"亦恐浅深同禹穴,兼云制度象污樽。窥寻未见泉来路,缅想应穿石裂痕。片段似冰犹可把,澄清如镜不曾昏。欲知到底无尘染,堪与吾师比性源。"(《僧院小泉井》)方干用体悟的方式写泉,心与泉通,以诗心写泉,感悟禅理,甚至在诗中直言:"人世驱驰方丈内,海波摇动一杯中。"(《题乌龙山禅居》)诗中充满禅趣,对此金圣叹慨叹:"先生不惟精诗,乃又精佛。人不甚说,此是何故?"(《贯华堂选批唐才子诗》卷八)方干以其"不戚戚于贫贱,不遑遑于富贵"的人格倍受时人称道。"官无一身禄,名传千万里",方干隐居在富春江山水之间,他的诗歌却"广明中,和间为律诗,江之南未有及者。"①范仲淹在《元英先生传并赞》中称方干"秉性耿介","资禀高敏,于书无所不览,善为诗,……江左名家未有及者",诗歌"名驰海内","文雅先生志节存,严陵滩下白云村。唐朝三百年冠盖,谁与诗书到子孙?"方干开创的诗礼家风被后代子孙承继沿传,他所居住的芦茨村(又被称为白云村)被称为"进士村",方氏后裔曾有十八人中第进士,仙华方氏也保留了诗礼传家的优良传统。

方氏家族中超然淡泊者累代有之,元英处士之后有景傅公和梁公、策公。元英处士三世孙景傅公,《始祖辅卿公传》曰:"生而颖异,七岁能属文"。因为父亲为仇家所陷而入狱中,后虽冤白放

---

① (清)董诰等编《全唐文·方元英先生传》,中华书局影印,2001年。

回,但终因"受狱中瘁楚久竟以病卒。"自此,景傅"不复以功名书史为念,肆志于山水",淡泊超脱。光禄大夫之后代策公爷孙二人也是方氏家族成员中淡泊超然的人物。梁公,授山阴县尉,并有政声,解绶归后,惟拥图书自适,日与高人雅士觞咏怡年。梁公之孙策公,原名汉名,字章父,也为光禄大夫之后,"性笃孝养,无心仕进,常曰:食于朝以事君,吾宁食于家以奉亲也。"策公中进士却因养亲而不仕,翰林学士吴直方赞之曰:"隐居求志,顺时而行藏。"①

　　处士是隐士的别称,处士精神的精髓是气节,然而气节的内涵也随时代变迁而变化。隐逸之祖伯夷、叔齐,虽然不满商王的暴政,但是对倾覆商王朝的事实却难以接受。当武王东伐时,兄弟拦马死谏,死谏无效,就甘当前朝遗民。伯夷、叔齐不能背叛的是商王旧朝,当武王伐商成功后二人仍以"不食周粟"为义,以替前朝守节为荣,隐于首阳山,饿死不悔,首开隐士守节精神之先河。尽管传说时代的许由早就拒绝过唐尧之让位,但是许由只是高士,他拒绝尧的理由是"不为名"②。因此,隐士拒绝功名自许由始,隐士守节则自伯夷、叔齐始。方干志节存严陵,选择并隐居白云源更富有特殊意义,将桐庐、富春江的隐逸文化牢牢地根植于方氏后代的思想中。尽管迁居仙华山,方氏子孙仍保存了富春山水所赋予的毓秀、敏慧、坚贞、执着的美德。

　　富春江的严陵滩,不仅有优美绝伦的山水风光,更富有丰富深厚的文化底蕴。《后汉书·逸民列传》记述:"严光字子陵,会稽余

---

　　①　(元)吴直方撰《通判果公解元梁公进士策公传赞》,见《仙华方氏宗谱》卷二。
　　②　(战国)庄周撰《庄子·逍遥游》,中华书局,2010 年,第 1 页至第 14 页。

姚人也。少有高名,与光武同游学。及光武即位,乃变姓名,隐身不见。帝思其贤,乃令人物色访之。……遣使聘之,三返而后至。舍于北军,给床褥,太官朝夕进膳……光武车驾幸其馆,光卧不起,帝即其卧所,……光又眠不应,良久,乃张目熟视,……除为谏议大夫,不屈,乃耕于富春山,后人名其钓处为严陵濑焉。"严陵视富贵如浮云的傲岸多为后世称道,如北宋范仲淹《严先生祠堂记》对严光淡泊名利、高风亮节赞云:"云山苍苍,江水泱泱,先生之风,山高水长。"也有人赞赏严子陵隐逸的志趣,如月泉吟社诗人魏新之《访俞星叟观鱼轩》写道:"严子台东老叟居,星翁原是客星馀。青云有路无心问,镇日观鱼不钓鱼。"①笔者认为严子陵更可贵的是坚持"淡泊名利,高风亮节"的决心和勇气,以及对人生信念的坚定不移,南宋遗民从严子陵身上吸取到的也正是这种坚守气节的力量。富春江的气节之魂还体现在子胥野渡。七里滩上游有一道著名的溪水名为胥溪,该溪水由北汇入富春江。入口处有一渡口,上有攀崖,石刻"子胥渡"。相传春秋吴越时代,楚臣伍子胥被楚平王迫害而东奔吴国,途中经过此地,正因江阔无以为渡发愁,遇一白发艄公,为他摆渡。艄公为表明严守秘密的心迹,在子胥渡江后自刎。为了纪念艄公忠义的义举,将此处取名"子胥野渡",并刻有石碑以纪念。唐代睦州诗人喻坦之赞道:"日生沧海赤,潮落浙江清。……西陵烟树色,长见伍员情。"白发艄公身为一介布衣,却能为自己的誓言献出宝贵的生命,他的舍生取义之举激励着南宋遗民守信、守节。子胥和子陵二人均彰显了节义的光辉!

---

① 桐庐县志编纂委员会编《桐庐县志》,浙江人民出版社,1991 年,第 664 页。

以气节为魂的富春江与浦阳江有割舍不断的关联。在人文地理上，浦阳的一部分曾是富阳的地方。富春江流贯浙江省桐庐、富阳两县，历史的渊源让二者在文化上牵连不断。发源于安徽省休宁县的新安江，经淳安至建德梅城的三江口与来自衢州的兰江汇合成富春江。浦阳江源出西深裹山，东流五十里，绕县郭之南，又百余里，到诸暨境内始通舟，又二百余里，经越之钱塘入于海。富春江再流经萧山闻堰的东江嘴，与浦阳江汇合后注入杭州湾即钱塘江，最后注入大海。浦阳江和富春江异途同归，均带着一路的古风，一路的人文，汇聚南宋故都临安，成万众归心之势。富春江隐逸文化与节士精神浸染着南宋遗民，对月泉吟社的主旨形成也起到春风化雨般的作用。从历史地理来看，浦江和富春江也互相依存。据《金华府志》记载：浦阳陈隋以前为乌伤之北鄙。隋代开皇九年为婺州戍堡。唐天宝十三载升为浦阳县，又析兰溪之东二乡，及杭州富阳二里之地附焉，戍犹置将不废。五代时钱镠据两浙，因与淮南节度杨行密有仇，凡属地与杨同音者，悉请于梁而更之，贞明三年遂改为浦江。宋因之，为上县，元为下县，仍隶婺州①。

　　浦江县的地理条件也促成了月泉吟社的形成。隶属于婺州的"弹丸蕞尔之乡"，"浦阳仙华为屏，大江为带，中横亘数十里，而山盘纡，周遭若城，洵天地间秀杰之区也"（宋濂《题张如心初修谱序后》），地形为盆地，山峰连绵不断，环绕着县城。为了寻找月泉人的足迹，感受一下"周遭若城"的地理条件，笔者特意找了一个仲春的周末进行一次浦阳之旅。自上海乘火车至义乌，再从义乌乘

---

　　①　（明）王懋德等修《金华府志》卷之一"建置 疆域"，中国方志丛书，华中地方，第498号，成文出版社有限公司印行，1983年。

汽车进浦江县,一路上映入眼帘的是郁郁葱葱的山。尽管山不算高,但一座紧接一座,有群山环绕的安谧和宁静。这环邑的群山可以抵掉来自外部的冲击,安谧和宁静也多少拂拭了宋元之际的硝烟。"硕儒豪杰之士,穷处于家者,耻沦异姓,以毁冠裂裳为惧,则相率避匿山谷间,服宋衣冠以终其身"(明·储罐《晞发集引》),这块宁谧的土地就成为"高智远略之士","若大羽之乔林,巨鳞之沧海"般地"由他郡徙居之"之地,遗民也不例外,这为月泉吟社的形成提供了安定的环境。浦江以仙华山为主的群山,对"肆志于山水"的景傅公具有极大的吸引力,而景傅公的不念功名、淡泊超然则传承了富春江的人文传统。

四、开金华诗学之盛的方凤

月泉吟社的盟主虽是吴渭,但是吟社的灵魂人物却是方凤和谢翱,二人不仅是吟社征诗评赏的定夺人物,更对吟社的主旨及当时的世风和文风都产生了不少影响。作为文天祥的支持者,谢翱以抗元义举与爱国诗文在遗民中产生广泛的影响,布衣方凤的影响则来自多方面。

首先,与方凤的经历有关。方凤(1240~1321),亦曰韶父,字韶卿,一字景山,号岩南,堂名存雅堂,故人多称存雅先生。关于方凤的生卒年,学生柳贯《方先生墓碣铭》云:"年八十有二……卒于至治元年(1321)正月。"方凤尽管生不逢时,却不苟且偷生,曾经出游杭都,尽交海内名士。由于文章得到了将作监丞方洪的赏识,便以族子的身份荐任试国子监,并举上礼部,虽然没中第,却为舍人王斌赏识,延请至王家教二子大、小登。由于王斌与丞相陈宜中为亲昆弟,方凤获得了面见丞相的机会,并趁机表达了自己挽救国

家和人民的主张。方凤的建议虽然未被采纳，但是布衣面见丞相
的经历，使得方凤的人生与绝大部分乡村知识分子有所不同。方
凤还"好奖掖"，"士有一善，未尝不与之进"①，因有感于程门立雪
流芳千古，写下了《伊川门雪》："定夫中立希贤士，事师河南程叔
子。门外雪深三尺绝，假寐觉来犹在此。此生铁石为肺肝，心欲求
道宁知寒。他年传授高弟子，不愧芳名千万看。"方凤曾在临安为
王家塾师，宋亡回到浦江又被吴渭请为吴氏塾师。同郡黄溍、柳
贯、吴莱皆出其门。中国自古就有尊师重教的传统，颜渊说"事师
之犹事父也。"作为私塾的先生，方凤为当地人景仰。谢翱认为：
"吾去乡，交游惟婺睦间方某、翁某数人最亲。"（方凤《谢君翱行
状》）吴思齐有同感："吾二十年择交江南，有友二人焉曰方韶父，
曰谢君皋父。"（黄溍《书吴善父哀辞后》）方凤以其丰富的阅历和
学高为师的身份，在当地颇负盛名。

其次，与方凤的思想有关。方凤受到儒家思想的熏陶，胸怀社
稷苍生，对江山社稷、时事民生深为关注，对家国机宜、兵食大计，
也"早有闻知"，因此宋濂《浦阳人物记》称"凤有异材。"由于曾在
舍人王斌家任私塾先生，有机会结识丞相陈宜中，方凤不顾自己布
衣身份，"三以策告"："凤虽一介布衣，伏处草莽，其于家国机宜，
兵食大计，尝窃窃讲究。"（《上陈丞相书》）方凤对治国之事颇有主
见，《上陈丞相书》文充分展现了方凤指点江山的魄力和眼光的敏
锐："语有之：善卫室者，不于户牖而于门庭。又曰：缓则治本，急
则治标。夫长江带水，固国之标，而今之门庭也。效义揽忠之臣，
奚第棋列内郡，徒掣之肘？宜急徙之沿江，以控要害，百里设屯，十
屯设督，驿络统制，使往来奋击，互为声援，则险要乃扼也。"方凤

---

① （明）胡翰撰《胡仲子集·谢翱传》。

对战略布阵提出自己的设想,对宋王朝的致命弱点也会直言不讳地指出:"国家惩戒五季,一意儒臣,尾大之弊虽除,然酿成积弱,敌锋所摧,目无坚城"。宋朝重文轻武的国策虽然使得儒生获得了优待,但是长期以来军队的羸弱松散使得宋兵面对外敌入侵束手无力。方凤作为一介儒生,能够跳出自身阶层来看待问题,实为难能可贵。方凤对南宋当前的战局明确提出了三个策略:御江、分阃、守战,"曷若拣择忠贞,暂分藩阃,使各为战守?"除此之外,还提出诸如人才必恤、发挥所长、前后夹击敌军、鼓足士气等策略。尽管方凤对自己的"三策"抱有很大信心,"筹之必熟,综之必详,告之必切",但是"忠告如此,听者梦梦,甘任沦胥"。方凤对国家大事的主见未得到实现的机会,因而方凤一生也未有多少豪迈之举,但那种对国家、对苍生的汲汲关心却不是每个布衣所能有的。蒙元气焰炽甚,南宋王朝人心惶惶,在末日来临气氛的笼罩下,方凤却能有过人的见地和胆识,表现出以国家民族兴亡为己任的耿耿忠心和高度责任感。宋朝灭亡后方凤对旧朝的缅怀更是泣血椎心,他的组诗《七言绝句》(三吴漫游集唐)写尽了黍离之悲:

江上巍巍万岁楼,今春花鸟作边愁。伤心欲向南朝事,凤去台空江自流。

愿及行春更一年,中流箫鼓振楼船。不知何处吹芦管,城外风悲欲暮天。

不堪惆怅满离怀,水碧沙明两岸苔。无限塞鸿飞不渡,二陵风雨自东来。

孤云独鹤共悠悠,别作深宫一段愁。万乘旌旗何处在?白云犹似汉时秋。

华表峨峨有夜霜,海天愁思正茫茫。遥知汉使萧关外,泣上龙堆望故乡。

　　塞上风云接地阴，万方多难此登临。坐中有老沙场客，霄
汉长悬捧日心。

　　江南江北望烟波，南国浮云水上乡。共说总戎云鸟阵，中
原将帅忆廉颇。

　　边风萧飒动江城，独上高楼故国情。碛里征人三十万，空
教弟子学长生。

　　愁看直北是长安，云树深深碧殿寒。心折此时无一寸，梦
魂不到关山难。

　　洞庭西望楚江分，回首姑苏是白云。今日南湖采薇蕨，何
时重谒圣明君？

写组诗在魏晋时期是一个显著的文学现象，组诗一般都寄托着诗
人千折百转、涵咏不尽的感情，如曹操《步出夏门行》、阮籍《咏怀
诗》、左思《咏史诗》、郭璞《游仙诗》、陶渊明《饮酒诗》。方凤则用
组诗抒发亡国之悲，诗歌回环反复，荡气回肠。《七言绝句》组诗
用得最多的字是"愁"，其次是"悲"、"惆怅"、"寒"、"心折"等，写
出万方多难、边风萧肃、风雨侵凌情势下诗人的悲苦心情。组诗多
处渲染了时局的险恶，以及诗人的孤独无靠、心折梦断的无奈。
"故国情"是组诗的诗眼，深得杜甫的《秋兴》八首之妙，故时人尝
"以杜甫拟之"[1]。吴伯能先生认为："此即《传》所谓'北出金陵京
口，南过东瓯海上，类皆悼天堑不守，翠华无从，顾盼徘徊，老泪如
霰'者。当日文宋瑞《指南》一稿，多集杜句，若出己吻。而先生遥

---

　　① （明）应廷育《金华先民传》卷二，四库全书存目丛书史部传记类，第九一
册，第701页。

为声应,唱予和汝,更觉凄然。悲愤无聊,歌谣行国,却不矢口正训,全借他人辅颊,纵横点缀,意切悼今,辞如怀古,觉《黍离》、《麦秀》,尚嫌径情。"方凤极为仰慕古代忠节之士,热情讴歌他们的高风亮节。如:《怀古题雪十首》之《苏武窖雪》赞颂了苏武"持节堂堂不肯屈"。《书梅节愍公文安集后》文对浦江先贤梅执礼①誓死卫国的节操大声讴歌,为梅执礼正名,称之为"靖康死节之最著者",并且为其死节"展卷兴怀,每用长恸"。《跋述古尚书复期上人手帖》一文则赞钱述古义勇,"侍从旧臣,归休于家,直奋义勇,逆遏奸猾,虽身陨贼手,而卒全乡社,脱父兄子弟于锋镝之下"。

再次,方凤不仅以不群之气和守节气节为后人景仰,而且以丰富的诗歌创作②及独特的理论主张,开启金华诗学一脉,成为开金华诗学之盛的人物。

---

① 梅执礼,梅溶之子。金人犯阙,执礼劝宋帝亲征,弗从。金人质宋帝于营。执礼与诸将谋夺万圣门,夜捣敌营,以营二帝归。……泄谋于金帅。靖康二年二月,金帅假以岁币不足,责户部尚书梅执礼,弗屈,遂杀之。见赐进士知县麻城毛凤韶、县丞婺源王庭兰校《嘉靖浦江志略》卷七,"人物志"之"忠义条",天一阁藏明代方志选刊,第3页。

② 方凤一生著作颇为丰富,据文献记载,单单诗歌就达三千余首,但是由于各种原因未能很好地保留下来。目前常见的方凤集子是恩师方勇先生辑校,浙江古籍出版社出版的《方凤集》。该本是据纯孝堂嘉庆四年补刻本《存雅堂遗稿》进行整理辑校,从《浦阳仙华方氏宗谱》补遗了七首七言律诗。最早整理方凤集的是他的学生柳贯。元至顺元年十一月,柳贯为方凤墓立碑树碣,后"探其家藏,摘五七言古律诗三百八十篇。"厘为九卷,黄溍为之序,属永嘉尹赵大讷刻置县斋。但后来历代志书只有沈翼机《浙江通志·经籍》和胡宗楙《金华经籍志·集部》提到了九卷本。胡宗楙虽提到但在编《续金华丛书》时却没有采用九卷本。可见,胡宗楙本人就已经没能见到九卷本了,只是从文献记载中得知。明末清初,浦江人张燧博搜群书,掇拾残剩,得方凤诗七十三首,文十四篇,以及方凤儿子方樗和方梓诗十六首,文五篇,编次为《存雅堂遗稿》十三卷。清顺治十一年,方凤后代付梓于纯孝堂祠中。《四库全书》即以此刻本为底本,删去《物异考》、《月泉吟社诗》、他人赠答、序跋等。

　　宋末诗坛衰靡不振,充溢着永嘉四灵、江湖诗派纤巧文弱的风气,此时诗歌大多内容狭小,境界狭窄。正如宋濂所说:"精魄沦亡,气局荒靡,渐焉如弱卉之泛绪风。"(《文献集序》)钱谦益《王德操诗集序》云:"所谓江湖诗者,尤为尘俗可厌。……彼其尘容俗状,填塞于肠胃,而发作于语言于文字之间,欲其为清新高雅之诗,如鹤鸣而鸾啸也,其可几乎?"方凤对诗坛弊端有深刻认识。"宋季文弊,凤颇厌之。"①方凤在《仇仁父诗序》中指出宋季诗风清浮纤丽,"四灵而后,以诗为诗,故月露之清浮,烟云之纤丽。"认为诗歌过于纤丽有损诗美。作为由宋入元之人,方凤指出了宋末元初诗坛的最大不足,并以实际行动进行改造。

　　综观方凤的文学主张可以概括为:写诗应学写唐诗,要抒写真实性情,要反映现实,更要做到自成一家,"余谓做诗,当知所主,久则自成一家。"(《仇仁父诗序》)柳贯评方凤的诗歌:"束其兴观群怨之旨,而一发于咏歌。体裁纯密,声节娴婉,不缘琢镂,而神融气浩,成一家言。"②柯劭忞在《新元史·列传》中也说道:"凤善为古今体诗,不缘雕琢,而体裁纯密,自成一家。"笔者认为"自成一家"是方凤诗学观点的核心,因为只有保存自己的特色,才能有所创新,这种求新的理念对南宋遗民诗歌以及宋末元初诗歌发展都有着积极的意义。钱谦益评南宋遗民诗歌:"唐之诗人宋而衰。宋之亡也,其诗始盛。皋羽之恸西台,玉泉之悲竹国,水云之茗歌,《谷音》之越吟,如穷冬冱寒,风高气傈,悲噫怒号,万籁杂作,古今之诗莫变于此时,亦莫盛于此时。"(《胡致果诗序》,《牧斋有学

---

　　①　(明)宋濂撰《方凤传》,《浦阳人物记》卷下,《宋濂全集》,浙江古籍出版社,1999年,第1845页至第1846页。

　　②　(元)柳贯撰《方先生墓碣铭》,《柳贯诗文集》卷十,第207页至第208页。

集》卷十八）"盛"指遗民诗歌，"变"是相对于前期的江湖诗派主导的宋季诗风以及诗人自身的前期创作而言。可见，南宋遗民的不幸成就了他们诗学转关的使命和价值，真可谓国家不幸诗家幸。

方凤以具体的文学主张和创作对元初南方文学发展作出贡献。他的文学主张主要见于写给仇远的《仇仁父诗序》，具体为：

第一，崇尚风雅。方凤认为"唐人之诗，以诗为文，故寄兴深，裁语婉。宋朝之诗，以文为诗，故气浑雄，事精实。四灵而后，以诗为诗，故月露之清浮，烟云之鲜丽。今君留情雅道，涤笔冰瓯，其孰之从？仇君曰：'近体吾主于唐，古体吾主于选'融化故事，往往于融畅圆美中，忽而凄楚蕴结，有《离骚》三致意之余韵。然后知向之有仁父者，穷而故在也。"从这段文字中可以看出，方凤充分肯定仇远的复古主张，并对复古的创作实践给予很高评价，认为仇远"近体吾主于唐，古体吾主于选"的做法是"留情雅道"。方凤对《诗经》颇有研究，对风雅旨趣深为赞同，他在《对仙华雪怀》诗中写道："仙华万仞石离离，山上嵚嵚万壑危。雪与梅花俱在望，琴携野鹤转相随。清如和靖西湖后，兴似王猷剡上时。我欲酬诗追雅调，寒山鸟迹少于飞。"写自己酬诗追雅调。胡古愚称方凤诗为"古意回风雅，清言越晋唐"①。

第二，重视生活与现实，贯穿了强烈的现实主义精神。方凤生活于宋元易代之际，异族入侵，生灵涂炭，山河破碎。面对这样的现实，方凤抒发对国家命运的担忧以及亡国后的惨痛，因此，诗中具有强烈的社会意识。方凤诗描写战乱所带来的凋敝，如《上元陈丞相宅观灯有作》写自己身在热闹的节日氛围中却丝毫感受不到一丝快乐和轻松："风尘淮北驰羽书，金鼓江城赛灯火。君不

① （元）胡助《挽方存雅先生》，《纯白斋类稿》卷七，丛书集成本。

见,狄青宣抚荆湖间,上元张乐晏清班,忽然称疾灯未灭,五更已夺昆仑关。"方凤在上元节想起了狄青①善于用智战胜敌军,表现了诗人心中无时无刻不牵挂着国家的命运。《故宫怨》写宋亡后的皇都,"白日欲落何王宫,腥云颓树生烈风。猱猱几年争聚族,饥蟒狞狰攫人肉。熊豨肆毒夜横行,刺蛆刲血多飞黾。荧尻吐焰大如鹜,照见女鬼迎新故。寒更鸥吻空哀哀,谁能化鹤还归来?山都冶夷总难记,妖狐吹火月坠地。"作者描绘了昔日繁华的故都,被元蒙铁骑践踏之后残败破落、阴森恐怖的景象。

第三,抒写真情实感。方凤曾经对人说:"文章必真实中正方可传,他则腐烂漫漶,当与东华尘土俱尽"②。所谓"真实",就是强调文章要写现实,抒真情实感。所谓"中正",就是诗歌创作要符合儒家温柔敦厚的诗教,要以典雅雍容、委婉含蓄为旨归。《寄功父》写故国不再,世事沧桑,人心无系,"遗风日远日相疏,七载归来非故庐。烈屋漫思悬艾虎,忠臣空腹葬江鱼。云霄志气消磨后,锦绣园林破碎余。酒盏更须拼酩酊,诗简聊示寄勤渠"。方凤认为,凡诗之作"由人心生也。使遭变而不悲黍离,居爨而不念仪髦,望白云而不思亲,过州西门、闻山阳笛而不怀故,是无人心矣,

---

①　狄青,字汉臣,北宋汾州西河人,人称"面涅将军"。狄青出身贫寒,16岁代兄受过,被"逮罪入京,窜名赤籍",开始了他的军旅生涯。在宋夏战争中,立下了累累战功,深得韩琦、范仲淹的赏识。受崇文抑武国策的影响,在狄青受命于危难,率兵出征之际,朝廷仍秉持"狄青武人,不可独任"。狄青生前被视为朝廷的眼中钉,必欲拔之而后快,他49岁郁郁而死。狄青不仅骁勇,而且还善用计谋。如在大战前,狄青为了鼓舞士气,暗地里准备好一枚两面均相同的铜钱,誓师时,便用这枚铜钱当众占卜道,若得正面,我军必胜。结果连掷数次,尽得钱的正面,使军士以为必有神助而信心大增。又如连续三夜大设宴会,命军士夜里尽情歌舞,自己则假借醉酒的名义,退席而暗夺昆仑关。

②　(明)宋濂撰《方凤传》,《浦阳人物记》卷下"文学",见《宋濂全集》,第1845页至第1846页。

而尚复有诗哉!"①强调诗歌抒写真情。

第四,创作以交往之作为主。综观方凤的交往诗大致可以分为以下几类:第一类写与遗民故老出游唱和。方凤与谢翱、吴思齐均有交往诗留存。方凤写给谢翱的诗作有《咏霜叶寄皋羽善父》、《呈皋羽》、《与皋羽子善游宝掌山》、《鸿门宴同皋羽作》,以及两篇文《跋谢皋羽登西台恸哭记》、《谢君皋羽行状》,另有一首和作《吴仲恭翠微楼九日落成和谢皋羽》。方凤写给吴思齐的诗则有《寄吴善父》、《与皋羽子善游宝掌山》、《九日同皋羽子善游白石龙湫用杜老九日蓝田韵》等。第二类写给同乡人的应酬之作,如《题郑氏义门》、《题春寿堂》、《题光风霁月楼》等。第三类是写山水庙宇的作品,如《忆同张子长游北山诸名胜》、《仙华山采茶诗》、《游仙华山》、《仙华游录》、《游宝掌山寺》、《八景胜概》等,这类诗大都是描绘浦江、金华一带的风光。第四类是述怀、述志之作,如《述怀》、《述志》、《赠乐闲居士》、《书示同志》等。《书示同志》:"尚觉浮名累,樵渔寄此身。寻盟潜勖德,证业喜新知。气谊生无间,文章合有神。"《仙华招隐》:"轩后悲苍剑,神娥下玉霄。攀髯初失梦,遗蜕尚凌歊。碧堕升棺影,青分产柱苗。山精依鹿行,天雨湿鸡翘。有约成孤愤,无人重久要。彖龙因姓氏,使鹤误轩轺。冉冉将终老,冥冥不可招。无书寄青雀,有恨在中条。"诗人学屈子《离骚》、《招魂》,上天下地,周游流求,构想一次尘世之外的求索与探寻,以慰藉尘世之中受挫的灵魂,但是虚幻的世界并非如想象,仍然充满了坎坷,招隐以"冉冉将终老,冥冥不可招"终结。此诗中诗人怀着满腔孤愤,以激越之笔写仙华山招隐的过程。诗歌

---

① (宋)方凤撰《仇仁父诗序》,《方凤集》,浙江古籍出版社1993年,第64页。

"生奥濛浑,非考双匣冬青①,厓山匹练②,几不知作何等语"。冬青典故是杨琏真珈盗掘南宋帝陵,唐珏等寻找帝骨重新掩埋,并树冬青以标示之事,掘帝陵事件是异族对宋室皇室的侵凌和掠夺,也是对汉族文人信仰的挑战。厓山指的是厓山战役,是宋朝末年宋朝军队与元军的一次战役,这场战争标志着南宋的灭亡。郑尚苾③《书方岩南先生遗集后》说:"悲愤雄奇,浑深苍灏,绰有杜工部至处,宜熟玩之。"该诗以招隐的形式,抒写的是孤愤的亡国之恨。来民起评方凤诗《赠乐闲居士》曰:"先生诗,或雄博精深,或清新雅淡。如此孤情冷韵,尤为拔群。"黄潽《方先生诗集序》评方凤诗"语多危苦激切",《四库全书》评其诗"幽忧悲思。"④这些评

---

① 指的是杨琏真珈盗掘南宋帝陵事,《辍耕录》和《癸辛杂识》均有记载。西藏僧人杨琏真珈得宠于忽必烈,被任为江南释教总摄。他伙同演福寺僧允泽等人勾结宰相桑哥,对南宋六陵进行了一次史无前例的大盗掘。绍兴人唐珏夜率众潜入陵地,用散在四周的猪羊骨殖换取帝、后遗骸,各以黄绢为囊装盛,并分别置上帝陵名号,装入木柜,私下迁葬于兰渚山天章寺前(今绍兴兰亭附近),上植冬青树为记,逢寒食则密祭之。

② 元军在襄樊之战大破宋军以后,直逼南宋首都临安。宋朝朝廷求和不成,于是5岁的小皇帝宋恭帝投降。宋度宗的杨淑妃在国舅杨亮节的护卫下,带着自己的儿子即宋朝二王(益王赵昰、广王赵昺)出逃。先到金华,与大臣陆秀夫、张世杰、陈宜中、文天祥等会合。由于元军统帅伯颜继续对二王穷追不舍,二王只好逃到福州。福州沦陷,宋端宗的南宋流亡小朝廷直奔泉州。泉州借船不成,只好去广东。端宗死后,由弟弟7岁的卫王赵昺登基。赵昺登基以后,左丞相陆秀夫和太傅(太子的老师)张世杰护卫着赵昺逃到厓山,在当地成立据点,准备继续抗元。文天祥得不到流亡朝廷的支援,被张弘范部将王惟义在海丰县的五坡岭生擒,在陆地的抗元势力覆灭后,元将张弘范大举进攻赵昺朝廷。宋元最后决战在海上,陆秀夫见无法突围,便背着八岁的赵昺跳海自杀。

③ 郑尚苾(1636—1707),字一仰、良翊,浦江人,清代康熙时进士,诗宕逸,书得苏轼笔法。晚号钓叟,以岁荐授司训。著有《浣云轩诗草》、《书种堂文稿》。见洪以瑞、何保华编著《浦江书画人物小传》。

④ (清)纪昀等撰《四库全书总目提要》。

论都公允客观地指出方凤诗歌的特点——以饱蘸血泪之笔抒写蕴结在诗人内心深处的真挚感情。

在宋末元初诗坛普遍萎靡不振的情况下,方凤以其悲愤的感情、激越的笔触,抒写了一首首新的诗篇,给金华诗歌注入新鲜血液。正如宋濂所说,方凤的诗歌创作使"浦阳之诗为之一变。"①《金华诗录》说:"浦阳文学,皆韶卿一人开之矣。"方凤不仅开浦江文学之先,也开了金华诗学之先。由于方凤"以风节行谊,为人所尊师,后进之士争亲炙之。"②所以方凤在浦江和金华一带享有很高的声誉,弟子中就有黄溍、柳贯、吴莱③,由吴莱再传宋濂,由黄溍再传王袆。薛鼎铭在《金华诗录·书后》称:"金华诗人,盛于浦江,南宋方、吴诸公,真可谓风雅主矣。"朱琰《金华诗录·序例》也称道:"金华称小邹鲁,名贤辈出。……至浦阳方韶卿,与闽海谢皋羽、括苍吴子善为友,开风雅之宗,由是而黄晋卿、柳道传皆出其门,吴渊颖又其孙女夫,宋潜溪、戴九灵交相倚重,此金华诗学极盛之一会也。"可见,方凤不仅开浦阳文学,也开启了宋末元初金华诗学风雅之宗。清四库馆臣甚至还看到方凤所开之流对整个明代文学发展的巨大影响:"莱与黄溍、柳贯并受业于宋方凤,再传为宋濂,遂开明代文章之派。"④方凤在月泉吟社征诗活动中不仅是组织策划者之一,更是左右和引领着吟社方向的领头人。方凤思想中的忠义、气节、爱国促成月泉吟社宗旨得以确立。方凤作诗崇

---

① （明）宋濂撰《方凤传》,《浦阳人物记》卷下。

② （元）黄溍撰《送吴良贵诗序》,《金华黄先生文集》卷十七,续修四库全书,第一三二三册,第256页。

③ 其中柳贯的从表姑是方凤的夫人,方凤子方樗继娶了吴思齐的女儿,方樗女嫁给了吴莱,吴莱则为方凤的孙女婿。

④ （清）纪昀等撰《四库全书总目提要》。

尚"风雅"之道使月泉吟社的《诗评》也格外强调"杂兴"二字。翁方纲说："元初之诗,亦宋一二遗民开之。"①此言在方凤身上可以得到很好的印证。

五、吴氏、方氏两大家族的联合

——以吴渭、方凤为轴心

月泉吟社征诗活动由吴渭牵头,方凤、谢翱、吴思齐参与、策划和组织。这四人中,除了吴渭和方凤为浦江本地人外,谢翱来自福建,吴思齐来自浙江括苍。四位主事者是如何走到一起,又如何就征诗的题目、主旨、诗评等达成共识的呢? 这得益于方、吴两家族的联合。

1. 方氏、吴氏两个家族的交往

吴氏家族与方氏家族均是浦江宋代以来的望族,两个家族走向联合缘于南宋末年局势骤变的特殊时代。方凤在《祭温州路教授吴君》中说："昔年丙子,始识君家。"温州路教授吴君,就是吴幼敏,吴渭之子。吴渭,宋亡前,做过义乌县令,宋亡后,退食浦江吴溪。"吴渭,号清翁,……为义乌县令,国亡退食吴溪,慕陶靖节,自号曰潜,延至乡遗老方韶父与闽谢皋羽、括苍吴子善主于家。"②因家业丰厚,吴渭回到浦江扶助贫困,兴学育才。方凤曾在宋时陈丞相亲戚家中做私塾教师,受陈丞相赏识曾被举荐做官,但因宋亡未就任,回到浦江。宋亡后便返回故里浦阳仙华山之东麓的方凤,

①　(清)翁方纲撰《石洲诗话》卷四,据清嘉庆二十年蒋攸铦刻本影印,续修四库全书,第一七〇四册,第187页。

②　(明)万斯同撰《宋季忠义录》卷十四,《宋代传记资料丛刊》,第二十九册,北京图书馆出版社,2006年,第335页。

于宋恭帝德祐二年丙子（1276）受聘为同里吴溪吴氏家族私塾教师。两家的交往始于1276年，即宋恭帝德祐二年，宋端宗景炎元年，元世祖至元十三年。从这年起，方、吴两大家族文化开始走向融合，吴渭和方凤在遗民群体的活动也开始联合。

　　方氏和吴氏两个家族在宋亡之后的几十年间往来频繁①。方凤与吴渭的交往主要有两大事情：一是结讲经社，二是举办月泉吟社。讲经社的发起者除了吴渭、方凤之外还有吴思齐。据吴谦《谢君皋羽圹志》："忆君（指谢翱）始至婺时，余二兄（即吴渭）尚无恙。……余家浦阳江水源，延吴君思齐、方君凤为江源讲经社。"可知在谢翱刚到浦江之时吴渭身体尚且无恙。吴思齐早于谢翱来到吴氏家族，便与方凤、吴渭一起创办了讲经社，地址就在吴氏家族里。可见，讲经社是吴渭牵线，由方凤和吴思齐主力创办成的。谢翱在《鲁国图诗序》中写道："过浦汭，方君景山与括人吴思齐率其徒为讲经社。"从《方凤集》来看，方凤写给吴渭的作品并不多，并且在月泉吟社之后的浦阳遗民活动中吴渭也没再出现过。究其因，在月泉吟社征诗结束后不久，吴渭就身患重疾，不久便逝世了②。方凤写给吴渭的诗作唯有一首，记录吴渭修桥之事。《吴清翁石桥》："金椎谁奋破山霆，趁石浑疑走六丁。"写吴渭为了方便乡民出入，独立修桥，具有破山霆之气魄和胸怀。"济川作略君堪纪，吟雪行藏我欲经。"方凤对吴渭修桥之举进行了充分肯定和

---

　　① 由于月泉吟社征诗比赛发生在至元二十三年，即1286年，涉及的人物主要生活在宋末元初，因此根据方凤的生卒年，笔者主要考察方凤与吴氏家族从吴渭至吴良贵三代人的交往，而这三代正好是由宋入元的见证者。

　　② 《光绪浦江县志稿》卷二，引邱梯于至元三十年作《吴公桥记》，吴渭去世的时间离月泉吟社成立的时间不会很远。另据《浦阳吴溪吴氏家乘》（行传）载，吴谦卒于元大德三年乙亥十二月，即1299年，可知吴渭去世应早于吴谦，渭逝世时间为至元三十年（1293）基本可依。

赞扬,认为可以书入史册。吴渭乐善好施,因为家住浦阳江畔,此地是县城到建德的必经之地,而江上只有木桥,行旅很不方便,吴渭捐资倡建石桥,当地人们很感激他,便称此桥为"吴公桥"。桥始建于至元二十四年(1287),高三十尺,宽十六尺。吴渭又买田廿五亩,以其全部田租收入,为修治大南门外诸桥梁之资。事实上,吴渭的义举如扶贫济困,兴学育才等不可胜数,但方凤着重写其建桥一事,因为在他看来,此举堪为乡间之表率。

方凤父子写给吴渭之子吴止所的诗作倒是有不少。吴止所名幼敏,字功父。父亲吴渭在幼敏构居未完之时便病逝。幼敏痛之,遂哀经成室,扶父枢厝焉,颜其居曰"止所"。吴幼敏曾经师从谢翱。谢翱死后无子,吴止所捐田祀谢翱,并把谢翱像立于月泉精舍。吴幼敏常告诫自己:"人所以轻身而外骛,以食货故,草摇风动,即惴栗不自保。吾内顾初无不足,何忍役役自苦为?"乃杜情请托,纤毫不以累。由于吴幼敏旷达侠义,所以吴家"宾至侑觞,名士大夫乡先生多处其家"。吴止所逝世后,交游会葬数十百人,皆名流,相与徘徊不忍去,对菊以致慨。方凤父子与吴止所交情的深厚可以从止所去世后方氏父子写的悼亡诗可知。方凤写给吴止所的诗歌有不少,如《止所吴公挽歌辞》(二首)、《祭温州路教授吴君》、《寄功父》等。其中《祭温州路教授吴君》写自己与吴功父的交往,并回顾与吴家的交情:"昔年丙子,始识君家。而父伯叔,三荆正花。当兵革馀,同馆谷我。二儿来趣,旁列右左。金兰之契,胶膝之坚。道义相与,逾三十年。中虽暂违,虚左以待。信誓重寻,前规弗改。"方凤在重阳诗中,写自己与吴止所似亲情般的感情,诗歌一开头便抒发自己对止所的怀念:"怀哉止所翁,与我几筋菊。方当旧节来,已作秋原哭。"由昔日佳节的喝酒赏菊写起,抒发对旧交的极度怀念,进而写到眼前:"其如插萸遍,不见而翁独。"化用王维《九月九日忆山东兄弟》句，表达自己与止所的交情，以及对斯人已逝的痛惜。"回首试长望，依依但云木。"写自己无比惆怅伤感之情。方梓《挽功父先生》："先生六十化，吾道尚奚云。花馆空余影，清歌无复闻。夜寒鹤思主，风急雁悲群。有子方跨灶，天应未丧文。"（此诗又名《挽吴止所》）方梓另有两首哀悼吴止所的诗歌，名为《哀止所》（其一、其二）。方凤写《重阳对菊得菊字》、方樗写《重阳对菊分韵得雨字》、方梓写《重阳对菊分韵得开字》以悼念之。由于止所之子吴良贵留之不置，又析东坡"相逢不用忙归去，明日黄花蝶也愁"之句，各赋五言四韵。父子三人均有诗作：方凤《重阳明日得日字》、方樗《重阳明日得蝶字》、方梓《重阳明日得也字》。在写给吴止所的诗中除表达对吴止所的感怀外，方凤偶尔也借此浇胸中之块垒，抒发自己对时事的看法，如《寄功父》："遗风日远日相疏，七载归来非故庐。烈屋漫思悬艾虎，忠臣空腹葬江鱼。云霄志气消磨后，锦绣园林破碎余。酒盏更须拼酩酊，诗简聊示寄勤渠。"吴渭病逝后，谢翱离开浦江，方凤的遗民情绪已经不能再像从前那样尽情宣泄了，只是偶尔向这位世侄吐露。吴止所死后，方凤父子与止所之子吴良贵也有交往，方氏父子三人写给吴良贵的诗歌有：方凤《吴良贵雪中归》、方樗《次大人韵呈良贵》、方梓《次父兄呈良贵韵》。方凤还为吴良贵写了《八月十四寿吴良贵》。

在吴氏家族中，除了吴渭父子外，吴谦是另外一位在浦阳遗民群体组织活动中起着重要作用的吴氏成员。由于谢翱来浦江后，吴渭没多久就染病去世，吴谦便成为联系方氏、吴氏家族以及吴思齐、谢翱等遗民的重要人物。吴谦（1249—1299），字仲恭，蛮声之子。治《诗经》，登宋浙漕进士，授登仕郎、秘书省校勘文字。吴谦博学多闻，性淡泊，不乐仕进。年十七而孤，承志守业，艰险备尝。

咸淳三年(1267)，邑令王霖龙创月泉精舍，荐掌学录，寻复退归田园。晚年辄远尘虑，筑山居，匾曰"乐闲"，獻构"翠微楼"，与友对弈会饮，恬然自适，因号乐闲翁。吴谦与方凤、吴思齐、谢翱友善，又与兄吴渭创月泉吟社。谢翱、方凤与吴谦均有诗作交流。吴谦的翠微楼落成，谢翱写了《翠微楼九日落成》诗。方凤除了和谢翱诗外，还写了《翠微楼对竹会饮》。该楼傍山而筑，四周竹木环合，清幽绝俗，谢翱称之为"岚气烟光绕坐屏"，"月侵竹户窥人语，江过山城入水径。凉梦不知巾帨动，幽楼可要在岩峒。"①方凤则形容此楼为"缥缈飞楼修竹里，珠帘半卷清风起。"②面对新楼，谢翱颇有"晋后白衣今代至，吴中黄菊夜来醒"③的感慨，方凤则自叹"与俗相追何日了，登高一啸洗悲秋。……野服从兹近萝薜，西风尘土莫轻吹。"④吴谦晚年与方公凤、谢公翱、吴公思齐成莫逆之交。谢公死，棺窆罿葬吴谦独任之，于严陵西台为亭，曰许剑亭；刻士友哀诔诗词，曰《哭谢编》。

　　方氏父子与吴渭一支之外的吴氏家族其他成员也有往来。方凤《赋东山先生赋》就是写给吴伯和(即埙，渭之兄)的。伯和死，伯和子吴幼祥(即景禧)构楼曰"望云"，以表达对父亲的思念。幼祥晚年还构栖碧楼于桑溪，筑寿藏于其侧，时与方公父子唱和其间。楼之名取自李太白诗句，楼主性情使然。方凤《栖碧楼记》写自己与吴家的情意："景禧于余亲且厚，是不可以不记。余虽老，碧山未谢客，尚当扶杖从之游。"文章还写到楼主："景禧日与物接而不物于物，家居岂不乐，而山楼之乐亦若家焉。试以是叩之，当

---

① （宋）谢翱撰《翠微楼九日落成》，见《晞发集》，文渊阁四库全书本。
② （宋）方凤撰《翠微楼对竹会饮》，见《方凤集》，第39页。
③ （宋）谢翱撰《翠微楼九日落成》，见《晞发集》，文渊阁四库全书本。
④ （宋）方凤撰《和谢翱》，见《存雅堂遗稿》，文渊阁四库全书本。

意与神会,正太白所谓'笑而不答心自闲'者。视世人逐逐于声利,不暇回顾却虑,至以贻后世子孙忧者,大有间矣。"方樗也作诗《题景禧公栖碧楼》:"白叟无人识,青山是故知。一从觞菊后,两过浴兰时。入暑重逢此,迎凉约更谁。清风觉相恋,未忍断归期。"方氏父子还有一些写给吴直方、吴莱父子的诗作,如吴直方新第落成,方氏父子二人写诗祝贺。方樗写了《呈吴学士新第落成》,方凤写《贺吴直方翁致仕荣归新第落成》:"一山遥接裊溪水,甲第宏开相府居。燕贺新朋来落落,翚飞厦屋见渠渠。紫宸清禁功难泯,绿野春林兴有馀。轮奂敢陈张老颂,梁间更看有悬车。"方凤还写了《送吴立夫》赞吴莱记忆好,"只字过目终无忘",立志高,"况子平生志远游,块坐已能穷八荒。"更盛赞其文章,"文章千载同翱翔。"方凤还把孙女嫁给吴莱,与吴家结为亲家。[①]

　　相比之下,吴氏家族与方氏家族的交往,更多的是物质上的帮助。从方勇先生所辑佚的《方凤集》看,吴氏家族写给方凤的诗歌并不多,主要是晚辈写给长辈的。吴似孙写《和方韶父九日对菊得重字》、《和方韶父重阳明日得逢字》,吴明(即晦书)《和方先生重阳对菊得冒字》、《和方先生重阳得忙字》,吴贯《和方先生重阳对菊得雨字》,吴贵《和方先生重阳明日得不字》,吴赞《和方先生重阳明日得愁字》,吴宗《和方先生重阳明日得花字》,吴实《和方先生重阳明日得归字》,吴莱《和方先生九日对菊得开字》[②],这些都是唱和之作。倒是吴莱的《梦岩南老人》写出了对方凤的怀念和评价,"文章余耿光","怜予此流落,爱我终游豫","修名可千

----

①　(宋)方凤撰《答行可吴姻家》,见《方凤集》,第79页。

②　以上和作均见于纯孝堂本《存雅堂遗稿》,据张燧注,这些诗歌还见于《吴溪集》。

年,狭世空旦莫。"

吴氏家族后人对落魄世人均有怜悯之心,如吴谦、吴幼敏、吴似孙等,也都雅好慷慨,乐于接纳落魄志士,所以吴氏家族便成为遗民寓居的中心。谢翱从会稽来"依浦阳江方凤,时永康吴思齐亦依凤居,三人无变志,又皆高年,遂俱客吴氏里中。"①方凤、谢翱、吴思齐在吴氏家族寓居,并且以此为基地,开展遗民的活动,这是月泉吟社得以成立的重要条件,也为月泉吟社的形成提供了物质基础。

2. 方氏、吴氏家族成员参与的遗民活动

在吴渭、方凤的感召下,福建谢翱、括苍吴思齐来到浦江,成为月泉吟社的重要成员、浦江遗民群体的骨干。吴思齐除了参与月泉吟社的评诗、与吴渭一道组织讲经社外,还与谢翱等一道登钓台悼文天祥。在月泉吟社的四大组织者中,谢翱、方凤的活动甚为积极,逐渐形成了以谢翱、方凤、吴氏家族成员等共同参与的浦阳遗民群。除了共同举办月泉吟社外,在方、吴两家和谢翱等的影响下,浦阳遗民主要参加了两个重大活动:游金华洞天和登钓台悼文天祥。

至元二十六年(1289)正月,浦阳遗民同游金华洞天及北山诸胜。从浦阳出发,越过太阳岭,同游金华洞天。一同前往的有方凤父子、谢翱、陈公举兄弟、吴似孙等。他们一路访遗,与金华一带的遗民形成互动,一同面对残山剩水,不胜黍离之悲,发而为诗文,其"序次点染处,皆具性情,移人歌泣。"②关于此次游洞,方凤作有

---

① 此处引自《闽中理学渊源考》,李清馥撰。作者根据《万历金华府志》,将吴思齐视为永康人。吴思齐祖籍应为括苍,生活在永康。

② (清)张燧辑《存雅堂遗稿》,文渊阁四库全书本。

《金华洞天行纪》。至元二十七年(1290)十二月九日,文天祥燕京就义九周年忌日,谢翱约吴思齐、冯桂芳、翁衡同登桐庐钓台,哭祭文天祥。谢翱以竹如意击石,歌招魂之词,竹石俱碎,失声恸哭,悲痛不能自已。因有官府"逻舟"监视,遂移于中流,举酒相属,各赋诗以寄所思,后还憩于舟中。晚上借宿在冯桂芳家中,赋诗怀古。日后,谢、吴皆认为此次登台诚伟举,所作诗文皆可悲可感,谢翱《登西台恸哭记》就是由此事而发的。方凤未能参加此次活动,深表遗憾:"子陵台荒寒压江水,过者恒览古赋诗,未闻于此野哭,而翱为之,盖独不异于今之人也。……窃以不及于斯哭为恨。"①发生在浦阳遗民群体身上的这些抗节哀悼义举,都是以抒发亡国之恨为核心,团结起各方力量,共同寻求精神的慰藉。尽管游金华洞天和登西台均为月泉吟社之后的事情,但是由于在地理上及人事上,都与月泉吟社相连,在情感的抒发上就更一脉相承,成员中也不乏方氏家和吴氏家人,笔者认为这些可视为月泉吟社的活动,其主旨和性质与月泉吟社征诗是一致的。

综上所述,吴氏家族、方氏家族以及郑氏家族既有中国古代宗族的传统观念,如重视家族声望,强调家族薪火,崇尚大团圆式的家族经营模式等,同时还具有自身的特色,如重视儒家文化,讲求孝义,乐善好施等。吴氏家族与月泉吟社的关系最为密切,吴渭三兄弟对月泉吟社都有所作为,吴埙任月泉书院山长,以"振起斯文为己任",吴渭主盟月泉吟社,吴谦任月泉堂录。可见,月泉吟社是浦江人的骄傲,更是吴氏家族热衷支持的事业。方氏家族与月

---

① (宋)方凤撰、方勇辑校《跋谢皋羽登西台恸哭记》,《方凤集》,浙江古籍出版社,1993年,第69页。

泉吟社也有着特殊的情感,方凤不仅是吴氏家族的私塾先生和姻亲①,更是志同道合的朋友。他与吴渭的交往,带动了方吴两个家族的联合,直接促成了月泉吟社的形成。谢翱、吴思齐均作为吴氏家族的朋友,结缘于国难之际,会心于遗民的处境与困境,这些也为月泉吟社的形成提供了有利条件。事实上,方氏、吴氏家族的联合,以及所带动的遗民的聚合与互动,均离不开那个大时代特殊氛围。时势造就英雄,时势也成就人间真情,遗民群体的真情基础便是气节。在群体的成员互动中吴氏家族尤其起到了功不可没的作用,诚如黄养正所言"忠义之砥砺,文艺之切磋,潜斋实开其先"②。

---

① 方凤的孙女嫁给了吴莱,所以方家与吴家结为了亲家。
② 万历戊午九月朔日,江夏黄养正书于攸署之群芳堂《月泉吟社》重刊诗集序,见《月泉吟社诗》咸丰本。

第三章　月泉吟社主要成员
及其交游创作

常见的《月泉吟社诗》为一卷本,收录了前 60 名的诗作共 74 首,其中有 7 人为一人两卷,实际作者为 53 人。此外,还附有摘句图,即不收全诗,只收好的联句。其中起句 4 联,联句 25 联,结句 4 联,合计 33 联。两者相加,共有作者 86 人。在这 86 位作者中,除了白珽、仇远在文学史上尚有一席之地,连文凤在《全宋诗》中有三卷作品流传外,其余人的生平事迹和创作情况都不清楚,有的人甚至连真实姓名也未能流传,以至于全祖望有"社中同榜之人自仇近村而外多已淹没不传"之叹。尽管后世诗论家、收藏家和刻书家常常提到月泉吟社,但均针对其抗节思想和精神,对其成员情况并未做多少说明。笔者将从《宋诗纪事》、《元诗纪事》、方志、家谱等资料中梳理这些"淹没不传"者的资料,尽可能地向世人展示这些气节不群之士的真实面貌和精神风范。

方勇先生《南宋遗民诗人群体研究》和欧阳光先生《宋元诗社研究丛稿》已经就月泉吟社成员的考证做出重大突破。欧阳光先生《月泉吟社作者群略考》考证了第一名连文凤、第三名梁相、第五名刘应龟、第六名魏新之、第七名杨本然(杨舜举)、第九名全璧、第十二名刘汝钧、第十六名林子明、第十八名白珽、第十九名周睐、第二十五名黄景昌、第五十名陈希声及陈尧道、陈舜道父子三人、第三十四名许元发、第四十名陈君用、第六十名陈养直、吴思齐共 18 人。方勇先生《月泉吟社社员考述》考证了连文凤、梁相、刘应龟、魏新之、陈氏父子三人、刘汝钧、何鸣凤、林子明、白珽、周暕、黄景昌、陈公凯、刘边共 15 人。此外，就没有新的成果了。

一、月泉吟社的成员考证

——第十二名田起东即第十七名邓草径考

欧阳光先生在他的《宋元遗民诗社丛稿》中对 19 位"淹没不传"（全祖望语）的作者进行了考证。方勇先生在《南宋遗民诗人群体研究》中也对"淹没不传"中 15 位进行了考证。尽管两位先生都对刘汝钧有所考证，却均忽视了一个事实，那就是邓草径、田起东为同一人。在存世本《月泉吟社诗》中，邓草径是刘汝钧的寓名，排名第十二；田起东是刘蒙山的寓名，排名第十七。具体为：

> 第十二名：邓草径，三山刘汝钧，君鼎，号蒙山，寓杭。
> 第十七名：田起东，昆山刘蒙山。

诗社征诗时出于某种原因，应征者均用寓名，邓草径与田起东均非本名。邓草径号蒙山，姓刘，即为刘蒙山。而田起东也有刘蒙山之称。这是巧合吗？表面上看似乎是。因为邓草径留下的地址是三山（即福建福州），而田起东留下的地址是昆山，即江苏昆山。二人因所处地不同，而被看成同名的巧合。笔者在翻阅资料时发现并非如此。

首先，王士祯《带经堂诗话》卷二十五《韵事类上》和《池北偶谈》卷十九《谈艺九》均有记载：

　　宋末浦江吴渭倡月泉吟社,赋田园杂兴近体诗,名士谢翱
辈第其高下,诗传者六十人,清新尖刻,别自一家。予幼于外
祖邹平孙公家见古刊本,后始见琴川毛氏本,常遍和之。窃谓
皋羽所品高下,未尽当意,因戏为易置次第如左:春日田园杂
兴　第一名子进,本名魏新之,号石川。第二名魏子大,梁必
大。第三名全泉翁,全璧,字君玉。第四名山南隐逸,刘应龟,
字符益。第五名蹑云,翁合老,仲嘉。第六名仙村人。第七名
方赏,方德麟,号藏六。第八名高宇,梁相,字必大。第九名俞
自德。第十名槐窗居士,黄景昌。十一名东湖散人,十二名徐
端甫。十三名仇近村,仇远,字仁近。十四名陈希邰,陈舜道。
十五名子直,魏石川。十六名司马澄翁,冯澄,字澄翁。十七
名陈纬孙,何教。十八名闻人仲伯,陈希声。十九名君瑞,二
十名田起东,刘汝钧,号蒙山。二十一名罗公福,连文凤,号应
山,原第一名。

　　王氏所见《月泉吟社诗》应该不少于两个版本,一为外祖家藏的古
刊本,一为琴川毛氏本。王氏在重新排名时,在获奖者名次姓名后
均列上了其本名、字、号等。第二十名田起东,王氏注曰“刘汝钧,
号蒙山”。据王士禛所载,田起东就是刘汝钧,即蒙山,也就是邓
草径。

　　仔细比对传世本《月泉吟社诗》,可以发现王士禛语出有据。
征诗比赛结果揭晓后,主考官要向获奖者赠送赏札,获奖者则向盟
主回札表达谢意。吴渭、方凤、谢翱等给获奖者一一写赏札(事实
上传世本中只有前30名有赏札),按照常理每位获奖者均应回送
小札。但是在赏札部分,我们可以看到邓草径和田起东均有赏札,
回札中却只见邓草径的,而不见田起东的。

　　究竟为何田起东没有回送赏札呢？一种可能是后人在编排的过程中将其遗漏了，还有一种可能是，田起东知道自己就是邓草径，已经以邓草径之名回送了赏札，就没有必要再回了。笔者认为后者的可能性更大。因为同样的情况出现在第三名高宇与第十三名魏子大身上。高宇和魏子大为同一个人，并且两首作品都进入了前三十名，高宇回送了赏札，魏子大就没有回送了。魏子大（即高宇）尽管受赏札两次，回札却只需一次。而吴渭送赏札时未曾想到这些，仅按排名，一一送上赏札，魏子大却很清楚高宇就是自己，所以只需回札一次。以此类推，邓草径回札田起东不回，正好说明了田起东就是邓草径，与王士禛的判断完全相符。因此从《月泉吟社诗》的资料与王士禛语互证，可以断定田起东就是邓草径。

　　至于邓草径留下的地址是三山（即福建福州），而田起东留下的地址是昆山（即江苏昆山），究其因，笔者认为三山、昆山一为家乡，一为寓居地。据吴莱《桑海遗录序》记载："顷予尝从乡先生学，见福唐刘汝钧贻书括苍吴思齐子善，论文丞相宋瑞事。"福唐为福清县旧称。三山则是福州之别称。二地曾同属于长乐郡。所以，邓草径应该为福建人，而不是江苏人。另据方回《故太学徐君应镳哀辞并序》："后十年，丙戌，三山刘汝钧君鼎、连文凤伯正，率同舍举四丧"①，可知刘汝钧与连文凤是同乡，都为三山人。方回（1227—1305），南宋理宗时登第，曾向贾似道献媚，后又上书论贾似道十可斩，既高唱死守封疆之论，又望风迎降，罢官后徜徉于杭州、歙县一带。方回同样生活在宋末元初，并且也曾徜徉于杭州一带，并未曾加入月泉吟社，不会受月泉吟社的影响，可见方回对刘汝钧的介绍应该极具可信性。由上可知，刘汝钧应是福建三山人。

―――――――――――

　　①　（元）方回撰《桐江续集》卷十二，文渊阁四库全书本。

至于昆山,则为他的寓居地。因为邓草径在宋亡以后来到杭州,和谢翱、吴思齐相往来,并参与为徐应镳发丧等遗民活动,在杭州等浙江一带还呆了较长时间,所以吟社别注云"寓杭"。而江苏昆山离上海、杭州都很近,所以昆山很有可能是刘汝钧的寓居地之一。

诗社征诗时,采用了寓名,并且多半由各地诗社将应征作品转呈,吴渭等在《征诗启示》中写道:

> 请诸处吟社用好纸楷书,以便誊副,而免于差舛。明书州里姓号,以便供赏,而不致浮湛。

尽管吴渭发出征诗启示时要求大家"明书州里姓号",但是因为启示发送的对象是"诸处吟社",而非个人,所以姓名重出、地址与本人所在地有误的情况完全可能出现。况且,在那种国已不国,家已不家的特殊时期,遗民行踪不定,在互动中寻求群体的力量,在集体中寻找勇气和慰藉的大有人在。如谢翱,宋亡后慕屈原托兴远游,遍历闽、浙,创办汐社,参与组织月泉吟社,与故老同志相聚,以诗会友,以诗文抒怀。刘汝钧本着"独骑麒麟补春秋"的宗旨,往来于浙江、福建、江苏等地,实地考察,切身体验,收集宋亡元初的第一手史实资料,完成补写春秋的使命,这也是遵循司马迁所开创的史家传统。

刘汝钧"补春秋"的思想使他较其他遗民更注重史实的保留。至元二十三年(1286),刘汝钧在杭州与连文凤率同舍生为徐应镳举丧①,就求人索序,要将徐之壮举载入史册,"义士刘汝钧,倡义

---

①　(元)方回《故太学徐君应镳哀辞并序》,《桐江续集》卷十二,文渊阁四库全书本。

葬之毕事,以私谥正节易名,且征予序其事。君(汝钧)经德(应
镳)诸生,仆亦经德旧人也,义不容辞,三叹而为之书。"①对宋亡元
初的那段历史,刘汝钧也很熟悉。据吴莱《桑海遗录序》(见《渊颖
集》卷十二),吴莱在浦阳时见到过刘汝钧写给吴思齐的信,刘汝
钧在信中"论文丞相宋瑞事":

> 自江西初起时,崎岖山谷,购募义徒。耕畎洞丁,造辕门
> 请甲杖不啻数万,而尹玉实为骁将大衣冠指麾,众皆诣阙感泣
> 求效死。已而,当国二揆交沮,用兵帅无宣谕,卒无犒赏。盘
> 桓月余,仅令守姑苏一路。张彦提重兵居毗陵,且有叛志。尹
> 玉竟以绝太湖吊桥,首尾不救而溺死。未几,独松告急。朝廷
> 四诏、政府六书趣弃,聊摄援根本。一日一夜,仓惶就道。及
> 至行都,而独松随以破陷。复令驻兵余杭守独松,朝议不一,
> 众心离散。会有尹京之命,余庆遽夺其印不予,汉辅遁,德刚
> 遁。北军入城,与权又绝江遁。乃即日拜枢使,又拜右揆。诣
> 与权处,且令往军前讲解,毅然请行。及被囚以北,中道奔逸,
> 收集亡散,无兵无粮,天下大势去矣!帝霸交驰,正伪更作,是
> 不一姓。当世之为大臣元老者,视易姓如阅传邮。况当沧海
> 横流之际,而彼乃以异姓未深得朝廷事权,欲只手障之,至死
> 不屈。微、箕二子,且有愧色于宗国矣。(吴莱《桑海遗录
> 序》)

刘汝钧对抗元义举的艰难困境给予了详尽描述,并对他人"视易

---

①　(南宋)何梦桂《太学正节先生徐公序》,《潜斋集》卷五,文渊阁四库全书本。

姓如阅传邮"的漠然态度极为愤慨。可见,刘汝钧本人为遗民中
气节坚贞之人,对亡国的辛酸血泪,也是用心地详实记载下来。
刘汝钧是所有月泉吟社的成员中思想和经历都较为特殊的
一位。

　　另外,杨镰先生《元诗史》认为孙岳应该也参加了月泉吟社。
"宋元之际周密在《孙岳从军后归吴》诗中说:'秋入金疮只自
悲,十年弓箭老西陲。不须更赋从军乐,且和田园杂兴诗。'"杨
镰先生据此认为,孙岳其人显然是"春日田园杂咏"的参与者之
一,但是没有进入前六十名,所以他的应征诗未编入《月泉吟社
诗》,"他的金疮尚未平敷,身上征戍硝烟尚未散尽,已经在提笔
唱和《春日田园》之作。这是适应性使然,也证明诗的参与是当
时最宽泛的参与"。笔者倒是认为孙岳"和"田园杂兴,并不等
于"参与"了月泉吟社的春日田园杂兴征诗。因为王士祯亦尝"常
遍和之",又岂能也称之为参加吟社?王士祯在外祖家见到《月泉
吟社诗》,便对其排名重新调整,还常常"遍和之",可见其对《月泉
吟社诗》的重视,但是作为清初之人,是不可能参加月泉吟社的。
孙岳和田园杂兴,只能说明偏好这种诗歌,或者渴望平静的田园
生活。

二、月泉吟社主要成员介绍

　　月泉吟社的主事者以及部分应征诗人,如仇远、黄景昌等已在
前文有较多笔墨阐述。除此之外,吟社其余的成员则极少被学界
关注。迄今只有方勇先生《南宋遗民诗人群体研究》"附录一"和
欧阳光先生《宋元诗社研究丛稿》"月泉吟社作者群略考",对部分
成员进行了考证。笔者将着重从阐述而非考证的角度来展开,力

图勾画吟社成员的完整面貌,特别是那些"淹没不传"者的经历、性情、思想,尤其是创作特色、交游情况等。

　　1. 月泉陈氏兄弟:吟社中的显宦者。

　　　　第四十名柳圃,别注:月泉竹朧陈君用。
　　　　第四十六名陈鹤皋,别注:月泉竹朧陈君用。
　　　　摘句图,陈帝臣。

柳圃和陈鹤皋的别注均为月泉竹朧陈君用,可见柳圃就是陈鹤皋,即陈君用。陈君用又名陈公凯,大德间,推为月泉书院山长。公凯"工于诗,名噪士林"(《乾隆浦江县志·文苑》),"所为五、七言诗,深稳有法"①。但是存世作品罕见,文唯有一篇,仅见《万历金华府志·艺文》所载《浦江县漏刻铭》,此铭文"词旨庄雅,至今犹传诵之"(《乾隆浦江县志·文苑》)。陈公凯的诗作仅存《月泉吟社诗》中二首:

　　《春日田园杂兴》其一:(第四十名)
　　　春风冗我田园务,野思芳情约不齐。检点瓜丘仍芋垄,按行桑野更秧畦。偶陪灵运山前屐,或学东坡雨外犁。薄莫倦归专一事,旋诛生菜瓮黄虀。
　　《春日田园杂兴》其二:(第四十六名)
　　　世事不挂眼,寄情农圃中。锄犁冲晓雨,杖屦立东风。芽谷验仁脉,浇花趁化工。独余真意味,浊酒自烧菘。

―――――――――

　　① (清)徐沁著《金华游录注》,转自谢巍编著《中国画学著作考录》,上海书画出版社,1998 年。

陈君用的两首应征诗歌均榜上有名,一首为七言律诗,一首为五言律诗。七言律被评为"咏杂兴甚工,但失之刻露,然其好处亦在此"。五言律被评为"前联平,后联有思索"。月泉吟社应征者中,一人投二稿甚至数稿的情况不在多数,在前60名中仅有7人。所投诗作均被选入前60名,还是很能见出作者的创作水准。因为陈君用以不同的寓名投出去的两篇诗作均榜上有名,所以"名噪一时",在当地肯定能引起大家的瞩目。大德间,公凯被推选为月泉书院的山长,此事应该与参加月泉吟社并榜上有名有很大关系。公凯与赵孟頫有交往,赵孟頫《松雪斋集》有《题所画梅竹幽兰水仙赠鹤皋》诗,共4首:"千树瑶芳压水湄,西湖风月鬓成丝。江南春色今何似,赖有高人把一枝。""萧萧叶带雨声寒,袅袅枝摇月影残。欲引九苞威凤宿,晴窗试写翠琅玕。""百草千花日夜新,此君林下始知春。虽无令色如娇女,自有幽香似德人。""翠袖盈盈不受扶,天风缥缈降麻姑。便应从此东吴去,几见蓬莱弱水枯。"分别写梅花、翠竹、兰花、水仙。对这四种高洁景物的描写,以花喻人,可见赵孟頫对公凯的人格评价很高。

　　陈公凯的弟弟陈公举也参加了此次征诗比赛,并且也榜上有名,只是入摘句图,而未能进入前60名。在《月泉吟社·摘句图》"清晓蛙声引啼鸠,夕阳牛背立归鸦"后署名"陈帝臣"。陈帝臣是陈公举,可据方凤《金华洞天行纪》中所言:"携子樗肖翁入邑,与皋羽及陈公凯君用、弟公举帝臣会"。方凤是浦江人,同为月泉人,因此他的说法应该是可信的。陈帝臣还有一个名字正臣,清初浦江人张燧在《跋金华洞天行纪》中写道:"帝臣即正臣,名公举。"陈公举仕宦较为顺达。至元末至大德初为浦江儒学教谕,大德初至大德十年间累迁江浙副提举,后因为与赵孟頫交往较密,荐举为应奉翰林文字,可惜做翰林不到两个月就去世了①。

　　陈公举以文字起家,所交友朋也都是儒林士人,如方凤、柳贯、戴帅初、吴兴赵魏公、永康胡穆仲,都与陈公举往来密切。公举升为提举赴任杭州时,西秦张模、淮阴汤炳龙、莆田刘濩、永嘉林景熙辈,相率为诗歌以赋其事,穆仲为之序。陈公举交友中还不乏蒙元朝廷中的显贵之人,在任浙江副提举之时,与集贤大学士、江浙提举魏公情意深厚,公举秩满归,为书《洛神》一通。陈公举还日与"兄公凯、方凤、吴思齐砥砺唱和。"(《乾隆浦江县志·文苑》)今存其唱和诗作共有十首,如《次方韶父先生游金华洞天韵》、《上元赤松山和方先生》、《同方谢二先生和赵元清梦游小桃源四时诗四首》、《次方韶父先生韵》、《新霁北山道中与方谢二先生作二首》、《灵源胜地次方韶卿先生》等。

　　在月泉吟社应征者中,月泉陈氏兄弟在浦江可谓是显达之人。陈正臣提举浙江,后为翰林,可以说是所有月泉吟社参赛诗人中地位最高,经济状况最好的人,因此陈氏家族也成为遗民聚集的第二个中心。公举在旧宅旁边建有一座新楼,名为光风霁月楼。光风霁月楼的落成,在当地是一件大事。据《存雅堂遗稿》卷二记载:"光风霁月四字,晦翁书,刻石建州。陈正臣提举浙江,为翰林,收书至建,得此本归,初以霁月自号,今遂以四字名其所居之书楼。"公举提举来杭,西秦张模、淮阴汤炳龙、莆田刘濩、永嘉林景熙辈"相率为诗歌以赋其事"。方凤写了《题光风霁月楼》诗:"人间底处无风月,知用何时最佳绝？芳播崇楼淑气浮,影涵古桂清辉发。向来雅重无极翁,洒落襟怀与此同。去之百世犹仿佛,宛见道貌匡

――――――――

　　①　陈公举仕宦资料可见于《金华贤达传》卷十,四库全书存目丛书,第八八册,齐鲁书社出版,1996年,第81页。

庐中。谁题品语黄太史,大书四字紫阳子。今从建水得此本,如拾蠙珠卷文绮。携归八咏双溪州,晏然直与造化游。无边妙处乃萃此,邃矣君家百尺楼。"方凤在诗中也极为赞扬陈正臣的人格品德,认为楼的风貌犹如主人,充满了"淑气",对光风霁月楼的古风神韵也中肯点评。从晦翁所书的遗墨,双溪八咏的遗风,可见楼之神韵,主人之气概。

2. 白珽、梁相、刘应龟、何鸣凤、林子明:吟社中入元任学官者。

月泉吟社中不乏"见说弓旌方四出,欲更名姓掩衡门"(第三十三名释了惠)的人。也有积极入仕的,如陈公举。还有一类人介于隐与仕之间,那就是出任学官者,如梁相、刘应龟、仇远、何鸣凤、林子明。尽管都是学官,但是出任的原因、时间等各异。

(1)五辞三任的白珽

白珽,吟社第十八名,寓名唐楚友,别注为:孤山社白湛渊,名珽,字廷玉。白珽和仇远,是吟社应征诗人中在文坛名气最大的两个,南宋度宗咸淳年间已有诗名,并称"仇白"。仇远是元代初期著名的词人,"是元代前期江南相当活跃的诗人、词人,承前启后,影响一方。"白珽著有《湛渊静语》、《经子类训》、《集翠裘》、《湛渊文集》、《湛渊诗集》,皆二十卷,曾付梓,但久佚。目前只能见到《湛渊静语》二卷,《湛渊遗稿》三卷。白珽作品流传甚少,这不能不说影响到他在文坛的地位。白珽的资料较好地保存在宋濂为他写的墓志铭《元故湛渊先生白公墓铭》中。

白珽,字廷玉,钱塘人,本四明名儒舒少度遗腹子,通武郎嵘育以为嗣。五岁能属词,八岁能赋诗,十三受经太学,习为科举业,轰然有声场屋间,一时贵人争欲出其门下。成年后,由于名气大,屡次被征辟,白珽却屡次辞谢:

甫及壮，元丞相巴延平江南，闻先生贤，檄为安丰丞，辞不赴。乃客授藏书之家，昼缮夜诵，灯坠花穴帽不知也。如是者一十七年。程文宪公巨夫、刘中丞伯宣，前后交荐之，复以疾辞。中岁尝出游梁、郑、齐、鲁，历览河山之胜，登临吊古，讯人物风土，慨然有尚友千载之意。及至燕，王公贵人见辄宾礼，或欲举为东宫官者，先生复引义固辞。南北孤远士，久困逆旅，则必昌言甄拔之，自是学益充，文益富，而家益贫。宣尉都事鲜于公枢，帅一时名士，援杜甫、邵尧夫故事，共买屋使之居。会李文简公衎，出将使指，喟然叹曰：有才如是，坐视其穷可乎？力挽起之，授太平路儒学正。先生不得已，应命。未几，摄行教授事。悉心官政，修建天门、采石二书院。政成，当时事例，可贡行台令史。达官劝之行，先生笑曰：吾守章缝尔，它何觊哉？寻转常州路儒学教授。兵燹之后，礼殿与堂庑皆废，弗治祭器，载籍亦阙，先先为完之，且复侵疆三千余亩。俄再迁教授庆元，未上。翰林集贤两院谋曰：白先生淹回下列，吾侪不启齿一言，可谓汗颜矣。共厨荐之，升江浙等处儒学提举司副提举，阶将仕佐郎。时邓文肃公文原，实为之长。与先生志气吻合，举刺得宜，文化大行。秩既满，铨曹有不知先生者。署淮东盐仓大使，先生自以盐策非所谙习，不俟终更，即谢事养疴海陵，远近学徒担簦相从者，殆无虚月。先生已六十又七，及再迁从事郎婺州路兰溪州判官，则不复有宦情矣。（宋濂撰《元故湛渊先生白公墓铭》）

一辞丞相檄为安丰丞，二辞程文海、刘伯宣之荐，三辞举为东宫官，四辞升庆元路教授，五辞升淮东盐仓大使。白珽所辞之官，有教授之类的学官，也有安丰丞之类的地方行政官，还有盐仓大使之类的肥缺。其辞官理由或以疾，或以非所谙习。可见，白珽是不慕权势之人。白珽六十七岁出任兰溪判官后退居在杭州，西湖所居之处有泉自天竺来，及门而汇，榜之曰湛渊，因以自号。退居后每天与韵朋胜友曳杖游，衔杯赋诗，唯恐日之易夕。晚年归老栖霞，因又号栖霞山人。白珽生于宋理宗淳祐八年（1248），元文宗天历元年（1328）九月十五日卒，享年八十一岁。其年十一月二日，葬于钱塘县履泰乡栖霞山之阳，其子遵命题曰"西湖诗人白君之墓"。

　　白珽一生数次为官，皆为无奈之举，因为虽然每次力辞，但迫于各种情况短暂入仕：一为李文简公衔力挽起之，授太平路儒学正。白珽不得已，应命。未几，摄行教授事。悉心官政，修建天门、采石二书院。不久，转常州路儒学教授。兵燹之后，礼殿与堂庑皆废，弗治祭器，载籍亦阙，白珽"为完之，且复侵疆三千余亩"。二为江浙等处儒学提举，举刺得宜，文化大行，秩满。三为六十七岁时，再迁从事郎、婺州路兰溪州判官。白珽入仕的原因有二：一是因为家贫。虽然没有直接的材料证明，但我们从李文简公衔所叹"有才如是，坐视其穷可乎？"可以看出白珽当时日子应该过得很窘迫。从"力挽起之，授太平路儒学正。先生不得已，应命。"可知白珽入仕既有李文简"极力挽起之"的因素，也有生计所迫的无奈。白珽为官的第二个原因是对学官的合理定位。白珽出任的官基本都是学官。遗民出任元代学官有其自身原因，"出任各地的儒学教授和其他教职，是知名文人的重要生计，同时也不至于带来太大的心理负担。"①对待出任学官，白珽和其他遗民一样，用遗民的独特立场来理解。学官多与士子、学生交往，所管理的事物均与文化相关，相对而言，与政治的联系没那么紧密。出任学官，既可

---

①　杨镰著《元诗史》，人民文学出版社，2003年，第363页。

以传授知识、思想,体现个人的价值,也可以为维护传统文化做出自己的贡献,因此,不少遗民在坚守气节的同时并不排斥出任学官。白珽在任时积极地为文化传承而努力。摄太平路教授时,白珽"悉心官政,修建天门、采石二书院"。升为江浙等处儒学副提举①,白珽与邓文肃公文原默契配合,形成"文化大行"的局面。可见,白珽抱着文化传承的目的入仕。尽管如此,对为官的这些经历,白珽仍然觉得有违于气节,因此临终前刻意交代儿子,在墓碑上写上诗人白珽,对一切官宦经历皆一字不提,可见白珽是以诗人的身份为荣。然而,历来对元代诗歌研究中,却几乎无人关注白珽②的诗歌创作。

白珽对诗文创作很用心,并产生了一定的影响。白珽刻苦问学而长于诗,宋濂称白珽"自幼至老,无一日废问学,故能长于诗文。"在第一次辞官不赴任后,白珽很长一段时间客居在藏书家家中,昼翻夜诵,灯坠花穴帽也浑然不知。戴表元称其"每一篇必欲令注波于六经之渊,披条于百氏之畹。"③陈著也说白珽:"早幼颖悟,……嗜学刻苦,忘寝食,泛滥书史,间得《斋骚》意度为多,益之以左江右湖胜概激濯,日以沉郁,卒敛而归诸诗。"④同时代的人对白珽诗歌评价很高,如紫阳方公回称其:"冠绝古今,有英雄大丈夫气。"剡源戴公表元谓其:"注波五经之渊,披条百氏之畹。"庐陵刘公辰翁又言其:"不为雕刻苛碎苍然者,不惟极尘外之趣,兼有

---

① 《湛渊集》中白珽写了《大易集说序》,序的结尾处白珽署名为"皇庆元年春将仕郎江浙等处儒学副提举白珽序",可知,白珽升为江浙等处儒学副提举之职是在皇庆元年之时,或略早。

② 即便在专门研究元诗的专著《元诗史》中,杨镰先生论及元代前期江南诗人时,提到遗民诗人也只有汪元量、谢枋得、林景熙、谢翱、方回、戴表元、仇远等。

③ (元)戴表元撰《白延玉诗序》,见《剡源戴先生文集》,四部丛刊初编本。

④ (宋)陈著撰《钱塘白珽诗序》,见《本堂集》,文渊阁四库全书本。

云山韶濩之音"。方回、戴表元、刘辰翁都是当时重要的诗人,对白珽诗作的评价相当高,由此可知白珽在文坛的影响力。另据周睖《湛渊静语序》"南北知名士,如文本心、何潜斋、刘须溪、牟献之、方万里、夹谷士常、阎子静、姚牧庵、卢处道诸公,莫不礼遇,相与为忘年之游。"白珽还与张鹏飞、李和之等有交往,《湛渊集》中有《游后湖赋》一文,写白珽与张鹏飞、李和之、方万里四人一起游湖。

白珽的诗作很早便被付梓流传。据陈著《钱塘白珽诗序》所载,白珽诗歌创作在其身前便已流传,当时有"好事者将取而锓诸梓",并求陈著为之序。可惜的是,白珽的作品未能很好地保留下来。今传《湛渊静语》二卷为残本,《湛渊遗稿》三卷为清初杭州沈菘町所辑。据《四库全书》记载《成化杭州府志》载珽湛渊集八卷,《文渊阁书目》尚著录,今已久佚。四库全书本为近时杭州沈崧町所辑,凡赋二首,诗六十三首,文六篇,有戴表元序,宋濂写的墓铭。现存《湛渊集》虽然所收作品数量有限,但是基本反映了白珽的诗歌风格。

综观白珽的创作,主要有以下特色:

一、擅长用诗歌叙事。白珽诗中有一些以叙述为主的诗歌。如《题斩蛟桥》:"桓桓周将军,英烈照千祀。少年知自艾,成人不惜死。射虎南山下,斫潜北桥底。腾拏三日夜,洒血四十里。激波为岳立,挥刃电亦驶。想当批鳞初,见义不见水。及其立人朝,矫矫中不倚。文学既英发,武事复霆起。殚儿善丑正,甘作忠义鬼。至今有生气,耿耿耀青史。苏公百世豪,气味有相似。泊舟蛟川下,洗石题所以。平生疾恶意,十有二言里。丰碑刻祠宇,词翰晋二美。二美固足珍,吾取不在是。"写周将军斩蛟龙的过程和威风,白珽极尽铺叙,细节详尽。另外还有《吴季子墓》、《河南妇》等,表面写人,实则以本事为基础的叙事作品。如《河南妇》一诗就是针对当时影响很大的妇人喜新厌旧，慕富嫌贫的事件而写的。据《辍耕录》卷二十二"河南妇死"记载："河南妇，世为河南民家。天兵下江南，妇被虏，姑与夫行求数年，得之。湖南妇已妻千户某，饶于财，情好甚洽。视夫姑若涂人，会有旨：凡妇人被虏，许银赎，敢匿者死。某惧罪，亟遣妇，妇坚不行。夫姑留以俟，妇闭其室，弗与通。遂号恸顿绝而去，行未百步，青天无云而雷。回视妇已震死。"白珽针对此事写："从军古云乐，获罪祷应难。母望明珠复，夫求破镜完。押衙逢义士，公主奉春官。为报河南妇，天刑不可干。"按照当时社会的伦理观念和当时的旨意，河南妇嫌贫爱富是有悖于二者的，但是白珽在此却略表异议，"押衙逢义士，公主奉春官"，尽管河南妇的所为法理难容，但是从情感和人性来讲，河南妇的处境又是令人痛惜的。

　　二、语言平实，少用典，用平常字。在白珽的诗中基本不用典故，所用字也极为普通。怀人之作最易以古人之情隐喻，但是白珽的怀人之作却写得极朴实。如《山居怀林处士》："昔有林处士，结庐邻峰巅。年年不入城，梅花有佳联。童鹤三数口，负郭十亩田。弟侄列朝裾，咸平好时年。人品既已高，奉养常充然。嗟我何为者，日用买山钱。爱诗不能佳，未了区中缘。空有一寸心，羡杀处士贤。饱看贵人面，不若饥看天。推床呼伯雅，且此相周旋。有田足几时，卓哉坡翁言。"诗中对林处士居所进行客观描绘，对自己的感受也是直言道出，"饱看贵人面，不若饥看天。"情感之直白、朴素，如同村夫野老。又如写心志的诗作，古人常常会写得高深莫测，但是白珽之诗却来得很平常。《竹阴》："占断人间潇洒地，全身水墨画筼筜。非烟非雾一林碧，似雨似晴三径凉。翠袖佳人黯空谷，白须道士隐南塘。数竿醉日君须记，移向西轩补夕阳。"写抽象主题之诗，往往易入拗涩，但是白珽这首写竹阴的诗却简单易懂。

三、意象选取讲究空间感,造成大气磅礴之势。意象的选取,白珽诗歌偏爱空间感很强的事物。如《题松雪临郭河阳溪山渔乐图》:"远山近山何历历,下有长溪横一碧。……野桥烟树接草庐,飞流如练悬空虚。"远、近、下、横、接、悬都是空间感很强的词语。特别是此诗的前两句,平常几个字就为读者描绘出纵横交相的立体图,白珽的题图诗,都写得极富立体感,逼真形象,栩栩如生。《山中怀友》:"寒雨人孤坐,残灯雁一声。"从人坐到雁声,从触觉到听觉,感觉的空间也从下往上移。白珽诗中的想象也很大胆,如《同陈太傅诸公同登六和塔》:"烂烂沧海开,落落云气悬。群峰可俯拾,背阅黄鹤骞。"《遊宜兴张公洞》:"一窍通天才直上,千崖转石已平吞"。《湖楼玩雪》:"上湖十里卷帘中,幻出瑶华第一宫。山势蹴天银作浪,柳行扑地玉为虹。渔蓑鹤氅同为我,爵舌羊羔不负公。明日凤池朝退早,一鞭曾约试吟骢。"正是白珽诗歌具有气势,所以,方回评白珽诗为"有英雄大丈夫气",这种气势很大程度来自白珽诗歌营造的空间感。

四、突出新意,是白珽诗歌的一个重要方面,这与白珽的人生哲学有关。《题苏东坡书楚颂并菩萨蛮满庭芳词卷后》:"南荒九死幸生还,种树书成手自删。赤壁梦难同楚颂,洞庭乐不减商山。人生堕地少如意,老子对天无愧颜。千古菟裘有遗恨,断圭残璧自人间。"这首诗虽然针对苏东坡《楚颂帖》和《菩萨蛮》、《满庭芳》写的,但也是白珽自抒胸臆之作。对人生,白珽抱着不为外物所动,坦然地面对沉浮起落的心态。富贵并非就完美,坎坷并非就无望,即便是断珪残璧,也可以别有洞天。对仕宦也罢,对荣誉也罢,白珽只以平和心态看待。白珽的诗歌没有谢翱、方凤、连文凤的激烈,只是抒写诗人对世界和人生的理解,即一种独具白珽特色的处事心态,因此白珽诗能形成个性化的诗风。

白珽在诗中也抒写遗民对旧朝的缅怀,如《岳武穆精忠庙》:"国势已如此,孤忠天地知。死生同父子,奸宄系安危。偃月无封桧,栖霞有谥碑。中原遗老在,岁岁梦王师。"借岳王的英雄气概,表达自己作为遗民的最大忧思。《吊林处士墓》:"千古西湖见一贤,断碑犹在草芊芊。人间岂少题梅者,石上谁来酹菊泉。陈柏墓门疑是宅,唐衣庙貌望如仙。可怜辽鹤无消息,寂寞春风二百年。"写世事变迁给诗人带来的沧桑。

《月泉吟社诗》中仅录白珽诗一首:"雨后散幽步,村村社鼓鸣。阴晴虽不定,天地自分明。柳处风无力,蛙时水有声。几朝寒食近,吾事及躬耕。"这首诗歌在结构上开合有度,"不定"与"分明","风无力"与"水有声"形成鲜明的对比,"散幽步"与"社鼓鸣",点题入诗,整首诗张弛有度。开合有度的颔联、颈联让诗歌富有变化。尾联再次回应题目,从幽步到躬耕,都是诗人自道,既有时间上的延续性,也能呼应首尾,让篇章结构更紧凑。此诗还将时间的线索暗含其中,让全诗具有较好的连贯性。再与诗中的对比手法互相契合,整首诗既有连贯性,又有跳跃性。因此方凤、谢翱诸公对白珽诗评价甚高:"前联不束于题,而柳处蛙时一联题意俱足,格调甚高,结亦不浮。""不束于题"显示了白珽诗歌追求个性,"不浮"显示白珽诗歌的质朴特色。

(2)年少有才的梁相

梁相,吟社第三名,寓名高宇,别注为:杭州西塾梁相,字必大。另有,第十三名魏子大,别注为:武林九友会梁必大。可见,梁相是杭州人,字必大,寓名为高宇和魏子大。卒年不详,但是生年为1271年。在应征诗人中梁相应该是最年轻,也是较为有才华的一位。

　　梁相的生卒年,方勇先生在《南宋遗民诗人群体研究》中写道:
"关于梁相的生卒年月,今已不得详考。但可略推知,他少于吴渭,
入元后三十年左右仍健在",方先生的推断大致不差。在给吴渭诸
公的回札中,梁相自称"少年",还恭敬地称吴渭诸公为"先辈"。

　　梁相在为人处事上较为讲究,谦卑行事,是一个较有才华和精
于作诗技巧的人。梁相排第三名的作品是:"膏雨初晴布谷啼,村
村景物正熙熙。谁知农圃无穷乐,自与莺花有旧期。彭泽归来惟
种柳,石湖老去最能诗。桃红李白新秧绿,问着东风总不知。"方
凤诸公评为:"前联妙于细合,后联引陶范不为事缚,句法更高。
末借言杂兴,的是老手。"对梁相工于律诗创作的程序这一长处,
方凤诸公在评诗中称其为"老手"。梁相以少年之才,力排众人,
获得第三名的好成绩,可见他的才华和诗艺的确不俗。他的另一
首竞赛诗作,以魏子大为寓名也进入前六十名的行列,还荣列第十
三名。在一人两投的 7 人中,梁相是成绩最好的人。"麦畴连草
色,蔬径带芜痕。布谷叫残雨,杏花开半村。吾生老农圃,世事付
儿孙。但遇芳菲景,高歌酒满樽。"这首名列第十三的诗歌,方凤
诸公也给予了较高评价:"前四句咏题,后乃述意。末二句亦不离
春兴,格韵甚高,五言中未易多得。"由此更可证明梁相的诗才和
诗艺。事实上,梁相应征之诗及入选之诗还不只这些,在回札中高
宇即梁相明白地写道:"赋月泉之杂兴,问一得三。观诗社之题
名,吾十有五,鉴明攸在雨,射奚工恭维?先辈墨绶铜章,纶巾羽
扇,楼高风月,清标远迈于隐佚。春满田园,佳趣适同于陶令,吟盟
是宰,公道以明。某信手推敲,何心得失,误入品题之列,有何格调
之高,愧甚少年,的非老手。衮褒匪称,鼎觌谓何,苎细罗香,寔过
郑侨之缟带,笔精墨妙,粲垂郇氏之彩笺,三复以还,一忱兼谢,参
前未卜,能照是祈。"

南宋灭亡之时,梁相正处风华正茂的人生黄金时期,可惜生不逢时。在梁相身上,可清晰见到宋代知识分子的价值观,那就是将作诗视为实现自己的梦想和价值的途径。作为一个有才华的人,参加科考也许是梁相从小既定的目标。可惜,世事剧变,时过境迁,宋亡后科举取消,打破了众多士人的进取之路,因此当月泉吟社征诗启示在婺州浦阳发出时,梁相终于找到了一个展露自己才华的舞台。当有元一代,温和的大门向知识分子敞开时,对年华正茂的梁相来说,这是人生的崭新开始,梁相没有理由不投身进去。

梁相为官,文献可考的主要是镇江路儒学教授和婺州知事。元俞希鲁《至顺镇江志·元教授》记载:"梁相,字必大,杭州人,大德二年(1298)十二月至。"在梁相下面为顾岩寿,"大德五年十二月至"。可见,梁相任镇江儒学教授应该最多三年。据陈衍《元诗纪事》卷十二记载:"梁相,字必大,杭州人,大德末官绍兴路儒学教授。"梁相从镇江转为绍兴路儒学教授,《乾隆绍兴府志元教授》也载有"梁相名",后升为婺州路知事。吴莱《吴文正集》卷九十三有《送梁必大知事之婺州》,知事就是路、府、州行政长官的属官,地位在教授之上。

梁必大除了参与月泉吟社外,其他的交往并不多见。在任镇江路儒学教授之前,他曾与黎廷瑞、汤景文、吴德昭、吴仲退、李思宣、周南翁、洪和叟、方君用等有交往,曾于1292年一起游芝山寺,登五峰亭,并且还唱和诗作,以"云飞江外去,花落入城来"分韵赋诗。这是入元以来汉族文人又一次群体活动①,活动是黎廷瑞组

---

① (元)徐瑞撰《松巢漫稿》,有《壬辰社日,芳洲领客梁必大、汤景文、吴德昭、吴仲退、李思宣、周南翁游芝山寺,登五峰亭,瑞在其间,羽士洪和叟、方君用载酒来会,以"云飞江外去,花落入城来"分韵赋诗,瑞得江字》诗。

织的。梁必大与黎廷瑞交往应较密切,在梁必大回杭州时,黎廷瑞还赋诗送别,如《送梁必大归杭省亲》。该诗有小序:"楚水送梁子也。梁子为楚文学橡,将归觐亲,其友念别,故作是诗以送之。"诗共三首:"悠悠楚水,霭霭吴云。孰作之合,胡然而分。岂无良朋,我独子忻。于穆令德,有粲其文。""吴云霭霭,楚水悠悠。眷念庭闱,道阻且修。为贫而仕①,匪食孰求?曷不偕来,以解尔忧。""瞻彼日月,有望有弦。慨彼中年,别友实难。有芹于池,有芝于山。式遄其归,勿远其还。"②诗歌用四言的形式,仿照《诗经》中《鹿鸣》而作,以吴云楚水渲染离别之情,表达对朋友的难舍,希望早日重逢。古时因为鄱阳是吴国和楚国的分界线,因此文人常于此登山临水,以寄山水之隔,路途之远。黎廷瑞应该是梁相交情较深的朋友。除了在鄱阳交往的朋友外,梁相还与吴澄交往。《吴文正集》卷九十三有《送梁必大知事之婺州》,诗云:"一见何仓卒,相闻已岁年。东州文献后,南国俊髦先。士诧苏湖教,郡须岑范贤。赞谋倘余暇,为访牧羊仙。"

（3）刘应龟:隐与不隐之间

刘应龟,吟社第五名,寓名为山南隐逸,别注为:义乌刘应龟,字元益,号山南,因此又被人称为山南先生。刘应龟与黄潜是表子侄行。黄潜写的《山南先生述》是了解刘应龟最直接最完整的资料。刘应龟,义乌人,少年有大志,才高伟貌。咸淳间,曾游太学。宋亡之初,隐逸于南山之南。吴渭开社主盟时,刘应龟仍在隐逸中。元

---

①　因诗中有"为贫而仕"的字样,所以方勇先生认为梁相应该还出任过饶州一带的学官。梁相入仕与生活贫困有关,时间在至元末年,因为黎廷瑞组织的活动就是在壬辰,即至元二十九年。

②　（宋）黎廷瑞撰《送梁必大归杭省亲》,《鄱阳五家集》卷一,丛书集成续编,第一七八册,上海书店出版社,1994 年。

至元二十八年(1291)，起为本邑教谕，调月泉书院山长，改杭州路学正。刘应龟去世后，黄潜将其作品辑为二十卷，题曰《山南先生集》。卢文弨《补辽金元艺文志·集部》和钱大昕《补元史·艺文志》卷四均载"刘应龟《山南先生集》二十卷"，可惜久已不传。

黄潜对刘应龟最为熟知，为其作的行述也最为真实，具体如下：

> 先生姓刘氏，讳应龟，字元益，世为婺之义乌人。自曾大父祖向、大父梦龙、父景辰，无仕者。先生少恢疏，常落落多大志。宋咸淳间游太学，马丞相高其材，将女焉，先生不可，乃已。由是名称籍甚，非直用文墨出小异也。于时同舍生撷其绪论，或取高第，而先生故为博士弟子员。亡何，当以优升解褐。值德祐失国，乃返耕，筑室南山之南，卖药以自晦。人劝以仕，辄不答，然亦不为激诡靳绝事眩俗矜众也。居久之，会使者行部，知先生贤，强起以主教乡邑。先生始幡然出山即席，于是至元二十有八年矣，终更调长月泉。有司以累考合格，上名尚书。亲友白当诣谒，先生笑弗顾。铨曹谬以年未及出其名，复俾正杭学，先生竟不自言。明年，遂以疾卒于家，寿六十四，大德十一年八月二十日也。先生伟貌美髯，谈辨绝人。然任气好臧否，闾里少年以为厉己，而相与谋中伤之，卒亦无以害也。先生学本经济，而以简易为宗。读书务识其义趣，未尝牵引破碎以给浮说。至其为文，雄肆俊拔，飙驶水飞，一出于己，无少贬以追世好，世亦未有能好之者。凡所著为《梦稿》六卷、《痴稿》六卷、《听雨留稿》八卷，藏于家。先生盖有禄食于世矣，而未显也。故识与不识，皆称之曰山南先生，如隐者焉。初娶吴氏，卒，再娶许氏。子男一人曰鼎，孙男

女合三人。既卜宅于永宁乡白茅之原，将以某年月日窆，而未有以昭不朽也。潜惟我曾祖左曹府君，以文章家知名当世，先生以外孙实得其学。顾潜之蒙鄙劣弱，犹幸弗失身负贩技巧之列以陨先业者，先生教也。先生之庇庥我厚矣！而潜安足以永先生之存。庸疏其世系出处、卒葬之岁月，以谂夫志同而言立者，尚幸为之铭若诔，以揭诸幽云。（黄潜《山南先生述》）

从"遂以疾卒于家，寿六十四，大德十一年八月二十日也"，可以确切地知道刘应龟的生卒年分别为1244年和1307年。黄潜对刘应龟其人其文都有记载。刘应龟性情洒脱，非世俗之人。在少年游太学时期，就不慕荣利，拒绝与丞相结姻亲。亡国后，隐逸于山中，卖药以自晦。低调处世，是刘应龟的生存之道。刘应龟深知保身哲学。当有人劝他入仕时，他既不答应，也不表现出厌恶。既不随波逐流，也不标新立异，能够见机行事。当行部慕名而欲强起之，刘应龟也幡然而出，并且还"累考合格"。对待入仕，刘应龟采取的是随缘任意的态度，在可与不可之间悠游。刘应龟性本"任气""好臧否"，却"以简易为宗"；"学本经济"，却"读书务识其义趣，未尝牵引破碎以给浮说"，这与他可与不可的仕宦态度一致。尽管刘应龟食禄于世，但是世人却视他为隐者，称之为"山南先生"。

刘应龟的诗文大有"迈往不群"之特征。黄潜在《绣川二妙集序》中高度评价刘应龟的诗："吾里中前辈，以诗名家者，推山南先生为巨擘。……先生曩游太学，未及释褐而学废士散，束书东归，遁迹林壑间。览物兴怀，一寓于诗，悲壮激烈，有以发其迈往不群之气，自视与石曼卿、苏子美不知何如。""盖先生自少时为举子业，已能知非之。逮其年迈而气益定，支离之习刊落尽矣。故其为文，逸出横厉，譬如风雨之所润动，杂葩异卉，不择地而辄发。人见其徜徉恣肆,唯意所之而止耳。……潜受学于先生最久且亲,诚悼其余芳溢流,无所托以被于后,乃因先生所自序……者合而一,目曰《山南先生集》。"①"至其为文,雄肆峻拔,飙驶水飞,一出于已,无少贬以追世好,世亦未有能好之者。"②黄潜充分肯定刘应龟不落世俗的艺术个性。

刘应龟的诗歌创作,目前能见者仅有两首,一首是《夏日杂咏》,一首是《春日田园杂兴》。月泉吟社征诗时,刘应龟应征写了六首,可惜吟社诗集中只收完整七言律一首,以及诗句两联。《春日田园杂兴》诗写道:"独犬寥寥昼护门,是间也自有桃源。梅藏竹掩无多路,人语鸡声又一村。屋角枯藤粘树活,田头野水入溪浑。我来拾得春风句,分付沙鸥莫浪言。"方凤诸公评其为:"此卷七言凡六首,律细韵高"。两联为:"耕余树有牛磨痒,税足溪无人照癍。青春却付鸣鸠管,白日全输卧犊门。"刘应龟的诗境界空寂,但不凄清,写出田园萧散恬静的一面,并非像黄潜所说"悲壮激烈"。刘应龟独特的处事风格和随意的性格,在这首《夏日杂咏》中有很明显的表现:"一片闲云堕野塘,晚风吹浪滋菰蒋。白鸥不受人间暑,长向荷花共雨凉。"此外,刘应龟给吴渭诸公的回札也可见他性情淡定,不似激昂之人。"……顷因月泉之续社,分示石湖之旧题。有栗里、辋川之风,老子兴复不浅;无魏野、林逋之句,吾党斐然成章。讵意恶诗,亦占前列。既不迷五色而失方叔,抑且出一头而放子瞻,狎坠华缄,过勤褒衮,裂绢喜朵云之到手,启奁骇迭雪之浮香。兼有烟翰之珍,远贲柴荆之陋。旌仪侈甚,刊册粲然。勉用拜嘉,岂胜衔感。美人赠

---

　　①　(元)黄潜撰《山南先生集后记》,《金华黄先生文集》卷三,续修四库全书,第一三二三册,第116页。

　　②　(元)黄潜撰《山南先生述》,《金华黄先生文集》卷三,续修四库全书,第一三二三册,第123页。

绣段,心匪吝于卷还;小奚背锦囊,句尚惭于拾得。未涯申谢,并冀丙融。"刘应龟写的回札中所提到的人,有王维、林逋、子瞻等,均为超然之人。刘应龟另有一文《题名县壁记》,可惜不传。

刘应龟是月泉吟社竞赛诗人中与方凤、仇远交往时间最长的人。早在太学之时,刘应龟便与方凤、仇远相识。柳贯《跋晋卿所得牟、方、仇三公诗卷》云:"韶父国子进士,元益太学内舍生,尝与仇仁近在京庠同业最久,且故宋后皆以诗鸣。"可知刘应龟和方凤、仇远同为太学生,算得上是同学了。谢翱写给刘应龟的诗作《韶卿往乌伤寄刘元益》:"他日忆逢君,林中访惠勤。鹿麌行处见,流水别时闻。草没秦人冢,山通越国云。音书年岁失,莫讶白鸥群。"①谢翱从初次见刘应龟的情景写起,林间、鹿麌、流水,既是当初谢翱初见刘应龟时的环境,也是对刘应龟生活环境的写照。林泉相伴,是刘应龟在宋亡后一段时间内的生活内容,始终与现实保持一定的距离,可见隐逸是刘应龟在乱后的选择。《两浙名贤录》称其"潜心义理之学,每以古人自期。"吴渭在赏札《与山南野逸》中写道:"嘉遁山南,大观物表,追前哲而尚友,不肯同今雨之交。"如此看来,刘应龟对蒙元代赵宋是难以接受的,因此他出任学官也就成了勉强为之的事。"先生韬光弗耀十五寒暑,部使者强致之,俾主教事,不得已为之起,后卒归隐而终。"②

刘应龟与黄溍之间为亲戚加师门,"溍受学于先生最久。"黄溍回忆自己小时候写的一篇短文,被刘应龟看中,大加赞赏、鼓励,后来更热心批阅引导,从此黄溍文理渐通。刘应龟教风别具一格,

---

①　(宋)谢翱撰《晞发集》卷八,文渊阁四库全书本。

②　(元)黄溍撰《绣川二妙集序》,《金华黄先生文集》卷十八,续修四库全书,第一三二三册,第271页。

把学问与做人联系一体,重视学习态度和学习习惯的培养。刘应龟讲授能够做到深入浅出,循循善诱,一扫"夫子论道"的古风。有一次,应龟夫妇俩正在门口小石磨里磨高粱,黄溍想去请教一个问题。只见师母往石磨孔里加二粒高粱,刘应龟就磨了起来。黄溍疑惑不解,问这样磨法岂不耗工费时,刘应龟答道:"细心琢磨,不必过筛了。"一语双关,意则细心琢磨研习,就不必事事问老师,要培养独立思考能力,寓深奥的治学道理于平常生活小事之中。黄溍从此得到启发,学业日进,后来终于成了饱学之士。刘应龟作为书院山长,在他的课教启蒙之下,许多学子都先后"领乡荐",进入仕途,在当世有所建树。①

黄溍的文集中除了有专门为刘应龟写的行述外,还有两首次韵唱和诗《次韵山南先生遣兴》。刘应龟逝世后,黄溍特为之作《行述》一篇,深表弟子之情,并写《山南先生挽诗》以示悼念:"仰惊乔岳失嶙峋,千载风流可复闻。鼎有丹砂轻县令,囊无薏苡诧将军。苎袍岁月孤青简,石室文章闶白云。泪尽侯芭悲独立,短衣高马袛纷纷。"诗中可见黄溍对老师刘应龟缅怀不已。《喜方韶父先生至兼怀山南先生》:"梦觉秋宵失薜萝,尚烦青简慰蹉跎。山中旧别期犹在,岁晚相逢感易多。华表神仙成寂寞,灵光风雨见嵯峨。百年珍重斯文寄,跰足修程可奈何。"诗中充满了今非昔比,

---

①　(明)徐象梅撰《两浙名贤录》,四库全书存目丛书,史部,第一一三册。关于刘应龟任教授教书育人的事迹,可以参见顾明远编撰《历代教育名人志》:"刘应龟(1244—1307)字元益,号山南。义乌(今浙江中部)人。自少潜心义理之学,每以古人自期,刻苦力学,学业有成。南宋末入为太学生。元世祖至元二十八年(1291)任义乌县教谕,后调'月泉书院'山长,课徒授业,教化乡里,育才甚众,民风一变。又改杭州路学正,仍执化民之职。成宗大德十一年(1307)卒,终年64岁。著有《梦稿》、《痴稿》、《听雨留稿》共20卷"。《中国教育大系》,湖北教育出版社,2004年,第154页。

物是人非的感慨。黄溍对刘应龟的道德文章极为推崇,说他是
"闳材杰志,百不一施"①,"自卯岁侍先生杖履,而知爱先生之
诗。"②历代乡贤名士对刘应龟也十分敬慕,清代隐士吴伟价于夏
日同刘元震重游省门山山南先生隐居处,准备建室以纪念,并留下
一诗:"峻石抱云生,凌室俯削成。树摇平野色,谷隐落泉声。窗
败萝全合,崖敧字半明。重搜高士迹,荐菊有心盟。"

（4）何鸣凤、林子明:两任分水教谕

何鸣凤,吟社第十四名,寓名喻似之,别注为:分水何教,名鸣
凤,字逢原。第四十五名"陈纬孙",别注为:分水何教,名鸣凤。
由此可知,何鸣凤也投二次稿,并且都荣列前六十名。据《四库全
书集部》（御选宋诗·姓名爵里二）记载:"何鸣凤,字逢原,分水
人。官教授。入元变姓名,自称似之,又称陈纬孙。"其中所指改
名一事应该就是指月泉吟社征诗时所用寓名。

何鸣凤曾经为分水教官,所以自称为何教。在给吴渭诸公的
回札中何鸣凤写道:"某栖迟分水,企仰仙华",说明他确实在分水
呆过。至于何时在分水任教官,《宋诗纪事》和《元诗纪事》均记载
为宋朝。《宋诗纪事》卷八十一"何鸣凤"条下为:鸣凤,字逢原,分
水人。宋时尝为教官。《元诗纪事》卷三十一则记为:"鸣凤字逢
原,分水人,宋时尝为教官。"但据《光绪分水县志·元学官》中首
列何鸣凤可知,何鸣凤应该在元初任分水学官。又据何梦桂《潜
斋集·分水县学田记》:"分阳为睦最下邑,隶学田仅二十五亩,东
北偏池六十亩,岁以莲茨易粒才数石,人日给二缶,养生徒不能十

---

① （元）黄溍撰《山南先生集后记》,《金华黄先生文集》,续修四库全书本,
第一三二三册。

② （元）黄溍撰《绣川二妙集序》,《金华黄先生文集》,续修四库全书本,第
一三二三册。

人。至元丙子,学士解散。前学官何鸣凤、何寿老,葺理复完,章掖甫集,在籍至三十人。今学官徐会龙,席毡未暖,掇已田三十亩,隶之学籍,曰姑以继廪粟也。……至元戊子二月既望。"至元丙子即宋德祐二年(1276),该年分水学士解散,也就是宋亡之时,分水就没有学官了。可见,何鸣凤为学教之事应该是1276年之前了,从时间上看应该算是宋末,只是此时江南大部分已经揽入元朝的统治下。自咸淳十年(1274),元世祖忽必烈下诏大举讨伐宋,至1275年赵宋改号德祐时,沿江州郡已经大部分投向元。德祐二年(1276)正月,元右丞相伯颜率军驻于临安东北的皋亭山,宋太后遣使奉玺以降,宋朝灭亡。此后宋朝存留势力转战于金华、福州、泉州等沿海地区,临安附近成为元军的占地,分水也早已成为元军腹地。

月泉吟社第十四名托名喻似之的诗为:"东风转瞩又东皋,久赋将芜力未薅。古木阴深巢燕弱,荒陂水浅怒蛙豪。儿痴方拟半栽秫,身隐尚嫌全种桃。何许蕨薇君欲采,饥眠堪羡华山高①。"方凤诸公评云:"语健意深,虽首句迭字微欠推敲,后联与末韵过人矣。"何鸣凤诗隐逸情思尤浓,可谓直逼"义熙人"。月泉吟社第四十五名,托名陈纬孙的诗为:"星明天驷兆兴农,稼圃犁锄处处同。播谷竞趋新禹甸,条桑犹记旧豳风。草缘疆畎纵横绿,花隔藩篱深浅红。自笑偷生劳种植,西山输与采薇翁"。何鸣凤诗写出田园的气派,从大局着眼,采用动静结合,妙用色彩搭配,凸显田园风貌。末尾结语又能自然地点出主旨,水到渠成,不着痕迹。应该说在诗歌境界的营造、情与景的协调方面,何鸣凤很得唐人遗风。

林子明,吟社第十六名,寓名玉华吟客,别注为:分水林东冈,名子明。林子明以"玉华吟客"自署,缘于分水境内有玉华山,山

---

① 木,又作屋。

下又有玉华楼,而自己又客居分水。林子明为三山人①,寓居分水,因而自称为客。林子明号东冈,字用晦,生于 1242 年,卒于 1302 年,宋德祐失国时正值壮年。

林子明为人和易谦厚,善于交际,与方回有交往。方回为他写的墓志铭《林东冈用晦墓志铭》②,是迄今保留最完整的材料,其中较为详细地记载了林子明的履历。方回与林子明相识纯属偶然,方回与林子明的侄子相交而顺便认识了林子明。除了方回,林子明还与婺源人周日起交往,二人曾经同在无锡寓居。林子明死后,周日起向方回索求铭文。铭文如下:

> 某因三山林君德载敬舆,识其族叔父子明用晦东冈先生。时则客于分水何氏之塾,无锡萧氏以礼迎之,训其子弟,大德六年壬寅夏卒于无锡。其生也前壬寅夏六月,享年六十有一。曾祖寅,隐君子,以德裕后。祖□,从事郎、史馆校勘。父若水,承奉郎、浙西安抚司干办公事。君明经治易,善骈俪。旧朝咸淳九年癸酉,两浙漕解第三人。明年甲戌,江堑失险,至丙子科举废。岂造物者预知三翮将迁,不必春官奏凯,姑以秋闱显其能文之声欤!……至元中,摄桐庐簿,寻为分水教谕。二邑士人,至今见思。初,朝旨命翰林寻访人才,冯提学梦龟举君,勘知制诰。诗文尚古,字画逼真魏晋,所至争师效之。和易谦厚,善与

---

① 　林子明的籍贯,《宋诗纪事》卷八十一、《元诗纪事》卷六均谓林子明为分水人。《四库全书·集部·总集类·御选宋金元明四朝诗·御选宋诗·姓名爵里二》也记载:“林子明,号东冈,自称玉华吟客,分水人。”从方回写的墓志铭和林子明的寓名看,上述三书所记应为受“分水教谕”的影响而误。参见方勇先生《南宋遗民诗人群体研究》,第 290 页。

② 　(元)方回编,(清)阮元辑《桐江集》卷八,续修四库全书,第 1322 册,第 497 页。

人交,不崖异,不苟随。(《桐江集·林东冈用晦墓志铭》)

从铭文可知,林子明出生于书香官宦之家。曾祖林寅,品德高洁,以隐居闻名。祖父、父亲均入仕,祖父任从事郎、史馆校勘,父亲林若水,任承奉郎、浙西安抚司干办公事。受家庭的影响,林子明熟读经书,明经治易,咸淳九年癸酉,拔两浙漕解。第二年甲戌,江堙失险,至丙子科举被废除,林子明的科举之路断绝。至元中,朝廷命令翰林寻访人才,提学冯梦龟①荐举林子明,林子明因而得以摄桐庐簿,不久为分水教谕。林子明一生为私塾先生,先是在分水何氏的私塾,后来被无锡的萧氏以礼相迎至无锡,专职于萧氏私塾,教育萧家弟子。林子明尽管是三山人,但是宋亡后,在分水呆的时间比较久。三个女儿均嫁为分水人为妇,一个嫁入分水沈家,两个嫁入分水何家,林子明一家显然以分水为第二故乡。当他在无锡逝世后,林子明的灵柩还特意自无锡归葬分水。

　　林子明诗文尚古,尤其擅长骈俪之文。方回所写墓志铭中记录林子明曾经"代为李秀岩心传作《缴上庙要录启》,名震一时。"李心传,字微之,号秀岩,宋代著名史学家,著有《建炎以来系年要录》。欧阳光先生在《宋元诗社研究丛稿》中对此进行了论证,认为并非"代作",因为心传卒于宋理宗淳祐三年(1243),而那时林子明才两岁,估计是林子明模拟之作。林子明的诗作目前可见到的只有《春日田园杂兴》一首:"一点阳和熏万宇,最饶佳致是山庄。鸡豚祝罢成长席,莺燕听来隔短墙。嗜酒不嫌多种秫,无襦长恨少栽桑。东郊劝相何烦尔,农圃吾生自合忙。"方凤诸公评曰:

---

　　① 冯梦龟任建德路教授,因此有荐举之便。冯梦龟,字仲稀,号抱翁,方回有《跋冯抱翁诗》。元至元十四年置建德路,辖桐庐、分水县。

"前联细玩见田园,次联较分晓,结意尤有含蓄。"林子明诗中田园风光写得细致,如写莺燕在空旷的乡村大地上传唱,用"隔短墙"三字,写出乡间民居的开放、松散,与城市里的高墙大院全然不同。"嗜酒不嫌多种秫,无襦长恨少栽桑。"写出乡村人们朴素而简单的思想,很有乡村本真风采。诗中对归隐之类的情思抒写也只是淡淡的,"东郊劝相何烦尔,农圃吾生自合忙。"写出在特定的环境下既来之则安之的心态。《月泉吟社诗》还保留了林子明的一篇《回札》,即第十六名玉华吟客《回札》:"大将登坛,孰匪当家之作,偏师失律,敢希醲赏之颁。兹误辱于搜罗,第倍增于惭悚。适情聊尔,于畦径以未知,寄兴谓何,亦田园之谩慰。岂料暗中之摸索,犹为望后之婵娟。写白纻词,就命文房之二益。酬丝笺寄,难同笔法之双钩。语谢渠渠,占辞草草。"回札中多是诗人的自谦,文章多用四六文,很有应试文的雅致风韵。另外,据方回写的墓志铭,林子明的字画学习魏晋风流,学得逼真,所到之处,大家都争着向他学习。笔者试图在书画研究成果中寻找相关资料,可惜未能找到。以林子明的多才与善交际的性格,应该会留下一些蛛丝马迹的,或是交友方面、或是字画方面。遗憾的是,笔者虽费心寻找也未能有所收获,只好等待他日有机会进一步完善了。

吴渭诸公在《月泉吟社·诗评》中强调"与义熙人相尔汝",竞赛诗作在意象的选取和情感的抒写上也基本以此为原则。但是随着蒙元统治的最终确立,新王朝的秩序逐渐形成,特别是统治者采取访求人才和重开科考等举士措施,遗民的守节色彩逐渐淡化。社会的有序总要有大量的人为其铺路,因此对知识分子的需求随着元王朝的稳固也越来越强烈,这是社会和时代为南宋遗民开启的一扇窗。面对这种新的形势,不同的人会采取不同的态度,有主动适应时代新变化的,有被动适应者,也有逃避时代的。方勇先生在《南宋遗民诗人群体研究》

一书中把南宋遗民的分类经典地概括为：孤臣义士型、高蹈肥遁型、隐于学官型。在月泉吟社的成员中，较多的是高蹈型。方凤在入元后曾赋诗《述志》："只因生在胡元世，岂将褴褛换罗衣。壮图落落还中止，高蹈悠悠且遁肥。"但是这种高蹈是无奈之举。作为一介书生，他们手无寸铁，不能冲锋陷阵，身无半职，无法运筹帷幄，因此，唯一可作的便是坚守节操，只是这种平淡难以掩盖内心的失落和苦闷。如第二十二名高镕写道："已学渊明早赋归，东风吹醒梦中非。莺声睍睆来谈旧，牛背安闲胜策肥。时听樵歌时牧笛，间披道氅间农衣。篇诗那可形容尽，何似忘言对夕晖。"第十一名方德麟诗："绕畦晴绿弄潺湲，倚杖东风却黯然。往梦更谁怜秀麦，闲愁空自托啼鹃。犁锄相踵地力尽，花柳无私春色遍。白发老农犹健在，一蓑牛背听鸣泉。"第四十七名王进之诗："桑田沧海几兴亡，岁岁东风自扇扬。细麦新秧随意长，闲花幽草为谁芳。午桥萧散名千古，金谷繁华梦一场。满眼春愁禁不得，数声啼鸟在斜阳。"这些诗均道出了在所谓的高蹈背后隐含的故国之思，在平静的田园中诗人内心并非平静。

　　梁相、刘应龟、何鸣凤、林子明，都曾出任学官。在元代，各级各类儒学和书院的管理人员被称之为学官①。据《元史·选举

---

　　① 至元时期，曾对各级学校的学官作了统一配置："凡师儒之命于朝廷者，曰教授，路府上中州置之。命于礼部及行省及宣慰司者，曰学正、山长、学录、教谕，路州县及书院置之。路设教授、学正、学录各一员，散府上中州设教授一员，下州设学正一员，县设教谕一员，书院设山长一员。中原州县学正、山长、学录、教谕，并受宣慰司札付。凡路府州书院，设直学以掌钱谷，从郡守及宪府官试补。直学考满，又试所业十篇，升为学录、教谕。凡正、长、学录、教谕，或由集贤院及台宪等官举之。谕、录历两考，升正、长。正、长一考，升散府上中州教授。上中州教授又历一考，升路教授。教授之上，各省设提举二员，正提举从五品，副提举从七品，提举凡学校之事。后改直学考满为州吏，例以下第举人充正、长，备榜举人充谕、录，有荐举者，亦参用之。自京学及州县学以及书院，凡生徒之肄业于是者，守令举荐之，台宪考核之，或用为教官，或取为吏属，往往人才辈出矣。"见《元史·选举志·学校》。

志·学校》记载元代学官由高到低依次为：路教授→散府上中州教授→学正、山长→教谕、学录→直学。元代的薪俸制度是从元世祖忽必烈中统元年开始自上而下制定的，至元十七年基本订定，至元二十二年经过大规模修改重定。《元史·食货志》所记载百官俸例和内外官俸数，依据的便是此年的规定。而学官的薪俸，直至至元二十九年（1292）才确定，学官才享有政府所给的薪俸。因此至元二十九年之前，大多数教官生活清苦，甚至穷困潦倒①。直至大德五年（1301）开始，学官维持一家人的温饱才基本没有问题。在私学性质的条件下，连山长都是靠收取生徒的束修或主人支付的薪水生活。况且南方学官的薪俸不是直接的官钱，"江南学校，养士钱粮，学官俸给，就内支破，即不支费国家正俸。"②可见，元初出任学官，不仅不是实现治国平天下的理想抱负的舞台，就连基本的生活保障都不能满足。因此，不论梁相、刘应龟，还是何鸣凤、林子明出任学官，其初衷理应是为了传统文化的薪火相传。

3. 连文凤、魏新之：终生不辱名节者。

（1）月泉吟社竞赛诗人中遗民心声最强音：连文凤

连文凤，吟社第一名，寓名罗公福，别注为：杭清吟社，三山连文凤伯正。连文凤，字百正，号应山，三山人（今福州），度宗咸淳间入太学。宋亡，流徙江湖，与遗民故老结交。清四库馆臣据《永乐大典》辑作品三卷为《百正集》，诗有二卷。

---

① 至元前期，江南一个下县的达鲁花赤和县尹，月薪俸钞17贯即17两，另有职田150亩；县尉和主簿有月薪钞俸12两，还有1顷职田。大德五年施行"红贴粮"之后，一个教谕和学录每月有2石粮，可供7人的口粮，而10贯的俸钱又可以用来买1石粮。据徐梓撰《元代书院研究》，社会科学文献出版社，2000年，第82页。

② 《忝设教授》，据《庙学典礼》卷四，文渊阁四库全书，史部，政书类，仪制之属。

连文凤的资料多见于《四库全书提要·百正集》：

　　臣等谨案：《百正集》三卷，宋连文凤撰。文凤，字百正，号应山，三山人。仕履未详。集中《暮秋杂兴诗》有"仕籍姓名除"句，则宋德祐以前，亦尝从宦。又《庚子立春诗》有"又逢庚子岁，老景对韶华句。"庚子为大德四年，则成宗之时犹在。入元已二十四年矣。至元丙戌，浦江吴渭邀谢翱、方凤等举月泉吟社。以《春日田园杂兴》为题征诗四方，得二千七百三十五卷，入选者二百八十卷，刊板者六十卷，以罗公福为第一名。据题下所注：公福即文凤之寓名也。王士禛《池北偶谈》则谓《月泉吟社》诗清新尖刻，别自一家，而谢翱等品题未允，因重为移置，改文凤为第二十一名。然元初东南诗社，作者如林，推文凤为第一物，无异词，当必有说，似未可以一字一句，遽易前人之甲乙。今观所作，大抵清切流丽，自抒性灵，无宋末江湖诸人纤琐粗犷之习。虽上不及尤、杨、范、陆，下不及范、揭、虞、扬，而位置于诸人之间，亦未遽为白茅之藉，则当时首屈一指，亦有由矣。文渊阁书目载《连百正丙子稿一部》一册，久无传本，《永乐大典》所载，但题曰《连百正集》当即其本。今衷辑排比，编为三卷，又赋三首，序二首，记二首，说一首，传一首，亦散见《永乐大典》中。文格雅洁，亦不失前民矩矱，其《冰壶先生传》一首，虽以文为戏，然毛颖罗文诸传，载之韩苏集中，古有是例，今并附缀卷末，以存其梗概焉。乾隆四十六年九月恭校上。

《提要》提到连文凤身世和创作情况。四库馆臣认为，连文凤诗清切流丽，自抒性灵，不落宋末时文习气，虽前不及中兴四大家，后不逮元诗四大家,但在元初文坛,吟社征诗中,成就斐然。

连文凤在《庚子立春诗》中说道:"又逢庚子岁,老景对韶华。"连文凤应该至少活了七十岁。连文凤在宋代曾经做官,因为他在《暮秋杂兴诗》中写道"仕籍姓名除"。宋亡后,连文凤便徜徉在吴越一带,常年客居,"乙亥避地于越,后十载","客身湘浦雁,归梦越乡鲈。""余生空岁月,倦迹久尘沙。"(《暮秋杂兴诗》)"妻子相携失所居,山川迢递更崎岖。"(《〈送友人归越〉诗及序》)这些诗都是诗人身处他乡,漂泊无依,忆念往昔的写照。

在吴越一带,连文凤积极参加诗社,如杭州清吟社、越中诗社、白莲社等。元初杭州是文人密集之地,"元时豪杰不乐进取者,率托情于诗酒。其时杭州有清吟社、白云社、孤山社、武林社、武林九友会,儒雅云集,分曹比偶,相睹切磋,何其盛也。"①连文凤在《潜谷说》中说自己晚年参加白莲社:"余生平读孔氏书,晚年远公辈招入白莲社。"《百正集》中有《枕易》诗,可知连文凤参加了越中吟社。越中吟社是月泉吟社之外南宋遗民组织的又一大诗社。据黄庚的《月屋漫稿》,越中吟社聘请考官李侍郎应祈,并且以《枕易》为题征诗,参加者均以此题作诗,共得三十余篇参赛作品②。黄庚之诗为越中吟社第一名:"古鼎烟销倦点朱,翛然高卧夜寒初。四檐寂寂半床梦,两鬓萧萧一卷书。日月冥心知代谢,阴阳回首验盈虚。起来万象皆吾有,收拾乾坤在草庐。"考官评黄庚诗:"此诗起句倦字便含睡意。颔联气象优游,殊不费力,曲尽枕易之妙。颈联'冥心''回首'四字极其精到。结句如万马横奔势,不可遏且有力

---

① (明)田汝成撰《西湖游览志余》卷二十一《委巷丛谈》,上海古籍出版社,1980 年,第 314 页。

② 《浙江通志·文苑传》:"(黄)庚尝客山阴王英孙家,试越中诗社《枕易》题庚为第一",见文渊阁四库全书,第 1193 册,集部,别集类,第一三二卷,第 777 页。

量。全篇体制合法度音调，谐宫商，三复降叹，此必骚坛老手。望见旗鼓，已知其为大将也，冠冕众作，谁曰不然？"李侍郎评黄庚诗为第一，最主要看重黄庚诗的气势，开合大气，"有力量"。《百正集》卷中连文凤写的《枕易》诗云："身世相忘象外天，清风一枕几千年。有时默默焚香坐，闲看白云心自玄。"据考官李侍郎应祈评诗题曰："诗题莫难于枕易，自非作家大手笔讵能模写。盖以其不涉风云雨露、江山花鸟，此其所以为难也。""予阅三十余卷，鲜有全篇纯粹，正如披沙拣金，使人闷闷，忽见此作，若纷纷盆盎中得古罍洗，把玩不忍释手。"今细读连文凤诗，倒是悠游超然，宁静超脱，正如四库馆臣所评："今观所作，大抵清切、流丽"，"雅洁，亦不失前民矩矱。"相比之下，黄诗更大气，而连文凤诗更超脱，二者风格的确很不相同。

　　连文凤的交游情况较为简单，连文凤给月泉吟社主事者方凤、吴渭均写有诗作。《题金华方韶卿在雅堂》："钟仪作楚奏，庄舄吟越声。士风故尔殊，心事终当明。韶濩久不伦，……正声何寥寥，淫哇鸣纵横。世有知音人，恻恻闻若惊。……何当登斯堂，酌酒歌鹿鸣。"该诗见于《诗渊》，在雅堂应该是存雅堂，金华方韶卿指的是方凤。从诗歌结尾处"何当登斯堂，酌酒歌鹿鸣"来看，连文凤并没亲自来过方凤家。在方凤的集子中也没有出现过方凤写给连文凤的诗作，估计诗是连文凤听说方凤斋名存雅堂后抒感之作。诗中句句影射亡国之痛，颇有借他人之杯酒浇胸中之块垒的意味，而对堂的本身并无多少涉及。连文凤在宋亡后一直流浪在吴越一带，自称"客身湘浦雁"。此外，连文凤与方凤的交往没有更直接的资料了，即使曾经交往过，也极可能是连文凤仰慕方凤之名，有诗作唱和等间接的往来。连文凤还写了《寄悼浦江吴县令清翁》："曾于诗里识清名，几夜吟看婺女星。番令宅前花未盛，延陵墓上

草先青。灯摇残月佳人哭,碑立斜阳御史铭。一纸哀歌和泪寄,山
高水远树冥冥。"吴渭曾为义乌令,所以连文凤称其为吴县令。
"一纸哀歌和泪寄"表明自己在远方遥祭吴渭。连文凤还与仇远
有诗作往来,《秋怀酬仇仁近见寄》:"西风一夕送残蝉,老景情怀
更惘然。芦笛病中秋瑟瑟,家山梦里路绵绵。空城点滴寒莎雨,故
国凄迷断楚烟。待得鹤归华表上,可堪人世又千年。"在写给月泉
吟社其他成员的交往诗中,连文凤始终断不了故国情思,但与吟社
外的人交往的诗则不同。《百正集》中有不少送别友人的诗作,其
中写得最多的是给林处士景初①的诗作。《寄林处士景初》:"诗
书岁月久,到老未忘情。一自文风变,长忧雅道轻。时人空见忌,
圣主旧知名。更有孤高节,冰霜无此清。"诗中称赞林处士曾经被
皇帝征召却没有应召,坚守节操的做法。《二月晦日怀林处士》:
"相思忽成梦,久不到茶窝。飞去羽毛短,别来风雨多。杏花一夜
发,春事二分过。百尺龙潭上,知君意若何。"主要写自己与林处
士的深情厚谊,可见抒写友情是连文凤交游诗歌的另一重要主题。

　　连文凤的诗作可以分为:题画诗、咏古诗、送别诗、感怀诗、自
题诗。诗人在诗中描绘自己在宋亡后的境况:"半夜忽生乡土梦,
屋前屋后荔枝香。"(《纪梦》)"余生空岁月,倦迹久尘沙。"(《暮秋
杂兴》之一)"有句填诗债,无钱觅酒垆"。(《暮秋杂兴》之二)"岁
月貂裘敝,生涯铁砚存。"(《默默诗》)年老体弱,生活窘迫:"一病

---

　　① 《都会郡县之属》中《江南通志》卷一百六十九也有对林景初的介绍:"林
景初,太平人,赋性恬退。洪武初求遗贤。知县梁德远劝之仕。以疾辞,隐香城
山,号独隐居士。"但此人非连文凤诗中人,因为连文凤与林处士相交时就为其祝
八十大寿,《寿林处士》:"今年方八十,此老不寻常。"而连文凤生于1240年,连文
凤尚且给林景初贺了八十大寿,洪武是从1368年开始,林景初不可能活这么久。
因此,文凤诗中的林景初应该是宋遗民,而非元遗民,材料所载与文凤诗中所写非
同一人。

忽半载,囊无挑药资。"(《病后》)"家贫无长物,药债似随肩。"
(《八月病中》)他还写了《自笑》诗:"自笑儒冠不称时,几回堪笑
复堪悲。闭门事少知贫好,逆境愁多恨死迟。勋阁麒麟无梦想,故
山猿鹤有心期。纷纷尘俗都如许,吟得诗成欲寄谁。"抒写了遗民
的孤独无助、飘零之感。"时事已凄凉,俛仰一今昔。"(《秋怀八
首》之一)"翻覆看时事,艰危涉世途。"(《暮秋杂兴七首》之一)诗
中的时事暗指亡国。"国破家亦破,愁杀夕阳山。"(《葛岭废第》)
"山河亡国恨,风雨客楼声。"(《暮秋杂兴七首》之一)"故国愁心
远,西风瘦骨寒。"(《中秋偶病》)诗人以钟仪自比:"嗟哉钟仪心,
千古独憔悴。"(《秋怀八首》之一)感念旧国,黍离之悲强烈:"语
言憔悴更可怜,故都写作断肠曲。潸然老泪愁天津,铜驼巷陌荆棘
深。"(《寄庐陵刘国博会孟先辈》)"纵有刘伶酒,难消杜甫愁。"
(《暮秋杂兴七首》之一)"西湖旧识惟鸥鹭,故国重来尽黍禾。"
(《送李元晖阁舍归庐陵》)"故国山川千古在,前朝人物几家存。"
(《送曹之才游天目山》)"此时苍生忧,谁知几百万。"(《秋雨叹》)
从以上可知,罗公福的诗黍离之悲最浓烈。

(2)以古人之风节自期的魏新之

魏新之,吟社第六名,寓名子进,别注为:分水魏石川先生,名
新之,字德夫。第五十三名子直,别注为:分水魏石川。可知,魏新
之在月泉吟社征诗中也投了两次稿,并且均进入前六十名。魏新
之生于宋理宗淳祐二年(1242),卒于元世祖至元三十年(1293),
分水人①。月泉吟社前六十名中,桐江遗老入选者有8人,魏新之

---

① 分水曾经是桐庐北部七乡之地,直到唐武德四年(621),分水才成为县,
因此宋濂称魏新之之世代居住在桐庐。

名列前茅。魏新之与孙潼发、袁易①皆工诗,时称"桐江三友"②。宋濂给魏新之作了墓志铭《故宋迪功郎庆元府学教授魏府君墓志铭》,详尽叙述了魏新之的生平事迹。魏新之家族数代隐居田里,以善行著称。魏新之从小奋力学习,与兄长魏升龙、从子云潭一起向乡里王先生学习,熟读《书》、《易》。宋咸淳辛未,魏新之擢为进士第。初授庆元府学教授,阶迪功郎。后来,浙东提举黄公震一见魏新之就非常赏识,以文学孝廉荐于朝廷。可惜,因国事剧变,没能实现。

魏新之受学,先师从乡先生王公,后为方逢辰先生的门人,"受业于清溪方蛟峰,得程朱性理之学。"③在庆元府学教授职位上,魏新之以"濂洛关闽正学为己任,推明《中庸》性道教奥旨。"深得方公理学精神的熏陶。魏新之不仅自身奉行新学,还力行之。在家乡居所处有洞,名"垂云洞"。魏新之便倡导志同道合之士,共同建垂云书院。在书院内讲授新学,勤勤恳恳,唯恐传授不足。讲经之闲余,魏新之与蛟峰方逢辰、潜斋何梦桂、盘峰孙潼发为泉石之游,并与袁易、孙潼发结为"三友","慨然以古人之风节自期"④。魏新之从容直面大义的风范不能不说与此有关。宋濂《墓志铭》记载:"德祐丙子,元兵入临安,游军至鄞",鄞县当时设两学教授,号东西厅,西厅教授很是害怕,跑过来告诉魏新之:"吾侪死

---

① 袁易,咸淳十年被特奏第一名,释褐为学正,德祐失国,亦浩然而归,以其所得教授于乡。见(明)万斯同辑《宋季忠义录》,《宋代传记资料丛刊》,第二十九册,北京图书馆出版社,2006年,第273页。

② 桐庐县志编委会编《桐庐县志》,浙江人民出版社,第620页。

③ (明)万斯同辑《宋季忠义录》卷十三,见《宋代传记资料丛刊》,第二十九册,北京图书馆出版社,2006年,第273页。

④ (元)黄溍撰《盘峰先生(孙潼发)墓表》,《金华黄先生文集》卷三十,续修四库全书,第一三二三册,据清景元抄本影印,上海古籍出版社,第391页。

生,决于今日矣。"魏新之从容应答,颜色不少变。"非止今日,又
生之初已,不若听之。"魏新之在生死面前,表现出淡定从容;在荣
华富贵面前,仍然能够坚持自我。宋亡后,魏新之回到故乡,负薪
而炊,扣角而歌,自得其乐,过着清贫的日子,却成立书院,以讲经
为乐。至元间,朝廷求贤于江南,县大夫杨得藻力荐魏新之,魏新
之坚辞不就,风节凛然,深受人们敬仰。何梦桂曾这样形容魏新
之:"蓉裳蕙带芰荷衫。"①芙蓉之不染,蕙兰之高洁,的确足以形容
魏新之的风节气概。

4. 义乌三陈。

陈尧道、陈舜道、陈希声三人为父子,义乌人。陈尧道,吟社第
八名,寓名倪梓,别注为:义乌陈尧道,字景传,号山堂。陈舜道,吟
社第三十一名,寓名陈希邵,别注为:义乌陈舜道。陈希声,吟社第
五十名,寓名元长卿,别注为:义乌陈希声。陈希声还有一个寓名
是闻人仲伯,吟社排名第五十一。据朱琰辑的《金华诗录·别集》
载,陈氏父子俱以能写诗文著称,历朝义乌旧志皆将陈希声、陈舜
道入隐逸传,可见三人应该都是遗民作家。在父子三人中,陈尧道
的名气最大,黄溍写有少量的追忆文字,从中可知陈尧道的大致
情况。

陈尧道与黄溍结为亲家,陈尧道之子陈克让为黄溍女婿,因而
黄溍对陈家较为熟悉。陈尧道去世后,黄溍专门为他写了《跋景
传遗墨》和《跋景传新店弯诗》。《跋景传新店弯诗》是在景传去世
四年后,黄溍为陈尧道写的《新店湾》诗追写的跋文。文中回忆当
初景传带克让见自己时的情景:"……景传携子克让来为予婿,尝

①　(宋)何梦桂撰《和韵问魏石川疾》,《潜斋集》卷二,文渊阁四库全书,第
1188 册,第 400 页。

寓宿于此也。追计之已六年,而景传与予永诀者亦四年",由此可知,陈尧道在为儿子办好婚事之后两年就去世了。据方勇先生考证,陈尧道生于宋理宗景定三年(1262),卒于元英宗至治三年(1323)至泰定二年(1325)之间。①

陈尧道与黄溍的交往较为深厚。在《跋景传遗墨》一文中,黄溍写道:"景传长予十五岁,与予为忘年交。"从黄溍写给景传的文字中可以了解陈氏父子的一些情况。陈尧道的祖先曾经为邵州新化县主簿,仕宦不显。父亲陈希声,以文学为后进师。弟弟景宗,白天出去耕田,晚上则读古人之书,"薄己而厚物"。尽管如此,黄溍谈到自己对景宗的感觉是"尤畏慕焉"。陈尧道自负不羁之才,浮游物表,寓谈笑于文字间,以至于人们觉得他像倚隐玩世之人。但在临终之际,陈尧道对生命的终结却表现得尤其淡定从容。据黄溍记载,在陈尧道染病之初,当地不少阴阳家争来言说,以陈家新穿之井不利于陈家,景传则说:"死生有命,并非罪也。"对于阴阳之说,能够如此直言不讳地揭穿,并不是所有的人能做到。而对生老病死保持平和的心态,这对于一个基本以躬耕为生的家族来说,更不容易做到。对此,黄溍评陈尧道"合乎圣贤之学而出乎性命之正。"

黄溍对陈尧道的诗文创作评价较高。在《绣川二妙集序》中,"吾里中前辈以诗名家者,推山南先生为巨擘,傅君景文、陈君景传,其流亚也。"因为傅景文、陈景传"俱能不为名自累。名且不有。"在二位先生死后,黄溍访而求之,得景文所作若干篇,景传所做若干篇,合若干卷,题曰《绣川二妙集》。该书可惜未能流传,好在黄溍"序其梗概",后人才能知其大概情况。从《绣川二妙集序》中,我们

---

① 方勇先生《南宋遗民诗人群体研究》和欧阳光先生《宋元诗社研究丛稿》对陈尧道的生卒年均进行了考证。

对陈尧道有个大概了解。在序中,黄溍称赞陈尧道之诗,"景传之诗,涵肆彬蔚,如奇葩珍木,洪纤高下,杂植于名园,终日玩之而不厌也。其以气自豪则同"。今存可见的陈尧道诗作只有《月泉吟社诗》中《春日田园杂兴》一首:"化日村田乐,春风耕织图。秧肥蝌斗动,桑暗鹁鸠呼。罢社翁分胙,占蚕媪得符。傍花随柳处,此事不关吾。"方凤、谢翱诸公评价为:"起联有力,五六亦新,傍花随柳,人多正说,此乃翻用之,意新。"陈尧道之诗总体以"新"取胜,能给人以眼前一亮的效果,黄溍称之为"从俗浮沉,啸歌自适","不以名累"。从俗之人陈尧道在生死之间表现不同于俗人,其诗歌创作也自然能出奇、出新。

三、月泉吟社主要成员的交游创作

月泉吟社的成员绝大部分是遗民。遗民在元初互动频繁,方勇先生《南宋遗民诗人群体研究》中将元初南宋遗民分为八个群体:故都临安群、会稽山阴群、台州庆元群、以方凤为中心的浦阳群、以桐庐为中心的严州群、以庐陵为中心的江西群、以建阳崇安为中心的福建群、以赵必瓅为中心的东莞群。月泉吟社规模大,成员分布广,带动了群体之间的互动,如临安群、台州庆元群、浦阳群、桐庐群、江西群、福建群之间成员的互动等。笔者将月泉吟社成员有文献可查的交游对象及创作情况列举如下①:

1. 仇远

黄景昌与仇远:《仇仁父诗序》

方回与仇远:《次韵仁近见和怀归五首》《次韵仁近讶约予不

---

①　说明:本文所列作品重在代表性,并非穷尽交往之作。所列作品的作者均写在前面,如张炎与仇远,后面所列两首作品均为张炎所作。

至》

《丙戌除夕次韵仁近二首》《除夕再用韵答仁近二首》

《次韵仁近客兴二首》《仇仁近母邢夫人挽诗》

《次韵仇仁近梅雨》《雨夜怀仁近二首》

《次韵仁近九日予病不出》《次韵赠仇仁近》

《十月初六日同仇仁近至王子由庵遂饮白云李居士宅书事》

《题仇仁近白驹诗图赵子昂画及书》

《次韵仇仁近题王子由隐居》《仇仁近之姑苏别后奉寄》

《追次仇仁近韵谩成三首》《次韵仇仁近有怀见寄十首》

《寄仇仁近白廷玉张仲实京口当涂江阴三学正兼述新岁阴雨
春寒有怀》

《送仇仁近持山村图求屋赀》《仇仁近百诗序》

《送仇仁近溧阳州教序》《寓楼小饮》并序

《次韵仇仁近谢诗跋》《次韵仇仁近至日》

《次韵仇仁近晴窗二首》《次韵仇仁近见赠》

《次韵仇仁近用韵见示五首》《遇仇仁近出斋小饮次前韵五
首》

连文凤与仇远：《秋怀酬仇仁近见寄》（见《百正集》）

方凤与仇远：《寄仇仁近》见（《存雅堂遗稿》）

马臻与仇远：《和山村见寄诗韵七首》

《倍葛元白仇仁近访南竺诗僧分韵得影字》

《送仇仁近之溧阳教授》《和仇仁近教授见寄诗韵》

《暇日偶写熙晦翁仇山村俾予陋貌髯髯三老坐松石间传于短
缣长不盈尺就成七言诗一首奉寄仰山丈席》（见《霞外诗集》）

张炎与仇远：《答仇山村见寄》

《月下笛·寄仇山村溧阳》（见《山中白云词》）

柳贯与仇远:《跋晋卿所得牟方仇三公诗卷》

戴表元与仇远:《仇仁近诗序》

《杨氏池堂燕集诗序》

《仇山图为仇近仁作》

《四次韵与仁近》

张翥与仇远:《辑山村先生诗卷》

《清明日游东山谒栖霞岭仇先生墓》

《最高楼·为山村仇先生寿》

《临江仙·次韵山村先生赋柳》

《题高彦敬山村隐居图》

2. 方凤

黄溍与方凤:《和方韶父先生以满城风雨近重阳为韵七首》

《寄方韶父先生》

《喜方韶父先生至兼怀山南先生》

《韶父先生有诗复次韵》

《方先生诗集序》(见《金华黄先生文集》)

袁桷与方凤:《次方韶父游九锁山韵》《赠方韶父处士》(见
《元音》)

吴莱与方凤:《次方韶父韵》

吴师道与方凤:《和陈景传寄方韶父韵》

龚璛与方凤:《送方韶卿先生》(见《存悔斋稿》)

释英与方凤:《送方存雅游永嘉》

《酬赵王相并寄意方存雅一首》

《次韵方存雅登八咏楼感旧一首》(见《白云集》)

谢翱与方凤:《雨夜呈韶卿》《寄韶卿》

柳贯与方凤:《方先生墓碣铭》并序

《立祠植碑后祭方先生文》(见《待制集》)

《寄柳道传黄晋卿两生》

《答柳道传饷笋》(见《方凤集》)

戴表元与方凤:《十月廿二夜与方韶卿、陈无逸、顾伯玉客楼分韵得镫字》

《浦江方韶卿见识陈无逸长篇次韵》《客楼冬夜会合诗序》

《十月廿二夜与方韶卿、陈无逸、顾伯玉客楼分韵得镫字》

《客楼东冬夜会合诗序》

《浦江方韶卿见识陈无逸长篇次韵》

《东阳方韶卿惠古意七篇久不得和五月二十六日将假馆宗阳桥,稍有闲暇,乃为次韵,因寄讯彼中吴子善前辈,子善,陈文毅公同父甥孙》

《东阳方韶卿惠古意七篇久不得和五月二十六日将假馆宗阳桥,稍有闲暇,乃为次韵,因寄讯彼中吴子善前辈,子善,陈文毅公同父甥孙》

方凤与陈公举:《题光风霁月楼》

许谦与方凤:《送方存雅游永嘉》《酬赵玉相并寄存雅》(见《白云集》)

胡助与方凤:《和方韶卿游涵碧韵》《挽方存雅先生二首》(见《纯白斋类稿》)

3. 谢翱

方凤与谢翱:《谢君皋羽行状》

吴渭与谢翱:成立讲经社

柳贯与谢翱、黄溍:《书王申伯诗卷后》可佐证

林景熙与谢翱:《酬谢皋父见寄》(见《林景熙诗集校注》)

戴表元与谢翱:《客楼东冬夜会合诗序》

邓牧与谢翱①

4. 白珽

周暕与白珽:《湛渊静语序》

戴表元与白珽:《白廷玉诗序》《送白廷玉赴常州教授序》

《三次韵与廷玉》、《送白湛渊北上因讬问晦叔师道二学士》

《乡人舒子谟与昆陵白教授为同产兄弟尝以书信问,大德庚子季秋始往见之》

白珽与张鹏飞、方万里:《游后湖赋》

5. 周暕

张炎与周暕:《台城路》(送周方山游吴)

连文凤与周暕:《送周伯阳之余姚》

6. 刘汝钧

谢翱与刘汝钧:《小元祐歌寄刘君鼎》

刘汝钧与连文凤:《故太学徐君应镳哀辞并序》(见《桐江续集》)

7. 陈尧道

黄溍与陈尧道:《跋景传遗墨》《绣川二妙集序》(见《金华黄先生文集》)

吴师道与陈尧道:《和陈景传寄方韶父韵》

8. 刘应龟

刘应龟与黄溍:《山南先生述》《山南先生集后记》

《次韵山南先生遣兴》《山南先生挽诗》

《喜方韶父先生至兼怀山南先生》(见《金华黄先生文集》)

---

① (清)郑方坤编辑《全闽诗话》卷五"谢翱"条,福建人民出版社,2006 年,第 265 页。

刘应龟与谢翱:《韶卿往乌伤寄刘元益》

9. 梁相

黎廷瑞与梁相:《送梁必大归杭省亲》(见《芳洲集》)

吴澄与梁相:《送梁必大知事之婺州》

10. 连文凤

刘辰翁与连文凤:《连伯正诗序》(见《须溪集》)

刘汝钧与连文凤:《故太学徐君应镳哀辞并序》(见《桐江续集》)

连文凤与仇远:《秋怀酬仇仁近见寄》

连文凤与方凤:《题金华方韶卿在雅堂》

连文凤与吴渭:《寄悼浦江吴县令清翁》

11. 林子明

林子明与方回:《林东冈用晦墓志铭》

12. 陈公举

陈公举与方凤:《次方韶父先生游金华洞天韵》《上元赤松山和方先生》

《同方谢二先生和赵元清梦游小桃源四时诗四首》

《次方韶父先生韵》

《新霁北山道中与方谢二先生作二首》

《灵源胜地次方韶卿先生》

13. 陈公凯

赵孟頫与陈公凯:《题所画梅竹幽兰水仙赠鹤皋》(见《松雪斋集》)

14. 杨舜举

许谦与杨舜举:《游山》(见《白云集》卷一)

除了上面所列外,还有一些是月泉吟社个别成员参与的、群体性的、具有一定规模的交游活动,如白珽、仇远参加杨氏池堂燕集。1301年,元成宗大德五年辛丑,邓善之、屠存博、白珽、仇远、张仲实几位皆有外任,戴表元对这五位好友俱以七律两首赠之。1286年,元世祖忽必烈至元二十三年丙戌,戴表元在杭州遇周公谨,作《周公谨弁阳诗序》,又遇许天祐、王沂孙、方申夫、师中等人,与仇远、白珽、屠存博、张仲实等交游,二月,作《杨氏池堂燕集诗序》①。又如:仇远、白珽与释善住交游。释善住,字无住,别号云屋,尝居吴郡城之报恩寺,往来吴淞江上,与仇远、白珽、虞集等相酬唱。又如:仇远参加张翥等人的集咏。大德十一年丁未(1307),张翥二十一岁时,仇远思归,作五古十四首,邀溧阳文友同赋。皇庆元年壬子(1312),张翥二十六岁时,正月,郭郁由江浙省都事赴任浮梁州知事,仇远等十七名文人集咏为其送行等。这些活动动辄七八人,甚至上十人。

月泉吟社成员活跃于群体互动的情况可以分为前后期。前期,即宋亡之初,主要是方凤、谢翱等联络遗民,哀悼亡国,相互倾诉与宣泄,如组织汐社、月泉吟社,游金华洞天,登钓台悼念文天祥等。后期,即月泉吟社征诗比赛后,主要是白珽、仇远等频繁地与其他群体唱和,如参与杨氏池堂燕集,参加《乐府补题》唱和等,寄寓故国之思,友朋之间迎送往来。随着时代变化,遗民意识在互动交往中逐步淡化,这是历史的必然。

---

①　杨氏池堂的燕集是一次规模和影响均大的元代文人聚会。戴表元《杨氏池堂燕集诗序》云:"丙戌之春,山阴徐天祐斯万、王沂孙圣与、鄞戴表元帅初、台陈方申夫番、洪师中行皆客于杭。……杭人之有文者仇远仁近、白珽廷玉、屠约存博、张楳仲实、孙晋康侯、曹良史之才、朱莱文芳,日从之游。及是,公谨以三月五日,将修兰亭故事,合居游之士,凡十有四人,共燕于曲水。客皆诺如约,而大雷雨作,自朝达昼不止,官途水尺,行者病涉,十四人之中,其六不至。"

第四章　月泉吟社竞赛诗作的
意象特征

　　月泉吟社有独特的征诗《启示》和《题意》。吴渭在征诗时还特意对"题趣"进行阐释：

> 所谓田园杂兴者，凡是田园间景物皆可用，但不要抛却田园，全然泛言他物耳。《归去来辞》全是赋体，其中"木欣欣以向荣，泉涓涓而始流，善万物之得时，感吾生之行休"四句，正属兴。此题要就春日田园上做出杂兴，却不是要将《杂兴》二字体贴。只为时文气习未除，故多不体认得此题之趣，识者当自知之。（《月泉吟社·春日田园题意》）

《题意》着意强调"春日田园"与"杂兴"，要求不可抛却田园，要在田园上作出杂兴。由于月泉吟社竞赛诗作均为应征诗，要充分体现征诗的旨趣，所以竞赛诗作在意象的选取和组合以及情感表达上都独具特色。

一、月泉吟社竞赛诗作的意象概述

　　中国古典诗歌是以抒情见长的诗歌，最大的特点是含蓄、凝炼。一首好诗声律风骨兼备，抒情诗歌的风骨主要靠诗中的意象支撑、营造。而意象是诗歌抒情效果得以实现的最基本、最常用的单位，"古诗之妙，专求意象。"（胡应麟《诗薮》）由于意象可以从创作的角度，也可以从审美的角度来解读，所以意象的分类就随视角变化而不同。陈植锷先生在《诗歌意象论》中将意象按几种情况进行分类：从心理学角度，意象可以分为视觉的、触觉的、嗅觉的、味觉的和动觉的、联觉的①。从内容上可以分为自然的、人生的、神话的。从题材上可以分为赠别的、乡思的、闺怨的、宫怨的、边塞的、山水的、爱情的、怀古的、咏物的、哲理的、干谒的、朝会的，以及社会的、政治的。从表现功能上可以分为比喻性意象、象征性意象、描述性意象。孙春旻先生《文学意象的生成与命名》又将意象分为公共意象和私立意象，原型意象和自创意象②。

《月泉吟社诗》中74首诗和33联句的意象可以分为六大类③：

---

① 韦勒克和沃伦在他们的名著《文学理论》中说："在心理学中，'意象'一词表示有关过去的感受上、知觉上的经验在心中的重现或回忆。"韦勒克、沃伦著《文学理论》，三联书店，1984年。

② 孙春旻撰《文学意象的生成与命名》，学术论坛，2007年，第5期。

③ 关于意象的分类标准，目前还没有一个定论。在不同的著作中，意象的分类说法各异：许兴宝先生《人物意象研究——唐宋祠的另一种关注》认为，意象有大意象、小意象、整体意象、局部意象等。周晓琳、刘玉平《空间与审美——文化地理视域中的中国古代文学》则认为，寓意之象的构成大体可以分为自然景物、人文景观、历史人物三大类别，中国古代诗歌中有江南意象、事属意象等。陈植锷先生在《诗歌意象论——微观诗史初探》中认为意象根据不同的标准可以分为不同的类别：从心理学角度分，可以分为视觉意象、听觉意象、触觉意象、嗅觉意象、味觉意象和动觉意象、联觉意象。从内容上，可以分为自然意象、人生意象、神话意象。从题材上，可以分为赠别意象、乡思意象、闺怨意象、宫怨意象、边塞意象、山水意象、爱情意象、怀古意象、咏物意象、哲理意象、干谒意象、朝会意象、社会意象、政治意象等。从表现功能上可以分为比喻性意象、象征性意象、描述性意象。顾祖钊《论意象五种》将意象分为五类：心理意象、内心意象、观念意象、泛化意象、至境意象。吴晓《主观的意象与客观的意象——诗学新解》从四个方面进行分类：主观的意象与客观的意象；描述性意象、拟情性意象、象征性意象；景内意象与景

植物意象、动物意象、自然意象、人物意象、地理意象、人造意象。需要特别说明的是,自然意象区别于一般的植物意象和动物意象,主要指自然界季候,偏重自然天象类。地理意象大部分都是带有方位色彩的意象,但与绝大多数方位意象不同,此类意象具有某种固定的象喻意义,是长期经过人们心灵化、主观化后形成的,因袭了某种特定的涵义,具有公共意象的价值。如因为伯夷叔齐隐居首阳山,采薇而食,首阳山便成为隐居的代名词,不与当权者合作、不仕新朝、保持节操是其公共意蕴。人物意象则是指与历史人物有关的意象,此类意象的喻义离不开人物典故。据笔者统计,六大意象在《月泉吟社诗》中的情况大致如下表:

植物意象	1)花意象:60 处	2)桑意象:38 处	3)秧意象:30 处	4)草意象:26 处	5)水意象:24 处
	6)麦意象:22 处	7)柳意象:18 处			
动物意象	1)牛意象:26 处	2)蚕意象:16 处	3)莺意象:14 处	4)燕意象:11 处	5)鸟意象:7 处
	6)蛙意象:7 处	7)犬意象:7 处	8)蝶意象:6 处	9)杜鹃意象:3 处,另有布谷意象5 处。	
自然意象	1)风意象:56 处	2)春意象:55 处	3)雨意象:41 处	4)白云意象:5 处	

外意象、显意象与潜意象;自然意象、历史意象、现实意象。西方美学界对意象的分类也不相同,威尔斯《诗歌意象》将意象分为七类:装饰性意象、潜沉意象、强合意象、基本意象、精致意象、扩张意象和繁富意象。意象的分类比较复杂,因为意象本身就是意义无穷无尽,并且会因为时代不同、空间不同、创作个体心灵指向不同,赋予意象的意义也不同。因此,对于意象的分类想要获得一种带有艺术哲学的普遍规律是不太可能的。对于意象的分类应该遵从意象本身喻义多样灵活的特点。最可能的是在实事求是的基础上具体问题具体分析,在承认意象分类较为复杂的前提下,尽可能准确地把握意象分类的质点,满足对文学艺术基本粒子分析的理论需求。

地理意象	1)东郊意象:3 处	2)东皋意象:3 处	3)彭泽意象:3 处	4)首阳山意象:1 处	5)西山意象:1 处
人物意象	1)陶渊明意象:22 处(彭泽3 处,陶7 处,渊明6 处,秫6 处)				
	2)伯夷叔齐意象:4 处(薇4 处,首阳1 处和西山1 处均与薇意象重合)				
	3)石湖意象:3 处				
	4)王维意象:3 处(栗里3 处,辋川1 处与栗里重合)				
	5)石崇意象:2 处,或用金谷				
	6)杜甫意象:1 处　　　　9)屈原意象:1 处				
	7)谢灵运意象:1 处　　　10)子真:1 处				
	8)东坡意象:1 处　　　　11)樊迟:1 处				
人造意象	1)烟意象:19 处　　2)酒意象:18 处　　3)梦意象:11 处				

从上表可见,月泉吟社竞赛诗作中动物意象和植物意象占据很大比重,而动植物意象对中国古典诗歌创作有特殊的意义。《诗经》中就出现了二百多种植物和大量的其他自然形象,远远超出西方早期诗歌对自然的关注①,展示了中国传统诗歌审美中对自然的亲近。牟宗三先生《说"怀乡"》谈道"唯有游离,才能怀乡。而要怀乡,也必是其生活范围内,尚有足以起怀的情愫。自己方面先有起怀的情愫,则可以时时与客观方面相感通,相粘贴,而客观方面始有可怀处。虽一草一木,亦足以兴情。"②月泉吟社征诗以《春日田园杂兴》为题,《题意》要求"凡是田园间景物皆可用","不要抛却田园",所以诗中的主要意象为田间风物。一花一草、秧苗麦垄、

---

①　据统计,《伊利亚特》中对事物的审美评价有493 次,对人和神的审美评价有374 次,而对植物世界的审美评价只有9 次。参见攀美筠著《中国传统美学的当代阐释》,北京大学出版社,2006 年。

②　牟宗三著《生命的学问》,广西师范大学出版社,2005 年,第2 页。

桑枝柳条等均是诗人勾画田园风光的素材。草长花开,自然少不
了莺莺燕燕,鸟飞蝶舞,更离不开具有乡村特色的意象,牛哞蛙鸣、
犬吠蚕长。这些江南乡间常见的植物和动物构成了诗社的主体意
象——江南意象群。"江南"本身是一个大的意象,涵盖了那些能
够充分体现江南地理、政治、经济、文化特征,并融入作家特定心灵
感受的客观物象,其中青山、绿水、林泉、芳草、暖风、细雨、垂柳、荷
花、亭台、楼阁、彩船、画桥、酒旗、珠帘、采莲女等等均是属于最有
代表性的子属意象①。月泉吟社成立于浙江浦江县,参赛诗人来
自浙、苏、闽、桂、赣各省,绝大部分地处江南,故诗中处处可见江南
的影子。

二、月泉吟社竞赛诗作对传统意象的运用与诠释

尽管月泉吟社征诗要求诗人着眼田园,但题旨却是"杂兴"。
作为元初遗民,诗人深知题意之旨趣。然而透过田园里的那份萌
动,诗人表现了怎样的内心波澜呢?月泉吟社竞赛诗作通过对传
统意象的运用与重新诠释,表达诗人内心的情思与心声。

最早把"意象"作为一个文学理论范畴提出来的是刘勰,《文
心雕龙》(神思篇)指出:"是以陶钧文思……然后使玄解之宰,寻
声律而定墨;独照之匠,窥意象而运斤。此盖驭文之首术,谋篇之
大端。"就诗人的艺术思维来说,象是客观物象,包括自然界和人
自身,甚至由人构成的群体,物象是思维的材料。意是作者主观方
面的思想、观念、意识,是思维的内容。有一些自然物,在文学活动

---

① 周晓琳、刘玉平著《空间与审美——文化地理视域中的中国古代文学》,
人民出版社,2009 年,第 114 页。

中先天地具有多重象征含义,围绕着它就会产生一个意象系统,它们有共性的一面,但又具有鲜明的个性,在不同作品和不同语境中承担着各自独有的意蕴,这种自然物象能对全诗抒情起到画龙点睛的作用,因此被称为"篇意象"或者"中心意象"①。所谓"篇意象"是指根据作品抒写情感和思想的需要,诗中出现的统照全局,在所有的意象中居核心地位,对整首诗歌抒情具有重要作用的意象。其他意象则围绕篇意象,共同营造出整首诗歌的抒情效果。诗歌的抒情效果除了靠中心意象即篇意象外,还来自意象的组合美。

(一)《月泉吟社诗》的植物意象

1. 桑意象

桑在文化意义上是古代生殖崇拜观念的象征物,代表着生命与生殖力,因此有"日出扶桑"、"空桑生人"的神话。早在《诗经》时代,桑就代表着上古人们对爱情美好的向往,"期我乎桑中,要我乎上宫,送我乎淇之上矣。"②"十亩之间兮,桑者闲闲兮,行与子还兮。十亩之外兮,桑者泄泄兮,行与子逝兮。"③汉魏六朝时期,桑意象在文学创作中有更丰富的主题,一方面递相沿袭了《诗经》

---

① 许兴宝先生《人物意象论》依据"象体"在篇幅中所占空间的大小,分为大小意象,并且指出意象的大小之分,取决于其气势之强弱。笔者借用许先生的方法,依据意象在篇幅中所占抒情分量和抒情效果,将意象分为整体意象和局部意象。整体意象是大意象,也就是中心意象,局部意象是小意象。黑格尔说:"东方人在运用意象比譬方面特别大胆,他们常常把彼此各自独立的事物结合成为错综复杂的意象"。大意象在作品中并不以构形为主,而是以构行、构神为主,以构写对象创造的文化成果为主。

② 《诗经》之《鄘风·桑中》,金开诚点校,中华书局,1980 年,第 190 页。

③ 《诗经》之《魏风·十亩之间》,金开诚点校,中华书局,1980 年,第 368 页。

时代男女爱情的主题,另一方面作家赋予了桑更多的象喻含义,如烘托采桑女的美丽迷人,或抒写采桑女空闺之怨,甚至赞扬桑妇美德①。隋代直到唐代中期,桑意象常被用来歌咏采桑女子(或妇女)的守节美德,或抒发伤春之情。"携笼长叹息,逶迤恋春色。看花若有情,倚树疑无力。薄暮思悠悠,使君南陌头。相逢不相识,归去梦青楼。"②可见,唐中期以前,桑意象一直作为男女情感世界中的底色。自唐代后期至宋代,桑意象的象喻意义更丰富了。桑不仅作为浪漫之约的陪衬,还是现实生活中劳作的对象,"墙下桑叶尽,春蚕半未老。城南路迢迢,今日起更早。四邻无去伴,醉卧青楼晓。妾颜不如谁,所贵守妇道。一春常在树,自觉身如鸟。归来见小姑,新妆弄百草。"③"采桑畏日高,不待春眠足。攀条有余愁,那矜貌如玉。千金岂不赠,五马空踯躅。何以变真性,幽篁雪中绿。"④"溪桥接桑畦,钩笼晓群过。今朝去何早,向晚蚕恐卧。"⑤

相比以前的作品,月泉吟社竞赛诗作中的桑意象在内涵上有新的发展,主要有:

其一,以桑写时节,突出春日之题意。月泉吟社解题时强调"凡是田园间景物皆可用",大家在创作时便抓住江南乡村的特色

---

① 任红敏撰《采桑主题和采桑女形象的演变》,重庆师范大学学报,2006年1月。

② (唐)刘希夷《采桑》,《全唐诗》卷八十二,第二册,中华书局,1999年,第880页。

③ (唐)刘驾《桑妇》,《全唐诗》卷五八五,第九册,中华书局,1999年,第6832页。

④ (唐)李彦远《采桑》,《全唐诗》卷三一一,第五册,中华书局,1999年,第3515页。

⑤ (宋)王安石《采桑》,傅璇琮主编,北京大学出版社,1991年。

植物——桑来写，紧扣江南"田园"起兴：

　　年来梦断百花场，安分农桑万虑降。（第十二名邓草径）

　　谁家酒熟社公醉，明日桑空蚕妾愁。（第十五名蹑云）

　　嗜酒不嫌多种秫，无襦长恨少栽桑。（第十六名林子明）

　　桑风吹绿满原头，西崦东皋暖气浮。（第十七名田起东）

　　蛙声似吹雨初足，桑椹欲红风始和。（第十九名周晚）

　　布谷几声催耔耙，吴蚕三伏正条桑。（第二十一名姚潼
翔）

　　未多桑叶蚕初浴，更小茅茨燕亦飞。（第二十五名黄景
昌）

　　桑叶渐舒梯欲整，麦苗暗长路难寻。（第二十七名东必
曾）

　　蚕桑辛苦从渠妇，稼穑勤劳任我儿。（第三十一名陈尧
道）

　　麦青未必三时粥，桑绿其如二月丝。（同上）

　　秧肥蚪斗动，桑暗鹁鸠呼。（同上）

　　半丘秧秫醉堪酒，五亩树桑寒可裘。（第三十二名刘时
可）

　　犬依桑下乌犍卧，鸠杂花间黄鸟呼。（第三十七徐端甫）

　　儿结蓑衣妇浣纱，暖风疏雨趱桑麻。（第四十八名感兴
吟）

　　桑可以丝麻可绩，麦宜续食韭宜羹。（第四十九名王进
之）

　　桑眼蝶含青蕾小，麦须虾碟翠芒轻。（第五十名陈希声）

　　青枫蛾子催桑月，绿树鹏鹧报麦秋。（第五十一名陈希

声）

　　培溉桑麻沿汲路，经行荠麦省耕农。（第五十四名陈文
增）

　　桑眼已开芳昼长，西畴东墅足相羊。（第五十八名草堂
后人）

　　春日里万物复苏，桑枝吐绿，就像朦胧的睡眼，诗人以桑的萌动、长势指代春天的到来。春日里桑风拂来，桑眼已开，桑叶渐舒，春日已驻人间。桑暗春将逝，桑椹欲红，春日将别，诗人以诗情写桑之春。桑是古代浙江一带主要的经济来源，所以桑虽美，还是桑民喜怒哀乐的所在，"桑空蚕妾愁"。尽管"蚕桑辛苦"，但是"无襦长恨少栽桑"，因为"桑可以丝麻可绩"。桑是桑民的生活依靠，在时局不定的时候，"安分农桑万虑降"。诗人尽量立足桑的植物属性，着意写春日田园之题意。

　　其二，道桑麻，写陶渊明。陶渊明与桑麻可见于《归园田居》（其二）：

　　　　野外罕人事，穷巷寡轮鞅。白日掩荆扉，虚室绝尘想。时
　　复墟曲中，披草共来往。相见无杂言，但道桑麻长。桑麻日已
　　长，我土日已广。常恐霜霰至，零落同草莽。

　　"相见无杂言，但道桑麻长"，写出农村人情的淳朴美，见面只需问田里的稼穑收成，不需算计，也不需提防，拥有农夫的生活就拥有了最自然、最本色的生活。陶渊明辞官彻底告别官场，回到田园，开始崭新的生活。身处其中，诗人已经不再是诗人，而将自己完全转换成农夫，以农夫之喜为喜，以农夫之忧为忧，在田园中最终确

立陶式精神。月泉吟社诗人向往陶式精神,借桑麻,表达自己对陶渊明的崇敬:

> 轩裳一梦断尘寰,桑柘阴阴静掩关。(第五十五名九山人)
>
> 独喜桑麻今正长,渊明归去最知几。(第二十八名方子静)
>
> 躬耕自得莘郊乐,日涉谁知陶径闲。只说桑麻元自好,不须释耒叹时艰。(第三十九名李蕚)
>
> 晋世衣冠门外柳,豳人风俗屋边桑。(第九名全璧)

诗中均引渊明为知己,抛却一切杂念,独喜桑麻正长,聊以桑麻长势所带来的喜悦代替时事危机所带来的心灵煎熬。正如吴渭在解题中所提到"《归去来辞》全是赋体,其中'木欣欣以向荣,泉涓涓而始流,善万物之得时,感吾生之行休'四句,正属兴。"陶渊明在《归去来兮辞》中,交代自己彻底归隐的原因后,便对回到家的心情进行了描述:

> ……三径就荒,松菊尤存。携幼入室,有酒盈樽。引壶觞以自酌,眄庭柯以怡颜。倚南窗以寄傲,审容膝之易安。园日涉以成趣,门虽设而常关。策扶老以流憩,时翘首而遐观。云无心以出岫,鸟倦飞而知还。景翳翳以将入,抚孤松而盘桓。
>
> ……悦亲戚之情话,乐琴书以消忧。农人告余以春及,将有事于西畴。或命巾车,或棹孤舟。既窈窕以寻壑,亦崎岖而经丘。(陶渊明《归去来兮辞》)

吴渭强调的是陶渊明在田园中对人生的彻悟，着力突出《归去来兮辞》以赋的形式描绘诗人凭窗眺望、田野徘徊、河中泛舟的情形，紧紧扣住田园来铺叙心中难以言传的愉悦的做法。吴渭征诗要求诗人学习陶渊明的这种做法，实则要求参赛作品在田园风光和农家劳作中要蕴含人生的理趣。

其三，写桑园，念故国。桑意象在整部诗集中出现的频率多达38处，在植物意象中排行第二。除了桑本身是江南田园风物的典型外，还得益于桑在文化史上具有另一独特含义。桑意象象征的意蕴①除了男女幽会的旧俗、祥瑞的征兆、时间等外，更是思念故乡的喻托。古人常在住房周围栽上桑树、梓树，桑梓便成为家乡的代名词。《诗经·小雅·小弁》最早提到："维桑与梓，必恭敬止"，诗句表面写因见桑树与梓树而肃然起敬，实则由桑梓而生乡情，由乡情而生亲情，引出对父母、家乡的怀念之情。后来张衡《南都赋》写道："永世克孝，怀桑梓焉。真人南巡，睹旧里焉。"柳宗元《闻黄鹂》也写道："乡禽何事亦来此，令我生心忆桑梓。"怀桑梓、忆桑梓抒写了游子思念家乡情怀，"遮门剩喜有桑柘，输国不忧无茧丝"（第六十名青山白云人）。中国传统的农耕经济及宗法制的社会结构方式培育了中国古代士人特别浓厚的安土重迁的文化心理，而陵谷的迁变又必然会打破遗民们既往的生活秩序，让他们饱尝漂泊流离之苦。

月泉吟社竞赛诗作大量使用桑意象来表达故国之思。有不少诗是通过抒发对归宿的向往间接表达这份故国之思：

---

① 陈庆纪撰《论中国古代文学的桑意象》，大连理工大学学报（社会科学版），2001年第2期。

倦游归隐白云乡，芳草庭闲昼日长。（第九名全泉翁），

浩兴归来吟不尽，陶诗和后和豳诗。（第十名吕文老）

烧灯过了争挑菜，祭社归来便撒秧。（第二十一名姚潼翔）

日长虽有荷锄倦，薄莫归来常醉喧。（第二十七名陈柔著）

独喜桑麻今正长，渊明归去最知几。（第二十八名方子静）

莫待荒三径，归欤陶令居。（第五十七名柳州）

眼前物物是生意，却恨渊明归计迟。（第六十名青山白云人）

清晓蛙声引啼鸠，夕阳牛背立归鸦。（联句　陈帝臣）

郎罢耕归呼囝牧，阿翁眠起问姑蚕。（联句　俞野处）

桃李公门者，将芜胡不归。（结句　林泉生）

诗人反复咏叹"归去"、"归来"、"归计"、"归隐"等。对游子来讲，家是归宿。对遗民来讲，最渴望的是心灵家园，逝去的故国才是他们千寻万找的家园。诗人表达归意的同时，都无一例外地表示向陶渊明学习，学习他归去来兮的决心和勇气。对陶渊明来讲，归宿是在心灵。对遗民而言，田园尽管平静，但是心灵难以平静，从"万般皆下品唯有读书高"跌进"九儒十丐"的万丈深渊，这种体会只有亲身体验了的人才能真正感受其中的滋味。宋亡之后，蒙元朝廷的民分四等歧视政策让士人科举入仕的奋斗目标化成空，知识分子的人生由此变得无依无靠、漂浮无根。这种境遇下，宁静的田园又怎能成为他们心中的归宿呢？桑意象大量的使用折射了遗民对故国的怀思，对赵宋的眷念，以及对现实和现状的无奈。亡国

对遗民诗人而言，是终生都无法摆脱的梦魇，至死无法释怀的心结。"古木阴深巢燕弱，荒陂水浅怒蛙豪"（第十四名喻似之），诗中将蛙声拟人化，仿佛蛙也能感觉亡国的悲愤，在愤怒地吼叫，蛙尚且如此，人何以堪？

2. 草意象

草意象在《月泉吟社诗》中出现频率也极高，共出现了 26 次，仅次于花意象、桑意象、秧意象，位居第四。朱光潜先生在《诗论》中说："吾人时时在情趣里过活，却很少能将情趣化为诗，情趣是可比喻而不可直接描绘的实感，如果不附丽到具体的意象上去，就根本没有可见的形象。"芳草就是历代文人在表现他们深沉的忧患"情趣"时所附丽的具体意象之一，正如袁枚《遣兴》云："夕阳芳草寻常物，解用都作绝妙词。"

芳草意象在《诗经》中就出现了。如《郑风·野有蔓草》"野有蔓草，零露溥兮，有美一人，清扬婉兮。邂逅相遇，适我愿兮。野有蔓草，零露瀼瀼，有美一人，宛如清扬，邂逅相遇，与子偕臧。"以春草为起兴，用春草渲染清晨的美丽与勃勃生机，引出美人的清丽、清扬，表达诗人渴望爱情的喜悦。《楚辞》中草所代表的生命意识更得到了强化。"惟草木之零落兮，恐美人之迟暮"（《离骚》），"萧瑟兮草木摇落而变衰"，"白露既下百草兮，奄离披此梧楸"（《九辩》）等，都是以草来描写悲伤景色与悲凉心境。春来草绿秋来草枯，枯荣之间显示时光易逝，由此引发诗人对人生易老而功业未建的感叹，以及对时间和生命的感悟。《楚辞·招隐士》："王孙游兮不归，春草生兮萋萋。"则通过草之变化，写时光流逝，感怀离别之久长，相思之深厚。总之，草意象的主要喻义有：一、传达生命意识和忧患意识，由此延伸为人生苦短功业未就等。二、表达送别、相思，成为抒发离愁别恨的一个常用意象。三、香草还常被视为高洁人格的象征,草意象的这一喻义最集中体现在《离骚》中。《离骚》涉及的各类香草就有十几种之多,江蓠、辟芷、秋兰、木兰、申椒、菌桂、揭车、杜衡、芳芷、辛夷、茝、蕙等等共同构筑了诗人屈原的人格象征体系。屈原不仅以香草喻贤臣,更是以香草自喻,"余既滋兰之九畹兮,又树蕙之百亩。畦留夷与揭车兮,杂杜衡与芳芷。""朝饮木兰之坠露兮,夕餐秋菊之落英。"夕阳和芳草还是诗人点染历史沧桑、世事变幻的典型意象,如刘禹锡《乌衣巷》:"朱雀桥边草木花,乌衣巷口夕阳斜。"桥边的芳草树木茂密地长着,朱雀桥边昔日的繁华已荡然无存,夕阳西下,乌衣巷也已失去昔日的富丽堂皇。

月泉吟社的诗人都是由宋入元的遗民,目睹了异族入侵、国家灭亡、血泪斑斑的现实,夕阳、芳草总能唤起诗人的故国情思。"桑田沧海几兴亡,岁岁东风自扇扬。细麦新秧随意长,闲花幽草为谁芳。午桥萧散名千古,金谷繁华梦一场。满眼春愁禁不得,数声啼鸟在斜阳"(第四十七名临清)。桑田沧海见证了人世的繁华与凋敝,繁华已不复存,斜阳里闲花幽草为谁诉说春愁?诗人将国已不国,人生无望的心情,倾诉于细长的麦秧,纤细的芳草,闲开的野花,这真是一种怎样的生命不能承受之轻? 满眼春愁,啼鸟斜阳,又是怎样的痛苦心路历程?"吴下风流今莫续,杜鹃啼处草离离。"(第七名栗里)在月泉吟社的诗人笔下,芳草还是一种世外桃源的风物,"芳草东郊外,疏篱野老家"(第四名仙村人),"但遇芳菲景,高歌酒满樽"(第十三名魏子大)。诗人描写田园里春意盎然的景色,"草缘疆畎纵横绿,花隔藩篱深浅红。"(第四十五名何鸣凤)春草吐绿,映衬着深浅不一的花儿,绿的绿,红的红,把田野装扮得分外美丽。"行市绿蛆花泼眼,卧依黄犊草侵衣"(第二十五名黄景昌),芳草青青,牛儿悠哉地在草地上咀嚼,那份恬静让遗民疲惫的身心稍稍有所慰藉,"倦眠芳草闲黄犊,静对幽花倒绿樽。见说弓旌方四出,欲更名姓掩衡门"(第三十三名岳重)。在经历了天翻地覆的国破后,遗民的心灵也像是经历了一场洗礼,回归田园,就如长期在外寻觅、倦游的游子找到了一个歇脚的地方,"倦游归隐白云乡,芳草庭闲昼日长"(第九名全泉翁),看着庭院里芳草日渐长高,诗人突然感到时光竟在不知不觉中流逝。由草之枯荣而及人生之苦短,由草之生命力的顽强而及人生之渺小与无助,"离离原上草,一岁一枯荣",诗人油然而生了一种无助的悲哀。对草来讲,枯荣只是时节季候所决定,枯荣之间只是时光流逝。对诗人而言,生命之密度与厚度不只在一季一岁,生与死的轮回并非如庄子所言如昼夜之间,"斜阳芳草关情处,更把新诗吊石湖"(第五十六名桑柘区)。月泉吟社诗竞赛诗作中,草意象一般都不会单独表达情感,都是作陪衬,需要其他的意象进行叠加以表达丰富的意蕴。

3. 麦意象

中国历代文学咏叹的主题中有一些永恒不变、永不枯萎的主题。除了爱情主题外,大概就是家国之思的主题。自《诗经·黍离》后,这种家国之思的主题具体化为黍离麦秀之悲、铜驼乔木之伤。家国之思不仅是一种经久不息的历史情怀,更是传统知识分子骨子里一贯秉持的那份因受儒家思想影响,以匡济天下、扶助众生为自己社会使命的生命原则。"黍离、麦秀之悲,暗说则深,明说则浅。"(清陈廷焯《白雨斋词话》)其实无论明说还是暗说,都足以让人产生共鸣,因为谁能不爱自己的家乡,谁又会对国家之覆亡,民族之危机毫无痛惜哀悯呢?人非草木,孰能无情!

月泉吟社的诗人对社稷沦亡心存块垒,他们在诗歌中或托意于物,或直抒胸臆:

　　绕畦晴绿弄潺湲,倚杖东风却黯然。往梦更谁怜秀麦,闲愁空自托啼鹃。犁锄相踵地力尽,花柳无私春色偏。白发老农犹健在,一蓑牛背听鸣泉。(第十一名方赏)

　　桑田沧海几兴亡,岁岁东风自扇扬。细麦新秧随意长,闲花幽草为谁芳。午桥萧散名千古,金谷繁华梦一场。满眼春愁禁不得,数声啼鸟在斜阳。(第四十七名临清)

第十一名方赏诗的首联描绘了田园幽美的风景:溪水潺潺,在碧绿的草色映衬下,春水绿如蓝,春天的田野,散发着清新的泥土和青草的芳香,整齐的田地,翠绿的嫩草,周边小溪缓缓地流淌着,这是一副宁静的田园风景。可是在东风里,诗人的心情却没有半点欣喜,而是情绪黯然。诗人用情景反衬的手法,先扬后抑,引出下面的情感,直写麦秀之悲,杜鹃啼血。“麦秀”典出自《尚书大传》,商朝灭亡,其宗室微子去镐京朝觐文王,途经殷都,所历皆是断壁颓垣,昔日歌舞繁华之地,今朝竟成鸟兽乐土,悲哀难抑,作《麦秀》之歌:“麦秀渐渐兮,禾黍油油。彼狡童兮,不与我好兮!”[1]《黍离》和《麦秀》的作者都与前朝有密切关系,都亲眼目睹了王朝的覆亡,歌咏的都是深沉的亡国之痛,以及对世事变幻、沧桑剧变、人生沉浮的感叹,抒写诗人孤苦无依、无人理解的苦闷与茫然。后来的文人在黍离和麦秀丰富的典故意蕴中总能择取自己心声的代言。如唐代诗人刘禹锡《荆门道怀古》:“南国山川旧帝畿,宋台梁馆尚依稀。马嘶古道行人歇,麦秀空城野雉飞。风吹落叶填宫井,火入荒陵化宝衣。徒使词臣庾开府,咸阳终日苦思归。”月泉吟社的诗人都亲身经历了南宋灭亡的历史阶段,都目睹了腐朽赵宋王

---

　　① 《宋微子世家》,(汉)司马迁著《史记》,中华书局,2010 年。

朝在北方强悍民族铁蹄下的被摧毁,对麦秀之悲有着切身的体验,因此诗中往往情不自禁地流露出亡国的哀叹。

月泉吟社竞赛诗作中麦意象还多与田园稼穑相关。诗多写麦之颜色,写麦之绿、麦之黄、麦之青。有的指时间季候,如:"一春忙过无多日,又听鹎鶒报麦黄"(第二十一名姚潼翔),"为喜麦青行暖径,因看蚕出倚晴窗"(第十二名邓草径),"麦青未必三时粥,桑绿其如二月丝"(第三十一名陈希邵)。在春耕春忙中,时光流逝,诗人感慨"吴下风流今莫续,杜鹃啼处草离离"(第七名栗里)。也有写麦陇,写麦须,写麦苗,通过写麦子,将田园风光写得葱翠欲滴,如诗如画。如:"野色摇春麦正肥"(第二十五名黄景昌),"麦垄风微牛睡稳,芹塘泥滑燕归忙"(第二十六名姜仲泽),"桑叶渐舒梯欲整,麦苗暗长路难寻"(第二十七名陈柔著),"云过催花雨,风收困麦烟"(第四十一名蔡潭),"莺花眼界人烟外,蚕麦生涯谷雨余","桑眼蠓含青蕾小,麦须虾磔翠芒轻","畦蠧秧针青剡剡,陇翻麦浪翠芃芃"(第五十名元长卿),"青枫蛾子催桑月,绿树鹎鶒报麦秋"(第五十一名闻人仲伯),"晚风一笛麦秧陇,春雨半锄桑柘区"(第五十六名桑柘区),"晴原望新麦,一片绿云香"(蓝田道人)。

月泉吟社竞赛诗作对麦意象、桑意象、草意象的大量选用,不仅仅是对征诗"不要抛却田园"要求的响应,更让我们透过诗人笔下美丽的田园风光,感受到"我爱赋归陶令尹,柳边时见小篮舆"(第四十四名仇远),"可是樊迟宜请学,肯教陶亮叹将芜。斜阳芳草关情处,更把新诗吊石湖。"(第五十六名桑柘区)诗中那份渴望宁静和休憩的愿望。

（二）《月泉吟社诗》的动物意象

《月泉吟社诗》中有不少动物意象,如田间耕作的牛,农家豢养的犬、蚕,野外大自然中的蛙、鸟、蝶、燕、莺、鹃等。在所有的动物意象中,飞鸟意象尤其突出。鸟意象在作品中可以分为特称与泛称两类。特称类指具体有所指的,如燕子、杜鹃、流莺等,泛称类则没有具体所指。《月泉吟社诗》泛指的共有 7 处,而莺意象有 14 处,燕意象有 11 处,杜鹃意象有 8 处,飞鸟意象共有 40 处,可见飞鸟意象在所有意象中所占比例较大,是《月泉吟社诗》最为重要的意象。杜鹃意象和燕意象虽然在诗集中出现的频率不是很高,但均是中心意象。

1. 杜鹃意象

杜鹃是一个感化人心、文人特别衷情的鸟类意象。清人张潮在《幽梦影》里写道:"物之能感化者,在天莫若月,在乐莫若琴,在动物莫若鹃,在植物莫若柳。"杜鹃春暮即鸣,夜啼达旦,鸣必向北,至夏尤甚,鸣声哀切、独特,李时珍云"其鸣若曰不如归去"①。杜鹃性孤独,单只出现。杜鹃的别称较多,如"杜宇"、"布谷"、"子规"、"怨鸟"、"催归"、"谢豹"等。相传为古蜀王杜宇之魂所化,春末夏初,常昼夜啼鸣,其声哀切。南朝宋鲍照《拟行路难》诗之六云:"中有一鸟名杜鹃,言是古时蜀帝魂。其声哀苦鸣不息,羽毛憔悴似人髡。"唐杜甫《杜鹃行》写道:"君不见昔日蜀天子,化作杜鹃似老乌。寄巢生子不自啄,群鸟至今与哺雏。"

---

① (明)李时珍《本草释名》,《本草纲目·禽部三》,人民卫生出版社,1977年。

杜鹃意象在文学作品中的最早渊源,应归于《诗经》。"鸤鸠①在桑,其子七兮。淑人君子,其仪一兮,心如结兮。"(《鸤鸠》)在古代诗人的笔下,杜鹃更多的是以啼鹃的形象出现。啼鹃的形象来自古代蜀地之国的一个传说,《华阳国志》载"遂禅位于开明,帝升西山隐焉。时适二月,子规鸟鸣,故蜀人悲子规鸟鸣也。"《蜀王本纪》则记为"望帝使鳖灵治水,与其妻通,惭愧,且以德薄不及鳖灵,乃委国授之,望帝去时,子规正鸣,故蜀人悲子规鸣而思望帝。"《太平御览》更直接将望帝与子规等同起来,认为望帝化为了子规。望帝啼鹃从此被赋予了以下几个意蕴:

第一,取杜鹃的声音象征喻义。李时珍形容杜鹃之鸣若曰"不如归去",因此杜鹃可象征在外游子的思归念家之情。第二,取杜鹃化身的身份象征喻义。在《蜀王本纪》和《太平御览》中均将望帝之悲情与亡国的帝王联系起来,闻得子规啼叫,便不由得让人生出亡国之恨。因此,杜鹃被视为亡国之痛的象征。第三,取杜鹃啼血化魂的行为来阐发喻义。齐、梁之间的江淹曾经把人间至深的悲情概括为"黯然销魂"四字,"黯然销魂者,唯别而已矣。"将离别定为人间至深至大的悲情。杜牧把人间的离别之情也视为至深,其诗《赠别》(其二):"多情却似总无情,唯觉樽前笑不成。蜡烛有心还惜别,替人垂泪到天明。"吴文英将离愁称为"离人心上秋"(《惜别》)。在所有的离愁之中,至大、至深者,又莫过国破之时与传统习惯、信仰精神之别离。啼血化魂,就是抒写一种带着眷恋、不忍、不甘的离别。

---

① 鸤鸠,鸠鸟名,今之布谷也。江东呼名获谷,今扬州人谓之卜姑,东齐及德沧之间谓之姑保。其身灰色,翅末尾俱杂黑色,农人候此鸟鸣布种其谷矣,因此鸤鸠即是杜鹃。见《中华大字典》,中华书局,1981 年。

月泉吟社竞赛诗歌直接以杜鹃出现的意象有 3 处,另有 5 处布谷意象,总共有 8 处。虽然杜鹃在动物意象中为数不多,却对整首诗歌的抒写情感起到了画龙点睛的作用,都是全诗的中心意象。

膏雨初晴布谷啼,村村景物正熙熙。谁知农圃无穷乐,自与莺花有旧期。彭泽归来惟种柳,石湖老去最能诗。桃红李白新秧绿,问着东风总不知。

（第三名高宇）

麦畴连草色,蔬径带芜痕。布谷叫残雨,杏花开半村。吾生老农圃,世事付儿孙。但遇芳菲景,高歌酒满樽。

（第十三名魏子大）

壁写新年百事昌,春盘次第蓼芽香。烧灯过了争挑菜,祭社归来便撒秧。布谷几声催耜亩,吴蚕三伏正条桑。一春忙过无多日,又听鹏鹕报麦黄。

（第二十一名姚潼翔）

馂饤蔬盘巳竹萌,如何布谷未催耕。牧儿懒散骑牛过,游子牵连信马行。秧际窥鱼翘白鹭,花间捎蝶下黄莺。东风岁岁添新绿,独我霜髯多几茎。

（第二十九名朱孟翁）

春来非是爱吟诗,诗是田园引兴时。闻布谷声惊绿野,听提壶语忆青旗。曾因斗草争心起,每为看花乐意随。景物撩人禁不定,春来非是爱吟诗。

（第三十一名陈希邰）

编阑春思倩吟鞭,著面和风软似绵。黄犊乌犍秧谷候,雄蜂雌蝶菜花天。把锄健妇踏烟垄,抱瓮丈人分野泉。忙事关心在何处,流莺不听听啼鹃。

（第二名司马澄翁）

春风建业马如飞,谁肯田园拂袖归。栗里久无彭泽赋,松
江仅有石湖诗。踏歌椎鼓麦秧绿,沽酒裹盐菘芥肥。吴下风
流今莫续,杜鹃啼处草离离。

（第七名栗里）

犁锄遍野沸耕农,血吻鹃声一树红。畦蠹秧针青剡剡,陇
翻麦浪翠芃芃。鸡鸣昼寂花村雨,蛤吠朝寒草岸风。溪外云
过横笛乱,微烟野色树笼葱。

（第五十名元长卿）

在南宋遗民以前,杜鹃意象有多种意蕴:其一,为爱情。“庄生晓
梦迷蝴蝶,望帝春心托杜鹃。”(李商隐《无题》)写对爱情的眷念。
杜宇与鳖灵之妻的私情,因为鳖灵治水归来而终止,李商隐的诗为
爱情不得善终而感慨。“月解重圆星解聚,如何不见人归? 今春
还听杜鹃啼”(朱敦儒《临江仙》),抒写对爱人的思念,抒发向往爱
情的苦楚,星月皆解聚散,杜鹃今春应时而归,唯独不见恋人归来。
其二,为游子思故乡。“蜀客春城闻蜀鸟,思归声引未归心。”(唐
雍陶《闻杜鹃二首》)“听杜宇声声,劝人不如归去。”(柳永《安公
子》)杜鹃的叫声让人陡然生出思归之情,往往会平添许多游子对
家乡和家人的思念。月泉吟社诗人将杜鹃意象的亡国之恨喻意进
行了很好的延伸。如:

编阑春思倩吟鞭,著面和风软似绵。黄犊乌犍秧谷候,雄
蜂雌蝶菜花天。把锄健妇踏烟垄,抱瓮丈人分野泉。忙事关
心在何处,流莺不听听啼鹃。(第二名司马澄)

诗人用三联写田园的风光人情：和暖的春风中，赶牛的孩子扬着鞭子，黄牛、黑牛在田间劳作，田间是待种的秧苗。菜地里，雄蜂雌蝶翩翩起舞，菜花开得灿烂，漫天遍野，一片绚烂。农妇扛着锄头，行走在田间的小路上，农夫在田埂上疏理着浇灌田地的水渠。春日里大伙忙碌着，心里憧憬着，对诗人来说，稼穑收成并非自己真正关心的事，他们关心的是国家的沦亡、文化的危机、人生的出路。正在欢乐地唱歌的流莺也没能让诗人感到多少快乐，在诗人的耳边，响彻着的是一声声、一阵阵悲惨凄绝的杜鹃声。蒙元铁骑碾过，存留的只是"青芜古路人烟绝，绿树新墟鬼火明。"（汪元量）面对黎民的苦难，诗人无法平静。将人分为蒙古、色目、汉人、南人四等的民族歧视政策更让知识分子心头深感痛楚，杜鹃啼血正是遗民的内心概括。"犁锄遍野沸耕农，血吻鹃声一树红。"（第五十名元长卿）"吴下风流今莫续，杜鹃啼处草离离。"（第七名栗里）较以往的作品，杜鹃意蕴有新的发展，月泉吟社诗人将杜鹃意象的象征喻意朝着亡国之恨方向进行了深入阐发，赋予了杜鹃意象更厚重、更丰富的内涵。

按照审美心理的观点来看，任何意象都是诗人的主观情感审美投射到客观物象之后产生的审美效果，而诗人的审美之所以能成功发生，主要来自诗人的心理定向。不同的主体因为其心理定向不同，对同一个物象的审美投射也会产生完全不同的审美效果。就杜鹃而言，对农民来说，杜鹃的叫声就像音乐一样美妙，听到杜鹃的叫声，心里会产生一种难以言传的愉快。在农民看来，布谷鸟一年又一年地向农民宣告春天的到来，耕耘季节的到来，宣告漫长冬日的结束。农民是从自己长期农耕生活中积淀下来的劳作经验和劳作期待出发，对布谷鸟的叫声产生了愉悦感。在布谷鸟的叫声这个物理世界与人的心理世界的互相沟通中产生的异质同构关系中,农民与遗民因其心理世界的决然不同,就产生了完全不同的审美效应。在遗民听来,杜鹃啼声是亡国的象征,布谷的叫声让人产生了悲痛,就如泣血般撕裂着遗民的心。眼前纵有繁花似锦、蜂蝶起舞、阳光明媚,也无济于事,心中唯有杜鹃的悲鸣。芳草看来虽清新可人,却也敌不过亡国给心灵带来的凄清、惨绝。月泉吟社诗人笔下的"杜鹃"载负的情感不仅是乡关之思,更寓家国之恨。

2. 燕意象

燕子意象是所有飞鸟意象中最特别的一个。燕子曾是先民的图腾。《说文解字》释燕为:"燕,玄鸟也。籋口,布翄,枝尾,象形。"何谓"玄鸟"?毛公《诗经·商颂·玄鸟》传:"玄鸟,鳦也。"《尔雅注疏》:"燕燕又名鳦。郭云一名玄鸟"可见,燕子就是玄鸟,因其背羽大都为蓝黑色,"玄"是黑色,故古时称其为玄鸟。

在存世典籍中,大概"玄鸟生商"是最早关于燕子的故事。《诗经·商颂·玄鸟》记曰:"天命玄鸟,降而生商。"《竹书纪年·殷商成汤》记载得更为详细:"初,高辛氏之世,妃曰简狄,以春分玄鸟至之日,从帝祀郊禖,与其妹浴于玄丘之水。有玄鸟衔卵而坠之,五色甚好。二人竞取,覆以二筐。简狄先得而吞之,遂孕。胸剖而生契。长为尧司徒,成功于民,受封于商。"在《楚辞》①和《史记》②中也有记载。玄鸟生商衍生的文化意义在于,燕子作为一种守护

---

① (战国)屈原著《楚辞·九章·思美人》:"帝辛之灵盛兮,遭玄鸟而致诒。"(汉)王逸注:"誉妃吞燕卵以生契也。"(汉)王逸注,(宋)洪兴祖补注《楚辞章句补注》,吉林人民出版社,1999年,第143页。

② (汉)司马迁著《史记·殷本纪》:"殷契,母曰简狄,有娀氏之女,为帝喾次妃。三人行浴,见玄鸟堕其卵,简狄取吞之,因孕,生契。契长而佐禹治水有功。"见《史记》卷三《殷本纪》,中华书局,2010年。

神,成为人们欢迎和喜爱的对象,进而作为一种意象,被历代文人骚客吟咏不绝。

　　燕意象象征着沧桑巨变,世事变迁。因为燕子与人类关系亲昵,爱在屋檐下筑巢,容易见证主人家的兴衰成败,燕子往往被视为见证沧桑巨变,世事变迁的对象。刘禹锡《乌衣巷》:"朱雀桥边野草花,乌衣巷口夕阳斜。旧时王谢堂前燕,飞入寻常百姓家。"此诗中燕子见证了魏晋士族家庭的没落与衰微。南宋遗民邓剡的《唐多令》:"雨过水明霞,潮回岸带沙。叶声寒、飞透窗纱。堪恨西风吹世换,更吹我、落天涯。寂寞古豪华,乌衣日又斜。说兴亡、燕入谁家?惟有南来无数雁,和明月,宿芦花。"邓剡是文天祥的幕客,在文天祥抗元兵败后被俘北上,途经南京时,写下了这首词。词中将燕子与兴亡对问,感慨南宋的灭亡,往日的繁华不再,世事变幻,今非昔比。类似的用燕子抒发时事变迁,抒发昔盛今衰、人事代谢的例子还有很多,如谢宣远"风至授寒服。霜降休百工。……巢幕无留燕,遵渚有归鸿。"(《九日从宋公戏马台集送孔令诗》)晏殊"无可奈何花落去,似曾相识燕归来,小园香径独徘徊。"(《浣溪沙》)姜夔有"燕雁无心,太湖西畔随云去。数峰清苦。商略黄昏雨"(《点绛唇》),文天祥有"山河风景元无异,城郭人民半已非。满地芦花和我老,旧家燕子傍谁飞"(《金陵驿》),都是以燕子来感慨世事的变迁。其次,象征爱情。燕子喜欢成双成对地出现。最早歌咏它的诗作见《诗经》:"燕燕于飞,差池其羽。"由于燕子雌雄相伴,按时返巢,"阴匿阳显,节运自常。"便成为象征美好爱情的审美意象。后世抒写爱情和离情的诗词之作,往往会出现燕子美丽的身影。如:朱淑贞《观燕》"深闺寂寞带斜晖,又是黄昏半掩扉。燕子不知人意思,檐前故作一双飞。"诗人以双飞燕衬出了自己内心无比的哀愁。用燕

子写孤单，晏几道《临江仙》"落花人独立，微雨燕双飞。"燕子双双
飞舞，爱人却不知身在何处。双燕飞舞，令词人触目伤怀，离人之
思尤其强烈。

　　尽管月泉吟社诗人同样取燕子意象之多情意蕴，如："平畴水
绕径微分，小圃云深景不繁。此处农桑虽是僻，多情莺燕不嫌村。
倦眠芳草闲黄犊，静对幽花倒绿樽。见说弓旌方四出，欲更名姓掩
衡门。"（第三十三名岳重）但月泉吟社竞赛诗作对燕子意象的取
喻，与以往多取其爱情、沧桑之意不同，更多地侧重燕子随着春的
来临返回而突出两个喻意：

　　其一，表达对春天来临的喜悦。燕子是春天的使者，在阳光明
媚的时候，燕子会穿梭于树林、田野之间，掠过静静流淌的河流，在
傍晚时分还会停歇于屋宇之间。"野色摇春麦正肥，烟村闲寂往
还稀。未多桑叶蚕初浴，更小茅茨燕亦飞。行市绿蛆花泼眼，卧依
黄犊草侵衣。数声桐角归来晚，杨柳移阴月半扉。"（第二十五名
黄景昌）诗中描写了春意浓浓的景色。"昨夜西郊雷隐鸣，金穰检
历兆秋成。枪旗味向茶畦蓄，饼饵香从麦陇生。拂去梁尘招燕乳，
拨开檐网看蜂营。谁家子女群喧笑，竞学卖花吟叫声。"（第五十
二名戴东老）"桑眼已开芳昼长，西畴东墅足相羊。麦风初暖燕争
垒，林雨忽晴蛙满塘。野老新衣逢社喜，山妻椎髻为蚕忙。纷纷游
骑踏花去，谁识吾家旧草堂。"（第五十八名草堂后人）诗歌描绘了
春日里繁忙的情景。"野水浑边戏乳鹅，疏篱缺处晒耕蓑。草青
随意牛羊卧，门静无人燕雀多。夫倦倚犁需妇饁，翁欢击壤和孙
歌。新来别有营生计，又喜巡檐住蜜窠。"（第二十三名天目山人）
写春日的生机盎然与惬意喜悦。

　　其二，守约恋旧。燕属候鸟，随季节变化而迁徙。燕子秋去春
回，不忘旧巢。月泉吟社诗人尤取此点，阐发其守约恋旧的节操。

以往的诗作,只看重燕子冬去春来背后的时光流逝,忽视了燕子本身作为一种飞禽,具有恋旧和守约的习性。这种遵时守信正是月泉吟社诗人所期盼的。月泉吟社诗人赋予了燕子新的喻意,表达眷恋旧的文化与信念,渴望心灵知己的心声。如:"轩裳一梦断尘寰,桑柘阴阴静掩关。种秫已非彭泽县,采薇何必首阳山。因怜社鼓刚催老,转觉儒冠不负闲。君看浣花堂上燕,芹泥虽好亦知还"(第五十五名九山人),暗示人们不要见异思迁、见利忘义,要学小燕子,不慕荣华富贵,能够安于贫贱,坚守自己的原则和追求。在易代之际,知识分子的出处向来为人所关注。面对新朝逐渐走向稳定和繁荣,特别是新朝统治者开国之初的休养生息政策,对人才的笼络不断加强,何去何从,是遗民面临的重大抉择。这首诗道出了遗民的共同心声和忧虑。虽然仅此一首,但是此诗中燕子意象的独特象征喻意却与吟社之题意相扣合。"此题要就春日田园上做出杂兴,却不是要将杂兴二字体贴。"(《春日田园杂兴》)而燕子意象最能体现"杂兴"了。

　　此外,《月泉吟社诗》还用燕子意象写遗民孤苦无助的处境。如"东风转瞩又东皋,久赋将芜力未薅。古木阴深巢燕弱,荒陂水浅怒蛙豪。儿痴方拟半栽秫,身隐尚嫌全种桃。何许蕨薇君欲采,饥眠堪羡华山高。"(第十四名喻似之)颔联二句,寓意遥深,耐人寻味。燕子意象在《月泉吟社诗》中,虽然出现的频率不是最高,但是其意象的意蕴却挖得最深、最有力。

　　3. 蛙等其他动物意象

　　蛙是南方田园中的常客,尽管长相丑陋,但人们在长期与自然的斗争中却发现了蛙的美丽和神奇。蛙会捕捉害虫,能保护庄稼,是益虫,是值得保护和歌颂的对象。在古代南方民族生活中蛙被编织了种种神话,被认为能通天象,能致雨的神灵。至今南方的许多民族,例如壮族、黎族等还保留蛙神崇拜的遗迹。蛙不但被视为能祈雨的神物,而且由于蛙具有很强的繁殖能力,也被当作生殖神而备受崇拜,因而蛙的身上还递相传承了不少的文化内蕴。文人墨客喜欢将蛙写进诗词中,如赵师秀《约客》:"黄梅时节家家雨,青草池塘处处蛙。有约不来过夜半,闲敲棋子落灯花。"蛙是节候的象征,是时间的步伐。辛弃疾的《西江月·夜行黄沙道中》上阕:"明月别枝惊鹊,清风半夜鸣蝉。稻花香里说丰年,听取蛙声一片。"蛙声报喜,稻花飘香,蛙成了丰收的使者。在《月泉吟社诗》中,蛙是春天的一部分:

> 阴晴虽不定,天地自分明。柳处风无力,蛙时水有声。
> (第十八名白斑)
> 蛙声似吹雨初足,桑椹欲红风始和。(第十九名周暕)
> 秧水平畴蛙合合,菜花满棱蝶飞飞。(第二十八名方尚老)
> 麦风初暖燕争垒,林雨忽晴蛙满塘。(第五十八名草堂后人)
> 清晓蛙声引啼鸩,夕阳牛背立归鸦。(联句陈帝臣)

诗人都抓住蛙声来写,写蛙在水中叫,激起了水面的微澜,在春日里蛙声应和着雨声,充溢着整个池塘,充溢着整个田野,蛙声唤来了杜鹃的唱和。尤其值得注意的是,在遗民诗人听来,蛙声不再是报丰收的使者,仿佛在怒号。"东风转瞬又东皋,久赋将芜力未薅。古木阴深巢燕弱,荒陂水浅怒蛙豪。儿痴方拟半栽秋,身隐尚嫌全种桃。何许蕨薇君欲采,饥眠堪羡华山高。"(第十四名何鸣凤)诗歌以抑开头,感慨田园将芜,化用陶渊明《归去来兮辞》之意,"田园将芜,胡不归?"用弱燕比拟遗民的无助,以怒蛙比拟遗民的愤怒,将国已不国的痛楚、遗民的辛酸与无奈用"怒"字抒写。王国维主张"有我之境"和"无我之境"。蛙之怒号,应该是典型的有我之境下的意象。蛙意象在月泉吟社诗人笔下增添了新的意蕴。

综上所述,《月泉吟社诗》中动植物意象所占比例较大,一方面缘自田园本身的特色,诗人不能抛却田园;另一方面也是诗人以遗民之眼去观照田园的结果。在众多的动物意象中,最具有篇意象的是杜鹃意象和燕子意象。虽然牛意象和蚕意象数量最多,但这两个意象主要用于描述春日的风光,江南春耕生活的情景,意象的深层意蕴不浓。蛙意象在月泉吟社竞赛诗作中特指意蕴倒是较明显。同样,在飞禽意象中,鸟意象和莺意象尽管本身具有不少文化意蕴,但在月泉吟社竞赛诗作中,鸟和莺两个意象的文化意蕴不强。月泉吟社竞赛诗作在阐发动物意象时,既尊重意象递相传承时固有的意蕴,同时根据抒写需要,赋予这些意象新的内涵。

(三)《月泉吟社诗》的人物意象

人物意象是指以人物及有关的典故为意象。人物意象包括实有人物意象和虚构人物意象。实有人物意象是指作品中所构人物是生活中实有人物,这类人物意象多来自直接的现实生活,作者对他们比较熟悉,因此写得具有真实感。如苏轼《江城子》(十年生死两茫茫),尽管是写亡妻的,但是词中的人物是词人的妻子,是实有之人,所以感情真切感人。又如张炎《蝶恋花·赠杨柔卿》(颇爱杨琼妆淡注),词是专门写给杨柔卿的。虚构人物意象指的是作品中的人物并非生活中有的或曾经有过的,而是作者根据自己的抒情需要虚构出来的人物,如渔父意象,就是一个典型的虚构意象。自从屈原绘出"渔父"之像后，历代文人都有仿作，致使"渔父"成为颇有承载思想能量的文化符号。渔父意象的总体风貌是得道老成、远离尘世、无牵无挂。

在《月泉吟社诗》中，人物意象基本都是实有人物，且都是历史人物。尽管这些意象在诗集中在数量上不占绝对优势，有的甚至仅出现一次，但对整首诗歌的抒情起到了至关重要的作用，都是"中心意象"。《月泉吟社诗》中人物意象主要有陶渊明意象、叔齐伯夷意象，还有石湖意象、王维意象、杜甫意象、屈原意象、东坡意象、谢灵运意象、郑朴意象①、樊迟意象②、石崇意象③。其中陶渊明意象出现 22 次，伯夷叔齐意象出现 4 次，石湖意象 3 次，王维意象 3 处，石崇意象 2 处，灵运意象、杜甫意象、东坡意象各 1 处。这些人物意象可以分为三类：隐逸型、田园山水型、爱国型。

1. 陶渊明意象

陶渊明是月泉吟社竞赛诗作中最重要的人物意象。陶渊明意象在诗词中被经典化，缘于他是诗人、隐士，更是魏晋风流的杰出

---

① 据班固著《汉书·王贡两龚鲍传序》所载：子真是郑朴的字，郑朴居谷口，世号谷口子真，修道守默。汉成帝时大将军王凤礼聘之，不应，耕于岩石之下，名动京师。

② 樊迟是孔子七十二贤弟子内的重要人物，继承孔子兴办私学，在儒家学派广受推崇的各个朝代享有较高礼遇。唐赠"樊伯"，宋封"益都侯"，明称"先贤樊子"。樊迟重农重稼思想在历史上具有进步意义。

③ 月泉吟社参赛诗人借用的是石崇繁华富裕如过眼烟云，不复长久，今昔对比。石崇(249 年~300 年)，西晋文学家，字季伦，著名的美男子。他的父亲石苞本来祖上无名，因石苞相貌非凡后竟做了司空，石崇是石苞的儿子，容貌更是惊艳。石崇祖籍渤海南皮(今属河北省沧州市南皮县)，生于青州，小名齐奴。元康初年，出任南中郎将、荆州刺史。在荆州"劫远使商客，致富不赀"。永康元年(公元300)，淮南王司马允政变失败，因旧与赵王司马伦心腹孙秀有隙，被诬为司马允同党，与潘岳、欧阳建一同被族诛，并没收其家产。石崇与绿珠的爱情更是后代评论的焦点。

代表。陶渊明不仅开创了清新自然的田园风格,更保持了人性中最可贵的东西。他崇尚自然,追求人性本真的一面,具有清高的政治人格。陶渊明的政治人格魅力在内容上有变化。沈约、萧统把陶渊明视为晋代的忠臣。唐代人则发现了陶渊明但书甲子的意义。唐人吕向、刘良等人的《五臣注文选》中将陶渊明的政治态度提高到"耻事二姓"的高度。宋代是陶渊明接受史的高峰期。据统计①,在两宋,仅仅词创作中将陶渊明构设为小意象的就出现270次,构设为大意象的也不少于12次。在以陶渊明为大意象的作品中多为南宋之作,并且其中不少是遗民②词人所作。如:米友仁《诉衷情》(结庐人境)、叶梦得《念奴娇·南归渡扬子作,杂用渊明语》、袁去华《六州歌头》(柴桑高隐)、辛弃疾《水龙吟》(老来曾识渊明)、林正大《括酹江月》(问陶彭泽)、黄机《酹江月》(东篱成趣)、王奕《沁园春》(过彭泽发明靖节归来之本心)、张炎《如梦令·渊明行径》、刘克庄《水龙吟》(平生酷爱渊明)等,可见渊明精神的高扬是时代精神、时代潮流的集体表现。尽管北宋的苏轼将陶渊明的形象树立起来,但在苏轼的笔下,陶渊明意象的文化诠释却为游斜川、临流班坐、顾瞻南岸,领赏自然田园风光的陶渊明。到了南宋,特别是晚宋,词中的陶渊明大意象已经不再仅仅是投入田园以寻闲静之乐的文人形象,更多的是但书甲子的忠义之士和靖节先生了。陶渊明耻事二姓的政治人格,为南宋人在国难当头之时寻找精神力量提供了有力支柱。

---

　　①　许兴宝著《人物意象研究——唐宋词的另一种关注》,中国社会科学出版社,2007年,第348页。

　　②　此处遗民是泛指,包括被动灭亡后,赵王朝南渡后的词人。在他们心中,中原的失守是耻辱,加上是被金所灭,以夷代夏,因此南宋文人不少是以爱国情结为创作核心,收复故土一直是不少文人心中的梦想。

当蒙古的铁骑踏过中原席卷江南后,南宋遗民更加怀念靖节先生的气节与坚贞。当文天祥在大都柴市刑场,南向拜后绝笔一首:"昔年单舸走淮扬,万死逃生辅宋皇。天地不容兴社稷,邦家无主失忠良。神归嵩岳风云变,气入烟岚草木荒。南望九原何处是,关河暗淡路茫茫。"伏首受刑,留下"孔曰成仁,孟曰取义,惟其义尽,所以仁至。读圣贤书,所学何事?而今而后,庶几无愧!"的绝命书坦然而去时,却留给遗民许多的感慨。国已灭,身还在,心无依,家何在?人最怕的是精神的空虚。东南一带的遗民正是在内心经受着尴尬与煎熬下,努力走向群体,寻求精神的依靠,寻找信仰的皈依。他们在月泉吟社的征诗号召下,纷纷响应,在诗中写下自己作为一介遗民的心声。

在月泉吟社的诗人看来,伯夷叔齐只是为旧朝守节,而陶渊明却既能在田园中寻找精神的解脱,又能在守节中维护自己的本心。他们更加向往的是陶渊明耻事二姓的气节,因此在诗中反复地咏叹陶渊明。《月泉吟社诗》中主要以五种形式写陶渊明:

第一,诗中直言陶令、陶潜。如:

> 一段佳山水,芳时事正妍。犊耕青烧雨,鹤卧碧桃烟。社老邀尝煮,邻僧伴摘鲜。莫嫌陶令拙,农圃得余年。(第三十名赵必拆)

> 弃官杜甫雁天宝,辞令陶潜叹义熙。暖日浣溪仍旧迹,春风栗里只前时。苗生阡陌培嘉种,花绕林塘发故枝。佳兴二公能领会,可能胸次太多诗。(第三十五名洪贵叔)

> 一湾新绿护莱庐,草细泥松已可锄。野老但知分社酒,地官宁复进农书。莺花眼界人烟外,蚕麦生涯谷雨余。我爱赋归陶令尹,柳边时见小篮舆。(第四十四名仇远)

粟爵瓜官懒觊觎,生涯云水与烟腴。晚风一笛麦秋陇,春雨半锄桑柘区。可是樊迟宜请学,肯教陶亮叹将芜。斜阳芳草关情处,更把新诗吊石湖。(第五十六名桑柘区)

东风生意闹,农圃正宜勤。稻种开包晒,菊苗依谱分。畴西晓耕雨,舍北莫锄云。莫待荒三径,归欤陶令居"。(第五十七名柳州)

第二,诗中直接用"渊明"二字。如:

已学渊明早赋归,东风吹醒梦中非。莺声睍睆来谈旧,牛背安闲胜策肥。时听樵歌时牧笛,间披道氅间农衣。篇诗那可形容尽,何似忘言对夕晖。(第二十二名高镕声玉)

世数有迁革,田园无古今。鸟喧争树暖,牛倦憩墙阴。水活土膏动,风微花气深。渊明千古士,伫立此时心。(第二十四名胡南)

东皋雨后土膏肥,凤驾乌犍出短扉。秧水平畴蛙合合,菜花满棱蝶飞飞。比邻社酒欢犹在,墙壁农书事已非。独喜桑麻今正长,渊明归去最知几。(第二十八名方子静)

家山万象春归好,诗笔拈来感物情。泉脉动时毋待灌,土膏起处正宜耕。无穷怀抱风和畅,不尽形容雨发生。试问封侯万里客,何如守拙晋渊明。(第三十八名朱释老)

昨夜东风雨一犁,晓晴邻巷共熙熙。遮门剩喜有桑柘,输国不忧无茧丝。小妇馌耕因废织,老夫观社忽成诗。眼前物物是生意,却恨渊明归计迟。(第六十名青山白云人)

山翁不识时宜甚,犹学渊明裹葛巾。(结句 才人)

第三,用彭泽代指陶渊明。如:

膏雨初晴布谷啼,村村景物正熙熙。谁知农圃无穷乐,自与莺花有旧期。彭泽归来惟种柳,石湖老去最能诗。桃红李白新秧绿,问着东风总不知。(第三名高宇)

春风建业马如飞,谁肯田园拂袖归。栗里久无彭泽赋,松江仅有石湖诗。踏歌槌鼓麦秧绿,沽酒裹盐菘芥肥。吴下风流今莫续,杜鹃啼处草离离。(第七名栗里)

轩裳一梦断尘寰,桑柘阴阴静掩关。种秫已非彭泽县,采薇何必首阳山。因怜社鼓刚催老,转觉儒冠不负闲。君看浣花堂上燕,芹泥虽好亦知还。(第五十五名九山人)

第四,用秫代指陶渊明。如:

东风转瞩又东皋,久赋将芜力未膋。古木阴深巢燕弱,荒陂水浅怒蛙豪。儿痴方拟半栽秫,身隐尚嫌全种桃。何许蕨薇君欲采,饥眠堪美华山高。(第十四名喻似之)

一点阳和熏万宇,最饶佳致是山庄。鸡豚祝罢成长席,莺燕听来隔短墙。嗜酒不嫌多种秫,无襦长恨少栽桑。东郊劝相何烦尔,农圃吾生自合忙。(第十六名林东冈)

蛙声似吹雨初足,桑椹欲红风始和。少妇每忧蚕利薄,老夫惟喜秫苗多。旧栽花木山莺识,新买陂塘野鹭过。此境东风元自好,当年金谷事如何?(第十九名周暕)

土膏初动雨初收,草径茅亭趣最幽。坐睡略无朝市梦,踏歌时有里闾游。半丘秫秫醉堪酒,五亩树桑寒可裘。老圃老农诚足学,不成吾道付沧洲。(第三十二名刘时可)

　　片云岂是出山时,曾被东风误一吹。归意不烦啼鴂劝,闲情只许落花知。桑麻穷巷扉长掩,烟火空林粲自炊。栗里辋川非谬计,晴窗子细味渠诗。(第三十四名许元发)

　　轩裳一梦断尘寰,桑柘阴阴静掩关。种秫已非彭泽县,采薇何必首阳山。因怜社鼓刚催老,转觉儒冠不负闲。君看浣花堂上燕,芹泥虽好亦知还。(第五十五名九山人)

第五,写和陶诗。如:

　　浩兴归来吟不尽,陶诗和后和齮诗。(第十名吕澹翁)
　　露畦烟陌里,名利等秋毫。引犊随牛放,祈蚕望茧缲。和根挑荠菜,带叶摘樱桃。读罢归来赋,临风欲和陶。(第三十六名杨舜举)
　　村居只是旧衣冠,北墅南园熟往还。雨外泥深牛觳觫,花边风暖鸟间关。躬耕自得莘郊乐,日涉谁知陶径闲。只说桑麻元自好,不须释耒叹时艰。(第三十九名李荨)

　　另外还有以写桃源代指陶渊明。如:"独犬寥寥昼护门,是间也自有桃源"(第五名山南隐逸)。
　　2. 其他人物意象
　　《月泉吟社诗》中有的人物意象虽出现频率不高,但是对诗歌情感抒写有重要作用,如伯夷、叔齐、王维、野老等意象。
　　伯夷叔齐意象:《月泉吟社诗》并没有直接写此二人,而是以采薇、蕨薇、首阳意象代之。如:"农圃谁言与世违,韶华正恐属柴扉。天机花外闻幽哢,野色牛边睨落晖。膏雨平分秧水白,光风小聚药苗肥。行歌隐隐前村暖,忽省深山有蕨薇"(第六名子进)。

此诗反用陶渊明典故,诗人认为《桃花源记》所记为世外之社会,桃源并非一定要在世外寻找,在农圃中便可得。田园的花草树木、自然景色都是现实真切的存在,若要寻得彻底的隐逸之情,那就到深山中学采薇人。"蕨薇"虽只在诗篇结尾处出现,却体现了诗人渴望彻底隐居的理想。又如:"东风转瞩又东皋,久赋将芜力未薅。古木阴深巢燕弱,荒陂水浅怒蛙豪。儿痴方拟半栽秫,身隐尚嫌全种桃。何许蕨薇君欲采,饥眠堪羡华山高①。"(第十四名喻似之)诗歌先感慨时光流逝,退隐之心在繁琐尘事中搁浅,当世事剧变后,诗人才真正找到日思夜想的采薇处。

王维意象:月泉吟社竞赛诗作主要通过写王维隐居地栗里和辋川来表现。"片云岂是出山时,曾被东风误一吹。归意不烦啼鸠劝,闲情只许落花知。桑麻穷巷扉长掩,烟火空林秫自炊。栗里辋川非谬计,晴窗子细味渠诗。"(第三十四名云东老吟)写的是另类的隐居。诗中大部分都在写自己对隐逸的向往,最后用王维典故,表示对王维式隐居的羡慕。第三十五名避世翁对王维式的隐居所持态度就不同,"弃官杜甫罹天宝,辞令陶潜叹义熙。暖日浣溪仍旧迹,春风栗里只前时。苗生阡陌培嘉种,花绕林塘发故枝。佳兴二公能领会,可能胸次太多诗的。"认为王维式的隐居可遇不可求,而杜甫和陶渊明的经历类似,所以二者才能领会"佳兴"。

谢灵运的洒脱、东坡的旷达也是月泉吟社诗人所憧憬的。"春风冗我田园务,野思芳情约不齐。检点瓜丘仍芋垄,按行桑野

---

① 华山,陈抟隐居之所。陈抟生于唐末。陈抟本有大志,然"数举不第",且厌五代之乱,又所交往者多高道隐士,因此逐渐形成"出世"思想。先隐居于湖北武当山,后隐于华山。陈抟不近女色,惟好酒。据说后周世宗、宋太祖都曾迎请陈抟出山为官,均被拒绝。

更秧畦。偶陪灵运山前屐,或学东坡雨外犁。薄暮倦归专一事,旋
诛生菜瓮黄虀。”(第四十名柳圃)

　　除了陶渊明、王维等特称人物意象外,《月泉吟社诗》中还有
一个人物意象是泛称意象,那就是“野老”意象。在《月泉吟社诗》
中野老意象共出现了4次:

　　　　芳草东郊外,疏篱野老家。平畴一尺水,小圃百般花。青
　　箬闲耕雨,红裙斗采茶。村村寒食近,插柳遍檐牙。(第四名
　　仙村人)
　　　　一湾新绿护莱庐,草细泥松已可锄。野老但知分社酒,地
　　官宁复进农书。莺花眼界人烟外,蚕麦生涯谷雨余。我爱赋
　　归陶令尹,柳边时见小篮舆。(第四十四名仇近村)
　　　　田园兴在早春时,眼缬生红喜上眉。门巷日高人扫雪,池
　　塘烟涨水流渐。杯柈新岁欢同社,灯火元宵闹古祠。野老告
　　余春事及,夜来小雨过前陂。(第五十一名闻人仲伯)
　　　　桑眼已开芳昼长,西畴东墅足相羊。麦风初暖燕争垒,林
　　雨忽晴蛙满塘。野老新衣逢社喜,山妻椎髻为蚕忙。纷纷游
　　骑踏花去,谁识吾家旧草堂。(第五十八名草堂后人)

“野老”一词本身就给人浓烈的田园风味与历史沧桑感,因为老农
除了代表质朴、勤劳,还代表了宁静与祥和。在诗人眼中,野老不
仅是往日的农田主力,也是今日的家园守望者。南朝梁代的诗人
丘迟《旦发渔浦潭》诗:“村童忽相聚,野老时一望。”王维《渭川田
家》:“斜光照墟落,穷巷牛羊归。野老念牧童,倚杖候荆扉。雉
雊麦苗秀,蚕眠桑叶稀。田夫荷锄至,相见语依依。即此羡闲
逸,怅然吟式微”,都写出野老守望是乡间暮色下独特的风景。

唐代大诗人杜甫经过长年颠沛流离之后,在成都西郊的草堂定居下来,聊感欣慰,便写下了《野望》:"野老篱边江岸回,柴门不正逐江开。渔人网集澄潭下,贾客随船返照来。长路关心悲剑阁,片云何意傍琴台。王师未报收东郡,城闭秋生画角哀。"虽然国家残破、生民涂炭的现实会时时撞击杜甫的心灵,但那份来之不易的宁静确实让杜甫倍感珍惜,所以诗歌的一开头便自称为"野老",这首诗揭示了杜甫内心微妙深刻的感情波动。在《月泉吟社诗》为数不多的野老意象身上,那份淡定、从容为田园生活增添了不少宁静和真切,这些正是遗民诗人所失去并向往的。

　　3.《月泉吟社诗》对传统人物意象运用与诠释的新特点

　　《月泉吟社诗》的隐逸型和田园山水型人物意象远远多于爱国型人物意象,所以四库馆臣评价其"多寓遁世之意"①。诗中对前代隐逸遁世之士充满了追慕之情:"何许蕨薇君欲采,饥眠堪羡华山高"(第十四名喻似之),"种秫已非彭泽县,采薇何必首阳山"(第五十五名九山人),"渊明千古士,伫立此时心"(第二十四名胡南),"倦游归隐白云乡,芳草庭闲昼日长"(第九名全泉翁),"栗里辋川非谬计,晴窗子细味渠诗"(第三十四名云东老吟)。借人物意象表达自己归隐及时:"已学渊明早赋归,东风吹醒梦中非"(第二十二名骑牛翁),"独喜桑麻今正长,渊明归去最知几"(第二十八名方尚老)。清四库馆臣指出月泉吟社诗中多寓遁世之意,同时还指出多听杜鹃之语。月泉吟社诗中虽然不乏"吾生老农圃,世事付儿孙"(第十三名魏子大),"世事不挂眼,寄情农圃中"(第四十六名陈鹤皋)等之类的诗句,但是仍然有"忙事关心在何

────────────────

　　① (清)纪昀等撰《四库全书提要》。

处，流莺不听听啼鹃"（第二名司马澄翁），"往梦更谁怜秀麦，闲愁空自托啼鹃"（第十一名方赏）等之类的诗句。诗人对杜鹃意象、燕子意象、麦苗意象等也情有独钟。著名学者全祖望《跋月泉吟社后》也说："月泉吟社诸公，以东篱北窗之风，抗节季宋，一时相与抚荣木而观流泉者，大率皆义熙人相尔汝，可谓壮矣!"①。全祖望用"壮"来评价月泉吟社，可见月泉合唱齐盟是南宋遗民集体抗节的壮举，与以往文人吟咏风月以遣闲情雅趣完全不同。

在月泉吟社竞赛诗作中"隐遁之意"与"听杜鹃之语"并不矛盾，二者再现了月泉吟社诗人的真实处境和心态。司马迁大谈"发愤著书"，韩愈大讲"不平则鸣"，欧阳修提出"穷而后工"，他们虽然针对的是文学创作，其实指明的是诗人创作时的一种状态，一种生存和生活方式，那就是"穷"的生活状态。"穷"指的是人生的坎坷生活遭际，以及与此遭际相联系的人生的痛苦、焦虑等情感体验，用现代心理学的术语来讲，就是人的缺失和缺失性体验。心理学家认为，人的缺失性体验乃是诗人独特的一种生存和生活方式，并映现出人真正的生存和生活方式。司马迁在遭到残酷的迫害后，在苦难中发愤著书立说，并从自身的遭际中体会到《诗经》、《离骚》等大抵是古人"发愤之所为作"，"皆意有所郁结，不得通其道也，故述往事，思来者。"（《报任少卿书》）韩愈也说"有不得已者而后言，其歌也有思，其哭也有怀。"（《送孟东野序》）月泉吟社诗人正是在"穷"的处境下，即自身价值实现失去方向，心理的文化信仰面临危机的处境下，以歌当哭。诗人看似平静的表面下裹着一颗炽热的心，所以他们在诗歌中一面

① （清）全祖望撰《跋月泉吟社后》，《鲒埼亭集外编》卷三十四，续修四库全书，第一四三〇卷。

高歌采薇人，一面泪听杜鹃语。

　　鲁迅说感情正烈的时候不宜作诗，否则锋芒太露，能将"诗美"杀掉（《两地书》）。中国传统的审美讲究中庸之美，在情感抒写方面特意提出了"乐而不淫，哀而不伤"①的审美标准。从现代心理学的角度来看，"乐而不淫，哀而不伤"实际上提出了艺术情感的快适度的命题。情感的强度在一定意义上制约着情感的性质，影响着情感的快适度。对于艺术情感来讲，"过"与"不及"都不符合快适度。"过"，即过分强烈，使人处于高度紧张状态，不得不转而面向生活现实场景。"乐而不淫，哀而不伤"正是一种创作的黄金状态，一方面使人的情感超过激活的水平，可以自由地进入艺术世界；另一方面又不会因为情感过分强烈，而被迫走出艺术世界。"诗美"来自"乐而不淫，哀而不伤"的状态。月泉吟社诗人都经历了由宋入元的历史阶段，亲身经历了易代的战乱烟火，目睹了国家人民的灾难。自南宋灭亡至月泉吟社树盟，其间经过了整整十年②，在这十年间遗民故老无时无刻不在怀念故宋，并要逐渐接

---

　　①　关于"乐而不淫，哀而不伤"，见《论语·八佾》："子曰：《关雎》乐而不淫，哀而不伤。"朱熹在《诗集传序》中作如下解释："淫者，乐之过而失其正者也；伤者，哀之过而害于和者也。"从表面上看，孔子的评语说的是关雎作为描写男女爱情的诗歌，写欢乐和哀怨很有分寸，写欢乐不涉及淫荡，写哀怨不过是寤寐反侧，不伤于和正，既把欢乐与哀怨的情绪抒写出来，又符合礼仪道德之规定，防止了过与不及。从实际上看，反映了孔子的一条重要的诗学原则和审美标准。孔子对此审美标准还多有论及，如"温柔敦厚，诗教也"（《礼记·经解》），"《诗三百》，一言以蔽之，曰思无邪。"（《论语·为政》），所谓"思无邪"，是说《诗经》"论功颂德，止僻妨邪，大抵皆归于正"（刘宝楠《论语正义》），即达到"发乎情，止乎礼仪"的适度标准。见童庆炳著《中国古代心理诗学与美学》，中华书局，1992年，第45页。

　　②　指德祐二年（1276）正月，元右丞相伯颜率军驻于临安东北皋亭山，宋太后遣使奉玺以降，国亡，大批儒士如梦初醒，纷纷做了遗民。距至元二十三年（1286）十月十五日，吴渭树月泉吟社，以诗齐盟，正好十年。

受宋亡的现实。痛已痛过，恨也恨了，遗民只好在山水之间徜徉，在诗中释放自己，"述往事，思来者"，向往着采薇的日子，系念着渊明当年的心境与挣扎。月泉吟社竞赛诗作中人物意象多取渊明，其次伯夷叔齐，就连王维、谢灵运这样的山水诗人也为月泉吟社诗人所追慕，最后才是杜甫意象。这就是因为月泉吟社的竞赛诗人跳出时代的悲剧，以诗人的眼光来观照那段历史、那次剧变，尽管诗人的心还不平静。鲁迅说过，陶渊明既有性本爱丘山的一面，也有怒目金刚的一面。南宋遗民面对矛盾，也努力学得陶式的矛盾处理法——既向往自然，寻求心灵的憩息，同时也在必要的时候进行宣泄以寻求心灵的疏通。

（四）《月泉吟社诗》中的地理意象等其他意象

《月泉吟社诗》还有几类意象：自然意象、地理意象以及烟、梦、酒三个人造意象，这些意象的运用对抒写遗民情感也有特殊意义。

1. 自然意象

在《月泉吟社诗》中自然意象包括：风、雨、云以及春意象。前三者，是纯粹的自然之物，春是抽象的纯季候意象。

风意象：月泉吟社竞赛诗作多写东风。东风的情感色彩多样，可表示春天的气息，如"寸地不可弃，东风何处无"（联句 忘怀老人），"耕锄晓雨有余地，应接东风无暇时"（联句 自家意思），"东风生意闹，农圃正宜勤"（第五十七名柳州）。东风带给诗人春天的感觉，"老我无心出市朝，东风林壑自逍遥"（第一名罗公福），"桃红李白新秧绿，问着东风总不知"（第三名高宇）。东风也成为时光轮转的标志，东风总伴着春天到来，春去春来，"东风岁岁添新绿，独我霜髯多几茎"（第二十九名朱孟翁）。在诗人笔下，东风也成为岁月流逝的见证,"此境东风元自好,当年金谷事如何?"(第十九名周睐)"已学渊明早赋归,东风吹醒梦中非"(第二十二名高镕)。东风也是历史见证,尤其是人物风采的见证,"桑田沧海几兴亡,岁岁东风自扇扬"(第四十七名临清)。尽管东风是和风,但对遗民来说,春光再好,心中自有忧愁萦绕,挥之不去。"绕畦晴绿弄潺湲,倚杖东风却黯然。往梦更谁怜秀麦,闲愁空自托啼鹃"(第十一名方赏),诗中写出遗民的特殊情结。

除了东风,月泉吟社竞赛诗作还写秋风,如"笑他思着莼鲈者,却感秋风始去官"(结句 傅九万),化用晋代张翰见秋风起,因思吴中菰菜羹、鲈鱼脍,曰:"人生贵得适志,何能羁宦数千里以要名爵乎?"遂命驾归,弃官回家。不过总体看来,东风意象远远多于秋风意象。

雨意象:雨是江南春季最典型的风物。"晓出东郊跨蹇驴,弄晴微雨润如酥。"(第三十七名徐端甫)一场春雨一场长势,万物在春雨的滋润下茁壮成长,"云过催花雨,风收困麦烟。"(第四十一名蔡潭)因为春雨能滋润万物,促进万物成长,所以诗人将春雨称之为"膏雨",如"膏雨初晴布谷啼,村村景物正熙熙。"(第三名高宇)"膏雨平分秧水白,光风小聚药苗肥。"(第六名魏石川)写在雨的浇灌下,乡村庄稼植物长势茂盛,一片生机盎然的景象。"麦风初暖燕争垒,林雨忽晴蛙满塘。"(第五十八名草堂后人)雨声滴滴答,打在树林,滴进池塘,在水面泛起微澜,惊动了青蛙,蛙声应和着雨声,一声声呼朋唤友,蛙声满池,响彻在寂静的田间野外,让人从视觉和听觉上都能感受到春日的热闹、繁忙与充实。"布谷叫残雨,杏花开半村。"(第十三名魏子大)春雨催促生长,还催促成熟与丰收,春雨过后,花开结果,预示着春华秋实的到来。当然,月泉吟社的诗人也将国破的现实和心情写进了春雨中,"只恐春工忙里度,又吟风雨满城秋"①(第十五名蹑云),"晴雨花时游子意,寒暄秧信老农心"(摘句 云水),以风雨暗指政治之颠覆,文化之变迁,时事之艰难,诗人之漂泊。

云意象:有的意象具有特定的象征意义,具有明确的客观定向性,云意象便是象征性意象。象征意象往往熔铸了作者个人的特定情感和独特遭际,将"意"表现为生动、独特、直观的具体形态,不仅使读者在具体可感的具象中准确地捕捉作者的情感,而且还能留下鲜明的印象。久而久之,某种情感与某个具象之间逐渐积淀为稳定的意蕴,以表示某种特定的含义,如梅与孤傲、荷与清高、菊与雅洁、杨柳与离别等。同样地,云所象征的意义较为稳定:

首先,由于白云的飘渺变幻和神秘莫测,以及它的洁白无瑕,与隐逸之士的处世精神相契合,诗人往往喜欢以白云缭绕来表示栖隐的幽寂与闲适。早在陶渊明《归去来兮辞》中就有"云无心以出岫,鸟倦飞而知还"。刘长卿也写道:"如今渐欲生黄发,愿脱头冠与白云"(《酬灵彻公相招》),这些均用白云象征归隐情趣。"倦游归隐白云乡,芳草庭闲昼日长。晋世衣冠门外柳,豳人风俗屋边桑。青林伐鼓村村社,绿水平畴处处秧。未分东风欺老眼,一编牛背卧斜阳"(第九名全泉翁),以"白云乡"喻栖隐之处。又如"平畴水绕径微分,小圃云深景不繁。此处农桑虽是僻,多情莺燕不嫌村。倦眠芳草闲黄犊,静对幽花倒绿樽。见说弓旌方四出,欲更名姓掩衡门"(第三十三名岳重)。

其次,白云飘荡在空中,无依傍,也无定所,与孤独无依、清寂落寞的心情较为吻合。早在南朝时,陶弘景隐于句曲山,齐高帝萧道成问他"山中何所有"时,他就以"山中何所有?岭上多白云。只可自怡悦,不可持寄君"作答。自此,白云意象便经常作为隐居环境的

---

① 或者言:只恐东风忙里度,催租又迫满城秋。

一个不可或缺的意象出现在隐逸诗作中,成为隐逸人格的一部分。"粟爵瓜官懒觊觎,生涯云水与烟腴。晚风一笛麦秧陇,春雨半钼桑柘区。可是樊迟宜请学,肯教陶亮叹将芜。斜阳芳草关情处,更把新诗吊石湖"(第五十六名桑柘区),写出遗民的生活处境如浮云,漂泊不定。在月泉吟社竞赛诗作中"云"意象都带有很强的隐逸色彩。如:

> 片云岂是出山时,曾被东风误一吹。归意不烦啼鸠劝,闲情只许落花知。桑麻穷巷扉长掩,烟火空林秫自炊。栗里辋川非谬计,晴窗子细味渠诗。(第三十四名许元发)
> 犁锄遍野沸耕农,血吻鹃声一树红。哇蟊秧针青剡剡,陇翻麦浪翠芃芃。鸡鸣昼寂花村雨,蛤吠朝寒草岸风。溪外云过横笛乱,微烟野色树笼葱。(第五十名元长卿)

2. 地理意象

《月泉吟社诗》还有一类特殊意象,即地理意象,主要有东皋意象和东郊意象,其次为西山意象①、华山意象和首阳山意象。根据意与象之关系②,本章将重点阐释东皋意象。

"东皋"一词,在台湾版《中文大辞典》解作"东方之水田也",

---

① 西山意象在古代有特殊的内蕴,因此作为典故,西山往往也有特殊情境。
② 魏晋王弼以释《周易》为名发挥意象:夫象者,出意者也。言者,明象者也。尽意莫若象,尽象莫若言。言生于象,故可寻言以观象;象生于意,故可寻象以观意。意以象尽,象以言著。故言者所以明象,得象而忘言;象者所以存意,得意而忘象。犹蹄者所以在兔,得兔而忘蹄;筌者所以在鱼,得鱼而忘筌也。然则,言者,象之蹄也;象者,意之筌也。是故,存言者,非得象者也;存象者,非得意者也。象生于意而存象焉,则所存者乃非其象也;言生于象而存言焉,则所存者乃非其言也。然则,忘象者,乃得意者也,忘言者,乃得象者也。得意在忘象,得象在忘言。故立象以尽意,而象可忘也;重画以尽情,而画可忘也。

《辞源》释为"田野或高地的泛称"。根据汉字单字成义的特点来看，"东皋"一词包含着方位、地形等基本义素。我国古代对东皋就有释义，如李善注《文选》曰："水田曰皋，东者取其春意。"①在我国古代，东皋不仅仅是一个地理方位名词，还是一个被文人创作时广为采用的意象。江淹《陶征君潜田居》："种苗在东皋，苗生满阡陌。"陶渊明《归去来兮辞》："登东皋以舒啸，临清流而赋诗。"隋代大诗人王绩《野望》将东皋意象的意蕴进行了充分发展。王绩自号"东皋子"，作为隋代大儒之后，经历隋唐易代，而最终选择以饮酒为乐，挂冠而去，隐于河汾中，"葛巾联牛躬耕东皋"。王绩的诗气格清峻，一洗初唐俳偶之弊，足见其心之超尘脱俗，可以说是一位彻底归返自然与回复自我的"大隐"。"东皋"进入文人的创作视野主要有以下意蕴：第一，回避现实，"乱世求隐，以避当涂者之路。"以阮籍与陶渊明为代表。阮籍曾把在家闲居、亲历农事的生活称为"躬耕东皋之阳"，他在婉拒出仕邀请的《奏记诣蒋公》书中称："籍无邹、卜之德，而有其陋，猥烦大礼，何以当之。方将耕于东皋之阳，输黍稷之税，以避当涂者之路。"在友人嵇康被杀之后作悼亡诗《咏怀》，其三十四中亦感叹"愿耕东皋阳，谁与守其真"。第二，描写守素抱朴的躬耕生活。王维在《酬诸公见过》中将其入仕之前作为草野之民的生活称为："屏居蓝田，薄地躬耕。岁晏输税，以奉粢盛。晨往东皋，草露未晞。暮看烟火，负担来归。"写自己的半隐生活为"晨往东皋，薄地躬耕"。第三，出世的代名词。苏门四学士之一晁补之在遭贬后，曾于金乡（今山东金乡）营建"东皋五亩宅"，其晚年的闲居词中，题为"东皋寓居"的词

---

① （梁）萧统编《文选》有潘岳《秋兴赋》："耕东皋之沃壤兮，输黍稷之余税"，见《文选》卷十三，岳麓书社，2002年，第409页。

作即有13首之多,还有七绝诗《东皋十首》祖述陶诗之意。作者闲居期间把被迫赋闲家居的事实,转换为任逸出世、超尘脱俗的心灵需求。东皋具有林泉之乐,也不乏乡村田园之趣,这些乐趣为身世沉沦、人生困境开启了另一片新天地。因此东皋具有一般地理名词所不具备的特殊内蕴。《月泉吟社诗》中写东皋意象的诗有:

> 东风转瞩又东皋,久赋将芜力未薅。古木阴深巢燕弱,荒陂水浅怒蛙豪。儿痴方拟半栽秫,身隐尚嫌全种桃。何许蕨薇君欲采,饥眠堪羡华山高。(第十四名喻似之)

> 桑风吹绿满原头,西崦东皋暖气浮。村妇祈蚕分面茧,老农占岁说泥牛。田乌飞逐耕烟狭,桑扈鸣随唤雨鸠。邻叟相邀同社饮,旋将新酒向花篘。(第十七名田起东)

> 东皋雨后土膏肥,凤驾乌犍出短扉。秧水平畴蛙合合,菜花满棱蝶飞飞。比邻社酒欢犹在,墙壁农书事已非。独喜桑麻今正长,渊明归去最知几。(第二十八名方尚老)

在这些诗中诗人的隐逸倾向很明显。第十四名和第二十八名的诗直接用了采薇和渊明的典故,表达远离尘世、渴望归隐的愿望。东皋不光是田野之泛称,更为月泉吟社的诗人提供了一种释放现实重负的理想乐园。东皋所传承的文化内蕴让春日田园诗歌平添了不少隐逸的情思,让现实负荷得到诗意的释放。受其影响,明清之际还出现了以东皋命名的诗社,如东皋社①和东

---

① (清)吴山嘉《复社姓氏传略》卷二《苏震传》载:苏震,嘉定人,为黄淳耀弟子。甲申之变后,隐居不仕,"与陈瑚、诸子俨、陆元辅结东皋社。"海王邨古籍丛刊据木刻版影印,中国书店出版,1990年。

皋诗社①。

3. 人造意象

《月泉吟社诗》中的人造意象除梦意象外，还有三个比较特别的人造意象：烟、梦、酒。烟意象有 19 处，酒意象出现 18 次，梦意象有 11 处。之所以称其为人造意象，因为作为物象，它们的产生离不开人；作为意象，其生成更离不开人。

梦意象：弗洛伊德强调梦中大部分的经历为视象，虽然也混有感情、思想及他种感觉，但总以视象为主要成分，说明了梦具有感性属性。中国人传统思维以形象思维为主导，因此梦常常具有丰富的人文暗示和美学韵味，如"蝴蝶梦"、"骷髅梦"、"熊罴梦"和"兰梦"②等。月泉吟社不少竞赛诗也用"梦"意象，并作出新的诠释：

首先，与梦意象在叙事文体中能起叙事功能的作用不同，月泉吟社竞赛诗作中的梦意象借用典故中的喻意，传承梦意象的文化内涵。月泉吟社竞赛诗作中的"梦"与金谷、麦秀、招魂等典故联系起来。如："午桥萧散名千古，金谷繁华梦一场。"（第四十七名临清）金谷繁华梦，表示繁华难久。"池塘见说生新草，已许吟魂入梦招"（第一名罗公福），前句化用谢灵运诗"池塘生春草，园柳变鸣禽"，后句用屈宋招魂典③。"往梦更谁怜秀麦，闲愁空自托啼

---

① 明崇祯初陈子履始创，清初王之蛟修复旧址，"聘屈大均、陈恭尹、梁佩兰主其中，名曰东皋社。"见民国《番禺县续志》卷四十《古迹一》，转自何宗美著《明末清初文人结社研究》，南开大学出版社，2003 年。

② 详见邹强《早期经典梦意象的审美文化分析》一文。该文认为梦熊和梦兰体现了国人对子嗣的重视。"蝴蝶梦"、"骷髅梦"则体现了国人传统的中和之美、对"优美"的审美追求。《江淮论坛》，2008 年第 1 期。

③ 在沅湘民间，至今仍然流传着为屈原招魂的故事。东汉王逸《楚辞章句》称《招魂》作者是宋玉。

鹃。"(第十一名方赏)用的是"麦秀"之梦。其次,写梦断,暗指现实困境,亡国现实。如:"已学渊明早赋归,东风吹醒梦中非。"(第二十二名骑牛翁)"年来梦断百花场,安分农桑万虑降。"(第十二名邓草径)"轩裳一梦断尘寰,桑柘阴阴静掩关。"(第五十五名九山人)南宋王朝的覆亡,对汉族知识分子来说,不只是一般意义上的朝代兴替。科举废除带来的失落感、民族歧视带来的屈辱感、社会地位沦丧带来的人格和自尊心的贬损,均构成入元士人的心灵创伤和感情激荡,他们眷怀故国,追寻旧梦。

烟意象:宗白华说"风风雨雨,也是造成间隔的好条件,一片烟水迷离的景象是诗境,也是画境。"①烟意象以其特有的迷离朦胧走进诗词世界,传达出生动的古典美学风韵。炊烟是生活的一部分,人看到炊烟会唤起思家之情。炊烟袅袅是夜幕降临时特有的一幕,那是母亲为外出忙碌的亲人准备最从容的一餐,是全家相聚的美好时刻即将来临的序幕,所以烟意象在古典诗词中为文人最喜爱的意象之一。然而在古诗词中,烟意象的基本象征意义是前途茫然和思归之情。

在《月泉吟社诗》中烟分实指和虚指两类。实写的有写厨烟,"褉水戏浮觞白羽,厨烟不禁饭黄精。"(第五十二名戴东老)"厨烟乍熟抽心菜,篝火新干卷叶茶。"(第五十九名君瑞)。写烟村,"野色摇春麦正肥,烟村闲寂往还稀。"(第二十五名槐窗居士)写烟火,"桑麻穷巷扉长掩,烟火空林林自炊。"(第三十四名云东老吟)虚写的有写山烟,以烟营造氛围,"山烟青笠等闲去,沙地乌犍和醉骑。"(第三十一名陈希邵)"露畦烟陌里,名利等秋毫。"(第三十六名观我)"溪外云过横笛乱,微烟野色树笼葱。"(第五十名元

---

① 宗白华著《美学散步》,上海人民出版社,1981 年,第 21 页。

长卿)"熙熙垄亩扇和风,簇簇人烟野意浓。"(第五十四名裘庆陈文增)借烟写水气、雾气。"门巷日高人扫雪,池塘烟涨水流渐。"(第五十一名闻人仲伯)"粟爵瓜官懒觊觎,生涯云水与烟脵。"(第五十六名桑柘区)月泉吟社竞赛诗作将烟与水、雨组合来写的做法较为常见。如"半村飞雨断烟湿,一径落花流水香。"(第二十六名姜仲泽)"犊耕青烧雨,鹤卧碧桃烟。"(第三十名爱云仙友)"云过催花雨,风收困麦烟。"(第四十一名冷泉僧志宁)"小雨杏花村问酒,澹烟杨柳巷巾车。"(第四十三名东湖散人)"花眼界人烟外蚕,麦生涯谷雨余我。"(第四十四名仇近村)"烟连草色迷平野,雨趁鸠声过别村。"(结句 郭建德)

　　烟作为一个经典意象,它在诗词中的出现并不是孤立的,而是与其他意象组合起来,形成一个特殊的意象群。烟,轻柔飘渺,袅袅多姿,徐徐而上,投入无垠的天宇,同浩渺空旷的天体融为一体。烟可以超越空间,引发无数骚人墨客绵绵不尽的遐思。在诗人眼里,无论是天边的一片烟霞,还是大漠里的一柱孤烟,都可以表现自己的内心世界;无论是远处的一段炊烟,还是无边的苍茫烟波,都可以传递诗人的一片心绪。在月泉吟社诗人看来,江南的春日田园,春雨绵绵,丝丝缕缕,在无垠的天空飘洒,将江南的山岚、田野滋润得飘忽不定,如梦如幻。远远望去,是烟?是雨?是梦?是真?朦朦胧胧,让人沉浸其中,不知身在何处。在烟雨的朦胧中,诗人可以什么都不想,静静地感受如诗如梦的画境,也可以放飞思想的翅膀,任由心绪飞扬。对经历了亡国之痛的月泉吟社诗人来说,烟可以给予他们片刻的宁静,也会让他们痛定思痛后,反思人生的烟雨与风暴。"生涯云水与烟脵",道尽了遗民在大难之后对人生的独特感受。相比以上两个人造意象,月泉吟社竞赛诗作中的酒意象寓意较为普通,以生活用品出现。

　　总之,月泉吟社竞赛诗作的意象,在递承了意象传统意蕴的同时,也根据遗民特殊的心绪作了新的阐发。荣格《论分析心理学与诗歌的关系》一文中说:"每一种原始意象都是关于人类精神和人类命运的一块碎片,都饱含着我们祖先的历史中重复了无数次的欢乐和悲哀的残余,并且总的说来始终遵循着同样的路线生成。它就像心理深层中一道道深深开凿过的河床,生命之流在这条河床中突然奔涌成一条大江,而不是像从前那样,在漫无边际而浮浅的溪流中向前流淌"。因此,意象的传统内涵与新内涵总会藕断丝连。

三、月泉吟社竞赛诗作的意象组合

　　《月泉吟社诗》意象很丰富,种类繁多,组合也较为密集。一首诗的意境是由多个意象有机组合而成的,意象的组合除了按照作者抒情时的需要安排外,也还存在一定的规律。目前学界归纳诗歌的意象组合理论主要有两个角度:一是从赋、比、兴的角度分析,二是从意象与意象结合的形式分析。意象的组合与审美主体的艺术修养和天分有关,与审美主体的学识、审美水平有关。意象的组合不是千篇一律,而是多种多样的。陈植锷先生《诗歌意象论》分为并置式、脱节式、叠加式、相交式、幅合式。胡雪岗《意象范畴的流变》从总体上分为有序性组合和无序性组合。有序性组合分为并置式组合、复叠式组合、对比式组合、主体式组合四类。无序性组合分为词句的无序式、交错式组合两类。赵山林《诗词曲艺术论》(1998)则总结为承续、层递、逆推、并置、对比、反讽、辐辏、辐射、交错、迭映等十大结构。也有人将意象的组合归纳为①：并列式组合、递进式组合、对比式组合、衬托式组合。

　　《诗经》的赋、比、兴法不仅留给后人不少作诗的现成思路，而且为历代诗人提供了意象创造的重要方法——意象的组合。可以说，赋、比、兴是早期诗歌意象经营的三种模式。《诗经》中的象，是经过赋、比、兴组合而成的，因此早期的意象组合便是赋、比、兴的模式②。《月泉吟社诗》意象组合主要是在"兴"的创作方法下，意象与意象以并置式组合为主。《征诗启示》要求应征之诗充分体会"杂兴"，吴渭在征诗解题《春日田园题意》时也特意强调《归

---

　　①　张中成先生对意象的各种组合方式进行了浅显易懂的解说，兹列于下：意象的并列式组合是说构成诗歌的意象之间没有主和从、包容与被包容的关系，意象之间是一种平行、并列的关系，共同组合形成诗歌意境。递进式的组合意象之间就存在着时间、空间上的先后顺序，或存在意义上的层进、深入关系。以抽象的思维、意识的流动统率、组合意象。由于原本不相关的群象中贯穿了诗人的思绪，所以意象之间便呈现出一种内在的逻辑生发联系。意象的递进式组合有时还以空间有规律的转换为序，可以是从大到小、从外到内、从高到低等多种形式，即如车轮的辐辏一样，辐条逐渐向车毂集中，这样的组合也可形象地称为辐辏式组合。对比式组合，是指诗的上下联中，以某类性质相反或相对的不同意象组合在一起，借以表达诗意的组合方式。衬托式意象组合是指以一个或多个意象去映衬、垫托中心意象，并通过这种衬托，更加凸显着力刻画的中心意象。衬托式组合中的中心意象和辐射式组合中的中心意象不同，他们的区别是：衬托式组合中的衬托意象不是由中心意象派生、延续、拓展而来的。另外，衬托式组合也不同于对比组合。在衬托式组合中，衬托意象的角色是陪衬、映衬、垫托，不是对比。《古典诗歌意象组合方式新论》，《苏州大学学报》（哲学社会科学版），2005年第6期。

　　②　李健对此问题做了清晰阐述。意象的发生是受《周易》和老庄理论的启发所形成的文艺美学观念，与言意之辨有密切关系。意象发生的这一哲学背景与导源于儒家解诗活动的比兴联系紧密。比兴解诗注重诗的微言大义。在创作上，要求作家艺术家在进行具体的文学艺术创作时有所寄托。比兴的寄托虽然着重强调政治伦理上的寄托，但是从情感寄托的角度和意趣寄托的角度来说，它与"立象以尽意"的思想主旨是同一的。因为政治伦理的寄托也是要求"情动于中而形于言"（毛诗序）的。这样，比兴思维对意象的生成也具有重要的意义。《比兴思维研究——对中国古代一种艺术思维方式的美学考察》，第241页。

去来兮辞》全是赋体却有"木欣欣以向荣,泉涓涓而始流,善万物之得时,感吾生之行休"四句,要求大家在春日田园上做出杂兴,而不是要将"杂兴"二字体贴。所以《月泉吟社诗》的意象选用主要围绕诗之"兴",都在"兴"的宗旨统领下。《月泉吟社诗》意象组合主要有以下特点:

首先,《月泉吟社诗》突出中心意象。几乎每首诗歌都会出现一个中心意象,如渊明(陶亮)、采薇、首阳、杜鹃、桑等。苏珊·朗格在《艺术问题》中说:"艺术品作为一个整体来说,就是情感的意象。对于这种意象,我们可以称之为艺术符号。"人们甚至把艾略特《荒原》视为一个整体意象,在这个整体意象中,作者替人们表达了对生活的评价。可见,意象在抒情达意过程中起的作用,并不一定跟数量上的多寡、出现的频率有关。意象之多少与大小一样,虽有区别,但并无优劣之分。王国维《人间词话》说:"境界有大小,不以是而分优劣。'细雨鱼儿出,微风燕子斜',何遽不若'落日照大旗,马鸣风萧萧'?'宝帘闲挂小银钩',何遽不若'雾失楼台,月迷津渡'也?"境界如此,意象也如此。整体意象和个体意象虽然有别,但是二者却是密不可分的。整体意象有赖于无数个体意象构成,篇意象也离不开其他小意象。苏珊认为"我们可以把其中每一个成分在整体中的贡献和作用分析出来,但离开了整体就无法单独赋予每个成分以意味。"因此,无论是篇意象还是一般的小意象,都需要放在整首作品的大环境下分析,才能展现各自的能量和魅力。渊明意象、杜鹃意象、桑意象都是月泉吟社诗人表达对旧国眷念的大意象。这种情感的抒发也离不开草意象、蛙意象、野老意象等其他小意象。无论大意象还是小意象,对诗歌抒情都起到必不可少的作用。只不过大意象往往点睛,小意象更多的是烘托、营造、积淀、酝酿情感。如"世数有迁革,田园无古今。鸟喧争树暖,牛倦憩墙阴。水活土膏动,风微花气深。渊明千古士,伫立此时心。"(第二十四名安定书隐)诗中用"鸟"、"牛"、"风"、"花"等小意象营造出田园的生活情景,用"渊明"大意象凸显全诗的旨趣,这些意象通过首联"世数有迁革,田园无古今"扭结成一整体。在很多诗歌中均出现了"草"意象,然而"草"意象只是作为一个描绘春景、渲染主题的小意象。

　　月泉吟社竞赛诗作有的表达缅怀旧朝的情怀,也有的表达归隐的情绪,更有对异族入侵、国家灭亡的愤怒。无论归隐还是愤怒或是缅怀,它们之间都不矛盾,正是因为愤怒于现实,所以才会有归隐情思;正是对逝去的留恋,才会拒绝接受现实。因此,在意象的组合上,往往采用大意象表达情感的主调,用小意象表达情感的副调,从而使激愤之情与归隐之意在同一首诗中均得到体现。

　　其次,《月泉吟社诗》意象组合具有浓密的特点①。如:

> 桑田沧海几兴亡,岁岁东风自扇扬。细麦新秧随意长,闲花幽草为谁芳。午桥萧散名千古,金谷繁华梦一场。满眼春愁禁不得,数声啼鸟在斜阳。(第四十七名临清)

诗中的意象有"桑田"、"沧海"、"东风"、"细麦"、"麦秧"、"闲花"、"幽草"、"午桥"、"金谷"(或"繁华梦")、"啼鸟"、"斜阳"、"春愁"共12个。意象的出现往往紧紧并置在一起,如沧海桑田、细麦新秧、闲花幽草、金谷繁华梦,中间不用任何关联词语和修辞手法,形成意象的紧凑、绵密、齐整的抒写效果。

---

　　①　因为《月泉吟社诗》中诗歌来自不同人之手,所以风格不可能完全一样。本章所述,指的是绝大部分诗歌的总体风貌。

　　月泉吟社竞赛诗歌所用意象以植物意象和动物意象为主,其间穿插人物意象、地理意象、人造意象等。草意象常和麦意象、夕阳意象常常一起出现。如"斜阳芳草关情处,更把新诗吊石湖。"(第五十六名桑柘区)"倦游归隐白云乡,芳草庭闲昼日长。……未分东风欺老眼,一编牛背卧斜阳。"(第九名全泉翁)"草地雨长应易垦,秧田水足不须车。白头翁妪闲无事,对坐花阴到日斜。"(第五十九名君瑞)《月泉吟社诗》中烟意象常常和雨水意象组合一起。如"犊耕青烧雨,鹤卧碧桃烟。"(第三十名爱云仙友)"烟连草色迷平野,雨趁鸠声过别村。"(联句 郭建德)"半村飞雨断烟湿,一径落花流水香。"(第二十六名姜仲泽)

　　再次,《月泉吟社诗》意象组合以并置式为主。所谓并置式组合,指的是构成诗歌的意象之间没有主和从、包容和被包容的关系,意象之间是一种平行、并列的关系,共同组合形成诗歌意境。《月泉吟社诗》的意象常常也以对称形式出现:

　　　　　麦畴连草色,蔬径带芜痕。布谷叫残雨,杏花开半村。
　　(第十三名魏子大)

　　　　　秧肥蝌斗动,桑暗鹁鸠呼。罢社翁分胙,占蚕媪得符。
　　(第八名倪梓)

在第十三名的诗中,麦、草、蔬、布谷、残雨、杏花、村庄都是田园的生物,各自独立,互不相关,它们在诗中只是作为描绘春日生机勃勃的因素出现。麦、草、杏花、蔬菜给人清新美丽的感觉,布谷叫声显示了田园的宁静,残雨写明时间。这些意象并列地组合在一起,描绘出田园的宁静美好。第八名的诗用秧苗、蝌蚪、桑树、鹁鸠、老翁、蚕媪写田园的生意盎然,动静结合,凸显春天万物成长的生机和活力。这些意象都是并列的，不存在意义上的对比、递进，句与句在意思上也是并列的，没有先后、轻重之分。又如：

> 野水浑边戏乳鹅，疏篱缺处晒耕蓑。草青随意牛羊卧，门静无人燕雀多。夫倦倚犁需妇饁，翁欢击壤和孙歌。新来别有营生计，又喜巡檐住蜜窠。（第二十三名天目山人）
>
> 一段佳山水，芳时事正妍。犊耕青烧雨，鹤卧碧桃烟。社老邀尝煮，邻僧伴摘鲜。莫嫌陶令拙，农圃得余年。（第三十名爱云仙友）

这些诗的句子与句子都是平行并列的关系，不存在意义上的递进，只不过按照音韵格律安排，在物象的选取上则显得较为对称、整齐。

第四，《月泉吟社诗》中意象有少数辐辏式组合。所谓辐辏式意象组合，指的是诗歌意象犹轮辐之聚轴心。陈植锷先生把辐辏式列为辐合式意象组合之一种，并且认为所谓轴心就是指中心意象。因为吴渭征诗时在解题中说道："所谓田园杂兴者，凡是田园间景物皆可用，但不要抛却田园，全然泛言他物耳。……此题要就春日田园上做出杂兴。"所以月泉吟社竞赛诗歌中多采用点睛之法，把诗人创作的初衷予以点明，诗歌的主题旨趣相对集中，意象则主次分明。如：

> 蛙声似吹雨初足，桑椹欲红风始和。少妇每忧蚕利薄，老夫惟喜秧苗多。旧栽花木山莺识，新买陂塘野鹭过。此境东风元自好，当年金谷事如何？（第十九名识字耕夫）

蛙声、桑椹、少妇、老夫、花木、山莺、野鹭等意象都是具体描述性的,诗中"此境"是指前面意象所营造出的整体艺术效果。该诗主旨不独在描绘田园的美好,而是透过美好表达好景不长、今非昔比的感叹,"金谷"才是诗的中心意象,而其他意象只作铺垫衬托"金谷"意象,向主旨聚拢。虽然这种组合方式在《月泉吟社诗》中不多见,但还是有一些。如:

世事不挂眼,寄情农圃中。锄犁冲晓雨,杖屦立东风。芽谷验仁脉,浇花趣化工。独余真意味,浊酒自烧菘。(第四十六名陈鹤皋)

绕畦晴绿弄潺湲,倚杖东风却黯然。往梦更谁怜秀麦,闲愁空自托啼鹃。犁锄相踵地力尽,花柳无私春色偏。白发老农犹健在,一蓑牛背听鸣泉。(第十一名方赏)

世数有迁革,田园无古今。鸟喧争树暖,牛倦憩墙阴。水活土膏动,风微花气深。渊明千古士,伫立此时心。(第二十四名安定书隐)

另有一类对比式,如:

平畴水绕径微分,小圃云深景不繁。此处农桑虽是僻,多情莺燕不嫌村。倦眠芳草闲黄犊,静对幽花倒绿樽。见说弓旌方四出,欲更名姓掩衡门。(第三十三名岳重)

雨后散幽步,村村社鼓鸣。阴晴虽不定,天地自分明。柳处风无力,蛙时水有声。几朝寒食近,吾事及躬耕。(第十八名白湛渊)

"此处农桑虽是僻，多情莺燕不嫌村。""柳处风无力，蛙时水有声。"地僻之农桑与不嫌村的莺燕进行对比，显示莺燕的多情，不攀荣附贵，这正是遗民所提倡的精神。"风无力"与"水有声"进行对比，一静一动；"阴晴不定"与"天地分明"进行对比，一暗一明。这种对比的组合往往突出的是后者，诗人用水声写春之声，用天地分明写春日的明媚和春日田园的特色。对比式的意象组合，有的学者将其归入并置式组合之一，有的学者则将其单独列出来①。

　　综上所述，月泉吟社以《春日田园杂兴》为题征诗四方，决定了月泉吟社诗歌具有田园诗性质，表现为意象多选取田园风物。尽管所选意象均为田园诗的传统意象，月泉吟社诗人却赋予了它们新的内涵。如：杜鹃意象象征亡国；燕子意象侧重于守约恋旧、不忘旧巢、坚守节操；蛙声不再是报丰收的使者，而是在怒号；还有野老意象中的淡定、从容；东皋意象中隐逸的情思等。月泉吟社竞赛诗作虽然出自86位诗人之手，风格各不同，但鉴于吟社主事者的统一征诗要求，诗歌总体上还是有不少相同之处，如：诗中追求"杂兴"，思隐之情成为绝大多数诗歌情感主调，意象的选取多为田园风物，意象的组合以并置式为主，夹有辐辏式等。

---

　　①　需要特别说明的是，意象的组合没有定论，即使同一首诗歌，不同的学者分类也不同。如杜甫《绝句》："两个黄鹂鸣翠柳，一行白鹭上青天。窗含西岭千秋雪，门泊东吴万里船。"陈植锷先生将其归入联幅式组合（即幅合式组合之一），台湾师范大学的陈满铭先生则归为并置式。

第五章　月泉吟社征诗宗旨和
竞赛诗作的情思内涵

月泉吟社举行征诗比赛是在至元二十三年（1286），此时与南宋灭亡正好相隔十年。在这十年里，汉人的地位和尊严一落千丈：世祖视汉人"惟务课赋吟诗，将何用焉？"①元江南释教总统杨琏真伽发掘会稽南宋六帝陵寝（1278）。元法禁止汉人持弓矢（1279）。"蒙古人打汉人不得还"②（1283）。……这十年间，抗元的斗争一直不断：谢枋得③兵败潜入福建，访遗互勉，继续斗争（1276）。义士程楚翁、谢翱散家资以抗元。文天祥移军漳州继续斗争（1277），被元军执于广东海丰五坡岭（1278），押至大都（1279）英勇就义（1286）。陆秀夫组织宋军海上抗击元军，厓山败后，背负宋幼帝蹈海死，誓死捍卫君权和尊严（1279）。陈允平约苏刘义等三十余人谋复宋（1278）④。陈吊眼漳州聚众数万反元（1280）。黄华复聚众数十万反元，闽中大震（1283）。陈巽四永康谋反元（1286）。刘汝钧、连文凤率儒士五十余人为徐应镳举丧（1286）。……这十

---

①　1279 年，同签书枢密院事赵良弼言宋亡江南士子多废学，宜设经史科以育人才。世祖曰："高丽，小国也。匠工奕技，皆胜汉人。至于儒人，皆通经书，学孔孟，惟务课赋吟诗，将何用焉？"

②　1283 年，元刑法规定：诸蒙古人与汉人争，殴汉人，汉人勿还报。

③　1289 年，谢枋得绝食而死。

④　《四明丛书》第七集中所引张寿镛《西麓诗稿序》。

年间,文人结社不断涌现,互动频繁:戴表元为首的台州遗民群体形成(1276)。平江遗民举行九老诗会,历时十又二年(1278)①。王镃与尹绿坡等遗民共创月洞诗社(1279)②。谢翱、林景熙、唐珏会稽结汐社(1279)③。周密等十四人越中结社,后汇其赋咏为《乐府补题》(1279)。周密、仇远、白珽等十四人宴集唱于杨氏池堂(1286)④。熊升、陈焕始倡龙泽诗社,一会至数百人(1286)⑤。在故都临安就已经有不少诗社了,如清吟社、白云社、孤山社、武林社、武林九友会等⑥。在这个特殊的时期,吴渭仿照范成大诗题《四时田园杂兴》,以《春日田园杂兴》为题,广泛征诗,响应者风云集会。一个颇具田园风味的诗题,为何在宋亡之初的遗民之间产生如此大的反响? 这田园牧歌式的征诗题意背后有怎样的意趣呢?

---

　　① 据《元诗纪事》卷七引《湖南通志》、《同治平江县志》卷四十二《人物志》,及卷八《地理志》。
　　② 据厉鹗著《宋诗纪事》卷八十,及《四库全书·集部·别集类》王镃《月洞吟》卷首。
　　③ 据邵廷采著《思复堂文集》卷三《宋遗民所知传》。
　　④ 据戴表元《剡源戴先生文集》卷十《杨氏池堂宴集诗序》:"……日从之游。及是,公谨以三月五日,将修兰亭故事,合居游之士凡十有四人,共宴于曲水。……于是坐中之壮者茫然以思,长者愀然以悲,……得其韵为古体诗若干言,得其韵为近体诗若干言,群篇鼎城,咸有伦理,是庶几托晋贤之达而泛郑风之变也已矣。"其思其悲,咸"寓遗黎之痛"(夏承焘语)。
　　⑤ 据赵文《青山集》卷六《熊刚申墓志铭》:"丙戌,与尧峰(陈焕)倡诗会,岁时会龙泽徐孺子读书处,一会至二百人,衣冠甚盛,觞咏率数日乃罢。……邻郡闻之,争求其韵赓和,愿入社。"
　　⑥ 据《月泉吟社诗》别注。

一、《春日田园杂兴》之题"趣"

　　月泉吟社征诗之题《春日田园杂兴》来自范成大的《四时田园杂兴》,《诗评》明确表示"春日田园杂兴,此盖借题于石湖"。范成大的《四时田园杂兴》是中国诗歌史上规模最宏伟、体系最完整、内容最丰富的田园组诗,共六十首,分为春日、晚春、夏日、秋日、冬日五组,每组都由十二首七言绝句构成。组诗生动全面地表现了农民的劳动生活、农村的田园风光和风土人情,展示了农村生活中种种不幸和苦难。《四时田园杂兴》与以往的田园诗很不相同,奠定了范成大在田园诗史上的地位。中国古代田园诗尽管始自《七月》,文人笔下却有两大系统:其一,由陶渊明开创的,由唐代王维、孟浩然等人继承并发展的田园诗,通常被视为田园诗的正宗主脉。此类田园诗表达诗人人格的淳朴超俗,描绘田园风光的静谧纯净,倾吐诗人躬耕的体验等,均以展示隐居田园的逸乐,抒写人与自然的和谐融洽为旨趣,均侧重佛道人生观及价值取向。其二,唐代中叶以后新乐府运动中兴起的"悯农诗"、"田家词"。这些诗重在反映农民命运的悲惨和农村生活的艰辛,格调灰暗冷峻,充满嘲讽和批判精神,创作思想代表着儒家诗学中批判现实和言志载道的观念。在中国古代田园诗中,诗歌主旨无论是追求淡泊闲适,表现士大夫情趣,还是强调社会批判、以言志载道为主旨,都缺少对风土民俗或古老朴实的乡村文化的关注;无论是陶渊明聊为陇亩之民,负耒躬耕,还是王维、孟浩然等人写鸡犬、桑梓、豆麦,抑或是新乐府诗人惟歌生民病,都脱离不了精英的文化品位。只有范成大是用田园来表现农民的精神风貌和文化心态,这是其他田园诗所无法企及的。所以,范成大被钱锺书誉为"中国田园诗的集大成者"。

　　田园诗歌创作,在吴渭面前有两大里程碑式的人物:陶渊明和范成大。月泉吟社征诗选范成大的诗题,却没选陶渊明的诗题,笔者认为原因主要有:

　　第一,范成大与陶渊明的田园诗歌不同。首先,范式田园与陶式田园不同。范成大的田园诗真实地、用心地表现田园生活的苦。如:"采菱辛苦废犁锄,血指流丹鬼质枯。无力买田聊种水,近来湖面亦收租。"描写种菱农民被剥削的痛苦。"不惜两钟输一斛,尚赢糠覆饱儿郎。黄纸蠲租白纸催,皂衣旁午下乡来",写官府剥削的刻毒、农民生活的惨苦。陶渊明的田园诗则更多地描写诗人的田园世界,诗歌中的田园极为平常,土地、草房、榆柳、桃李、村庄、炊烟、狗吠、鸡鸣等物象营造出的是恬静幽美、清新喜人的氛围,陶式的田园多少带有世外桃源的影子。所以范成大的田园是真实客观的,陶渊明笔下的田园是艺术化了的田园。其次,陶式田园诗重神韵,后人难以企及。相比起陶式,范式田园诗重在写实,所以易为后人学习与效仿。范成大的《四时田园杂兴》突破了历来田园诗注重山野风景,寄寓隐逸思想的樊篱,从生活中汲取素材,全方位地描写农村生活的面貌,形成了自己独特的风格,而且还生动真实地写出农民的喜怒哀乐,把景、情与社会紧密相连,犹如一幅农村生活长卷。再次,作为征诗的题目,就如今天的考试题目,难易要适中,既要让大家觉得有能力把握,又要让俊秀之才脱颖而出。所以,吴渭选择了同为南宋的诗人范成大的诗歌题目作为此次征诗比赛的"试题"。

　　第二,范成大与陶渊明的经历不同。范成大曾经出使过金朝,在情感上与遗民易产生共鸣。据岳珂《桯史》及《宋史》本传载①,孝宗后悔于"隆兴再讲和,失定受书之礼",故"迁成大起居郎,假资政殿大学士,充金祈请国信使"。丞相虞允文推荐的人选有两个:大臣李焘或范成大。李焘死活不肯,认为要是现在让他去出使金国,那等于是丞相杀他。范成大却毅然请行。范成大并不是不知道前途叵测,在回答孝宗时说,无故遣使,而且还要私人进奏,对于金国来说,相当于挑衅,想必轻则拘留,重则杀戮,不过,臣已经立了后嗣,家事也都已经安置完毕。范成大做好了一去不回的打算,表现出英雄的气概和胆量。到达金廷朝见金主世宗完颜雍时,范成大毅然上呈南宋请求归还陵寝的国书,慷慨陈词。面对金廷拘留、杀头、驱逐的威胁,范成大凛然不惧,赋诗明志"提携汉节同生死,休问羝羊解乳不?"(《会同馆》)范成大将自己的性命置之度外,在强势的敌国朝廷抗节不屈,坚持立场,虽然"二事皆无成功"却"竟得全节而归"。这种无畏的气概,令人钦佩,更令遗民引以为豪,视为榜样。范成大面对异族时表现出的浩然正气和诗歌创作中的爱国精神激励着南宋遗民,所以在陶渊明和范成大之间,吴渭选择了范成大。

对陶、范之选择及其缘由,吴渭在月泉吟社征诗时也特意作了解释:

> 所谓田园杂兴者,凡是田园间景物皆可用,但不要抛却田

---

① 宋在高宗时期与金达成屈辱的绍兴和议,宋奉金为叔,自认为侄儿,使者使金,都必须行跪拜之礼,对于一个国家来说,这不可不谓奇耻大辱。因此,宋孝宗继位之后,对这种耻辱的仪式耿耿于怀,总想改变它,但由于南宋的国力弱,又不足以公开决裂,于是希望通过外交手段进行斡旋。南宋朝廷的计划是正式向金方提出归还河南北宋诸帝的陵寝之地,而改变屈辱的受书仪式这一条,不作为官方的要求写进书面,只是作为使臣的个人要求向金方提出,如果成功固然更好,如果不成,那么最多是使臣个人承担后果,不至于破坏两国之间的外交关系。

园,全然泛言他物耳。《归去来辞》全是赋体,其中"木欣欣以
向荣,泉涓涓而始流,善万物之得时,感吾生之行休"句,正属
兴。此题要就春日田园上做出杂兴,却不是要将"杂兴"二字
体贴。只为时文气习未除,故多不体认得此题之趣,识者当自
知之。(《月泉吟社·春日田园题意》)

短短的解题之语虽只有百来个字,却提出征诗的主旨和要求。首先
"不要抛却田园",要求应征者扣住"田园"二字,揭示了此次赛诗实
质上是田园诗歌比赛。凡是田园间的景物均可写,田园风物固然种
类繁杂,可以据所好择其一二,但是不可写成咏物诗,因为题趣明言
不可"全然泛言他物耳"。仅限一物进行创作的作品在古代有很多,
如《咏鹅》、《蝉》等都是写田间风物,尽管也能表现诗人的心声,它们
却不是田园诗,而是咏物诗。月泉吟社征诗题趣着重强调的是田园
诗,而非咏物诗,要求诗人营造出田园的整体氛围,写田园诗题材,
"形容模写,尽情极态,使人诵之,如游辋川,如遇桃源,如共柴桑墟
里。"(《诗评》)其次"要就春日田园上做出杂兴,却不是要将'杂兴'
二字体贴",要求应征的诗歌落脚在"杂兴"二字上,即诗歌的旨趣要
求在诗歌之外,就像陶渊明的《归去来兮辞》,尽管全是赋体,篇中却
闪现了诗人对人生的感悟。吴谓诸公在要求"落脚"在杂兴的同时,
又规定不能全部为杂兴而写。所谓不能将"杂兴"二字"体贴",就
是提醒应征者不要"只顾"杂兴,否则"相去益远矣"(《诗评》)。

　　吴渭将此次征诗首先定位为田园诗歌赛,其次才是求得"兴
趣",明确指出"作者固不可舍田园而泛言,亦不可泥田园而他及。
舍之则非此诗之题,泥之则失此题之趣。"(《诗评》)范成大的田园
诗洋溢着泥土和血汗气息,真正做到了全面而真实、客观地再现田
园生活,此点正是吴渭选范成大题的重要原因之一。吴渭等还强

调"真正之杂兴",要求在情景的关系处理上,情景交融,以景为主,情由景发,情应触物生情自然而然地感发,"有因春日田园间景物感动性情,意与景融,辞与意会,一吟风顷,悠然自见"(《诗评》)。吴渭认为唯有这样才能做到真正意义上的杂兴,通过对"杂兴"二字的反复阐明,对范式诗题进行补充和限定。

吴渭解题的原因是"只为时文气习未除",强调竞赛者要注意有别于当下的文风。所谓"时文",指的是南宋末以来的诗文。南宋末年的整个诗坛在江湖派的主导下,处处显示一派衰暮之气。"四灵而后,以诗为诗,故月露之清浮,烟云之纤丽。"(方凤《仇仁父诗序》)"掇拾风烟,组缀花鸟,自谓工且丽,索其义蔑如。"(林景熙《王修竹诗集序》)"则以风云月露、草木禽鱼之状,补凑而成诗。"(方回《赵宾旸诗集序》)题材的单一,内容的狭小、浅俗、空洞,促成了诗风浮弱纤弱,气格卑弱狭窄。在宋元之际乃至入元后的一段时期,四灵、江湖诗风在整个诗坛有着较大的影响,如方回《滕元秀诗集序》云:"近世为诗者,七言律宗许浑,五言律宗姚合,自谓足以符水心四灵之好,而斗钉粉绘,率皆死语哑语。"张之瀚《跋王吉甫直溪诗稿》:"近时东南诗学,问其所宗,不曰晚唐,必曰四灵;不曰四灵,必曰江湖。盖不知诗法之弊,始于晚唐,中于四灵,又终江湖。"(《西岩集》)从上述诸人的批评中我们也可看出,遗民诗人正视宋代诗歌的不足,并为改变不足而努力,才有了宋元易代之际诗歌的发展。正如钱谦益《胡致果诗序》中所说:"宋之亡也,其诗称盛。"[1]黄宗羲所认为:"文章之盛,莫盛于亡宋之日。"[2]刘辰翁则

----

① (清)钱谦益著《有学集》卷十八,《钱牧斋全集》五,上海古籍出版社,2003年,第800页。

② (清)黄宗羲撰《谢翱年谱游录注序》,陈乃乾编《黄梨州文集》,中华书局,1959年,第320页。

说得更明确:"科举废,士无一人不为诗,于是废科举十二年矣,而诗愈昌。前之亡,后之昌也,士无不为诗矣。"①在社会转型过程中往往会伴随着文学创作的革新,吴渭、方凤、谢翱诸公站在宋元易代的时代高度,借月泉吟社征诗之机,要求应征诗作不落宋末诗坛俗套。正是有了宋遗民的总结和尝试,南宋文学到元代文学的发展与嬗变才得以顺利进行②。清代贺裳在《载酒园诗话》中直言道:"尝叹诗法坏而宋衰,宋垂亡诗道反振。"宋季诗坛的衰气,随着家国的沦亡意外地得到了涅槃,诗歌也开始了崭新的历程。

二、月泉吟社竞赛诗作的情思内涵

《月泉吟社诗》出自 86 位诗人之手,但由于是竞赛之作有共同的题目和要求,这些诗在内容主旨上基本趋同,具体如下:

第一,注重田园风物和农家生活的描写。吴渭不仅在《春日

---

①　(宋)刘辰翁撰《程楚翁诗序》,《须溪集》卷六,豫章丛书本。

②　关于遗民诗人在宋元诗歌史上的转型角色和作用,钱谦益对南宋遗民诗歌的评说可谓一语道破:"唐之诗入宋而衰。宋之亡也,其诗始盛。皋羽之恸西台,玉泉之悲竹国,水云之茗歌,《谷音》之越吟,如穷冬沍寒,风高气慄,悲噫怒号,万籁杂作,古今之诗莫变于此时,亦莫盛于此时。"以文天祥为例。钱钟书先生在《宋诗选注》如此评价文天祥创作之路的变化:"文天祥(1236——1283),字履善,一字宋瑞,自号文山,吉水人,有《文山诗集》、《指南录》、《指南后录》、《吟啸集》。这位抵抗元兵侵略的烈士留下来的诗歌决然分成前后两期。元兵打破杭州、俘虏宋帝以前是一个时期。他在这个时期里的作品可以说全部都草率平庸,为相面、算命、卜卦等人做的诗比例上大得使我们吃惊。比他早三年中状元的姚勉的《雪坡舍人稿》里有同样的情形,大约那些人都要找状元来替他们做广告。他从元兵的监禁里逃出来,跋涉奔波,尽心竭力,要替宋朝保住一角山河、一寸土地,失败了不肯屈服,拘囚两年被杀。他在这一个时期里的各种遭遇和情绪都记载在《指南录》《吟啸集》里,大多是直抒胸臆,不讲究修辞,然而有极沉痛的好作品。"如同文天祥的转折一样,南宋的遗民诗人都经历了这样的质变。

田园杂兴》解题中要求诗作"不要抛却田园",必须描写田园风物和农家生活,而且在《诗评》中强调"形容模写,尽情极态",限定竞赛诗作的题材和风格。围绕这些要求,月泉吟社诗人以田园景物和风情为主要创作对象,以恬淡、自然、质朴的笔墨着重描写农村的风土人情,田园的花草树木、飞禽走兽。按照入诗频率来看,写得最多的是花,然后依次是桑、秧、草、水、麦、柳,这些都是江南田园最常见的、最普通的,也是江南春日乡村生机和生命的最强音:花遍地开,草遍野地长,水淙淙地流。桑是春蚕生命延续依赖的粮食,秧是农家生活的来源,麦是一年收成的维系物,柳更是江南春日多情曼妙的身影,它们都是江南春日不可或缺的要素。芳草是江南春天的衣,花是江南春天最美的饰品,秧和麦是田园生活的从容和快乐源泉,杨柳是江南春日的妩媚与多情。月泉吟社的诗人抓住江南春日的特色,淋漓尽致地描摹,充分展现江南的气息和春日的魅力。除了大量将乡村植物入诗外,飞禽走兽也为月泉吟社诗人喜爱。诗人写得最多的是牛,其次为蚕、莺、燕、鸟、蛙、犬、蝶、杜鹃。在意象的布局上,月泉吟社诗遵循"形容模写,尽情极态"的要求,并不追求意象数量上的平衡,而是依从主旨表达的需要来安排,如:

　　　　芳草东郊外,疏篱野老家。平畴一尺水,小圃百般花。(第四名仙村人)

　　　　野水浑边戏乳鹅,疏篱缺处晒耕蓑。草青随意牛羊卧,门静无人燕雀多。(第二十三名天目山人)

　　　　鸟喧争树暖,牛倦憩墙阴。水活土膏动,风微花气深。(第二十四名安定书隐)

　　　　野色摇春麦正肥,烟村闲寂往还稀。未多桑叶蚕初浴,更

小茅茨燕亦飞。行市绿蛆花泼眼，卧依黄犊草侵衣。数声桐角归来晚，杨柳移阴月半扉。（第二十五名槐窗居士）

东皋雨后土膏肥，凤驾乌犍出短扉。秧水平畴蛙合合，菜花满棱蝶飞飞。（第二十八名方尚老）

晓出东郊跨寒驴，弄晴微雨润如酥。犬依桑下乌犍卧，鸠杂花间黄鸟呼。（第三十七名徐端甫）

桑眼蓦含青蕾小，麦须虾磔翠芒轻。黄花菜圃午风软，绿水秧畦春野平。芳树几声鸠雨过，苍苍柳色弄烟晴。（第五十名元长卿）

犁锄遍野沸耕农，血吻鹍声一树红。畦蠢秧针青刿刿，陇翻麦浪翠芄芄。鸡鸣昼寂花村雨，蛤吠朝寒草岸风。溪外云过横笛乱，微烟野色树笼葱。（第五十名元长卿）

这些诗将自然物象入诗，如鹅、燕、雀、牛、蚕、犊、蝶、鸟、麦、鸡等。《月泉吟社诗》还将农家事入诗，如养蚕、采茶、种瓜、挑薪、卖菜等田园劳作入诗，如：

青篛闲耕雨，红裙斗采茶。村村寒食近，插柳遍檐牙。（第四名仙村人）

护撒秧畦须拥水，辟栽蔬圃更隄川。（第五十一名闻人仲伯）

儿结蓑衣妇浣纱，暖风疏雨趱桑麻。金桃接种连花蕊，紫竹移根带笋芽。椎鼓踏歌朝祭社，卖薪挑菜晚回家。（第四十八名感兴吟）

东风生意闹，农圃正宜勤。稻种开包晒，菊苗依谱分。畤西晓耕雨，舍北莫锄云。（第五十七名柳州月泉）

白粉墙头红杏花,竹枪篱下种丝瓜。厨烟乍熟抽心菜,篝火新干卷叶茶。(第五十九名君瑞)

诗歌处处洋溢着农家的生活气息。有抽心菜、卷叶茶等农家风物,有种丝瓜、开苞晒等农活;有寒食将近,家家户户忙着"插柳遍檐牙"的忙碌,有撒秧苗、种蔬菜时要"护撒秧畦须拥水,辟栽蔬圃更隄川"等忙活,这些描述都极为真实、细致,读来让人感受到迎面而来的泥土气息,令人不禁想起了《豳风·七月》。清·方玉润在《诗经原始》中指出:"《七月》所言皆农桑稼穑之事,非躬亲陇亩,久于其道,不能言之亲切有味也如是。"月泉吟社中有些作者因为本身就是农夫,对农家活计很熟悉,他们精耕细作、春种秋收,平凡却踏实地生活,"躬耕自得莘郊乐。"(第三十九名樵逸山人)《月泉吟社诗》对田园写实的追求,更接近范成大田园诗"纤悉毕登,鄙俚尽录,曲尽田家况味"①,而与陶渊明田园中"常著文章自娱,颇示己志","衔觞赋诗,以乐其志"(《五柳先生传》)相去甚远。

第二,抒写对隐逸生活之憧憬和农家赋税之慨叹。在农家劳作和生活的描写中,诗人采用现实的手法进行客观反映,其中不乏农家赋税的慨叹。如:

"谁家酒熟社公醉,明日桑空蚕妾愁。只恐春工忙里度,催租又迫②满城秋。"(第十五名蹑云)

---

① (清)宋长白《柳亭诗话》卷二十二,引王载南语评价范成大诗"纤悉毕登,鄙俚尽录,曲尽田家况味",续修四库全书,集部,诗文评类,第一七○○册,上海古籍出版社,2002年,第330页。

② 据咸丰本《月泉吟社诗》记载,春工一作东风;又吟风雨一作催租又迫。

"少妇每忧蚕利薄，老夫惟喜秫苗多。"（第十九名识字耕夫）

"前村犬吠无他事，不是搜盐定榷茶。"（第四十八名感兴吟）

江南农村主要农活是种桑养蚕、种麦种秫、种茶治茶，其中养蚕和种茶是主要的经济来源。蚕妇见桑树的长势不好，忧虑养蚕，忧虑一年的收成，即便收成好，日子也不见得能有多大的改观，因为要交租交税。"只恐春工忙里度，催租又迫满城秋。"写春日忙活，劳动果实却要归入官仓。"少妇每忧蚕利薄"，写养蚕本为养生，却因要交官税所剩无几。

遗民创作田园诗时并不能完全忘怀世事，清四库馆臣评价其"多寓遁世之意"，从不少诗歌中我们可以感受到诗人的无奈，以及在无奈的现实面前力图超脱，所以竞赛诗作中隐逸型意象远远高于爱国型意象。《月泉吟社诗》中直接抒发隐遁之意的诗歌也有不少，如：

老我无心出市朝，东风林壑自逍遥。（第一名罗公福）

行歌隐隐前村暖，忽省深山有蕨薇。（第六名子进分水魏石川）

倦游归隐白云乡，芳草庭闲昼日长。（第九名全泉翁）

洛中富贵斜阳恨，绵上勋劳千古思。浩兴归来吟不尽，陶诗和后和豳诗。（第十名吕澹翁）

白发老农犹健在，一蓑牛背听鸣泉。（第十一名方赏）

吾生老农圃，世事付儿孙。但遇芳菲景，高歌酒满樽。（第十三名魏子大）

　　世数有迁革,田园无古今。……渊明千古士,伫立此时心。(第二十四名安定书隐)

　　独喜桑麻今正长,渊明归去最知几。(第二十八名方尚老)

　　莫嫌陶令拙,农圃得余年。(第三十名爱云仙友)

　　见说弓旌方四出,欲更名姓掩衡门。(第三十三名岳重)

　　读罢归来赋,临风欲和陶。(第三十六名观我)

诗人感叹"无心出市朝",向往"自逍遥"的日子,"一蓑牛背听鸣泉","世事付儿孙",只想在芳菲景色中"高歌酒满樽"。这些隐逸无争的思想源于"弓旌方四出"不平静的现实,以及在现实中的无奈"倦游"给诗人心灵造成的感受。"渊明千古士,伫立此时心",诗人普遍把陶渊明引为知己,或学其急流勇退,或学其田园诗创作。

　　第三,抒发亡国痛楚之悲吟。亡国之痛的悲吟历史悠久,从"我徂东山,慆慆不归"之怨诉,到"死去原知万事空,但悲不见九州同"之眷顾,直至"来孙却见九州同,家祭如何告乃翁"(林景熙)的绝望。尽管朝代的更替在南宋遗民以前并非少见,但华夏内部的换代与夷夏之间的易代有着本质区别。王国维先生说:"殷周间之大变革,自其表言之,不过一姓一家之兴亡与都邑之移转;自其里言之,则旧制度废而新制度兴,旧文化废而新文化兴。"①月泉吟社诗人面临的是以夷代夏的现实,蒙元民族来自草原,文明程度远不如汉族,极为强悍,尤其面对抵抗时,动辄

---

　　① 王国维撰《殷周制度论》,《观堂集林》(二),中华书局,1959 年,第 453 页。

屠城①。刘壎形容战争的惨况："……痛念癸酉(咸淳九年,1273)之春,樊城暴骨,杀气蔽天,樊陷而襄亦失矣。……阳罗血战,浮尸蔽江,未几上流失守,国随以亡,乃与南唐无异,悲夫!"(《答友人论时文书》)这样的民族入主中原进行统治,汉族知识分子感到前所未有的悲哀和恐惧。宋元易代的现实给南宋知识分子空前的失落,谢枋得深深慨叹:"嗟乎! 五帝三王相传之真谛竟灭于诸儒道学大明之时,此宇宙间大变也。"②对汉族人来讲,宋元易代将面临着国家易主,文化危机,所以谢枋得有乾坤颠倒、世界末日之感。亡国之痛本就叫人心绪纠结,面对着生灵涂炭,民不聊生,山河破碎的局面,文人更是心如刀割。月泉吟社竞赛诗作虽是田园诗,同样流露出亡国之恨的痛楚悲吟,如:

> 忙事关心在何处,流莺不听听啼鹃。(第二名司马澄翁)
> 春风建业马如飞,谁肯田园拂袖归。……吴下风流今莫续,杜鹃啼处草离离。(第七名栗里)
> 化日村田乐,春风耕织图。秧肥蝌蚪动,桑暗鹁鸠呼。罢社翁分胙,占蚕媪得符。傍花随柳处,此事不关吾(第八名倪梓)

杜鹃的声声泣血悲鸣总能把遗民拉进悲情的世界中,田园再宁静、

---

　①　据不完全统计,蒙元在征服过程中主要所屠之城不下五十多座,如成吉思汗攻陷金国都城中都时,铁木真和他的继承者在征服西夏时,旭列兀(拖雷的儿子,忽必烈的兄弟)攻克巴格达时。尤其是元军将领伯颜攻克常州城时,20 万大军却遭到了 2 万多名义军(民兵)顽强的抵抗。经多日对峙,城内义军全部牺牲,就连由 500 名和尚组成的和尚兵也无一幸存。城破后,伯颜一边感叹常州乃"纸城铁人",一边下令屠城,最后常州城内"止有七人,伏于桥坎获免。"
　②　(宋)谢枋得撰《东山书院记》,《叠山集》卷三,文渊阁四库全书本。

再美丽,诗人也不能沉醉其中,毕竟"守拙归园田",并不能慰藉诗人空虚的精神世界。"东风转瞩又东皋,久赋将芜力未薅。古木阴深巢燕弱,荒陂水浅怒蛙豪。"仿佛自然界也能感受时事的剧变,人世间的悲剧。"无穷怀抱风和畅,不尽形容雨发生。试问封侯万里客,何如守拙晋渊明。"(第三十八名龟潭)处境恶劣,人又怎能不为所困呢? 正如《诗大序》所言:"以一国之事,系一人之本。"深受传统儒家思想影响的遗民早已将国视为家,以爱家的姿态来爱国。

总之,月泉吟社竞赛诗歌不仅有对田园风物的刻画,也抒写了现实处境、时局剧变给诗人带来的感受。他们在诗中慨叹着黍离之悲,故国之思,一变南宋末年衰靡诗风,为"穷苦愁怨之语"①,诗中流露出真挚情性,全然不同于"精魄沦亡,气局荒靡"(宋濂语)的宋末文坛。月泉吟社竞赛诗作在一定程度上呼唤写实精神和现实主义精神,为元初文学做了一个务实的铺垫。

三、从评诗者的思想看月泉吟社的征诗宗旨

——以谢翱为中心

浦江方氏家族和吴氏家族的联合促成了浦阳遗民群体的形成。在方凤和吴渭的感召下,福安谢翱和括苍吴思齐汇集到了浦江吴渭家,构成了月泉吟社的四大中心人物。在国难面前,寻求集体的力量和支撑,是人的社会归属感所定,但是拉近四人,克服空间距离的是他们的思想基础。抗元守节,立志共勉,这是共同的愿望。朱琰《金华诗录·序例》称:"金华称小邹鲁,名贤辈出。……

---

① (清)翁方纲撰《石洲诗话》卷四,见《清诗话续编》,第 1443 页。

至浦阳方韶卿,与闽海谢皋羽、括苍吴子善为友,开风雅之宗。"此言道出了他们思想的共性。

方凤思想中的忠义、气节、爱国无不影响了月泉吟社征诗宗旨。方凤诗歌崇尚节义,感念旧国,甚至每饭必仰视霄汉,念及故国,未尝不流泪长叹。宋濂这样评价方凤:"世言杜甫一饭不忘君,今考其诗信然。凤虽至老,但语及胜国事,必仰视霄汉,凄然泣下。故其诗亦危苦悲伤,其殆有得于甫者非耶?"①方凤作为浦江望族之冠方氏家族的重要人物,不仅是月泉吟社的组织策划者,更影响着诗社的征诗方向。

吴思齐思想中的不畏权贵,视气节重于生命的思想也影响着月泉吟社的征诗宗旨。吴思齐(1238——1301),字子善,号全归子,浙江括苍(今丽水)人。祖父吴深有奇才,永康陈亮以女妻之。思齐由荫入仕,监临安新城税,调嘉兴县丞,摄县事,入镇江幕府,因忤贾似道而退隐桐庐、浦阳一带。与方凤情同手足,如异姓兄弟,"不忍离,离辄复合",方凤、吴思齐与谢翱三人"每卧起食饮,相与语,意不能平,未尝不抚膺流涕"②,"思齐与方凤、谢翱无月不游,游辄连日夜。或酒酣气郁时,每扶携向天末恸哭,至失声而后返。"(程敏政辑《宋遗民录》卷九)吴思齐思想中有一定的平等意识和反抗权贵的精神,《题鹿苑寺壁间记鲁简肃公罗汉见梦事》写道:"是法本平等,无怠亦无敬。如何证无生,却来见参政。"敢于质疑的胆识和独立的思想从中可见一斑。吴思齐还是个崇尚气节,视气节为人生至高境界的人。因家无储粟,"有劝之仕

---

①　(明)宋濂撰《方凤传》,《浦阳人物记》卷下,《宋濂全集》,浙江古籍出版社,1999 年,第 1845 页至第 1846 页。

②　(宋)方凤撰《谢君皋羽行状》,《方凤集》,浙江古籍出版社,1993 年,第 75 页。

者,辄谢曰譬犹处子业已嫁矣,虽冻饿不能更二夫"①为辞。《拟古》诗更充分展现了气节风范:"平原一遗老,九重未知名。临危观劲节,相视胆为惊。……亦有布衣人,烈烈死弥贞。……滔滔肉食辈,泚颡徒吞声。我闻同志士,野祭激高情。配享遗斯人,忧心每如醒。"

谢翱的义勇和爱国更是月泉吟社征诗宗旨的直接体现。谢翱(1249——1295),字皋羽,一字皋父,福建福安(今福建省福安市)人,祖父和外祖父都精通《春秋》,小时在"春秋大义"思想的影响下长大,是南宋末年著名爱国志士,与谢枋得并列,号称"南宋二谢"。谢翱倜傥有大节,志行高洁峻伟,"其志汗漫超越,浩不可御,视世间事,无足当其意者"(宋濂《谢翱传》)。谢翱个性耿介,"大率不务为一世人所好,而独求故老与同志以证其所得。……好修抱独,刻厉愤激,直欲起古人从之游,其树立有如此者。"宋亡后,与方凤、吴思齐结为异姓兄弟,三人经常开展活动,促成了浦江一带文人的聚合。方凤《谢君皋羽行状》:"(翱)后避地浙水东,留永嘉、括苍四年,往来鄞、越复五年。戊子(1288)夏至婺②,遂西至睦及杭。"谢翱来到婺州,寓居在吴渭家,将汐社与讲经社合并。晚年,谢翱告别了浦江的遗老,辗转来到了杭州,在故国亡都渡过了人生的最后时刻。由于一生寂寥,谢翱卒后,吴谦为谢翱营葬志墓,辑士大夫哀诔为《哭谢编》。

谢翱对宋末元初易代的残酷现实有最真切的感受。国家将亡之时,谢翱尽倾家资,弃笔从戎,随文天祥转战闽、粤、赣三省。宋

①　(明)郑柏撰《金华贤达传》,《四库全书存目丛书》史部第八十八,第70页。

②　此次应该是谢翱第二次来婺州,因为月泉吟社在1286年举行,而戊子则是1288年,可知谢翱至少两度来浦阳。

亡后，又慕屈原托兴远游，足迹遍历闽、浙，忧郁悲愤，寄情山水，探幽发奇，徘徊顾盼。谢翱的文学创作①在宋亡之初的社会里产生了巨大的影响。《四库全书总目提要》云："南宋之末，文体卑弱，独谢翱诗文桀骜有奇气，而节概亦卓然可观。"谢翱以诗会友，以诗结义，聚集民间抗元力量，传播爱国主义精神。

　　首先，吊文天祥，饱含热泪写下《登西台恸哭记》。文天祥就义，南宋彻底灭亡，谢翱过着居无定所的流浪生活，但是他一直未停止对文天祥的哀悼。九年间，谢翱三哭于苏台、越台、严台，以悼这位可敬可叹的同道，最著名的是严陵悼天祥。元世祖至元二十七年(1290)冬，谢翱与吴思齐、冯桂芳、翁衡登桐庐西台绝顶哭祭文天祥，以竹如意击石，作楚歌，写下著名的《登西台恸哭记》：

　　　　始，故人唐宰相鲁公开府南服，余以布衣从戎。明年，别公漳水湄。后明年，公以事过张睢阳及颜杲卿所尝往来处，悲歌慷慨，卒不负其言而从之游。今其诗具在，可考也。

　　　　余恨死无以藉手见公，而独记别时语，每一动念，即于梦中寻之。或山水池榭，云岚草木，与所别之处及其时适相类，则徘徊顾盼，悲不敢泣。又后三年，过姑苏。姑苏，公初开府旧治也，望夫差之台而始哭公焉。又后四年而哭之于越台。

――――――――――

　　① 谢翱留下的《晞发集》，诗八卷，散文游记二卷，遗集上下二卷。收有宋饶歌鼓吹曲 12 首、宋骑吹曲 10 首、古体诗 104 首、近体诗 79 首，记 13 篇，遗集卷之上收有杂诗 53 首，卷之下收有游记《金华游录》和补录的诗《续琴操哀江南》4 首。他的这些诗文，除饶歌鼓吹曲和骑吹曲等少数写于从军前，从内容看，大多均作于漂泊吴浙的十多年间。不仅形式多样，题材也相当丰富。他也写少量七言绝句，大多都是古近体五言诗。

又后五年及今,而哭于子陵之台。

先是一日,与友人甲乙若丙,约越宿而集。午,雨未止,买榜江涘。登岸,谒子陵祠,憩祠旁僧舍,毁垣枯甃,如入墟墓。还,与榜人治祭具。须臾雨止,登西台,设主于荒亭隅。再拜跪伏,祝毕,号而恸者三,复再拜起。又念余弱冠时往来必谒拜祠下。其始至也,侍先君焉。今余且老,江山人物,眺焉若失。复东望,泣拜不已。有云从南来,滃泱浡郁,气薄林木,若相助以悲者,乃以竹如意击石,作楚歌招之曰:"魂朝往兮何极? 暮来归兮关塞黑。化为朱鸟兮有喙焉食?"歌阕,竹石俱碎,于是相向感唶。复登东台,抚苍石,还憩于榜中。榜人始惊余哭,云:"适有逻舟之过也,盍移诸?"遂移榜中流,举酒相属,各为诗以寄所思。薄暮雪作,风凛不可留,登岸宿乙家,夜复赋诗怀古。明日,益风雪,别甲于江,余与丙独归,行三十里,又越宿乃至。

其后,甲以书及别诗来言:"是日风帆怒驶,逾久而后济,既济,疑有神阴相以著兹游之伟。"余曰:"呜呼! 阮步兵死,空山无哭声,且千年矣! 若神之助固不可知,然兹游亦良伟。其为文词,因以达意,亦诚可悲已!"余尝欲仿太史公著《季汉月表》,如秦楚之际。今人不有知余心,后之人必有知余者,于此宜得书,故纪之,以附季汉事后。

时,先君登台后二十六年也。先君讳某字某,登台之岁在乙丑云。

这是一篇记于距文天祥就义后九周年的祭文。作者以独特的哭祭形式,表达对文天祥与日俱增的思念,文中字字见血,句句深情,呜咽地抒发悲痛欲绝之情。谢翱怀有共赴国难的志向,在戎马倥偬中,与文天祥结下了深厚的战斗友谊,对其人格和气节深为景仰。文天祥殉国后,谢翱肝胆俱裂,多次在名台哭祭,表达对英雄的追念和英雄事业未就的遗憾。"魂飞万里后,天地隔幽明。死不从公死,生如无此生。""丹心浑未化,碧血已先成。无处堪挥泪,吾今变姓名。"①时光流逝并没有冲淡英雄身上的碧血丹心,"故衣犹染碧,后土不怜才。未老山中客,惟应赋《八哀》。"②"哭"是该文的主旨所在,既饱含着挽友之悲,又寄托着亡国之哀,真挚、深沉、激昂,既有对文天祥伟大人格的赞颂,也有作者自身气节的表露。《登西台恸哭记》为时人及后人所重,评议赞颂者很多,如方凤在《谢君皋羽行状》云"忆君(翱)始至金华山中,岁晚为文祭信公,望天末共哭。……每卧起食饮,相与语,意不能平,未尝不抚膺流涕也。"金华许元说:"昔楚屈原伤其君之既死,忧其国之危亡,而《离骚》诸篇作焉。……今观粤人谢皋羽父所为《登西台恸哭记》,盖亦恸斯人之云亡,闵(悯)亳社之既屋,义激于中而情见乎辞。亦庶几屈原之志哉!"③杨维桢在《吊谢翱文》序中叹曰:"嗟乎!翱以至诚恻怛之心,发慷慨悲歌之气,世知其为庐陵公恸也,吾以翱恸夫十七庙之世主不食、三百年之正统斯坠也。盖是恸,即箕子过故国之悲,鲁连蹈东海之愤,留侯报韩、靖节存晋之心也。天经地义,……嗟乎!自箕鲁而下,旷千载有国士风者,非翱而谁?"

　　谢翱对文天祥的悼念也饱含了对故国故君的深切哀悼。在谢翱看来,文天祥一生系着宋朝的安危兴亡,不顾个人安危,积极组织抗元,振兴赵宋,英勇就义,誓死捍卫的是君臣之义。在这个意

①　(宋)谢翱撰《书文山卷后》,《晞发遗集》卷上,文渊阁四库全书本。
②　(宋)谢翱撰《西台哭所思》,《晞发集》卷七,文渊阁四库全书本。
③　(元)危素撰《〈西台恸哭记注〉识》,文渊阁四库全书本。

义上讲,谢翱哭祭文天祥与哭祭赵宋王朝是一致的。谢翱在宋代,仅是一个失意落魄的布衣士子,但在十七年的遗民生活中,始终不变冠服,麻衣绳履,自甘贫穷流离,终身不用元朝年号,不承认元朝的建立,独立凝愁,忠愤忧郁,"遇谈胜国事,辄悲鸣烦促,涕泗潸然下。"(宋濂《谢翱传》)谢翱之所以名垂千古,他的高风亮节是重要因素,宋室并未有恩于他,但是国家面临危难之际,他却能够挺身而出,捐全部家资以助起义,宋亡后仍念念不忘,"恸西台,则恸乎丞相也;恸丞相,则恸乎宋之三百年也。"①

其次,讲《春秋》,弘扬"大义"思想。谢翱精通《春秋》,曾在吴溪吴氏家族成立的讲经社里讲《春秋》。在浦江,谢翱和黄景昌最善讲《春秋》,为当地知识分子所景仰,"从者翕然",方凤、吴渭也很崇慕。作为遗民,其身份是无法更改。遗民②的骨子里就理

---

① (明)张孟兼《白石山房逸稿》卷下。

② 关于什么是遗民,历来众说纷纭,目前学界也没有完全的定论。在中国丰富的语言、文化中,遗民一词的内涵和外延相当不确定。一是指后裔。《左传》襄公二十九年载:"为之歌唐,曰:'思深哉!其有陶唐氏之遗民乎?不然,何忧之远也。非令德之后,谁能若是?'"二是专指亡国后遗留下来的人民。如《左传》闵公二年载:"卫之遗民男女七百有三十人,盖之以共滕之民为五千人,立戴公以庐于曹。"三是特指改朝换代后不仕新朝的人。如《艺文类聚》卷七引汉杜笃《首阳山赋》载:"其二老(指伯夷、叔齐)乃答余曰:'吾殷之遗民也'"。"士"、"高士"、"处士"、"逸士"、"逸民"等概念混淆,尤其与"逸民"概念混用的情况更多。其实,若稍加辨析即可看出,"遗民"与这些概念在内涵和外延上还是有着明显的区别。这里,"隐士"与"逸士"大致相同,均指那些远离或逃避社会现实、隐居不仕的士人;而"高士"即今之所谓"高人",超越世俗,在政治行为上有仕者,也有不仕者;至于"处士",其侧重点则在"不官于朝而居家"。但是,从古至今,将遗民称为"隐士"、"高士"、"处士"者所在多有。古代所谓"逸民",虽也指避世隐居者,但在使用的过程中其内涵与外延往往与"遗民"对等。以上参张兵先生《遗民与遗民诗之流变》一文,该文对遗民的概念及遗民诗歌的发展概貌进行了深刻全面地阐释。《西北师范大学学报》,1998年第4期。

应刻着"春秋大义"。谢翱、黄景昌在浦江讲《春秋》，也为浦江士人抗拒元廷和坚守气节提供了思想基础，营造了社会氛围。谢翱忠于故宋，坚守春秋大义的思想给时人树立了榜样。这种思想在客居浦江时写的《月泉游记》中可见：

> 月泉在浦江县西北二里，故老云，其消长视月之盈亏。由朔至望，投梯其间，泉浸浸浮梯而上，动荡芹藻，若江湖之浮舟拥苔于岸，视旧痕不减毫发。由望至晦，置竹井傍，以常所落浅深为候，随月之大小画痕竹上，当其日之数，旦而测之，水之落痕与石约如竹之画。视甃间，滞萍藓枯青相半，殆类水退人家，日蒸气湿，墙壁故在，而浮槎游桥、栖泊树石，隐隐可记。

该文详细介绍月泉之水"消长视月之盈亏"的神奇，描述"视旧痕不减毫发"的特色，特别强调与月泉可定约，"谋日游其间，与月约盈亏、泉约消长，与山约无盈亏、消长，亘来今以老吾诗。"表明作者约信守旧、忠于故宋、信守旧志、终生不渝的心志，寄寓诗人深沉的亡国之痛与故国之思，体现了谢翱讲究"春秋大义"的思想。

再次，热情为壮士讴歌，写《冬青树引》。此文有感于唐珏等义士冒死收藏南宋帝陵之骨一事而写。据陶宗仪《说郛》记载，至元二十一年（1284），江南释教总统杨琏真伽，勾结宰相桑哥，发赵宋诸陵，断残肢体，攫珠襦玉匣，弃骨草莽间。"唐闻之，痛愤，亟货家具，并执券行贷得百金。乃市酒醪烹羊彘，招里中少年，狎坐轰饮。酒酣，少年起请曰：君儒者，若是将何为？唐惨然具告以收瘗寝园遗骸事，众欢诺：'中。'一人曰：'发邱中郎将，眈眈饿虎，事露奈何？'唐曰：'余筹之熟矣，今四郊多暴骨，取蹄以易，谁复知之。'"平阳林景熙、福安谢翱协助唐珏将六帝之骸秘密运到兰亭附近的天童寺北坡,装成六函,依次安葬。为了日后辨认,林景熙冒险往返渡过钱塘江,从临安故宫挖掘冬青树六株,分植六陵,以作标记。林景熙写了《冬青花》诗歌咏诗人与义士唐玉潜等冒险抢救掩埋宋帝骸骨之事,因关系重大,不敢明言,因而采用了托冬青以见意的手法,曲折表达遗老心事。谢翱也以《冬青树引》为题,借事抒发自己的爱国情怀。

冬青树引

　　冬青树,山南陲,九日灵禽居上枝。知君种年星在尾,根到九泉护龙髓。恒星昼陨夜不见,七度山南与鬼战。愿君此心无所移,此树终有开花时,山南金粟见离离。白衣人拜树下起,灵禽啄粟枝上飞。

尽管所写是冬青树,但是均处处指向君主,即南宋皇帝。文章间接起兴,暗指南宋六陵。张孟兼认为:"山南陲者,山之南边也。九日者,汤谷上有扶木,九日居上枝,一日居下枝,昔羿射日中其九日,九乌皆堕,惟一日焉。灵禽者,乌也。乌者,阳精也。精为魂,今九日居上枝者,魂升其上也。日者,君之象也。"(《白石山房逸稿》)元统帅为求金银珠宝,令人发指地掘帝陵,并且抛尸骨,甚至以兽骨替帝骨,侮辱汉族儒士心中的威严。"金粟,山名,昔唐玄宗至睿宗之陵,见金粟山冈,有龙蟠凤翥之势,谓近臣曰:吾千秋万岁后宜葬此。今宋陵寝既获安矣,故援以比耳。离离,多貌,言其陵之多也。白衣者,衣以白衣也,昔燕丹送荆轲易水上,宾客知其事者皆白衣冠。况其有君臣之义乎? 灵禽即乌也,杜甫拜蜀,乌之魂者,良有是乎?"谢翱在《冬青树引》中借荆轲与燕太子丹的交情,表达自己心中的君臣之义。任士林《谢翱传》评谢翱曰:"所为歌诗,其称小,其旨大,其辞隐,其义显,有风人之余,类唐人之卓卓者。"尽管谢翱未曾入仕为官,但是字里行间流露出他对君主的忠贞不贰。冬青树、冬青花也就成为忠贞爱国的象征。乾隆时期,"江左三大家"之一的蒋士铨,就以《冬青树》为名写传奇,概述文天祥一生的主要事迹,突出文天祥宁死不屈的民族气节。正如蒋士铨在《冬青树·自序》中所说:"窃观往代孤忠,当国步已移,尚间关忍死于万无可为之时,志存恢复,耿耿丹衷,卒完大节,以结国家数百年养士之局。如吾乡文、谢两公者,呜呼难矣哉!"

　　谢翱一生可以分为前后期。以南宋灭亡为界,前期为了救国,谢翱毁家纾难,参加了文天祥起兵抗元、兴复宋室的斗争。后期基本处于颠沛流离状态,三哭哀悼文天祥,写诗反映亡国后的社会和生活,记录壮士的可歌可泣事迹。很显然,谢翱坚信《春秋》,并继承了传统的尊王攘夷观念。在谢翱看来,在整个王朝更迭历史中赵宋的正统地位不可动摇,"四夷君长,来称藩"①! 宋亡后,谢翱创办了汐社,表达自己对赵宋的感情忠贞不渝。谢翱以实际行动做到"国家兴亡,匹夫有责",是宋末忠贞爱国之士的杰出代表。他始终坚守儒家之道,忠于君主,保持高尚的民族气节毫不动摇,这种高风亮节和忠君思想为时人歌颂和景仰。谢翱不过是一介寒士,势位非如孤竹君子,但其义举、其忠心,较王室成员夷齐二人,更加令人钦佩,"徒以故国遗黎,不忍视其上之人之祸之惨,愤激于中,毁家取义,为人所不敢为,于不可为之时,深谋秘计,……足以惊世绝俗,视伯夷固未易同日语。"②韩昌黎赞颂伯夷叔齐曰:

---

　　①　(宋)谢翱撰《晞发集》卷一,《上之回》第十二,文渊阁四库全书本。

　　②　(元)陶宗仪编《南村辍耕录》卷四《发宋陵寝》,文化艺术出版社,1998年,第50页至第51页。

"特立独行,穷天地,亘万古而不顾者。"明遗民从谢翱身上看到了
高于伯夷叔齐"特立独行"的"天下兴亡,匹夫有责"的骨气和
担当!

　　谢翱的骨气和责任感感动了不少南宋遗民,为月泉吟社征诗
造出了不小的声势。作为文天祥的幕客,抗元英雄,谢翱在浦江主
事月泉吟社,既可激励月泉吟社诗人勿忘国耻,也可吸引更多的人
响应征诗。作为月泉吟社的评诗人之一,谢翱的爱国思想和敢于
担当的精神也影响着月泉吟社的征诗主旨。

四、对陶渊明精神的新发掘及意义

——兼谈南宋遗民在陶渊明接受史上的新贡献

　　月泉吟社征诗虽然以范成大诗题为题,但是总会提到陶渊明。
《春日田园题意》写道:"《归去来辞》全是赋体,其中'木欣欣以向
荣,泉涓涓而始流,善万物之得时,感吾生之行休'四句,正属兴"。
《诗评》写道:"形容模写,尽情极态,使人诵之,……如遇桃源,如
共柴桑墟里,抚荣木,观流泉,种东皋之苗,摘中园之蔬,与义熙人
相尔汝也。"作为田园诗,无论在意象的选取还是情感的抒发上,
月泉吟社竞赛诗作怎么也绕不过陶渊明这块丰碑。在意象选取方
面,陶渊明意象是月泉吟社诗人用得最多的意象;在情感和内容抒
写方面,月泉吟社诗人爱慕陶渊明安闲怡乐的生活情趣,或钦佩他
洞悉世情、识得机微的先见之明,或赞扬他逃官守拙、不事新朝的
志节情操,在竞赛诗人心中,陶渊明意象是抒写心志的最佳意象。
月泉吟社对陶渊明意象内蕴和精神的新发掘,是南宋遗民对陶渊
明评价和接受的缩影。

（一）陶渊明诗文接受脉络简述

陶渊明人格魅力和诗文魅力的接受过程并不同步，诗文的接受经历了一个漫长的过程。钱钟书《谈艺录》对陶渊明诗文的接受过程进行了精彩论证，《陶渊明诗显晦》指出：陶渊明诗文的价值较人格魅力而言，经历了一个漫长的过程，在六朝三唐"以知希为贵"，宋代以后才声名鹊起，"渊明文名，至宋而极。"

宋之前的陶渊明是寂寞的。南北朝时期，刘勰《文心雕龙》、沈约《宋书·谢灵运传论》和萧子显《南齐书·文学传论》，论及以前及当代的重要作家时都没有提到陶渊明。钟嵘尽管在《诗品》中称他为"隐逸诗人之宗"，却只把陶渊明的诗列为中品。北齐阳休之汇录陶诗，并在《陶集序录》中称"颇赏陶文"，但却认为陶文辞采未优。萧统在《陶渊明集序》中自称"余素爱其文，不能释手，尚想其德，恨不同时"，但他在《文选》中只录陶诗八首，而陆机的诗录了四十九首，谢灵运的诗录了三十九首，张协、左思的诗也比陶渊明的多三首。到了唐代，王绩、王维、孟浩然、李白、杜甫、白居易、韦应物、柳宗元等都追慕陶之为人及其诗作，但对陶并非全无芥蒂地接受。王维早年时责难陶渊明守小而忘大，杜甫认为"陶潜避俗翁，未必能达道。观其著诗集，颇亦恨枯槁"（《遣兴》），白居易认为陶诗"篇篇劝我饮，此外无所云"。陶渊明在唐的情况并非像常人想象的那样，相反正如《蔡宽夫诗话》中所言："渊明诗，绝无知其奥者。"即便韦应物诗有几分像，也仍未能得陶诗之奥。所以，自南北朝至唐，言及陶者虽不计其数，但是真正理解这位大家的却近乎无人。

宋代出现了苏轼对陶渊明精准而具体的评价："外枯而中膏，似淡而实美"、"质而实绮，癯而实腴"，开始以立体的视角对陶诗进行透视,发掘出其平淡诗风背后蕴藏着的意味深长的意蕴,比起萧统在《陶渊明集序》中以"余素爱其文,不能释手,尚想其德,恨不同时"、"其文章不群,辞采精拔。跋宕昭彰,独超众类。"笼统概念性评价更贴近作品本身,体现作品的真正文学性,开启了陶诗接受史上的新篇章。

(二)陶渊明人格魅力宋前接受简况

正是因为陶渊明诗文的接受史经过了一个由晦到显的过程,所以历来为世人研究,而其人格魅力因为开始便有人关注,反倒是少有研究了。的确,陶渊明的精神价值自晋就已为大家所重,与陶渊明几乎同时代的人颜延之、萧统等,就曾经钦佩过他的人格魅力,此后历朝历代陶渊明精神及风范都为人们注重甚至模仿。然而纵观人们对陶渊明精神的颂扬并非总是一成不变的,也经历了一个发展过程。大致如下:

第一阶段,南北朝时期,全面发掘陶渊明精神内涵和人格魅力。尽管此时期关注陶渊明的人不多,但是却为陶式精神奠定了一个厚实而宽广的基础。

萧统是南北朝时期对陶渊明评价最高的人,他说:"论怀抱则旷而且真",并认为文如其人,具有"观渊明之文者,驰竞之情遣,鄙吝之意祛,贪夫可以廉,懦夫可以立,岂止仁义可蹈,抑乃爵禄可辞"(《陶渊明集序》)的魅力。陶渊明的好朋友颜延之写了一篇《陶徵士诔并序》,是认识陶渊明的人描写陶渊明的唯一今存文献。颜延之在《诔》中评价渊明人品:"若乃巢、由之抗行,夷、皓之峻节,故已父老尧、禹,锱铢周、汉","道必怀邦","非直明也,是惟道性","仁焉而终,智焉而毙。黔娄既没,展禽亦逝。其在先生,同尘往世。"(《陶征士诔并序》)颜延之在这篇诔文中高度评价渊明,认为陶渊明具有第一等人品,突出了陶渊明隐逸行为背后的"抗行"和"峻节",并将陶渊明与巢父、许由、伯夷、叔齐等人相提并论。巢父是尧时隐士,山居不营世利,年老以树为巢,而寝其上,故时人号曰巢父①。由即许由,许由不愿接受尧让天下,洗耳、遁耕于中岳颍水之阳、箕山之下,终身无近天下色。尧又召其为九州长,由不欲闻之,洗耳于颍水之滨②。夷指的是夷齐,天下宗周,而伯夷、叔齐耻之,义不食周粟,隐于首阳山,采薇而食之,及饿且死,作歌辞曰:"登彼西山兮,采其薇矣。以暴易暴兮,不知其非矣。神农虞夏,忽焉没兮,我安适归矣?于嗟徂兮,命之衰矣!"最终饿死于首阳山③。皓指的是商山四皓,汉兴,有东园公、绮里季、夏黄公、甪里先生。唐颜师古注:"四皓称号,本起于此。"

　　巢、由、夷、皓的共同特点是隐居不仕,但事实上四者还是有区别。巢、由之隐居不仕,纯粹是出于本性高洁、淡泊名利,与易代(换代)的背景没有任何关系,也就谈不上遗民气节、蔑视新政权的意义。夷、皓尤其伯夷、叔齐,虽具有换代的背景和蔑视新政权的意义,但伯夷叔齐是旧王室的成员,不与新权合作有维护宗族的意味,因此也谈不上气节。四皓虽然不与新朝合作,但也只是无为的隐居,被动的等待。陶渊明的耻事二姓有别于以上四者。陶渊明的归隐是为了保持节操,将节操化为人格修养、内在需求的一部分,因此颜延之并不仅仅把陶渊明看成是一个纯粹的隐士,更是一个守节的"徵士"。《诔》文写道:"有晋徵士浔阳陶渊明。""春秋若干,元嘉四年月日,卒于浔阳县之某里。"颜延之称陶渊明为"晋

---

①　(晋)皇甫谧《高士传》卷上《巢父》,文渊阁四库全书本。
②　(晋)皇甫谧《高士传》卷上《许由》,文渊阁四库全书本。
③　(汉)司马迁著《史记》卷六十一《伯夷列传》,中华书局,2010年。

徵士"，显然是有意而为之。陶渊明卒于刘宋朝，颜延之特意称陶为晋徵士，其实是强调陶渊明忠晋的立场。关于徵士的涵义，唐吕延济为《齐竟陵文宣王行状》"徵士刘虯献书于衡岳"作注为"徵士，谓德高徵而不就，皆曰徵也。"（李善等《六臣注文选》）六朝以后，"徵士"是指称曾被朝廷徵聘为官而不就之隐士①。颜延之不仅特意在徵士前面加上了"晋"，表明渊明能坚守旧朝，安于晋遗民的政治节操，而且直接称陶渊明为"靖节徵士"："若其宽乐令终之美，好廉克己之操，有合《谥典》，无愆前志。故询诸友好，宜谥曰靖节徵士。""靖节"较"徵士"是更高层面的评价。在晋宋换代的更替过程中，陶渊明是入仕过的，并且不只辞官一次，后来"不为五斗米折腰"彻底告别了官场，可见陶渊明回归田园，是在进入官场后经过深思熟虑后的决定，是对人性尊重的庄严抉择，是名副其实的"徵士"，所以颜延之《诔》用"峻节"二字赞渊明。

颜延之的《诔》文是南北朝时期对陶渊明精神力量和人格魅力全面挖掘的标志，陶渊明不仅是"躬耕编织、艰苦卓绝的陶渊明形象"，"淡泊心、自由心彻底觉悟的陶渊明形象"，而且是"严肃认

---

① （宋）郭知达《九家集注杜诗》卷二十九《寄常徵君》"徵君晚节旁风尘"句引宋王洙注实即邓忠臣注："徵君者，以其曾为朝廷礼聘而不起，故谓之徵君也。"见（宋）郭知达《九家集注杜诗》，上海古籍出版社，1985 年。关于陶渊明被刘宋政权徵辟，可以从梁萧统《陶渊明传》："江州刺史檀道济往候之，偃卧瘠馁有日矣。道济谓曰：'贤者处世，天下无道则隐，有道则至。今子生文明之世，奈何自苦如此？'对曰：'潜也何敢望贤，志不及也。'道济馈以粱肉，麾而去之。"可知宋元嘉三年五月以前檀道济任南兖州刺史、镇广陵（今江苏扬州），以后因讨谢晦立功迁都督江州之江夏等四郡诸军事、征南大将军、开府仪同三司、江州刺史。可见，檀道济往候渊明劝其出仕一事发生在刘宋。

真的陶渊明形象",“密切关注现实政治,告诫朋友直言不讳"①,敢于以生命的代价来实践心中道德,不惜以真善为代价追求人生至美的陶渊明形象。

第二阶段,隋唐时期,择其“旷而且真",突出陶渊明的风流。

隋代初唐对陶渊明已不陌生,但主要视其为风雅高士。隋代大儒王通,被当时人称为“王孔子",一生致力于周孔之道,恪守儒家道德规范,主张即使不得已而退隐,也应不忘兼济天下。被问及对陶渊明的评价时,他回答说:“放人也。《归去来》有避地之心焉,《五柳先生传》则几于闭关矣。"②王通看到陶渊明的“放"。王绩虽看到了陶诗的田园风格及隐逸思想,对他田园式的诗歌风格有所继承,但主要也是“喜其饮酒,与己有同好,非赏其诗也"③,只是将陶渊明的超尘脱俗与性质自然的品德传承下来。

唐代出现了数目可观的写陶诗和田园诗,通读《全唐诗》,提到“陶潜"、“陶令"、“陶渊明"、“陶公"等字眼的诗就有500多首,写到“五柳"的有40多首。有名的诗人几乎都写过和陶诗,如李白、杜甫、白居易、刘长卿等。唐人津津乐道的是陶渊明的故事,写他爱酒、爱菊,写他种柳、隐居。王维写陶爱酒:“陶潜任天真,其性颇耽酒。"(《偶然作》)“天真"一词含义丰富,既有真性情的表现,又有“不识时宜"之嫌,因为王维自己的处世态度就是“富贵山林,两得其趣"。李白则是以调侃的口气咏之,“陶令日日醉,不知五柳春。素琴本无弦,漉酒用葛巾。"(《戏赠郑溧阳》)“地白风色

---

①　邓小军著《陶渊明政治品节的见证——颜延之〈陶徵士诔并序〉笺注》,北京大学学报,2005年第5期。

②　(隋)王通撰《中说》,(宋)阮逸注《文中子中说注》,台湾:商务印书馆,1983年。

③　钱钟书著《谈艺录》,中华书局,1984年,第89页。

寒,雪花大如手。笑杀陶渊明,不饮杯中酒。"(《嘲王历阳不肯饮酒》)他们都以闲适的心态写陶渊明与酒。就连忧国忧民的杜甫也羡慕陶渊明的嗜酒成趣,"宽心应是酒,遣兴莫过诗。此意陶潜解,吾生后汝期。"(《可惜》)诗绝大部分是调侃之作,我们从中看不到苦闷和超脱,更多的是生活品位。如果说初盛唐人大多把陶看作有优点也有缺点的朋友对待,是以平等甚至调侃的心态来欣赏陶渊明的,那么中唐人则将陶的平淡自然精神进一步吸收,并逐渐将其渗入创作中,如韦应物的作品就有几分陶渊明的气质了。晚唐五代人对陶渊明便几乎没有微词了,他们虽仍然认为陶渊明是嗜酒的县令、高雅的隐士,但推崇之情溢于言表。可见唐代经历了初盛时期的回落,中晚唐对陶的倾慕和效仿逐步深入诗人的灵魂,再到晚唐似乎又回到了萧统的观点,对陶极为仰慕,将陶视为精神楷模。但是晚唐人更愿意突出的是陶不同流合污、不满现实、高蹈避世的鲜明个性。尽管中唐以来,人们对陶渊明精神的认可逐步趋于严肃与庄重,但接受的内涵不外乎"平淡自然"、"高蹈避世"、"不慕荣利"、"潇洒脱俗"等,这些并未超出颜延之。

(三)宋人及南宋遗民在陶渊明人格接受史上的新贡献

宋人对陶渊明人格的认识基本是回应六朝,立体认识,突出刚性一面,宋代可视为陶渊明精神接受史上的第三阶段。宋代历来被视为陶渊明接受史的高峰,其原因在于宋代对陶渊明的认识有了前所未有的突破,不仅能立体地评价陶渊明的诗文,对陶渊明其人的评价也更丰满,宋人对陶渊明精神风范的把握也远远高于前人。前人赞其"真率"、"任真自得"。宋人能够挖掘陶渊明归隐"不与物竞,不强所能,自然守节"、"知其不可而不为"的自然本性,一种缘于对自我身心自由追求的结果,对陶渊明"耻事二姓"的政治气节也再次高调提出。朱熹《资治通鉴纲目》卷二十四宋文帝元嘉四年冬十一月:"晋徵士陶潜卒。"朱熹《楚辞集注·楚辞后语》卷四陶渊明《归去来辞第二十二》:"后以刘裕将移晋祚,耻事二姓,遂不复仕。宋文帝时,特徵不至,卒谥靖节徵士。"①突出渊明性格中刚性的一面。

　　元初南宋遗民对陶渊明"耻事二姓""峻节""抗行"的高扬,开启了陶渊明人格魅力接受的巅峰,可视为陶式精神接受史的第四阶段。如果说陶渊明的诗文"至宋而极"的话,那么,陶氏精神"宋亡而极",南宋遗民则掀起了陶渊明接受史的另一巅峰。较其他时代诗人所选择的闪光点不同,南宋遗民推崇陶渊明时着重阐发刚性魅力。遗民舒岳祥对陶渊明的认识很能代表遗民眼中的陶渊明:"渊明自言性刚才拙,与物多忤,……故虽名节凛然而人莫测其涯涘。《归去来》之作,人谓其耻为五斗米折腰耳,不知是时裕之威望已隆,渊明知几而去之,此膰肉不至之意也。"舒岳祥已经认识到陶渊明不与统治者合作,不贪权贵,不奉承权贵,更不会向势位富贵低头弯腰,始终保持独立人格。郑思肖的咏陶诗就进一步认识陶渊明的另一意蕴:"拂袖归来未是迟,传家何用五男儿？不堪生在义熙后,眼见朝廷被篡时。"(《题陶渊明集后》)"彭泽归来老岁华,东篱尽可了生涯。谁知秋意凋零后,最耐风霜有此花。"(《陶渊明对菊图》)诗人找到自己与陶渊明情感的共鸣点是同为易代旧臣,揭示陶渊明意象背后饱含了诗人对赵宋故国被篡的强烈愤慨和民族气节的由衷呼唤。方夔《九日读陶渊明诗》:

---

　　①　(宋)朱熹著,蒋立甫校点《楚辞集注》,见《朱子全书》九十,上海古籍出版社,安徽教育出版,2002年,第272页。

"晋有靖节翁,古昔称高士。自陈簪组后,为义不两仕。虽乏报韩功,深怀帝秦耻。拂衣归故园,寒菊被栗里。醉余洒新诗,题自庚子始。托此明大闲,言外有余旨。我生后千岁,历十五庚子。……壮夫感颓光,大运悲逝水。"方夔指出陶式精神个性化的内涵:一是只书甲子;二是不两仕;三是为义。陶渊明"但书甲子"表明他自始至终是排斥新政权的,态度很鲜明。"不两仕"表明陶渊明坚持信仰。新旧政权的转换,尤其是以夷代夏,不仅仅是一家一姓之兴亡,更是制度、文化的新旧更替。在为旧朝守节的同时,也是为逝去的文化惋惜哀悼。陶渊明所做的这些,心中只有一个目的,那就是维护"义"。"义"的涵义有侠义、义气。陶渊明身上的义,是作为一个人应具有之气节操守。南宋遗民不愧是陶渊明的知音。南宋遗民对陶渊明接受史的最大贡献在于,不仅改变了陶渊明作为隐逸诗人的"性本爱丘山"的面目,而且最大限度地发掘了他"金刚怒目"的一面。① 刚性,也是陶渊明本人给自己的评价,他在《与子俨等书》自述"性刚才拙"。在遗民方凤眼中,陶渊明就像傲霜挺立的菊花,"小轩开傍小篱东,不但渊明有晋风。……根本既能深保护,何愁霜雪傲寒冬!"(《和陶渊明九日闲居韵》)而不是"采菊东篱下""任真自得"的隐士。文天祥《海上》诗云:"王济非痴叔,陶潜岂醉人。得官需报国,可隐即逃秦。"宋遗民对陶渊明"耻事二姓"重节人格的推重离不开遗民所处的独特环境。

　　月泉吟社作为元初最有影响的遗民诗社,力争"与义熙人相尔汝也",却是通过对田园风物的描绘来蕴涵对世事的愤怒与无

---

　　① 其实早在南宋,朱熹就在其著作《朱子语类》中指出:"陶渊明诗人皆说平淡,据某看他自豪放,但豪放得来不觉耳。其露出本相者,是《咏荆轲》一篇,平淡底人如何说得这样言语出来?"见《朱子语类·论文下诗》卷一百四十,《朱子全集》(五),郑明点校,上海古籍出版社、安徽教育出版社,2002年,第4323页。

奈。这无奈与愤懑的情感内容，与田园牧歌的形式形成鲜明对比，这看似矛盾，其实更得陶渊明精神之真谛，更显陶渊明风范之本真。综上所述，月泉吟社虽然以春日田园为题，实则是一种反抗，这种反抗是遗民在剧变之后的反应。尽管他们没能如谢翱、文天祥一样为国捐资、舍身，作为一介平民，在亡国之时，如何"自救而不弃世"却是遗民心中的"结"。月泉吟社正是解开这种"心病"的"心药"！

五、余论：月泉吟社的征诗主旨与征诗规模的关系

至元二十三年，是南宋灭亡的第十个年头，是元统治江南的第十年。在大乱初定，百废待兴之际，吴渭征诗为什么会以"春日田园"为题？历代论者均未就此展开。只有杨镰先生在《元诗史》中提到，"只有这样的题材，才能够在大乱刚定的元初得到广泛回应。……《冬青引》《西台恸哭记》是对江山易代的激烈反应，而月泉诗社的忽视异族统治的降临，继续吟咏春光秋色，实际也是另一种形式的反抗——或说拒绝。"春日田园的牧歌式诗题，似乎不符合易代时期人们经历剧变后的心情，但是"春日田园确实引起了数以两三千诗人的关注。这是事实，这也是宋元之间生活的一部分。"月泉吟社作为一个诗社，其规模和影响可谓是此前诗社未曾有过的。那么，月泉吟社征诗时"四方吟士，水赴云会而竞驱之"的空前"魅力"①来自何方？笔者认为主要有以下原因：

其一，科举的形式唤起青衫梦。月泉吟社采取的锁院试士的程序，是文人所熟悉的，可以唤起他们对理想追求的幻觉，是科举

————————

① 　(明)黄灏《月泉吟社重刊诗集序》，见《月泉吟社诗》汲古阁本。

的一种补偿,或说另类科举。当时已经没有行之久远的科举制度,诗社主动负担起比试文人艺技的任务。竞赛、夺标是文人一生追求的目标。而能够主持这样的活动,其"满足感"难于替代。能够参加这样的活动,对于诗人也有特殊的意义。正是在这样的背景之下,月泉吟社和它的集咏"春日田园"才成为江南社会中的头等大事,才有一个空前绝后的规模。月泉吟社征诗还为元诗的发展开创了一种新形式,那就是同题集咏。元初科举不兴,元代中期即使恢复也是时断时续的,规模和录取幅度较宋代大大减少。元代诗人便创建了这种同题集咏的形式,社会人群因赋咏同一个题目,而纳入一个共同的文化圈。这种不管相识还是不相识,聚首还是南北隔绝的群体唱和,皆由月泉吟社开其端。

其二,亡国未久,民族情绪浓烈,失意情绪浓烈,亟待寻找一个宣泄的载体。月泉吟社是遗民牵头的群体活动,符合遗民的心态和身份。遗民心头的亡国痛楚在同病相怜的人中才能获得更大更深的共鸣。在宋亡之初,没有科举举士,士子文人失去了努力的方向,亡国的情绪时时困扰在遗民心头且无法排遣。当得知月泉吟社征诗后,遗民终于找到了一个属于自己的集体。集体归属感使得亡国后的人们积极响应,即使是田间农夫、山中隐者,甚至是僧人,都加入到应征的队伍中来。

其三,主事者自身的魅力。谢翱为福建人,在参与文天祥起义的过程中行踪遍及江西、福建、浙江一带。月泉吟社以谢翱、方凤为中心,吟社的成员也主要集中在浙江、福建一带。月泉吟社征诗启示尽管来自吴氏家族主盟者吴渭之手,但发出后仍然得到广大遗民的积极响应,这种影响力离不开谢翱抗元的事迹,以及方凤为人师表的身份。

其四,诗社的宗旨符合大乱后社会的心理需求。"隐约湖山一点青,秋风归去阻云程。贝宫珠阙无寻处,夜夜凌波哭月明。"
(白珽《西湖访古》)"国势已如此,孤忠天地知。死生同父子,奸宄
系安危。偃月无封桧,栖霞有谥碑。中原遗老在,岁岁梦王师。"
(白珽《岳武穆精忠庙》)田园能抚慰遗民的痛楚,隐逸又是传统的
精神良药,因此,牧歌式的征诗题目切合大乱初定时人们的精神
渴求。

　　杨镰先生在《元诗史》中将月泉吟社称为"奇迹"。月泉吟社
征诗题目背后耐人寻味,我们可以把这个田园牧歌诗题看成是遗
民变样的表态——拒绝朝征,反抗异族,显示气节,或者理解为此
前历代党争给汉族文人心理造成的"后遗症",或者南宋遗民对蒙
元政策和新朝的陌生而谨慎行事。无论何种理解均反映了中国传
统的士人心态和文化特征。

　　综上所述,《月泉吟社》诗集有86位诗人,共计74首诗,33对
摘句。月泉吟社诗集的题目为征诗之题,虽出自不同作者之手,但
诗歌风格和内容基本趋同。笔者着力探讨了征诗以范成大题为
题,《题意》与《诗评》却一再强调陶渊明的原因,以及牧歌式的征
诗诗题与亡国战乱的时代氛围、空前的规模影响等之间的关系。
通过对月泉吟社征诗的题目、竞赛诗作抒写的内容、主事者的思想
与征诗宗旨等的分析,论证气节是月泉吟社诗作的灵魂,深入挖掘
了陶渊明精神的新内涵,揭示了月泉吟社与南宋遗民一道为树立
陶式精神"宋亡而极"做出的重要贡献。

第六章 月泉吟社的《诗评》和"评诗"

——从王士禛重新排名说起

月泉吟社竞赛诗作抒写了时局剧变给诗人带来的感受,即便是"穷苦愁怨之语",也是遗民心境的真实流露。诗歌还描写了田园风物和农家生活,抒写了对隐逸的憧憬,对农家赋税的慨叹,清切流丽,自抒性灵,无宋末江湖诸人纤琐粗犷之习。月泉吟社及竞赛诗作在元代初期文学中具有独特的地位,它与吟社征诗主张有关。月泉吟社征诗所体现的诗学主张主要分散在《诗评》和对每首诗歌的评点中。方勇先生在《南宋遗民诗人群体研究》中对月泉吟社的意象、内容有所涉及,但对《诗评》和评诗尚未研究。欧阳光先生等也只是关注月泉吟社坚守气节的精神风貌,未曾论及月泉吟社在诗学发展史上的地位。本章从王士禛排名入手,对月泉吟社的诗学主张及其对元初诗歌发展的贡献进行详尽阐释。

一、王士禛重新排名探析

吴渭入元后退居吴溪,立月泉吟社,延致方凤、谢翱、吴思齐评其甲乙,凡选二百八十人,以三月三日揭榜,并将入选诗作付梓。存世本《月泉吟社诗》只有前六十人①,诗共七十四首,又附录句图

---

① 事实上只有53人,有7人属于重名的情况,也就是一个人交了两次作品,并且前后所用寓名不同。对此本书有专门部分论述。

三十三联(第十八联佚其名)。吴渭、方凤等对月泉吟社排名具体如下：

第一名　　罗公福,杭清吟社,三山连文凤,伯正,号应山

第二名　　司马澄翁,义乌冯澄,字澄翁,号来青

第三名　　高宇,杭州,西塾梁相,字必大

第四名　　仙村人,古杭白云社

第五名　　山南隐逸,义乌刘应龟,字符益,号山南

第六名　　子进,分水魏石川先生,名新之,字德夫

第七名　　栗里,金华杨龙溪,名本然,舜举

第八名　　倪梓,义乌陈尧道,字景传,号山堂

第九名　　全泉翁,孤山社,名璧,字君玉,号遯初子

第十名　　吕澹翁,东阳名文老

第十一名　方赏,桐江,徙居新城,方德麟,号藏六

第十二名　邓草径,三山刘汝钧,君鼎,号蒙山,寓杭

第十三名　魏子大,武林九友会,梁必大

第十四名　喻似之,分水何教,名鸣凤,字逢原

第十五名　蹑云,建德,梓州,翁合老,仲嘉

第十六名　玉华吟客,分水林东冈,名子明

第十七名　田起东,昆山刘蒙山

第十八名　唐楚友,孤山社,白湛渊,名珽,字廷玉

第十九名　识字耕夫,武林社,泰州周暕,字伯阳,号方山

第二十名　学古翁,桐江赵必范,号古一

第二十一名　社翁,钓台,姚潼翔

第二十二名　骑牛翁,前婺教,三山高镕,声玉,号悦云

第二十三名　天目山人,义乌吴天祐侄瑀,字贵叔。

第二十四名　安定书隐,义乌胡南,字景山,号比心

第二十五名　槐窗居士,浦阳长塘,黄景昌

第二十六名　姜仲泽,金华名霖

第二十七名　陈柔著,武林社,三村东必曾,字孝先,号潮原

第二十八名　方尚老,桐江云村,方子静

第二十九名　朱孟翁,东阳

第三十名　　爱云仙友,杭白云社,赵必拆

第三十一名　陈希邵,义乌陈舜道

第三十二名　刘时可,双溪

第三十三名　岳重,武林九友会,宝觉寺僧,了慧字岳重

第三十四名　云东老吟,义乌许元发

第三十五名　避世翁,义乌洪贵叔

第三十六名　观我,金华杨舜举

第三十七名　徐端甫,义乌居禅定

第三十八名　龟潭,朱释老,金华孝顺镇

第三十九名　樵逸山人,桐江李莘

第四十名　　柳圃,月泉,竹臞,陈君用

第四十一名　冷泉僧志宁,杭人,熙山蔡潭托名

第四十二名　吟隐,俞自得,金华孝顺镇

第四十三名　东湖散人,古杭

第四十四名　仇近村,古杭,山村,仇远,字仁近

第四十五名　陈纬孙,分水何教,名鸣凤

第四十六名　陈鹤皋,月泉,竹臞,陈君用

第四十七名　临清,建德王进之

第四十八名　感兴吟,桐江

第四十九名　王进之,建德

第五十名　　元长卿,义乌陈希声

第五十一名　闻人仲伯,义乌陈希声

第五十二名　戴东老,月泉

第五十三名　子直,分水魏石川

第五十四名　袭庆,陈文增,苕水

第五十五名　九山人,寓杭

第五十六名　桑柘区,金华

第五十七名　柳州,月泉

第五十八名　草堂后人,古杭

第五十九名　君瑞,桐江

第六十名　　青山白云人,居杭

方凤、谢翱对入选诗作进行遴选、评次,但是备受争议。明代李东阳、清代王士祯、四库馆臣直至今人杨镰先生等,均进行了讨论,留下一桩跨越千年的公案。

明代李东阳认为方凤等所评基本公允,"元季国初东南人士重诗社,每一有力者为主,聘诗人为考官,隔岁封题于诸郡之能诗者,期以明春集卷私试。开榜次名,仍刻其优者,略如科举之法。今世所传,惟浦江吴氏月泉吟社,取罗公福为首,其所刻诗以和平温厚为主,无甚警拔,而卷中亦无能过之者云云,则凤等所定,东阳固以为允矣。"(《怀麓堂诗话校释》)李东阳是明代复古文学理论的代表之一,既是著名的台阁诗人,又是"茶陵诗派"的领袖。论诗重唐诗,崇李、杜,主张"真情实意","天真兴致",特别推崇汉魏、唐诗而贬斥宋元诗,认为"六朝、宋、元诗,就其佳者,亦各有兴致,但非本色。"但是他也能客观评价,"宋诗深,却

去唐远,元诗浅,去唐却近。"李东阳认为月泉吟社竞赛诗作以
"和平温厚"为主,没有什么突出之作,所以对方凤等所定并无
异议。

李东阳认为方凤等人所评基本公允,清代王士禎却认为月泉
吟社的排名欠妥,并对月泉吟社的排名进行了重新调整。据《四
库全书总目提要》记载:

> 王士禎《池北偶谈》称其"清新尖刻,别自一家",而怪所
> 品高下未当,为移第六名子进第一名,第十三名魏子大为第
> 二,第九名全泉翁为第三,第五名山南隐逸为第四,第十五名
> 蹑云为第五,第四名仙村人为第六,第十一名方赏为第七,
> 第三名高宇为第八,第四十二名俞自德为第九,第二十五名槐窗
> 居士为第十,第四十三名东湖散人为十一,第三十七名徐端甫
> 为十二,第四十四名仇近村为十三,第三十一名陈希郤为十
> 四,第五十三名子直为十五,第二名司马澄翁为十六,第四十
> 五名陈纬孙为十七,第五十一名闻人仲伯为十八,第五十九名
> 君瑞为十九,第十七名田起东为二十,第一名罗公福为二
> 十一。

王士禎自称"怪所品高下未当","窃谓皋羽所品高下,未尽当意,
因戏为易置次第如左"。

王士禎对《月泉吟社诗》排名进行了较大调整,个中缘由
并未说明,只是简略交代"窃谓皋羽所品高下,未尽当意,因
戏为易置次第。"对于王士禎为何要重新排名,后人有诸多猜
测。清四库馆臣认为《月泉吟社诗》诸诗风格相近,无大优
劣,士禎所移与凤等所定,均各随一时之兴,未见此之必是,

彼之必非也①。四库馆臣简单地归结为这只是时代不同所致,并没有什么优劣、是非之分,因为"诸诗风格相近,无大优劣","均各随一时之兴。"笔者认为四库馆臣的看法过于笼统,因为既然是比赛,总归要分出孰优孰劣。不过四库馆臣指出王士禛所定与方凤所定的不同缘于两个方面,一是时代不同,二是兴趣不同,这个看法倒是很有见地。尽管四库馆臣对王士禛的评判没做过多的评点,但在《四库全书总目》一六五卷介绍《百正集》时说道:"以罗公福为第一名。据题下所注,公福即文凤之寓名也。王士禛《池北偶谈》则谓月泉吟社诗,清新尖刻,别自一家。而谢翱等品题未允,因重为移置,改文凤为第二十一名。然元初东南诗社,作者如林,推文凤为第一,物无异词,当必有说,似未可以一字一句遽易前人之甲乙。今观所作,大抵清切流丽,自抒性灵,无宋末江湖诸人纤琐粗犷之习。虽上不及尤、杨、范、陆,下不及范、揭、虞、杨,而位置于诸人之间,亦未遽为白茅之藉,则当时首屈一指亦有由矣。"此语虽是对连文凤的评价,但从中可以看出,四库馆臣对连文凤的诗歌评价很高,"清切流丽,自抒性灵","当时首屈一指,亦有由矣",我们大致可以肯定四库馆臣是同意方凤诸公的评定,"无异词当必有说",并对王士禛重新大调整的做法持不认可的态度,"似未可以一字一句遽易前人之甲乙"。

清代吴景旭则通过选警句对文本进行鉴赏性的评价。在吴景旭所选的句子中,既无罗公福的诗句,也无魏子进之诗,可见他对方凤排名持保留意见。《历代诗话》卷六十五(壬集四)②:

---

① (清)纪昀等撰《四库全书提要》。

② (清)吴景旭编《历代诗话》(下册庚集),中华书局,1958年,第975页至第977页。

余观其韵事雅规,标胜来今。而评论诗题,尤入神解。凡作杂兴者,皆须领悟此旨也。李西涯以未见此集为嫌,闽中徐兴公家有藏本,录其佳句。如(注:第五名刘应龟诗)屋角枯藤粘树活,田头野水入溪浑。(第九名全泉翁诗)青林伐鼓村村社,绿水平畴处处秧。(第十五名蹑云诗)土脉正融催耰耡,林阴微合听钩辀。(第十七名田起东诗)田乌飞逐耕烟犊,桑扈鸣随唤雨鸠。(第二十三名天目山人诗)草青随意牛羊卧,门静无人燕雀多。(第二十六姜仲泽诗)麦垄风微牛睡稳,芹塘泥滑燕归忙。(第四十三名东湖散人诗)小雨杏花村问酒,澹烟杨柳巷巾车。(第五十一名陈希声诗)榆荚雨酣新水滑,楝花风软薄寒收。升庵又拈其(第三十一名陈希郜诗)山歌聒耳乌盐角,村酒柔情玉练槌。此六十人中警句也。

今人对王士祯重新排名也多有论述。浦江张文德先生在《月泉吟社与遗民气节》文中认为:"王士祯《池北偶谈》月泉吟社条,大做排名比较工夫,为古人重新甄定优劣,这样在后人看来毫无意义的事情,渔洋先生却津津乐道。"张先生认为连纪晓岚对重新排名都出微词,可见"渔洋之所以要这么做,是否见月泉吟社纷纷播说于文人墨客之舍,重新排名,更可为月泉添一节文安佳话。别是一种钟情,别是一种播扬,如今之电视差转功能。或者,他亦注意到众多的吟社活动中,唯月泉吟社别具一番辛酸在心头。"并且认为渔洋先生是汉人做了大清帝国的显宦,此中关节也不便道明,乃"顾左右而言他",有意转移视线。笔者倒是以为渔洋先生是神韵派的倡导者,他的评诗标准应该更切近唐诗的兴趣与韵味,重在言外之意。第一名罗公福诗首句"老我无心出市朝",开宗明义阐明诗人终老人生也不出朝乞禄,而第六名魏子进诗首句"农圃谁言与世违",则不如罗的直率。罗公福诗太显露,自然不为渔洋看好。而魏子进诗宛转,当然更符合神韵评价标准了,这些与所谓渔洋之为清宦关系似乎不大。况且,吟社诗评本也就强调了杜诗、律体等唐诗的影响,以唐诗的评价标准来重新厘定,有何不可?王次澄先生对此也进行了阐述。他在《元初遗民诗人的桃花源——月泉吟社及其诗》①一文中分析比较罗公福及子进诗,认为若就笔调的清幽淡雅,诗境的情趣、风韵而言,子进似略胜罗公福一筹。王先生赞同王士祯的看法。赞同王士祯重新排名的还有杨镰先生,他在《元诗史》中说道:"按两个名次分别细读……不得不佩服王士祯,他的眼力的确高出谢翱等人一筹。也许是距离使之然。这两个第一名都隐约委婉地表达出不与新朝合作的愿望,不过罗公福在首句,子进在末句。而子进的诗则是一步步引导读者走向终点——采薇深山。作为咏春日田园,这就是最高的境界了。"

　　月泉吟社成立于元至元二十三年,诗社在征诗结束时就对竞赛诗作进行了排名、揭榜、奖赏、编集、付梓。但是后人对方、谢的遴选、评次、排名争议不断。明代李东阳、清初四库馆臣、今人张文德基本同意方凤、谢翱诸公,清初王士祯、今人杨镰、王次澄先生则持相反意见。

　　　　老我无心出市朝,东风林壑自逍遥。一犁好雨秧初种,几道寒泉药旋浇。放犊晓登云外垄,听莺时立柳边桥。池塘见说生新草,已许吟魂入梦招。(第一名罗公福)

　　　　农圃谁言与世违,韶华正恐属柴扉。天机花外闻幽啭,野

────────────

　　① 王次澄撰《元初遗民时人的桃花源——月泉吟社及其诗》,《河北学刊》,1995年第6期。

色牛边晚落晖。膏雨平分秧水白,光风小聚药苗肥。行歌隐隐前村暖,忽省深山有厥薇。(第六名子进)

笔者认为罗诗较子进诗在含蓄、隽永方面的确均逊一筹。首先,这两首诗在结构和情感的抒写上都很相似。起联罗诗直抒胸臆,"无心"、"逍遥",但却失之于"直露"。子进诗虽也以率然之笔写退隐田园,但所抒写的是不违世情和免除尘杂的幽居情怀。子进诗采用的是首句诘问,次句为论断,在语气上产生了缓冲,在意义和节奏上也有转折的效果,不再"直露",所以方凤诸公评子进诗"起有顿挫,嘉许之。"其次,这两首诗的领联和颈联都着重于田园风光和生活的描写,取景虽极类似,但二者在情与景的安排及造境方面却不尽相同。罗诗领联以较客观的笔法捕捉意象,再现物境,境中无我。颈联则是以"放"、"登"、"听"、"立"等动词,创造了动态意象,把自我带入景物中,造就物我合一的"同物之境"。子进诗正好与罗诗相反,先写有我之境(即同物之境),然后再将自我超离物境,对物象做较客观的描摹,领联用"闻"、"晚"两个词,把自我融入景致中,达到情景交融的境界。子进诗比罗诗写得清远自然,不着痕迹。罗诗颈联中"听"、"立"两个动词稍嫌凸显强烈,以致流露了有所为而为的经营造作痕迹。至于尾联,两位诗人都使用节奏紧凑,上下句意连贯的流水结构,有一气呵成之感。但罗诗上句化用谢灵运"池塘生春草"句,点出新春草木滋长的生机,下句暗示诗人应谢灵运诗魂入梦之召唤,含蓄地表明诗人兴趣盎然,意欲有所为。子进上句以"前村暖"暗示春临大地,用隐隐回荡于田园的行歌,引出下句对节义之士伯夷、叔齐的怀想。末句刹那的感性,除了和首联相呼应外,同时为全诗开展了新的情境,可谓"言尽而意未尽",方凤诸公也认为"末意尤永"。可见在含蓄、温厚方面,子进诗更贴切。因此,无论从王士禛反对"尖刻"的角度,还是李东阳主张"和平温厚"的角度来看,子进的诗歌的确略胜罗公福之诗。

从以上对月泉吟社重新排名的梳理中可知,这桩公案的焦点是王士禛对月泉吟社的重新排名。王士禛自己称此举是"戏为易次第"。果真是仅仅出于好玩而为之吗? 其实并非,王士禛看到《月泉吟社》诗集,"常遍和之"。"遍和之"之举动可见王士禛对《月泉吟社诗》不同寻常的态度。笔者认为王士禛对《月泉吟社诗》的重视和偏爱主要有以下原因:

首先,缘自他个人的性格和家世。王士禛生于清代初,虽然他并不是遗民,但是他的祖辈在明代身为仕宦者多,对王士禛来说,以清易明给他的家族带来了强烈的遗民意识。祖父王象晋,万历甲辰进士,官至浙江佑布政使,赠刑部尚书,明亡后,隐居不仕,号"明农隐士"。父亲王与敕,亦以诗文名世,清顺治初曾被拔贡举荐,未赴廷试,以遗民终老。其伯父王与胤,明亡之际,举家殉节。受家庭环境潜移默化的影响,王士禛对前明的感情非同时代的其他士人可比。王氏家族又本着纲常道义教导子弟。王士禛在《池北偶谈·先忠勤公家训》记载:"……家训云:所存者必皆道义之心,……所行者必皆道义之事。"可见,易代是王士禛内心跨不过去的坎。王士禛在顺治十三年前就曾刊过一部《落笺堂初稿》。虽然该书现已不存,从后人所辑《二王合刻》中所收的残篇来看,诗歌带着受明清易代浓重影响的色彩。王士禛自己也创作了不少遗民诗作。如代表作《秋柳》,表达了诗人深沉哀婉、幽约缠绵的故国之思。四首诗借柳起兴,抒写繁华消歇、昔盛今衰的巨大哀痛,并致以深切的怀念与感慨。诗中用的故事都与历代帝王、大臣有关。王士禛采用欲言又止、扑朔迷离、一鳞一爪的方式来表达思想感情。《秋柳》诗中隐含着亡国之恨,山河易代之悲,在当时引起广大汉族知识分子的共鸣,因此"一时和者甚众"①,"和者千余家,至今流传海内"。② 李兆元《渔洋山人秋柳诗旧笺》明确道出:"此先生吊明亡之作。"③王士禛在《秋柳诗自序》也有所阐明:"昔江南王子,感落叶以兴悲;金城司马,攀长条而陨涕。仆本恨人,性多感慨。情寄杨柳,同《小雅》之仆夫。致托悲秋,望湘皋之远者"。除了在创作上体现遗民情感外,王士禛在交往中也流露出遗民的情结。在扬州五年,曾广交遗民,与林古度、吴嘉纪、邵潜、屈大均、方文、丘象随等遗民布衣真诚坦率地交往。王士禛对遗民出于本能的认同感,使得他对月泉吟社诗歌具有特殊的感情,所以他一见到《月泉吟社诗》就"遍和之"。应该说,王士禛较李东阳,更能与南宋遗民、月泉吟社诗人产生情感上的共鸣。

其次,缘自王士禛的诗歌主张。王士禛论诗主张"神韵",强调含蓄不尽,有言外之意和无迹可求,重视"兴会神到",不拘形迹,强调天机淡泊,妙合自然,恰到好处,诗歌风格崇尚冲淡闲远,重视陶渊明以来淡远风格的作品,尤其推重陶、王、韦三人之诗。王士禛以"神韵"说来评判诗歌,自然会崇尚含蓄、敦厚之美,认为诗人作诗是在受到外界的触发后情不自禁之举,其表现手法必须含蓄蕴藉,表达方式必须自然而不做作,内容必须高雅,风格必须冲淡玄远。王士禛从自身的诗学观来评判《月泉吟社诗》,认为大

---

① (清)王士禛著《渔洋诗话》,见钱仲联主编《清诗纪事(四)顺治朝卷》,凤凰出版社,2004年,第2023页。

② (清)郑鸿《渔洋山人秋柳诗笺注解析》,见钱仲联主编《清诗纪事(四)顺治朝卷》,凤凰出版社,2004年,第2024页。

③ 钱仲联主编《清诗纪事(四)顺治朝卷》,凤凰出版社,2004年,第2023页。

都"尖刻",因而要对其重新排名。原第六名子进之诗较原第二名罗公福之诗更委婉,具有"末意尤永"的含蓄之美,故王士禛把子进诗前移至第一名。正因为各自的诗学观不同,王士禛对月泉吟社诗歌的评比结果与方凤诸公的有较大差异。

综上可知,月泉吟社征诗比赛的排名次序,从方凤到明初李东阳再到清初王士禛、吴景旭,直至四库馆臣评定,今人王次澄先生阐发等等,不断地为后世所关注。王士禛对月泉吟社征诗的重新排名是关注的核心。李东阳、王士禛二人具有不同的诗学观,品味自然相异。李东阳诗上承"台阁体",下启"前后七子",作诗宗法杜甫,强调法度、音调,《怀麓堂诗话》谓罗公福诗"以和平温厚为主,无甚警拔,而卷中亦无能过之者",以为月泉吟社竞赛诗作"和平温厚"者为最佳。王士禛论诗以"神韵"为主,承继司空图"味在酸咸外"的观点,倡"不著一字,尽得风流"之说,认为《月泉吟社诗》"清新尖刻"。"清新"道出月泉吟社竞赛诗作田园诗的特色,"尖刻"则指出月泉吟社诗人抒写亡国痛楚等情思。李东阳和王士禛的观点似乎矛盾,其实评判的标准从本质上讲是一致的。李东阳对"和平温厚"的肯定与王士禛对"尖刻"的否定,在本质上都是对传统诗学中庸之美的推崇。从子进和罗公福具体的诗作分析比较来看,子进诗歌无论在"清新"还是"温厚""不尖刻"方面都胜于罗公福之诗。因此,笔者认为王士禛对第一名的更换是合理的。那么月泉吟社的评诗标准,也就是时人的诗歌理论又是怎样?方凤诸公排名的依据何在?

二、月泉吟社的《诗评》

吴渭、方凤、谢翱诸公当初遴选排名依据,除了与他们自身的思想、经历有关外,还与其诗学主张有关,《月泉吟社诗》中有《诗评》和评诗文字,这些文字客观地反映了方凤等人的排名依据和诗学观念。

> 诗有六义,兴居其一。凡阴阳寒暑,草木鸟兽、山川风景,得于适然之感而为诗者,皆兴也。《风》《雅》多起兴,而楚骚多赋与比。汉魏至唐,杰然如老杜《秋兴八首》,深诣诗人阃奥,兴之入律者宗焉。《春日田园杂兴》,此盖借题于石湖。作者固不可舍田园而泛言,亦不可泥田园而他及。舍之则非此诗之题,泥之则失此题之趣。有因春日田园间景物感动性情,意与景融,辞与意会,一吟风顷,悠然自见,其为杂兴者,此真杂兴也。不明此义而为此诗,他未暇悉论,往往叙实者多入于赋,称美者多近于颂,甚者将杂兴二字体贴,而相去益远矣。诸公长者惠顾是盟,而屑之教。形容模写,尽情极态,使人诵之,如游辋川,如遇桃源,如共柴桑墟里,抚荣木,观流泉,种东皋之苗,摘中园之蔬,与义熙人相尔汝也。如入豳风国,耜者桑者,竞载阳之光景,而仓庚之载好其音也。如梦寐时雍之世,出而作,入而息,优游乎耕凿食饮,而壤歌之起吾后先也。其余瑰辞藻思,粲然毕陈,应接有所不暇。姑次第其篇什,附以管见,俟览者细订之。若曰折衷,则渭岂敢?岁强圉大渊献修禊节蓂,月泉吴渭拜手书。时元之前至元二十四年也。(《诗评》)

《诗评》共四百五十个字,是对解题的详细补充:

第一,从"诗有六义"到"相去益远矣",强调诗题之"兴"字。吴渭首先指出诗之六义,兴居首位,并认为自汉魏至唐以来,以兴的手法创作成就最高的人为杜甫。杜甫《秋兴八首》是"遇秋而遣

兴"之作,"八首写秋字少,兴字多。"①《秋兴八首》是杜甫爱国情
感的一次大爆发,诗人的情感在八首的前后承接中千回百转地流
露出来。明代张綖认为"按《秋兴八首》,皆雄浑富丽,沉着痛快。
其有感于长安者,但极言其盛,而所感自寓于中。徐而味之,则凡怀
乡恋阙之情,慨往伤今之意,与夫夷狄乱华,小人病国,风俗之非旧,
盛衰之相寻,所谓不胜其悲者,固已不出乎言意之表矣。卓哉一家
之言,夐然百世之上,此杜子美所以为诗人之宗仰也。"②杜甫所处
的时代被安史之乱所苦,月泉诗人所处则为夷夏之辨的尖峰上,二
者都面临了以夷代夏的危机。因此杜甫的爱国之情与南宋遗民的
爱国情结在本质上是一样的。《秋兴八首》与月泉吟社诗人可以
产生情感共鸣,所以吴渭在《诗评》才会将杜甫视为"兴"之典范。
月泉吟社征诗与《秋兴八首》之关系,清代仇兆鳌就已经注意到,
他在《杜诗详注》之《秋兴八首》末章,特意附上吴渭潜斋征诗时
《诗评》的这段文字③,以示杜诗对月泉吟社的影响。

　　第二,从"诸公长者"到"吾后先也",强调应征诗歌的审美理
想和效果,突出田园气息。"形容模写,尽情极态"是吟社征诗对
诗作艺术刻画力的要求,即达到使人诵之,如游辋川,如遇桃源,如
共柴桑墟里,如入豳风国等身临其境的效果。月泉吟社组织者通
过借用王维辋川、陶渊明桃花源记和柴桑等掌故,对诗歌的风格和
题材提出明确要求。如入豳风国,即要求诗人学习《诗经》中的

---

　　①　(清)吴见思撰《杜诗论文五十六卷四册》,转自叶嘉莹著《杜甫秋兴八首
集说》,北京大学出版社,2008年,第18页。

　　②　(明)张綖撰《杜工部诗通十六卷附杜律本义》,转自叶嘉莹《杜甫秋兴八
首集说》,北京大学出版社,2008年,第21页。

　　③　(唐)杜甫著,(清)仇兆鳌注《杜诗详注》,第4册,中华书局,1979年,第
1498页。

《七月》，用现实的手法逼真、细致地刻画田园风物，以实现对"真"的审美要求。月泉吟社征诗还追求高于生活的审美效果，就如王维之山水诗，陶渊明之田园诗，以实现诗歌对"美"的审美要求。"时雍之世"和"壤歌之起"则暗示月泉吟社应征诗人对太平盛世"优游于耕凿食饮"的向往。时雍之世①指时世太平。壤歌之起也是歌颂太平盛世。晋代皇甫谧著《高士传》卷上："帝尧之世，天下太和，百姓无事。壤父年八十余而击壤于道中。观者曰：'大哉，帝之德也！'壤父曰：'吾日出而作，日入而息，凿井而饮，耕田而食，帝何德于我哉！'"月泉吟社诗人借这些典故表达对理想社会的向往，没有贫富差别、没有高低贵贱，是老有所终、少有所养的桃花源，这体现了月泉吟社诗人对"善"的审美追求。

　　《诗评》尽管才四百五十个字，却对月泉吟社征诗的创作手法、情感基调、审美特征均作出了规定。在创作手法方面，吴渭指出兴居首位，并提出《秋兴八首》为范例。在情感抒写方面，吴渭也要求以老杜为楷模，抒写胸怀苍生的情怀。在审美方面，吴渭要求做到真正的杂兴，即处理好情与景的关系，将"兴"巧妙而不露痕迹地融入景物的描写之中，达到"形容模写，尽情极态"的艺术表现力，努力做到"真""善""美"相结合。综上所述，我们不难理解月泉吟社虽然以《四时田园杂兴》为题，仍要求"与义熙人相尔汝"，在强调"兴"的创作手法时却着意突出《秋兴八首》的情感抒写和审美效果。要求在体会题外之旨趣的同时，也强调"春日田园"的客体作用，"不舍田园"又"不泥田园"，"形容模写，尽情极

---

　　①　如《晋书》卷五十五《列传》第二十五有夏侯湛、潘岳、张协传，其中张协传"大夫曰'六合时雍，巍巍荡荡。'"《宋书·礼志一》："非演迪斯文、缉熙宏猷，将何以光赞时邕、克隆盛化哉。"元人贡师泰《拟古》诗也写道："一鸣垂衣裳，再鸣致时雍。"

态"。月泉吟社的《诗评》实则反映了吴渭诸公对田园诗如何平衡写实与写意所作出的努力与探索。

三、月泉吟社的评诗准则

方凤诸公的排名理由和评诗标准还见于具体的评诗中。方凤诸公对前六十名入选诗一一进行了评价①,并且对获奖者都送上赏札。评诗和赏札均反映了方凤诸公的排名理由和选诗标准。本章将从具体的诗歌评论和赏札中分析月泉吟社的诗歌理论。综观这些诗评,主要包括以下方面:

第一,强调黍离之悲,传达遗民心声。

首先,月泉吟社的主事者和评诗者,都有很强的遗民意识。方凤是"未及仕而运去祚移,抱其遗经,隐于仙华山之阳,穷深极密,殆与世隔。久之,稍出游浙东、西州,遇遗民故老于残山剩水间,往往握手歔欷,低徊而不忍去。缘情托物,发为声歌,凡日用动息,居游合散,耳目之所属,靡不有以寓其意。而物理之盈虚,人事之通塞,至于得失废兴之迹,皆可概见。故其语多危苦激切,不暇如他文藻饰秾丽以为工也。"(黄溍《方先生诗集序》)在南宋灭亡后方凤写了不少怀念故国,抒发亡国悲痛的诗作,如"遥遥烟霭里,犹作故宫看"②,"谁向龙山夸海国,一声铁笛女墙边"③。热情讴歌

---

①　在前六十名中,除了第十一名、第二十一名、第三十名没有给评语外,其余的人方凤诸公均有评价,而入选的摘句和结句无评语。为什么在六十名中,方凤诸公独独未给第十一名、第二十一名和第三十名评语,是方凤他们无意中疏忽了,还是有意为之? 此问题还有待研究。

②　(宋)方凤撰《同胡汲仲兄弟登香远楼》,见《存雅堂遗稿》卷一。

③　(宋)方凤撰《冒雨渡浦阳江》,见《存雅堂遗稿》卷二。

民族志士,与遗民同志以志节相抵砺,如"祚微方拥幼,势极尚扶颠。鳌背舟中国,龙髯水底天。巩存周已晚,蜀尽汉无年。独有丹心皎,长依海日悬"①等等。谢翱则散家资支持文天祥起兵抗元,败后浪迹江浙,与遗民相往来砥砺。谢翱还写下《西台恸哭记》,在遗民当中凝聚了情感,产生了震撼作用,引起众多人唱和。谢翱不仅从事实际抗元活动,也以笔为武器进行斗争。《过杭州故宫》:"禾黍何人为守阍,落花台殿暗销魂。朝元阁下归来燕,不见前头鹦鹉言。"《重过》:"隔江风雨动诸陵,无主园池草自春。闻说就中谁最泣,女冠犹有旧宫人。"寄托了诗人无尽的故国之思。随着时间的推移,年岁的增长,谢翱的遗民意识不仅没有减少,相反,闻鸡起舞的壮志变成了孤寂无依的愁心,他在《除夜闻雷》写道:"牢落长为客,残年独拥衾。……捣药滋玄发,书符狷黑襫。相看故乡泪,不敢效顺音。"另一首五律也写道:"可堪梦魂在,回首归孤棱。"另外两位主事者也具有很强的民族气节。吴思齐敢于顶撞贾似道,不畏权贵,追求正义,宋亡后与谢翱、方凤一起登严陵西台哭文天祥。吴渭在宋亡后退隐,为遗民聚首提供良好的物质条件,而月泉主事者的遗民意识赋予月泉吟社树盟强烈的黍离之悲。

其次,方凤诸公遴选作品时重视诗作是否抒写黍离之悲。这从月泉吟社意象的采用和思想情感的抒写上均有反映。在意象的选择上,诗社用桑意象表示桑梓之思,用麦意象抒发麦秀之悲,用杜鹃意象抒发亡国之恨,用燕子意象象征对旧国的思念等。在内容的抒写上,遗民对易代怀有乾坤颠倒般的悲痛,因而在诗中抒写对现实的无奈,对故国的思念,充满了沧桑感。"桑田沧海几兴

① （宋）方凤撰《哭陆丞相秀夫》,见《存雅堂遗稿》卷一。

亡,岁岁东风自扇扬。细麦新秧随意长,闲花幽草为谁芳。午桥萧散名千古,金谷繁华梦一场。满眼春愁禁不得,数声啼鸟在斜阳。"(第四十七名临清)"忙事关心在何处,流莺不听听啼鹃。"(第二名司马澄翁)"春风建业马如飞,谁肯田园拂袖归。……吴下风流今莫续,杜鹃啼处草离离。"(第七名栗里)

再次,方凤诸公遴选名次时也看重诗人的创作风格。月泉吟社的诗人大多用寓名。吟社成员在《全宋诗》中留有一定数量作品的人凤毛麟角。除了仇远(卷三六七八至卷三六八四)、方凤(卷三六一七至卷三六一九)、连文凤(卷三六二〇至卷三六二二)、谢翱(卷三六八七至三六九二)外,其余者基本只有几首甚至是一首诗歌。在这些诗人中,遗民思想最浓的是罗公福。罗公福,真名连文凤,其诗作按内容主要可以分为:题画诗、咏古诗、送别诗、感怀诗、自题诗。罗公福的自题诗尤其能反映诗人在宋亡后晚年较为凄凉。"半夜忽生乡土梦,屋前屋后荔枝香。"(《纪梦》)"余生空岁月,倦迹久尘沙。"(《暮秋杂兴》之一)"有句填诗债,无钱觅酒垆。"(《暮秋杂兴》之二)"岁月貂裘敝,生涯铁砚存。"(《默默诗》)诗人在临近晚年之时突病一场,生活更加困窘,"一病忽半载,囊无挑药资。"(《病后》)"家贫无长物,药债似随肩。"(《八月病中》)尤其是他的《自笑》诗写出生不逢时的感慨和无奈:"自笑儒冠不称时,几回堪笑复堪悲。闭门事少知贫好,逆境愁多恨死迟。勋阁麒麟无梦想,故山猿鹤有心期。纷纷尘俗都如许,吟得诗成欲寄谁。"抒写了遗民的孤独无助、飘零之感。即便在这样浪迹困顿的生活中,诗人仍念念不忘故国。连文凤的很多诗歌都出现"故国"、"国恨"、"愁"等字眼。写时事的有:"时事已凄凉,俛仰一今昔。"(《秋怀八首》之一)"翻覆看时事,艰危涉世途。"(《暮秋杂兴七首》之一)"生逢千劫后,死较十年迟。"(《病后》)写国破的有:"国破家亦破,愁杀夕阳山。"(《葛岭废第》)"山河亡国恨,风雨客楼声。"(《暮秋杂兴七首》之一)"故国愁心远,西风瘦骨寒。"(《中秋偶病》)写故国、故都的有:"嗟哉钟仪心,千古独憔悴。"(《秋怀八首》之一)"语言憔悴更可怜,故都写作断肠曲。潸然老泪愁天津,铜驼巷陌荆棘深。"(《寄庐陵刘国博会孟先辈》)"纵有刘伶酒,难消杜甫愁。"(《暮秋杂兴七首》之一)"西湖旧识惟鸥鹭,故国重来尽黍禾。"(《送李元晖阁舍归庐陵》)"故国山川千古在,前朝人物几家存。"(《送曹之才游天目山》)"此时苍生忧,谁知几百万。"(《秋雨叹》)在入选的诗人中,罗公福的整体创作风格最具易代的时代色彩,黍离之感最强。方凤诸公或许从罗公福的《春日田园杂兴》中识得此味,而王士禛则评为"尖刻"。作为一介布衣,遗民的困境只是守节。作为一名儒士,遗民的困境就是信仰与文化的挣扎。国不再,人生变得迷茫。士潦倒,理想变得空洞。"迁客无乡难避祸,饥民失业半充军。"(仇远《寄董无益》)精神的无依与空虚,让遗民更加感慨黍离之悲。"故国园林秋色净,明朝风雨桂花空。"(仇远《秋日西湖园亭》)吴渭、方凤、谢翱等诸公选诗、排名正是以是否抒写遗民之志、黍离之悲为依据。

第二,情感要求温柔敦厚,追求中和之美。

温柔敦厚始见于《礼记·经解》:"孔子曰:入其国,其教可知也。其为人也,温柔敦厚,《诗》教也。"儒家《诗》教的核心是中庸,由此导出了"中和"之美的美学原则。温柔敦厚既允许作家讽谏、怨刺政治、现实,为作家创作提供一个出路,同时也要求作家必须婉言微辞,采取比兴寄托的手法。温柔敦厚在情感抒发时强调淡化对立与冲突,实现对思想感情的适度调节,"怨而不怒"、"哀而不伤";在用字用语方面则要求作者讲究分寸,不可过于直接,也不可过于露骨；在表现手法上要求更多地采用比兴手法，而尽可能少用赋等直白的描绘，营造含蓄蕴藉的艺术风格，成就中和之美。温柔敦厚对中国文学的影响很大，它是作家从事文学创作的准则，也是批评家从事文学批评的依据。孔子论诗、乐十分重视中和之美。刘勰《文心雕龙》认为"《诗》主言志，诂训同《书》，摛风裁兴，藻辞谲喻，温柔在诵，故最附深衷矣。"诗歌应该"温柔在诵"，否则就"失诗之旨"。黄庭坚说："其发为讪谤侵凌，引颈以承戈，披襟而受矢，以快一朝之忿者，人皆以为诗之过，是失诗之旨，非诗之过也。"（《书王知载〈胸山杂咏〉后》）"失诗之旨"，就是失温柔敦厚之旨。杨万里也认为好诗应该如太史公所说的"国风好色而不淫，小雅怨诽而不乱"。

方凤诸公在月泉吟社评诗和选诗时追求中和之美，对有悖于温柔敦厚的诗作予以特别指出。如：评第四十名柳圃"咏杂兴甚工，但失之刻露，然其好处亦在此。"评第四十八名感兴吟"此诗无一字不佳，末语虽似过直，若使采诗观风，亦足以戒闻者。"评第五十六名桑柘区为"起四字绝佳，二联分明见田园，惜尾句'吊'字太过。"在这些评语中方凤诸公认为"刻露"、"过"、"直"都不好，如评第三十九名樵逸山人"全篇辞气雍容，末韵哀不伤，怨不怒，深得诗人之旨。"第四十八名感兴吟诗："儿结襁衣妇浣纱，暖风疏雨趯桑麻。金桃接种连花蕊，紫竹移根带笋芽。椎鼓踏歌朝祭社，卖薪挑菜晚回家。前村犬吠无他事，不是搜盐定榷茶。"这首诗前面三联均是描写农家生活的情况，结襁、浣纱、祭社、卖薪、挑菜，写的都是农家平淡的生活，尾联出现了波澜，用农家的狗叫声，引起人们的猜测，搜盐也罢，榷茶也罢，都打破了农村自给自足生活的平静。这首诗描写了农家生活的平静，真实细致地刻画，结尾处犬吠声打破平静，将田园的明亮改成了黯淡。方凤诸公认为"此诗无一字不佳,末语虽似过直,若使采诗观风,亦足以戒闻者。"又如第五十六名桑柘区诗:"粟爵瓜官懒觊觎,生涯云水与烟艇。晚风一笛麦秧陇,春雨半锄桑柘区。可是樊迟宜请学,肯教陶亮叹将芜。斜阳芳草关情处,更把新诗吊石湖。"方凤诸公批评此字用得"太过"。"吊"字,多指祭奠逝者,诗中虽指出学范成大写田园诗,但仍有违诗歌崇尚典雅、含蓄美,因此尾句"吊"过于平凡,并且给人以衰气,有损诗之雅韵。在月泉吟社每首诗歌的诗题下都有方凤诸公的评语,这些评诗的言辞对"刻露"、"太过"、"太直"等都持否定态度,直接表明了方凤诸公推崇温柔敦厚的中和美。

第三,强调"兴"的创作方法,力扫"时文气习"。

吴渭树盟一再强调"兴"的思维方式。"诗有六义,兴居其一,凡阴阳寒暑,草木鸟兽、山川风景得于适然之感,而为诗者皆兴也。"指出"兴"是诗人内心情感与外物巧合后,唤起诗人的创作欲望或灵感的一种思维状态。这种状态是自然的,而非刻意的。"比兴"作为一种艺术手法,可以使诗人的思想情感通过一种曲折的方式表现出来,让作品中的激愤情绪和悲苦心境以平缓的方式流露出来。作为艺术家,情感被触发之前,潜在地隐藏在内心深处,只有遇到适宜的事物才会被点燃、引发。在情感的抒发过程中,这种物就自然成为导出或传递诗人情感的最好媒介。在《月泉吟社诗》具体的评诗中,"兴"与"杂兴"被频繁地运用,如:

> 评第二名司马澄翁诗为"起善包括,两联说田园而杂兴寓其中,末语亦不泛"。
>
> 评第三名高宇诗为"前联妙于细合,后联引陶范不为事

缚,句法更高。末借言杂兴,的是老手。"

评第四名仙村人诗为"颔联十字,一毫不费力,自与粘泥体者不同,余见杂兴。"

评第七名栗里诗为"起叙石湖出处,善粘缀本题,颔联引渊明为对,语有斟酌;颈联就范诗状田园,结有悠扬不尽之兴。此诗若止如前半篇,则于义当属赋矣。"

评第十三名魏子大"前四句咏题,后乃述意。末二句亦不离春兴,格韵甚高,五言中未易多得。"

评第十五名蹑云"春日杂兴意已具首句,二联工致,后联句更高,结句所引与'兴'字相关尤有深味。"

评第十七名田起东"此真杂兴,二联组织甚工"。

评第二十三名天目山人"全篇是杂兴本色,而田园参贯其中,且无一语尘腐。"

评第二十五名槐窗居士"细润中见杂兴,若知田园娉婷,则有当进卢前矣。"

评第二十九名朱孟翁"平妥中用字有工,二联不拘体贴而题自见,末感兴深。"

评第三十七名徐端甫"如是而后为杂兴诗。中二联尤得趣,末无奇。"

评第三十八名龟潭"前联说田园轻快,第二句体贴'兴'字,五六带春景,体贴'杂兴'二字,更工,然而气格不甚高亦坐此。"

评第四十名柳圃"咏杂兴甚工,但失之刻露,然其好处亦在此"

评第四十三名东湖散人"前联得咏物之工,后联句法亦好,末见杂兴。"

评第四十九名王进之"以雅健语写高洁操,悠然之兴,见于篇末。"

评第五十九名君瑞"此真杂兴诗,起头便见作手。"

《月泉吟社诗》五十八个诗评中有十六处直接点到"兴"。《诗评》进一步指出"有因春日田园间景物感动性情,意与景融,辞与意会,一吟风顷,悠然自见,其为杂兴者,此真杂兴也。"方凤诸公从"杂兴"的角度来评判,对第十七名田起东、第二十三名天目山人、第四十名柳圃的诗评价较高,尤其称田起东诗为"真杂兴"。"桑风吹绿满原头,西崦东皋暖气浮。村妇祈蚕分面茧,老农占岁说泥牛。田乌飞逐耕烟犊,桑扈鸣随唤雨鸠。邻叟相邀同社饮,旋将新酒向花笿。"(第十七名田起东)全诗描绘田园风格和人情,丝毫不见诗人之意,这样完全寓情于景的诗歌,方凤诸公认为这就是真正的杂兴。又如第二十三名天目山人的诗歌:"野水浑边戏乳鹅,疏篱缺处晒耕蓑。草青随垄牛羊卧,门静无人燕雀多。夫倦倚犁需妇馌,翁欢击壤和孙歌。新来别有营生计,又喜巡檐住蜜窠。"方凤诸公评此诗为"杂兴本色"。这首诗只见平常的田园描写,透过纯粹的田园风物人情描绘,将情感暗藏其中,就如方凤诸公所说"田园参贯其中,且无一语尘腐。"这就是所谓要在春日田园上做出杂兴,却不要将"杂兴"二字体贴①。

方凤诸公在月泉吟社竞赛诗作的评选过程中着意强调"兴",月泉吟社的应征诗人在创作中同样有意点明"兴",如:

浩兴归来吟不尽,陶诗和后和豳诗。(第十名吕澹翁)

---

① 《春日田园杂兴》题意,见《月泉吟社诗》汲古阁本。

春来非是爱吟诗,诗是田园漫兴时。春来非是爱吟诗,诗是田园乐兴时。春来非是爱吟诗,诗是田园饮兴时。春来非是爱吟诗,诗是田园懒兴时。春来非是爱吟诗,诗是田园引兴时。春来非是爱吟诗,诗是田园寄兴时。春来非是爱吟诗,诗是田园乘兴时。春来非是爱吟诗,诗是田园遣兴时。春来非是爱吟诗,诗是田园尽兴时。春来非是爱吟诗,诗是田园感兴时。

（第三十一名陈希郐）

佳兴二公能领会,可能胸次太多诗。（第三十五名避世翁）

星明天驷兆兴农,稼圃犁锄处处同。（第四十五名陈纬孙）

桑田沧海几兴亡,岁岁东风自扇扬。（第四十七名临清）

田园兴在早春时,眼缬生红喜上眉。田园兴在晚春头,且说田蚕两事休。

（第五十一名闻人仲伯）

以上诗歌直接将"兴"字入题。中国诗歌的思维方式尤其注重整体,"兴"的思维方式对作品的整体艺术魅力的形成具有独特的作用。孔子说"《诗》可以兴",孔子提出的这个总括概念就如"播下了一颗极大发展可能性的种子,后世中国美学关于艺术特征的理论是从这颗种子逐渐生长起来的大树。"①钟嵘在探讨比兴的时候说"文已尽而意有余,兴也。"可见,"兴"的最大魅力在于它能够达

---

① 李泽厚、刘纲纪著《中国美学史》卷一,中国社会科学出版社,1987年,第125页。

到一种无穷无形的艺术表达效果,在于它直取本真而能超越语言的直觉。"说《诗》的人你说你的,我说我的,越说越糊涂"①,朱自清此语正说明了"兴"富有无比丰富的内涵。月泉吟社征诗以《春日田园杂兴》为题目,为竞赛诗人的创作开拓了一个宽广的发挥空间。

吴渭诸公在《诗评》和评诗中反复强调"兴",同时在解题中又强调"不要体贴杂兴"。"体贴"二字,主要是针对宋代科举举业的时文流弊而提。因为月泉吟社题目要求写出"杂兴",按照以往惯例,诗人往往会按照省题诗的做法,在题目上下工夫,体贴"杂兴"二字。科考强调的是程式,而吴渭征诗是要求诗人重点在"题趣",所以一再强调去"时文气习"。所谓的"时文习气",是指省题诗作法最重要的一点是"诂题"——"依题敷绎",即在题目上下工夫,几乎全篇成了诗题字意的讲解,而不是诗人情感的抒发。月泉吟社征诗明确提出去时文气习,要求大家不要过于拘于诗题本身,而要抒写自我的感受。这些主张实则反映了南宋遗民在诗学革新方面的创见和贡献。这是南宋遗民在中国诗歌发展史上担负起的历史角色所决定的。站在宋元易代的时代转折点上,如何做好新旧朝文学的传承和嬗变,是吴渭、方凤诸公不得不面临的问题。有宋一代,科举程式已经深入举子的骨髓,不少人因为场屋蹭蹬,岁月蹉跎,只得拖着"举子"的尾巴,"不时露出丑来"②。同为遗民的刘埙深刻地揭示过时文的流弊以及举子所受到的流毒:"工举业者力学古文,未尝不欲脱去举文畦径也,若且淘汰未净,自然一

---

①　朱自清著《诗言志辨》,华东师范大学出版社,1996 年,第 48 页至第 49 页。

②　祝尚书著《宋代科举与文学》,中华书局,2008 年,第 565 页。

言半语不免暗犯。故作古文而有举子语在其中者,谓之金盘盛狗矢。"其他遗民也对科举时文的毒害进行深刻反思,如舒岳祥《跋王矩孙诗》:"方科举盛行之时,士之资质秀敏者,皆自力于时文。幸取第一,则为身荣,为时用,自负远甚。惟窘于笔下,无以争万人之长者,乃自附于诗人之列。"①戴表元《陈晦父诗序》:"人不攻诗,不害为通儒。……所见名卿大夫,十有八九出于场屋科举,其得之之道,非明经则辞赋,固无有以诗进者。间有一二以诗进,谓之杂流,人不齿录。"②可见,在南宋末年,整个社会对时文的追逐已经严重损害了诗歌的发展。吴渭诸公有感于此,所以一再强调去"时文气习",并顺势提出了诗歌革命性的征诗要求。吴渭是这样形容此次征诗的意义:"月泉旧社,久寨诗锦之华","念伟事或偶成于戏剧。"③"久寨诗锦之华"既是月泉旧社的现状,也反映了宋末元初整个诗坛的状况。因此,吴渭在浦江树盟月泉吟社的意义,除了表达亡国之后遗民的心绪,凝结遗民互动之外,也拯救了宋末以来诗坛的颓败,正如吴渭所说"伟事偶成于戏剧"。吴渭把此次征诗看成是一场诗歌革新历程中的小插曲,实则为易代时期诗歌的发展提供了新的血液。

第四,论起承转合,走传统诗法套数。

方凤诸公所选前 60 名诗人的 74 首诗作,除第三十一名陈希郤有 10 首,第五十名元长卿有 2 首,第五十一名闻人仲伯有 3 首④,第

---

① （宋)舒岳祥《阆风集》卷一二,文渊阁四库全书本。
② （元)戴表元《剡源文集》卷九,《剡源戴先生文集》,四部丛刊初编本,上海商务印书馆。
③ （宋)吴渭《月泉吟社·誓诗坛文》,汲古阁本。
④ 按照《月泉吟社诗》别注,元长卿和闻人仲伯实为同一人,即义乌人陈希声。

五十二名戴东老有 3 首之外,其余均只有 1 首①。在这 74 首和 33 对摘句中,绝大部分是七言律诗,极少数为五言律诗。律诗有严格的格律,如讲平仄、粘对、拗救、避重韵、忌复字等。而省题诗除了要做到以上几点外,还有一套不同于律诗的"起、承、转、合"的"程式"。"省题诗自成一家,非他诗比也。首韵拘于见题,则易于牵合;中联缚于法律,则易于骈对。"②可见,科举律体的做法讲究更严格的格法。科举诗赋取士虽从唐代开始,唐代省题诗却是逐步走向程式化的。唐代省试诗开始之初限韵并不是很严格,晚唐才限韵。洪迈说:"唐以赋取士,而韵数多寡,评侧次叙,元无定格。自太和(827—835)以后,始以八韵为常。"③宋代诗赋考试特重声韵,出现了举子们必须执行的"金科玉律"——《礼部韵》。甚至到元代初期大德初年,科举已废,于济、蔡正孙仍编《精选唐宋千家联珠诗格》二十卷,可见"格诗"的积习至元代初期仍未有多少改观。

　　对诗歌各机体部分的强调实为传统"起承转合"之法论诗的一种表现,是"起承转合"三要素④的一部分。"起承转合"的提法

----

①　注:第二十名学古翁所交诗作不只一首,因为方凤诸公对其评语为"此卷八诗,一起一结中六篇,分咏三春节序,曲尽田园间景态,……今全录其首篇"。因此入选诗歌仍然是一首。第五名山南隐逸交诗六首,"此卷七言凡六首",此处只选其中一首。

②　(宋)葛立方撰《韵语阳秋》卷三,上海古籍出版社,1984 年。

③　(宋)洪迈撰,孔凡礼点校《容斋随笔》卷一三《试赋用韵》,中华书局,2005 年。

④　据吴正岚《宋代诗歌章法理论与起承转合的形成》一文,起承转合应该包括三个要素:其一,将诗歌分为四个部分;其二,强调各段之间的逻辑联系;其三,重视各部分与诗题即诗意之间的关系。见《南京大学学报》,2003 年第 2 期。

虽然到元代才正式出现①,但三要素的渊源可以追溯到唐五代诗格,甚至更早。《文心雕龙·章句》已经强调诗文各部分之间的呼应关系。唐五代已经将律诗分为四段,并且也重视诗格各部分与诗题关系等问题。到了宋代,对诗歌形式上的要求愈演愈烈。

方凤诸公受时代风气影响,评诗注重诗歌的入题情况,如:评第二名司马澄翁诗"起善",评第七名栗里"起叙石湖出处,善粘缀本题",第十五名蹑云"春日杂兴意已具首句",评第三十四名云东老吟"起善摹写",评第五十三名子直"起句快便",第五十九名君瑞"起头便见作手",第十八名唐楚友"前联不束于题"。方凤诸公评诗还注重用韵,如:评第五名山南隐逸"律细韵高",第十二名邓草径"用韵尤工",第十三名魏子大"格韵甚高",第十四名喻似之"末韵过人矣",第五十五名九山人"次联韵度迥别"。方凤诸公评诗还注重诗歌联与联之间的承接关系,如:评第三十四名云东老吟"起善摹写,五六用渊明摩诘语,却以第七句承之,可谓得格",这是典型的科举程式。方凤诸公仍以"格"评诗,如:评第十三名魏子大"格韵甚高",第十八名唐楚友"格调甚高",第二十二名骑牛翁"为气格之累",第三十八名龟潭"气格不甚高"。方凤诸公评诗还注重用字方面,如:评第二十九名朱孟翁"平妥中用字有工",第五十六名桑柘区"起四字绝佳,……惜尾句吊字太过",第五十七名柳州"晒字欠工"。科举应试诗作法很讲究技巧,"试律为诗之一体,而其法实异于古、近体诸诗。其义主于诂题,其体主于用法,其前后起止、铺衍铨写,皆有一定之规格、浅深之体式。而且题中有一字,即须照应不遗,题意有数重,又

---

① 最早以"起承转合"论诗的是元代托名杨载的《诗法家数》与傅若金的《诗法正论》。明清两代,"起承转合"之法在诗论界广为盛行。

须回环钩绾"①。宋人强调诗歌各部分的有机关系以及诗歌各部分与诗题之间的关系。如姜夔《白石道人诗说》云："大凡诗,自有气象、体面、血脉、韵度……血脉欲其贯穿,其失在露。"以"血脉"形象论诗。黄庭坚要求诗文之作"先立大意":"每做一篇先立大意,长篇须曲折三致意,乃为成章耳。"讲究诗歌首尾与诗意的关系:"作诗正如杂剧,初时布置,临了须打诨,方是出场。"特别是省题诗,葛立方指出两条规则:其一,首韵必须"见题","首韵拘于见题,则易于牵合。"其二,中联应当严守韵律,"中联缚于法律,则易于骈对。"(《韵语阳秋》卷三)这些诗歌评论的观念影响了方凤诸公评诗。

　　鉴于宋季以来,时文弊端,科举诗赋,程式愈重,吴渭征诗在解题、诗评时一再强调要去"时文习气",然而又为何采用锁院试士之法? 究其因主要有二:其一,寄托遗民对逝去的一切之怀思。科举虽然存在诸多弊端,却是士人入仕的最好方式。尤其在宋代,科举提拔了不少寒门之士,因此科举在举子心中是极具威望的。对科举的模仿,可以让遗民暂时忘却现实,在幻想中感受昔日的人生尊严和价值,也可以借此宣泄对故国的思念。其二,吴渭诸公毕竟是从宋季走过之人,难免打上传统的烙印,未能完全摆脱科举老套。这在《月泉吟社诗》的评诗、回札和赏札中有突出体现,如回札赏札中均用四六文等。

---

① 　(清)梁章钜著,陈水云、陈晓红校注《梁章钜科举文献校注二种》,武汉大学出版社,2009 年,第 556 页。

四、月泉吟社主要成员与元诗"宗唐得古"倾向

早在南宋中后期便有人提出宗唐得古的思想。刘克庄在南宋灭亡前就说过"近世诗学有二:嗜古者宗选,缚律者宗唐。"宗唐得古,邓绍基先生将其概括为"古体宗汉魏两晋,近体宗唐"。"宗唐"具体的是指宗杜甫。元初家国沦丧、世风日下,广大诗人对杜甫那种"穷年忧黎元"的爱民精神,"致君尧舜上,再使风俗淳"的忠君思想有一种全新认识。"得古"则是追慕汉魏晋三代,渴慕达于三代之治的社会心理机制。在整个诗歌发展史中,宗唐得古就是以学习唐人的近体诗为契机,以汉魏的古体诗为桥梁,以达到摆脱宋末诗的艰涩雕琢、金季诗的粗粝等弊端①,努力培植风骨健举、古朴淳淡的艺术风格。月泉吟社竞赛诗作对陶渊明意象的偏爱,力求与"义熙人相尔汝"是吟社"得古"思想的突出体现。《诗评》对杜甫《秋兴八首》的强调则是"宗唐"的标志。吟社中方凤、仇远、黄景昌诸公更是宗唐得古理论的有力支持者。

1. 方凤

方凤的诗学主要见于他的《仇仁父诗序》中:

> 山村仇君过余说诗,余观其年甚茂,才识甚高,处纷华声利之场而冷澹生活之嗜,混混盆盎中见此古罍洗,令人心醉。及披其帙,标格如其人,盖得乾坤清气之全者也。
>
> 余谓作诗,当知所主,久则自成一家。唐人之诗,以诗为

---

① 宋与金虽有江山之限而出现的文化差异,但于诗歌创作却是极其相似的以苏、黄为宗,由金入元的一代大家元好问指出,金"百年以来,诗人多学坡、谷。"

文,故寄兴深,裁语婉;本朝之诗,以文为诗,故气浑雄,事精实;四灵而后,以诗为诗,故月露之清浮,烟云之纤丽。今君留情雅道,涤笔冰瓯,其孰之从? 仇君曰:"近体吾主于唐,古体吾主于《选》"。融化故事,往往于融畅圆美中,忽而凄楚蕴结,有《离骚》三致意之余韵。然后知向之所以为仁父者,穷而故在也。今夫水,虽万折必东焉。鸟兽大者,丧其群,过乡翔回焉,鸣号蹢躅焉;小者至于燕雀,犹有啁啾之顷焉。由人心生也,使遭变而不悲黍离,居縶而不念仪凫,望白云而不思亲,过西州门、闻山阳笛而不怀故,是无人心矣,而尚复有诗哉!

　　此余于仁父之诗,独证其不为穷所移。又明年复相见,乃序而归之。人当有因余言而深知仁父之心者,世之人不有知其心则仁父自知之。余知之后世亦必有知之者矣。友人东阳郡遗民方凤韶父。

方凤高度评价了仇远的理论主张和创作实践,同时也明确了自己的诗学观点。方凤将宋季诗歌分为两个阶段:一是四灵之前之诗,方凤认为此时期诗歌气浑雄,事精实,道出宋诗"实"的特点;二是四灵之后之诗,方凤形容为其为"清浮","纤丽"。"以诗为诗"与"以文为诗",都不是方凤所推崇,他所推崇的是要有"兴寄"的作品,并认为唐代诗歌就是"寄兴"遥深之作。方凤论诗尤重情感,认为情感往往是随物感兴,由人心生出,就像屈原《离骚》那样反复倾诉忧国忧民之情。作为遗民,方凤很清楚遗民的情感支柱和责任使命,他把"思亲"、"怀故"、"悲黍"当为遗民情感的主流。方凤很能理解杜甫写于安史之乱之后作品的情感,将杜甫视为知音,并将黍离之悲、麦秀之感表现在自己的创造实践中。正如四库馆臣所评:"凤泽畔行吟,往往眷念宗邦,不忘忠爱,……幽忧悲思,再三致意,有《黍离》、《麦秀》之遗音,固犹不失风人之义也。"①宋濂更是一语道破方凤对唐代诗人杜甫的追慕:"凤……晚遂一发于咏歌,音调凄凉,深于古今之感。……世言杜甫一饭不忘君,今考其诗信然。凤虽至老,但语及胜国事,必仰视霄汉,凄然泣下,故其诗危苦悲伤,其殆有得于甫者非耶?"杜甫"凡出处去就,动息劳佚,悲欢忧乐,忠愤感激,好贤恶恶,一见于诗"②,方凤则是"缘情托物,发为声歌,凡日用动息,居游合散,耳目之所属,靡不有以寓其意,而物理之盈虚,人事之通塞,至于得失废兴之迹,皆可概见"(黄溍《方先生诗集序》),所以人们"以杜甫拟之"。可见,方凤对"宗唐"体会尤深,不仅在诗歌的主张上崇尚唐诗,并且在创作实践中追慕唐人以诗写人生、写现实的特点。

2. 黄景昌

黄景昌字清远,一字明远,晚自号田居子。四岁入小学,十二岁能属文,常从方凤、吴思齐、谢翱游。益通五经、诸子百家之言,尤笃意书春秋三传,异说学者不知所从,景昌据经为断,作《春秋举传论》,又作《周正如传》。考《蔡氏传正误》、《古诗考》。黄景昌的情况主要见于宋濂《浦阳人物记》中《黄景昌传》,《嘉靖浦江志略》之《文学》,以及吴莱所写《夜观古乐府词,忆故友黄明远。明远曾作《乐府考》,录汉魏晋宋以来乐歌古词》等。

黄景昌为人亲善、孝悌,"景昌事亲孝,亲没哀泣至终丧。遇

---

① (清)纪昀等撰《四库全书总目提要》,集部之别集类,《存雅堂遗稿》。
② (唐)杜甫著,(清)仇兆鳌注《杜诗详注》,附胡宗愈《成都新刻草堂先生诗碑序》,中华书局,1979年。

孤姊甚恋恋,怀乡人有恩。"对弱者,黄景昌也表现了恻隐不忍之心,这些品德与他"尤笃意《书》《春秋》,学之四十年不倦"有关。《诗》《书》《礼》《易》《春秋》都是儒家的经典,黄景昌对儒家经典深有钻研,并颇有建树,以儒家"立言"作为自己的人生目标。"年既耄,犹执笔删述不已,或劝其休,景昌曰:'吾岂不知老之宜佚哉?恐一旦即死,无以藉手见古人耳。'"颇有"朝闻道,夕死可矣"的执着。

黄景昌"善持论,出入经史,衮衮不穷,如议法之吏,反复推鞫其人,不服不止。故其所言,皆绰有理致。"既然以立言为一生的追求,黄景昌就敢于冲破陈见,挑战权威,树一己之言。据宋濂《浦阳人物记》记载,"三传"异说,学者不知所从,景昌据经为断,各采其长,有不合者,痛辞辟之,不少恕,作《春秋举传论》。巴川阳恪著《夏时考正》,言三代悉用夏时,不改月数。景昌以"左氏纵不与孔子同时,亦当近在孔子后,其言当不诬",作《周正如传考》。建安蔡沈众说集说为《书传》,世无敢议其非,景昌独疏其说数十百条,作《蔡氏传正误》。

黄景昌精通于诗赋,并对诗赋有独到见解,创作主张偏重"得古"。黄景昌以"古人论诗主于声,今人论诗主于辞。声则动合律吕,可以被之金石管弦,辞则文而已矣。"乃集汉魏以来诸诗,各论其时代而甄别之,作《古诗考》。在汉赋、唐诗、宋词以及唐宋古文的文学宝藏中,黄景昌独钟情于汉魏晋宋以来乐府古词。吴莱说他"嗟君尚爱古乐府,夜半松风知此声。"黄景昌尤重汉魏古诗中可以"被之金石管弦"的乐府之辞。他认为声动合律吕,声音直接沟通内心,辞不过文字耳,不能直达内心世界。黄景昌对吴莱说"伟兹欲继三百五,佗尽虾蟹此蛟鼍。"在先秦的文学中,黄景昌独赞可入乐而唱的《诗三百》。

黄景昌还将"宗汉魏古体"付诸创作实践。晚年作《田间古调辞》九章,"一章曰耕田,二章曰抱瓮,三章曰濯涧,四章曰暴日,五章曰候樵,六章曰倚窗,七章曰联蓑,八章曰酿酒,九曰章曰开径。"①这九章均入乐可唱,"宾客至,辄揭瓮取酒共饮,酒酣,取辞歌之,以策击几为节,音韵激烈,闻者自失,不知世上有富贵也。""音韵激烈",这是黄景昌作为遗民的心绪。"不知世上有富贵"则是黄景昌作为文人的本心。黄景昌晚年所作古乐府,融汇了慷慨激烈之声与性本自然之心。正如吴莱所说"清商雅部灿然文,骑吹箫铙雄者武。心力涵泳到,手力抄撮来。口力有白醭,目力无纤埃。时时弄笔便著句,花木禽鱼古今趣。"《田间古调辞》有九章,初看每章都是田间本色,诗人求"花木禽鱼古今"之趣,细细品味,章章都是遗民的辛酸血泪。

3. 仇远

仇远(1247—1326),字仁近,一作仁父,号近村,又号山村民,钱塘人。仇远一生经历了两次大的转折:一是公元 1276 年仇远 30 岁时南宋灭亡,仇远成为南宋遗民;一是 1300 年仇远 53 岁时,正式进入新朝②,两次人生变化相隔二十三年。这二十三年中仇远怀着对故国的深情与眷恋,饱受国破家亡的哀伤与沉痛,"南宋遗民故老,相与唱叹于荒江寂寞之滨"。面对元廷带着强制色彩的征召,仇远坚辞不就。直至 53 岁才出任镇江学正,也出于延续"圣贤一脉",维华夏传统文明于不坠的目的而入仕学官。即便如

---

① 　(元)吴莱撰《田居子黄隐君哀颂辞》,见《渊颖吴先生文集》卷八,四部丛刊初编本。

② 　"部使者强迫之"的情形下,仇远于 1301 年出任镇江学正,1305 年任溧阳教授。参见况周颐《蕙风词话》,转自唐圭璋《词话丛编》,中华书局,1986 年。

此,仇远深陷"仕者既无以心服不仕之民"①的困境,总觉得自己如
"失群鸳鹭"在"凄凉烟水深处"②,最终辞去溧阳教授之职,从溧
阳回到杭州隐居终老。

仇远与张炎是元初活跃于杭越一带的宋遗民群体中杭越词人
群体的关键人物,在宋元词发展史上地位举足轻重。仇远与南宋
著名遗民词人张炎、周密、王沂孙等人交往甚密。入元后,仇远与
谢翱、方凤、周密、张炎、戴表元、方回等互相唱和,尤与方回唱和频
繁,关系密切。方回在诗学方面有独到见解。他的《瀛奎律髓》是
一部重要的唐宋律诗选集。方回最崇尚的是杜甫与"一黄二陈",
其次推崇以梅尧臣、张耒为代表的"古淡"派,排斥晚唐体、西昆
体、四灵体及江湖派。共通的诗学观是仇远和方回频繁唱和的联
系纽带。仇远的学生张翥、张雨、莫维屏都是元代词大家。著名的
南宋遗民方凤、牟巘、戴表元等都为仇远写过序跋。"盖远虽元
人,而家在钱塘,所交皆为知名之士,又与宋末遗民相切磋,故其词
骎骎入古。元词之不尽衰者,乃仇远、张翥之功,而翥学又出于远,
故所系甚重也。"③仇远与宋末遗民相切磋,"其词骎骎入古",其
诗歌创作也"诗格高雅,往往颉颃古人,无宋末粗犷之习"④。

仇远诗歌具有唐代遗风,释弘道说:"吾爱山村友,诗工字亦
工。波澜唐句法,潇洒晋贤风。"据《新元史》仇远本传载:"仇
远……著有《山村集》、《批点唐百家诗选》。"仇远对王安石编的
《唐百家诗》进行批点,虽该书已佚,我们无从得见其风貌,但未尝

---

①　(元)戴表元撰《送屠存博之婺州教授序》,见《剡源戴先生文集》卷十三,
四部丛刊本。

②　(元)仇远撰《摸鱼儿·答二隐》。

③　孙克强编著《唐宋人词话》,河南文艺出版社,1999 年,第 891 页。

④　(清)纪昀等撰《四库全书总目提要》。

不可从中窥见仇远推崇"宗唐得古"旨趣。仇远自己也明确表示过自己的诗歌主张："近体吾主于唐,古体吾主于《选》。"这一观点得到方凤的大力赞扬。仇远对唐代诗人杜甫极为推崇,他在《读陈去非集》说道:"简斋吟集是吾师,句法能参杜拾遗。宇宙无人同叫啸,公卿自古叹流离。穷途劫劫谁怜汝,遗恨茫茫不在诗。莫道墨梅曾遇主,黄花一绝更堪悲。"陈简斋即陈与义①。仇远在诗歌中明确表示欲以陈与义为师,而陈与义又是学习杜甫的。可见,仇远既要学习杜甫、陈与义二人的"句法",更要学习他们那种虽饱尝战乱流离、颠沛漂泊之苦,仍以诗歌抒发济世之志的精神。

　　由于长期生活在杭州,抒发深沉的故国之悲是仇远诗的主要情感。杭州这个南宋的都城给仇远强烈的情感冲击,仇远擅长从对比的角度写杭州的今非昔比。如:"渐无南渡旧衣冠,尚有西湖风雨寒。凤鸟不来山寂寂,鸱夷何在海漫漫。荒陵樵采官犹禁,故苑烟花客自看。惟恨余杭门外柳,长年不了送征鞍。"(《凤凰山故宫》)②"西湖一曲百泉通,漠漠青山绕梵宫。故国园林秋色净,明朝风雨桂花空。银笙玉笛清歌外,画舫珠帘落照中。人物风光两相称,儿童遮莫笑山翁。"(《秋日西湖园亭》)西湖依旧流淌,园林

――――――――

　　① 陈与义在北宋做过地方府学教授、太学博士,在南宋是朝廷重臣,又是一位爱国诗人,其主要贡献还是在诗歌方面,给后世留下不少忧国忧民的爱国诗篇。陈与义是南北宋之交的著名诗人。他的诗歌创作可以金兵入侵中原为界线,分为前后两个时期。前期诗风明快,很少用典,以《墨梅》诗受到徽宗的赏识。南迁之后,经历了和杜甫在安史之乱时颇为相似的遭遇,转学杜甫。他不像江西派诗人那样,只从句律用字着手,而是把自己的遭遇和国家的命运融合在一起,题材广泛,感时伤事,成为宋代学习杜甫最有成就的诗人之一。诗作最逼近杜诗的是七律,如《登岳阳楼》之一、《巴丘书事》、《再登岳阳楼感慨赋诗》、《除夜》等,雄浑悲壮,感慨多端。五言律如《雨》诗二首、《除夜》等则以清迥峭刻见长。

　　② 《全宋诗》卷三六八四,第七〇册,第44248页。

依旧明净,笙笛依旧悠扬,画舫珠帘仍在,然而故国毕竟已成往事烟云,衣冠已改,采樵犹禁。陪伴着今日西湖之子的只有那漠漠的青山和梵宫寺庙,不见了往日的"西湖歌舞"的热闹和繁华,诗中蕴含着无比悽惋之情。又如《湖上值雨》:"波痕新绿草新青,有约寻芳芳不晴。莎径泥深双燕湿,柳桥烟淡一莺鸣。山围故苑春常锁,泉落低畦暖未耕。十载旧踪时入梦,画船多处看倾城。"前四句以写景为主,后四句以抒情为主,章法井然有序。前四句紧扣雨中的西湖来写,写得诗意朦胧。后四句转入抒情,极目远眺青山环绕着故宫池苑,情感基调却转为凄迷悲凉。尽管尾联以写梦收场,回忆昔日繁华盛世,画船歌舞,游人踏青,倾城而出,但这些毕竟是梦,"十载旧踪时入梦",将欢乐情感抖落殆尽,增加了无尽的悲凉感。仇远在诗歌中常常会用"故国"、"故苑"、"旧"来维系今昔对比,在景物的描写中融入诗人遗民故老之思。杭州这个特殊的城市,见证着王朝的更替,人事的变迁。沧桑剧变是仇远与杜甫情感共振的磁场。杜甫的《秋兴八首》就是写诗人身在夔州,心系长安,对长安无限向往的种种心情。仇远意欲学杜诗之"句法"。当然诗人之间的共鸣真正源自心灵深处,"穷途劫劫谁怜汝,遗恨茫茫不在诗"。仇远的作品主要见于他的《金渊集》和《山村遗集》。

综上所述,月泉吟社及其征诗比赛中所反映出来的诗学观,除了方勇先生在《南宋遗民诗人群体研究》中略有提及外,历来月泉吟社研究者基本未关注。方勇先生论及南宋遗民诗人诗歌创作的主题取向和风尚风貌时,举月泉吟社中个别诗人诗句为例。笔者从清初文学大家王士禛对《月泉吟社诗》"遍和"之举,及重新排名为切入点,详尽论证《月泉吟社诗》的《诗评》和评诗,以及吟社主要成员的文学思想。通过分析可知,月泉吟社征诗以唐人杜甫为榜样,追求"杂兴"的审美效果,与方凤、仇远、黄景昌等吟社成员

"宗唐得古"的思想相一致。在"宗唐得古"的思想指导下力求去"时文习气",这是月泉吟社主事者对宋元之际诗歌发展方向的探索,也是吟社对宋元之际诗歌发展作出的最大贡献。尽管吟社本身也保留了不少科举程式的痕迹,但并不影响月泉吟社在诗学发展史上的价值,这种不足恰恰体现了宋元易代之际,诗歌在传承与嬗变过程中客观而真实的一面。

第七章　月泉吟社的影响

月泉吟社是个极具特色的诗社。在内容抒写上崇尚田园诗的清新;在思想主旨上强调时代的声音;在形式上仿效"锁院试士"之法。本章主要从主旨和形式两方面展开,论述吟社对后世诗社和诗歌的影响。

一、月泉吟社对后世诗社的影响

诗社是古代文人结社的常见形式,结社又是文人的群体活动,但是并不是所有的文人群体活动都是结社。文人群体的组合类型形式多样,有家族型的,如三苏、三曹;有地缘型的,如河汾诸老;有师传型的,如苏门四学士;有交友型的,如兰亭雅集;有党社型的,如复社;有宗教型的,如慧远白莲社。

较早的文人群体活动,邺下集团、兰亭集会、竹林七贤,都是文人参与的群体,但均不能称为文人社团。那么什么样的文人群体才算是正式的文人社团呢? 何宗美先生在《明末清初文人结社研究》中指出,确定一个文人团体是否结社,最基本的标准可以概括为两条:第一,社名、社址、社长、社友、社约、社会、社诗等皆明确可考或部分见于记载。第二,在文人唱和酬答之作或有关记载中,出现过"诗社"、"吟社"、"文字之会"、"结社"、"入社"等语,也是断定结社的重要依据。欧阳光先生在《宋元诗社研究丛稿》中则认为,将诗社活动与一般雅集唱和活动区别开来的标准是:第一,凡是有正式的诗社名称,或订有社规会约,有相对固定的成员和活动地点,并定期举行活动,应属于诗社范畴。第二,雅集唱和活动或文人酬答中,出现了"同社"、"结社"、"入社"等字眼,或者虽未出现"社"字,但使用了"同盟"、"诗盟"、"文会"等字眼,也可视为诗社活动。何宗美先生和欧阳光先生均从名与实两个角度来判断文人结社的成立,既考虑实体的存在,也不排斥文献的记载价值。可以说,重在考察文人结社是否有集团性和文学性。马茂军先生则认为,严格意义讲,诗社是指以作诗为宗旨,有较固定之社员,经常有诗社的活动。那么最早的诗社出现在何时? 马茂军先生《宋代诗社与诗歌创作关系研究》一文说道:"严格意义上的诗社当从元丰元祐年间贺铸彭城诗社和邹浩颍川诗社算起。"①欧阳光先生则认为,魏晋时期邺下文人集团间的交游唱和,王羲之、谢安等曲水流觞的兰亭修禊,这些早期的文人集会与唱和是后世诗社的滥觞,而东晋时期庐山白莲社②为后世诗社的源头。

迄今文献中最早发现"诗社"之名是在唐代中期大历时期。大历十才子司空曙曾写《题凌云寺》:"不与方袍同结社,下归尘世竟何如。"以及《岁暮怀崔峒、耿湋》:"洛阳旧社各东西,楚国游人不相识。"此外,高骈写过《途次内黄马病寄僧舍呈诸友人》:"好与高阳结吟社,况无名迹达珠旒。"大历时期已经出现了"结社"、"旧

---

① 马茂军先生认为,怡老会一般类似现在的退休者协会,虽琴棋诗画都作,而非以诗为旨归,归入宽泛意义上的诗社则可,因此不是严格意义上的诗社。见《宋代诗社与诗歌创作关系研究》,《东方论坛》,2006 年第 1 期。

② 欧阳光先生认为东晋时期庐山白莲社,虽目的是为了同修净土之法,并非文学性的社团,但是名称及立盟结社的组织形式对后世诗社有着启发和影响,因此将它视为后世诗社的源头。

社"、"吟社"，唐末五代时期正式出现"诗社"二字。据《九华山录》记载，僧应物写道："龙池庵僧清宿与张扶为诗社，驱者如归。"张扶等成立的诗社，响应者众多，"驱者如归"，可以想见其规模之大。唐末五代时期，就已经出现了规模较大、影响较远的诗社。因此，真正的诗社应该出现在唐代。可惜"大历十才子"结社也未能成为一桩文学盛事，张扶诗社对后世的影响也不大，未能引领一个结社热潮，结社并未成为文坛风气。影响较大的倒是白居易成立的香山九老会，尽管九老会以谈禅娱老为主要目的，但由于是大诗人白居易所创，结社的活动也确实有诗酒唱和的内容，所以具有诗社的性质。自白居易的九老会之后，宋代乃至明清两代都不断地有此类结社出现。宋代有李昉汴京九老会、徐祐苏州九老会、马寻吴兴六老会、杜衍睢阳五老会、章岵苏州九老会、文彦博洛阳五老会、文彦博洛阳耆英会、文彦博洛阳同甲会、司马光洛阳真率会、程俱衢州九老会、朱翌韶州真率会、史浩四明尊老会、汪大猷四明真率会、刘爚建阳尊老会等。明代的怡老诗社则至少超过三十九例。因此，香山九老会便为古代怡老诗社之祖。综上可知，唐代出现了诗社，但没有形成可观的局面，直至宋代诗社才盛行。在宋代，怡老诗社占的比例很大，这与文人的优越条件有关。宋代尤其是北宋，是文人的黄金时代，文人的社会环境比任何一个时代都要优越。宋代诗社的组织者一般是达官贵人或退休官员，至少是闲散官员和幕僚，因此诗社成为宋代文人一种诗意的栖居地。

　　然而随着时局的变化，特别是金兵的困扰，产生于北宋末年的诗社，与此前的诗社相比，发生了明显的变化。诗社活动不仅仅围绕文学这个主题，也不再追求闲适、愉悦、消遣。当社会剧烈动荡，国家、民族面临生存危机的时候，知识分子的群体必然会作出反应。诗社作为知识分子最重要的群体形式之一也不例外，不再只是文学的团体,而开始带有鲜明的政治色彩,尤其在特定的历史条件下,政治功能甚至更凸显。宋元易代之际,诗社开始关心时政、朝政,忧国忧民情思出现在诗社活动和创作中。江西抚州的欧阳彻诗社①开此变化之端。欧阳彻红树诗社出现了一些砥砺志操,期待报效国家之作,如《朝宗以诗见赠,叙从游之乐。广其意作古诗谢之,并简敦仁、德秀》等,抒发了"耻与俗吏偶,杜门宗圣贤","食齑肠亦苦,志操不少迁"的思想,以及"风云会遇自有日,骊珠不到终沉渊。……谋猷一旦重朝廷,始信男儿暂奔走"的志向。

欧阳彻(1091—1127),字德明,抚州崇仁人,是南北宋之交的著名爱国志士。在国难当头之际,欧阳彻以布衣之身,伏阙上书,请诛权相,与太学生陈东一起被害,年仅三十七岁。欧阳彻生前经常与友人在红树林中举行活动,因此他所成立的诗社又被称为红树诗社。"何时红树寻诗社,琢句令倾潋滟樽。"②"拟寻红树赓诗社,却日挥戈不许斜。"③"恶客不容污我社,摛云要扫笔锋神。"④这些作品都反映了当时诗社结社时的情形。在欧阳彻的诗卷中有不少抒写胸怀的诗作,如"鸡窗俯默谢尘嚣,炙手权门懒折腰。节操刚持忠孝砺,胸襟常以古今浇。"⑤尽管红树诗社的诗中也有纵情山水,放浪形骸的文字,如在"美花媚人,好鸟劝饮,融融怡怡,

---

①　由于诗社成员家乡有红树,且在诗中出现多次,因此该诗社又被称为红树诗社。

②　(宋)欧阳彻《飘然先生集》卷四《朝宗见和复次韵谢之》诗曾经提到红树诗社。

③　(宋)欧阳彻撰《陈钦若时寓盘龙,作诗寄之,因纪吟咏之美》,见《欧阳修撰集》卷五,文渊阁四库全书本。

④　(宋)欧阳彻撰《轩前菊蕊将绽,因书四韵示希喆,约九日聚饮于此》,见《欧阳修撰集》卷五,文渊阁四库全书本。

⑤　(宋)欧阳彻撰《述怀寄仲宝》,《欧阳修撰集》卷五,文渊阁四库全书本。

荡荡默默"的清明日,与二三友乘舆联袂,选胜寻芳,卧翠眠红,但是大部分诗作的爱国之情和民族情结开启了诗社集中抒写和关注现实内容的新篇章。

南宋政府苟安于江南一隅,南宋的知识分子却无法苟安于心中的失落。"直把杭州当汴州"的人毕竟只是极少部分。就连李清照以嫠妇之心都能咏道:"至今思项羽,不肯过江东"。然而反抗异族的爱国情结却没能在南宋末年的诗社中涌动,在南宋末年的诗社活动中难以找到一个反映末世即将来到的声音。即便如杨缵①、周密②等人的诗社虽自宋入元,在宋亡之前的创作中也难以找到对国事衰颓的忧虑和对现实的关注。他们只以审音辨律,切磋词艺为旨趣,除了斟研词律,就基本为放浪山水,寄兴适情之作了③。

可见,诗社自唐代出现以来,徘徊于消遣愉悦怡老的主题上,对社会的影响较小。诗社到宋代,除了极少数关注时事之外,也基本以娱乐、休闲为宗旨。尽管在月泉吟社之前,曾经出现过李若水的"重阳诗社"④和欧阳彻的爱国诗社红树诗社,这两个表现爱国

---

① (宋)杨缵(1219～1267),字继翁,严陵人(今浙江桐庐),居钱塘。号守斋,又号紫霞翁。好古博雅,善琴,有《紫霞洞谱》。

② (宋)周密(1232—1298),字公谨,号草窗,济南人。流寓吴兴(今属江苏),居弁山,自号弁阳老人,又号四水潜夫。曾为乌令,入元不仕。

③ 入元后,该诗社的活动较前期发生了明显变化。亡国的惨痛教训使得诗人深受刺激,此后作品中多有遗民故老眷怀宗邦的民族情绪,集中体现在《乐府补题》中。

④ 李若水,本名若冰,后改今名。字清卿,曲周人。宣和末以上舍登第,调元城尉。平阳府司录,试学官第一,济南教授,除太学博士。靖康元年,擢吏部侍郎。从钦宗如金营,以力争废立,不屈死,年仅三十五岁。高宗建炎初,赠观文殿学士,谥忠愍。李若水的集子名《忠愍集》。卷三有《次韵高子文途中见寄》诗,其中有"趁取重阳复诗社"句,由此可知若水曾与高子文在重阳节结诗社唱和,若水与高子文有十来首唱和诗。

忧国之情的诗社,但是二者均因材料的缺乏,难以考辨探究。直至宋元易代之际,诗社发展才呈现出了新局面,不仅数量上已成林立之势,主题上也有了大改观,与社会、与时事密切相关,与政治、与科举的关系也愈加紧密了。这种情形发展到明代便形成了极盛之势。而元初的月泉吟社正是诗社发展史上这个"转关",是宋代诗社向元代诗社的转折点。理由如下:

首先,月泉吟社改变了文人参与诗社的根本态度。月泉吟社诗歌或抒写避世,或描绘田园,都由衷地感慨于时事。即便是无奈与叹息,也是诗人经历世事剧变后倾诉的血与泪,是诗人情绪的真实宣泄,反映了入元后遗民精神生活的迷茫和失落,以及对群体力量的渴求。这与以往以娱乐为旨趣的诗社有着本质区别,诗社活动不再是文士们消闲生活的点缀,而成了遗民生活的重要内容,是他们精神上的慰藉和力量的源泉。入元伊始,文士们频繁地参加诗社活动可以佐证这一点。如月泉吟社第一名连文凤,参加过杭清吟社、越中诗社的活动。又如,获越中诗社第一名的黄庚,参加过山阴诗社与武林社的活动。

其次,月泉吟社打破了地域限制,第一次破除了以往诗社范围狭隘、规模局促的不足,将诗社从少部分人组成、小圈子活动、影响有限的桎梏中解放出来。宋代诗社多以地命名,如豫章诗社、许昌诗社、昆山诗社、彭城诗社、横塘诗社、颍川诗社等,并且多集中在洛阳、苏州等大都市,参加诗社的人也多局限于一地。元代诗社则突破了这一局限,呈现出更开放的格局。月泉吟社的参加者分布于浙江、江苏、江西、福建等数省,人数之多、范围之广、影响之大可谓空前,即使与几乎同期的诗社相比,也是绝无比肩者。

元初熊升龙泽山诗社是唯一能与月泉吟社相提并论的诗社。因为:第一,二者均为遗民诗社,同为至元二十三年举行。熊升

(1245—1295)，字刚申，富州（今江西丰城县）人。宋末曾参加科考，不第。元世祖至元十八年（1281）行省檄为瑞州西涧书院山长，以亲老不就。至元二十三年与陈焕在家乡龙泽山共倡诗社。赵文《熊刚申墓志铭》中记载了此次诗社的部分情况："……丙戌（1286），与尧峰倡诗会，岁时会龙泽徐孺子读书处，一会至二百人，衣冠甚盛，觞咏率数日乃罢。……邻郡闻之，争求其韵赓和，愿入社，其风流倾动一时如此。"①第二，龙泽诗社与月泉吟社选择社址的意图和理由不谋而合。月泉吟社选择月泉为社之名，也作为吟社首倡之地，一方面取月泉之守约精神，另一方面借月泉旧社悬挂朱熹、吕祖谦二位先贤之像，借先贤之精神思想感召人们。这点与龙泽诗社很相似。龙泽诗社举行地为丰城龙泽山徐孺子读书处。徐孺子，即东汉南昌人徐稺，字孺子。家里贫穷，但是坚持不应征辟，躬耕而食，人们称之为南州高士。宋元易代之际，熊升等选择在徐孺子读书处结诗社，其追慕隐者之思，可谓用心之良苦。保持气节、不食元禄是该诗社的主调。第三，规模上龙泽诗社和月泉吟社都已经超过以前诗社。龙泽诗社"一会至二百人，衣冠甚盛，觞咏率数日乃罢"，参加的成员多达二百多人。反观一二十人规模的宋代诗社，可以说是无法与之相比拟的。而月泉吟社的规模更超过龙泽诗社，月泉吟社以《春日田园杂兴》为题，征诗四方，短短的三个月，就收到诗二千七百三十五卷，在数量上远远超过了龙泽诗社。所以杨镰先生在《元诗史》中写道，大乱方定的江南，诗坛的一件大事，就是吴渭主持的月泉吟社。这两个诗社在同一年出现，规模都很大，影响也很深远，并且都具有抗元气节。但相比之下，龙泽山诗社虽人数众多，成员却多限于丰城及周边地区。而月泉吟社在地域

---

① （元）赵文撰《青山集》卷六，文渊阁四库全书本。

上已经彻底突破了传统诗社受地域限制的不足。

再次，月泉吟社改变了以往诗社形式松散的特点，使诗社组织形式更为正规严密。宋代诗社在组织形式上较为松散，与一般分韵赋诗的文人雅集并无明显区别，元代诗社则要正规得多。在这一点上，月泉吟社有首创之功，因为月泉吟社有明确、完整、严谨的程序。首先是发出征诗启事，定出诗题、写作要求、交卷时间，然后聘请有名望的鸿儒硕士担任考官，主持评裁，选出优胜，确定名次，写出评语，给予奖赏，最后还将诗社的整个活动以及榜上有名的诗歌汇编成集。至此，月泉吟社俨然成为中国古代诗社史上第一个组织严密的文学社团了。

月泉吟社的主旨尤其明确而且集中，抒写亡国后的情感是诗社唯一的宗旨。诗社成员在征诗之外的集体活动中也无处不是围绕遗民心曲展开，这是月泉吟社与其他遗民诗社不同的地方。文人结社创建会约并非从月泉吟社始。早在宋代的文彦博洛阳耆英会就有明确的《会约》。考察月泉吟社之前的会约，主要以规章与条例的形式来制定的，纯粹形式化，与结社的主旨无关。如洛阳耆英会《会约》写道："序齿不序官；为具务简素；朝夕食不过五味；菜果脯醢之类各不过三十器；酒巡无算，深浅自酌；主人不劝，客亦不辞；逐巡无下酒时做菜羹不禁。召客共用一简，客注可否于字下，不别作简，或因事分简者，听会日早赴，不待促。违约者每事罚一巨觥。"[1]诸如此类的条例都围绕怡老会养尊处优、优哉游哉的生活情趣。而月泉吟社的"会约"[2]则反复强调"竞技"规则，以及如

---

[1]　（宋）司马光撰《洛中耆英会》，见（元）陶宗仪撰《说郛》之弓一百二十，上海古籍出版社，1998年，第3523页。

[2]　月泉吟社虽无会约二字，但是针对征诗比赛，吟社提出了《题意》、《启示》等规则，这些规则类似于诗社的会约，对应征者都有约束力。

何体现作诗宗旨。

　　月泉吟社除了此次征诗之外,部分成员也展开了其他活动,如登严陵悼念文天祥,游金华洞等,无一不是围绕悼念故国展开的,这与其他遗民诗社也有很大区别。赵必璂诗社是元初较为典型的遗民结社。赵必璂(1245—1294),字玉渊,号秋晓,太宗十世孙,东莞人。咸淳元年进士,授高要县簿,再任文林郎、南康县丞。文天祥开府惠州,赵必璂伏谒辕门,辟摄惠州军事判官。入元,隐居温塘村,有《覆瓿集》。赵必璂的作品多有"黍离铜驼之怀"。陈纪在给赵的《行状》中写道:"代更世易,……无复仕进意矣。以故官例,授将侍郎象州儒学教授,而公山林之意已坚,遂隐于邑之温塘村。惟以诗酒自娱,仰俯林壑,欣然会心,朋侪二三,更倡迭和,歌笑竟日,将以遗世事而阅余龄。"赵死后,撰祭文和挽诗的共有二十六人,可见该诗社的人数也不会超过三十人,而且赵必璂"唯以诗酒自娱,仰俯林壑,欣然会心,朋侪二三,更倡迭和,歌笑竟日",由此可知诗社仍有不少随意适性的成分。与赵必璂诗社不同,月泉吟社所开展的一切活动都不离抗元守节的宗旨。可见,故国之思、亡国之恨,是月泉吟社的唯一主旨,这是月泉吟社不同于其他诗社的最大之处。

　　另外,月泉吟社还将诗社的形式、活动与科举考试紧密联系在一起,集中地揭示了科举与文人结社之间的关系。科举是文人结社的重要纽带。隋唐以来,随着科举之盛,"同年"、"同年会"成为科举制度下文人结社的雏形。此外,科举下的座主与门生也是文人结社的一种变形。科举及第是知识分子共有的愿望和人生目标。应试科考的过程不仅是文人比拼诗艺的舞台,也是文人由个体走向群体的契机。宋代出现的师友型文人结社便是科举对文人结社产生直接影响的最好表现。月泉吟社直接借用科举考试的成套规矩，不仅唤起了人们的"青衫梦"，也能很好地集中士人，直接揭示了科举与士人结社的关系。

自月泉吟社后，元代有不少诗社效仿此作法。明代李诩曾说：在宋元之间"东南士人有力之家最重诗社，聘有诗名者为主，试如科举之法。……开社命题，鉴别高下，榜示褒赏，诚一时之盛举。"①明李东阳《怀麓堂诗话》云："元季国初，东南人士重诗社，每一有力者为主，聘诗人为考官，隔岁封题于诸郡之能诗者，期以明春集卷私试，开榜次名，仍刻其优者，略如科举之法。今世所传，惟浦江吴氏月泉吟社……盖一时所尚如此。闻此等集尚有存者，然未及见也。"据《元诗纪事》卷十七，泰定间（1324—1327）有"小桃源诗盟"，以大有年为题，得337卷，取30名，第一名"都魁"为朱仲明，第二名"亚魁"号康衢遗民，揭晓时附有考官评语。可见小桃源诗盟也采用寓名应征、考官评语、揭晓排名等方式，不能不说受月泉吟社的影响。直至明清两代仍不乏效仿之人。清罗元焕《粤台征雅录》云："粤中好为校诗之会，亦称'开社'，……至预布题，并订盟收卷，列第揭榜，悉仿浦江吴清翁月泉吟社故事。"王士禛甚至明确表示自己组织诗社就是效仿月泉吟社："宋末浦江吴渭清翁作月泉吟社，以范石湖《春日田园杂兴》为题，中选者若干人，谢皋羽所评定。至今，人艳称之。顺治丁酉，余在济南明湖倡秋柳社，南北和者至数百人，广陵闺秀李季、王璐卿亦有和作。后二年，余至淮南始见之。盖其流传之速如此。同年汪钝翁在苏州为《柳枝诗》十二章，仿月泉例，征诗浙西，江南和者亦数百人。"

月泉吟社的这种作法尤其在明代遗民中得到很好的回应，如

---

① 《戒庵老人漫笔》卷六"月泉吟社"节，中华书局1982年排印本。在这一节中，李诩几乎将《月泉吟社诗》一书全部抄录，第249至第255页。

甬上遗民诗社。全祖望说:"有明革命之后,甬上蚩遁之士甲于天下,皆以憔悴枯槁之音,追踪月泉诸老,而唱酬最著者有四社焉。西湖八子为一社,……南湖九子为一社。……已而,西湖七子又为一社。……最后南湖五子又为一社。"①"月泉诸老"即指宋元之际的月泉吟社。甬上遗民诗社无一例外地学习月泉吟社,将缅怀故国、激励志节作为创作的主调。清初吴中慎交、同声两社在苏州召集的虎丘大会,东南各郡到会的士人有近千人之多,当时的情形可谓盛况空前,"山塘画舫鳞集,冠盖如云,亦一时盛举。"这种结社名义上是写诗歌,实则明遗民统一起来对异族统治者表示反抗。

最后,月泉吟社还开启了文人结社的另一新形态——元代诗坛上"同题集咏"的风气②。所谓"同题集咏",指的是社会人群因赋咏同一个题目而纳入一个共同的文化圈。这些人群,相识也罢,不相识也罢,甚至毫无干涉、南北隔绝。同题集咏,不受空间限制的结社方式,是文人结社的一种特殊形式③。文人集咏,就是文人"一同赋咏的诗",这种形式可以让我们"一面看作者的文章,一面

---

① (清)全祖望撰《湖上社老晓山董先生墓版文》,《鲒埼亭文集外编》卷六,续修四库全书,第一四二九册,第507页。

② 杨镰撰《元诗史》,第624页。

③ 最早出现同题集咏的是齐代末年出现的"同某人某题"诗。如永明八年秋唱和《经刘瓛墓下》。刘瓛,字子珪,是齐代的有名大学者。死后,随王萧子隆凭吊其墓,写下诗歌《经刘瓛墓下》。萧子良和作为《登山望雷居士精舍,同沈右卫〈过刘先生墓下作〉》、谢朓写《奉和竟陵王〈同沈右率过刘先生墓〉》、沈约和作《奉和竟陵王〈经刘瓛墓作〉》、虞炎《奉和竟陵王〈经刘瓛墓下〉》、柳恽和作《奉和竟陵王〈经刘瓛墓下〉》。萧子良诸人并未亲临墓地,而是登山望雷居士精舍后,以萧子隆诗题为题,同赋"悲刘子"之意。这种同题为诗,具有和诗的性质。参见赵以武《唱和诗研究》,甘肃文化出版社,1997年。

又可以见他和别人的关系,他的作品,比之同咏者,高下如何"①。和诗具有竞赛的意味。月泉吟社以《春日田园杂兴》为题组织征诗,实则以此为题,供应征者题咏,开启了元代同题集咏的风气。尽管月泉吟社的这次题咏,实际上是对失去更大的竞赛选拔场所,即科举不畅的一种补偿,但作为元代初期较有影响力的同题集咏,月泉吟社不但使诗歌得到普遍的应用,也使诗人在更大的程度贴近了生活,诗人之间因之具有了广泛的交流渠道。

总之,月泉吟社是中国诗社发展史上的一个里程碑,使诗社从宋代诗社文人雅集似的聚会发展成为更具组织性、自觉性、代表性的知识分子群体,标志着严格的、完整的、有组织、有计划的诗社已经成熟,为后世诗社的发展提供了可借鉴的典范。

二、月泉吟社在诗歌发展史上的地位

月泉吟社竞赛诗作抒故国宗社之忧愤,歌黍离麦秀之悲音,慷慨沉郁,忧深思远,不仅表现了坚贞的民族气节,而且有力地改变了宋季四灵、江湖诗人气局荒靡、纤碎浅弱的诗风,对有元一代诗歌创作影响甚大。作为宋季田园诗的余响,《月泉吟社诗》为宋代田园诗画上了一个圆满的句号。

从四季劳作生活的记录到文人雅趣的抒写再到洋溢着泥土气息,田园诗发展到宋代,经历了三个阶段。《诗经·豳风·七月》尽管深刻地揭示了农民的疾苦,然而与其说是一首田园诗,不如说它更像劳作生活的纪实,缺乏审美的效果。钱锺书先生认为"这

---

① 鲁迅撰《且介亭杂文二集·〈题未定〉草八》,见《鲁迅全集》第六卷,人民文学出版社,1973 年,第 425 页至第 426 页。

首诗没有起示范的作用"。中国真正意义上的田园诗,是从陶渊明开始的。"采菊东篱下,悠然见南山"(《饮酒》)中表现出来的恬淡和理趣,几乎确定了田园诗的表现模式。陶诗中独特的意境营造使得田园诗打上了世外桃源的烙印。尽管有"草盛豆苗稀"的困惑,但是心灵的澄澈释去了生活的沉重,田园从此便成为士大夫们的一方精神乐土。

田园诗发展到盛唐,走向了与山水诗联合的发展轨迹。"在东晋时期,田园诗与山水诗虽然基本精神趋于一致,都是以回归自然为旨趣,但是从南朝到唐初,却互不相干,分道而行。尽管大小谢的诗中偶有田园景色的描写,陶渊明与王绩也有行役诗涉及山水,但就这两种题材而言,真正的合流直到盛唐才完全实现。"盛唐官员置办别业之风促进了田园诗与山水诗的合流①。别业即别墅,多附有田园。诗人徜徉于山水田园之间,即便不躬耕陇亩,不退隐田园,也可以随时和自然亲密接触。田园和山林虽然同为大自然的造化,但是作为文人,特别是官员,基本不用亲自"与民并耕而食",田园劳作只是下层劳动人民干的体力活。所以在文人笔下,山水比田园来得更亲切。在唐代,山水田园诗派中,山水诗的比重要远远超出田园诗,如孟浩然、王维,山水之作就远远多于田园之作。山水诗人亲近田园基本也是"故人具鸡黍,邀我至田家"站在田园之外,以旁观者的姿态描写田园生活和农村风光。高适的田园诗已经开始注意到田家生活在平和表象下所深藏的寒馁、辛劳,以及遭受租税剥削的痛苦,如代表作《封丘作》、《东平路

---

① 据葛晓音先生分析,唐代最低的从九品官也可分得二顷永业田,是一般百姓的十倍。加上其他收入,如食料、庶仆、防阁、杂用等收入,一般的官员置办别业也不为难事。有的高官甚至在好几个地方置办别业,如王维。

中遇大水》。柳宗元田园诗虽然不多,但是他的《田家》三首体现了中唐新乐府揭露现实,反映民瘼的精神,是自陶渊明开创田园诗以来,为数不多的揭露田园真实面貌的诗篇。

大力为田园诗注入现实活力的诗人是宋代的范成大。范成大是陶渊明之后开辟田园诗另一派的人物,"中国古代田园诗的集大成"式的人物。范成大的《四时田园杂兴》"使脱离现实的田园便有了泥土和血汗的气息"①。范成大的组诗不仅规模宏大,分为"春日田园杂兴十二绝"、"晚春田园杂兴十二绝"、"夏日田园杂兴十二绝"、"秋日田园杂兴十二绝"和"冬日田园杂兴十二绝"五个部分,与前贤诗作相比,更有新的突破和超越。诗中多用白描,着力刻画了田园生活的方方面面,展现给读者的是一幅幅血肉饱满的时代画卷。对社会现实也进行了自发的思索与揭露,将那个陶渊明"误落"的"尘网"脚踏实地地予以描绘与分析,将以往先贤们笔下圣洁静穆的田园,写得充满了人间烟火的气息:"梅子金黄杏子肥,麦花雪白菜花稀","村巷冬年见俗情,邻翁讲礼拜紫荆","黄纸蠲租白纸催,皂衣旁午下乡来"(《晚春田园杂兴》)。范成大《四时田园杂兴》组诗的出现,标志着田园诗歌写实一派的成熟。

月泉吟社征诗以范成大的《春日田园杂兴》为题,在《诗评》中却反复强调"与义熙人相尔汝"。《春日田园杂兴》为闲逸风格的诗题,所以吴渭在《诗评》中反复强调:"春日田园杂兴,此盖借题于石湖,作者固不可舍田园而言,亦不可泥田园而他及,舍之则非此诗之题,泥之则失此题之趣,……如共柴桑墟里,抚荣木,观流泉,种东皋之苗,摘中园之蔬,与义熙人相尔汝也。"要求诗人在

---

① 钱锺书撰《宋诗选注》,人民文学出版社,1989年,第194页。

"舍之"与"泥之"之间搭好平衡的桥梁。月泉吟社是宋末元初的遗民诗社,其主事者皆矢志不仕元朝,他们普遍仰慕"义熙人"陶渊明乱世归隐、不仕贰朝的节操,所以月泉吟社征诗时旗帜鲜明地要求在春日田园上做出杂兴。追求"杂兴"就是追求言外之意,要求诗外有诗。吴渭诸公在《题意》中反复释明,欲做到"与义熙人相尔汝",就要做到诗有言外之意,有更深的含意。月泉吟社竞赛诗作普遍征引古代隐士的典故以表达归隐忠洁的心志。如:"彭泽归来惟种柳,石湖老去最能诗"(第三名),"栗里久无彭泽赋,松江仅有石湖诗"(第七名),"浩兴归来吟不尽,陶诗和后和豳诗"(第十名)。多用陶渊明意象、叔齐伯夷意象表达这种心志。月泉吟社在具体的评诗中同样遵循这一原则,评诗亦多以"格韵甚高"、"尤有深味"、"语健意深"、"以雅健语写高洁操"等加以褒奖肯定。总之,吴渭诸公在《题意》和《启示》中一方面强调"杂兴",另一方面又要求做到"形容模写,尽情极态,使人诵之,如游辋川,如遇桃源,如共柴桑墟里。"(《诗评》)其用意是,要求月泉吟社竞赛诗人努力做到既有范成大田园诗写实的内容,又有陶渊明田园诗写意的理趣;既有田园风光真实的刻画,又有人生哲理深刻的抒写,写实与写意二者兼而有之。

月泉吟社竞赛诗作有对田园风物的细致刻画,田园风情的真实反映,但是这些均是诗歌结尾时抒情的铺垫,其最终目的和效果是"以东篱北窗之风,抗节季宋,一时相与抚荣木而观流泉者,大率皆义熙人相尔汝,可谓壮矣!"对诗人来说,写田园只是寻求心灵的慰藉。田园是他们最后固守的疆域,但不是他们原初的"家"。诗人被迫逃离市朝后,只好在田园之上建构另一个精神家园,尽情抒发兴亡之叹。因此月泉吟社诗人在选材上是"以心观物",诗中的桑麻麦稻、燕鹊蛙鸣不再是客体,而是主观情感投射后的化身。《月泉吟社诗》大多作品均征引或化用典故,普遍使用如陶渊明、伯夷、叔齐、樊迟、苏东坡、谢灵运等人物意象。相较之下,范成大的诗歌更多的是率性而为,完全是闲时的实录,不需担负特定的社会使命,也无需顾及群体的价值取向,因此不需引经据典,纯然的白描、叙述即可。以写实之心铺写现实乡土,寓目写景,因此范成大的诗里少了比兴的寄寓,而多了辞赋的铺陈。可见,田园诗发展到宋元以后,虽在范成大等人的努力下现实意味更浓重,但时代的变革、外在的刺激,使得宋元之际的田园诗出现了新的情况,那就是诗人的诗心会"从个人转向家国,从吟咏转向忧嗟,从写境转向造境"①。因此,宋末至元初田园诗的发展出现了一些异变,田园诗的高潮在范成大之后有了些许回落,写实派与写意派在特殊的背景下得到一定的整合,田园诗的发展也因此走向新阶段。

　　月泉吟社竞赛诗作不仅在田园诗发展史上具有深远的意义,继承了石湖开创的写生般的刻画,同时也步入了渊明求"理趣"的境界,努力将田园诗发展的两条路数,即石湖田园诗的白描与陶渊明田园诗的写意交织一起,为宋季田园诗画上圆满的句号,而且对整个元代诗歌的发展也具有重要意义。评诗者的评诗标准明确,强调黍离之悲、中和之美,强调"兴"的创作手法,强调杜甫《秋兴八首》的典范意义,强调"与义熙人相尔汝"等等,这些均反映了月泉吟社在诗学主张的深思熟虑。尤其是主事者力扫"时文气习"的征诗要求,更体现了月泉吟社在诗学革新方面的大胆尝试和努力。因此,月泉吟社不仅在元代初期文学中具有"首屈一指"的地

---

　　① 周青撰《试析田园诗在宋元之际的衍变——从四时田园杂兴与月泉吟社谈起》,《现代语文》(文学研究),2009 年第 5 期。

位,而且对整个元代诗学发展也具有重大意义。

月泉吟社征诗虽然以《春日田园杂兴》为题,但因诗社的活动正好处于宋元换代之际,所以既为田园诗,也为遗民诗,具有易代文学之价值,为历代诗论家、藏书家关注:

"发敛歛于歌啸,寄涟泃于比兴"(明童承叙)

"其词婉微,其气平淡,其音清翕","有唐之遗风"(明田汝籽)

"欲网罗之以补新史之阙。……世之君子,其亦与我同此叹惋者乎"(清钱谦益)

"南宋遗民故老,相与唱叹于荒江寂寞之滨,久而弗替,遂成风会"(清赵翼)

"予幼于外祖邹平孙公家见古刊本,后始见琴川毛氏本,常遍和之。"(清王士祯)

"月泉吟社诸公,以东篱北窗之风,抗节季宋,一时相与抚荣木而观流泉者,大率皆义熙人相尔汝,可谓壮矣!"(清全祖望)

月泉吟社正是以其平淡之清音,发抗节季宋之歌啸;以东篱北窗之风,与义熙人相尔汝,深得后人的推重。《吴宓日记》中说道:"知忧患之必不能逃,则当奋力学道,以求内心之安乐,是谓精神上自救之术。欲救人者,须先自救,未能自救,乌能救人?"①国家兴亡,匹夫有责。月泉吟社诸公田园牧歌般的歌唱恰恰就是"忧患

---

① 吴宓著,吴学昭整理注释《吴宓日记》第二册,生活读书新知三联书店,1998年,第41页。

之人"以"自救"而"救人"！

　　月泉吟社尽管沉寂千年,但它曾经是民族大难面前国人挺直脊梁的精神楷模。赵翼《廿二史札记》云:"南宋遗民故老,相与唱叹于荒江寂寞之滨,久而弗替,遂成风会。"①月泉吟社与宋遗民精神一起昭示于天下,为明代遗民大力汲取,清初涌现出黄宗羲、屈大均、归庄、傅山等大量遗民,皆怀抱故国,义不仕清。杨丽圭在《关于宋遗民诗》中说道:"古道颜色,如在眉睫。有明一代,顾炎武、王船山、傅青主等耻仕异族,抗节不屈,或口诛笔伐,直言痛斥;或结社联吟,暗讽影射,正遗民一派之衍流也。"近代梁启超曾穷日夜之力读《心史》,"每尽一篇辄热血'腾跃一度'",并深有感慨地说:"此书一日在天壤,则先生之精神与中国永无尽也。"抗战时期,史学家顾颉刚则专门写下《郑思肖心史孤忠》的文章,借古喻今,以激励全民的抗战决心。陈文述女弟子王兰修《国朝诗品》评顾亭林道:"海山到处策红藤,秋柳烟寒玉殿灯。留得月泉吟社在,昌平风雨十三陵。"可见数百年来,宋遗民诗人的浩然正气与其慷慨悲歌一样,始终光照天地,感召世人。正如钱谦益所言:"考诸当日之诗,则其人犹存,其事犹在,残篇啮翰,与金匮石室之书,并悬日月"②！

三、月泉吟社竞赛诗作在后世的传存

　　在三个月的征诗期结束时,月泉吟社征诗共收到诗作2735

---

　　①　(清)赵翼撰,王树民校证《廿二史札记校证》卷三十"元季风雅相尚"条,中华书局,1984年,第705页。

　　②　(清)钱谦益撰《胡致果诗序》,《牧斋有学集》卷十八,续修四库全书,第1391册,第170页。

卷。吴渭及谢翱、方凤、吴思齐等从中甄选出 280 卷,即为此次征诗活动的优胜者,于三月三日揭榜,依名次赠予奖赏,并将获奖作品编集付梓,是为《月泉吟社诗》。月泉吟社虽是一次民间的文人结社,但"仿锁院试士之法",模仿了科举考试的部分形式。因诗社的活动正好处于宋元换代之际,所以既为田园诗,也为遗民诗,具有易代文学之价值,为历代诗论家、藏书家关注。自元至元年间付梓后,《月泉吟社诗》历经明清两代,刊刻次数难以明数,在刊刻过程中难免有变化,因此笔者就其版本著录情况进行调查,并比较常见版本之异同,从中分析《月泉吟社诗》版本的传承源流。

《月泉吟社诗》的卷数,从各家记载来看,主要有一卷本、二卷本、三卷本三种情况。一卷本,见于《四库全书》、《诗词杂俎》、《善本书室藏书志》、清刊《古今诗话》、《粤雅堂丛书初编》、《丛书集成初编》等。二卷本,只见于崇祯五年(1632)毛晋辑常熟毛氏绿君亭刊本。三卷本,只见于《金华丛书》(集部)。另有一卷附录小札二卷本,只见于《万卷精华楼藏书记》。可见,《月泉吟社诗》一卷本最为多见。《月泉吟社诗》均见于书录中之集部,且大多在总集类。唯有清代稽留山樵辑《古今诗话》时将《月泉吟社诗》放入第八卷,与元代俞焯撰的《诗词馀话》、宋代相国道撰的《四六诗话》等诗话并列,归入诗文评类。还有个别将《月泉吟社诗》置于题咏类,如《中国丛书综录》。

由于《月泉吟社诗》存世本中别注的情况比较混乱,其版本传承源流就值得关注。方勇先生在《元初月泉吟社诗集版本考略——兼驳四库提要"节录之本"说》一文中对该问题有所考证,该文主要论述《月泉吟社诗》屡经重排转刻,但全书的内容(除序跋)却并没有被改变的事实,而未对《月泉吟社诗》在元代的流传情况作论述,亦未就元明清以来《月泉吟社诗》的流传版本作整体梳理。祝尚书先生在《宋人总集叙录》一书中对《月泉吟社诗》版本作过一定的调查，列举了不少版本，但是对版本的源流未作详尽梳理。本书对《月泉吟社诗》版本传承源流的考察主要采用目验比较法，其次是通过对前人的序跋以及方志、家谱等资料条分缕析，以得出月泉吟社竞赛诗作在后世的传存概貌。

（一）从后世的序、跋析《月泉吟社诗》的版本传承源流

1. 至元本

《月泉吟社诗》最早的刊本是至元二十四年吴渭刊本，而有关版本的最早文字记载就是《征诗启示》：

> 本社预于小春月望命题，至正月望日收卷，月终结局，请诸处吟社用好纸楷书，以便誊副，而免于差舛。明书州里姓号，以便供赏，而不致浮湛。切望如期差人采问浦江县西地名前吴知县渭。对面交卷，守回标照应，俟评校毕，三月三日揭晓，赏随诗册分送。此固非足浼我同志，亦姑以讲前好求新益云。

吴渭在征诗启示中提到"赏随诗册分送"，这意味着诗社发起之初就准备将诗刊刻成集。吴渭、谢翱等在评定名次后确实把入选的诗歌编成了集，作为奖品发送给了获奖者。

《送诗赏小札》同样提到诗歌刊刻成集：

> 月泉社吴清翁盟诗。预余丙戌（1286）小春望日以《春日田园杂兴》为题，至丁亥（1287）正月望日收卷，月终结局，收二千七百三十五卷，选中二百八十名，三月三日揭榜。

第一名公服罗一缣七丈笔五贴墨五笏

第二名公服罗一缣六丈笔四贴墨四笏

第三名公服罗一缣五丈笔三贴墨三笏

第四名止第十名各春衫罗一缣笔二贴墨二笏

第十一名止二十名各深衣布一缣笔一贴墨一笏

第二十一名止三十名各深衣布一缣笔一贴

第三十一名止五十名各笔一贴墨一笏吟笺二沓

以上所送并就缣端笔贴墨铭,用月泉诗赏,潜斋记号通榜,仍各送本社新诗一册。

由上可知,月泉吟社最早的版本即是元丁亥(1287)刻的"新诗一册"。后世的诗文评论及藏书家题跋亦稍有提及,如(明)正统十年(1445)春乡贡进士修识郎韩府纪善同邑黄灏作《正统刊月泉吟社诗集》序(下面简称黄序)曰:"其诗篇及盟誓考评之辞,具录成帙而板行之"。《嘉靖浦江志略》也有类似记载:"月泉吟社集,潜斋吴渭清翁所作也,凡一卷,板刻存于吴氏。"我们还可从明正德十年(1515)水南田汝籽《正德本月泉吟社诗集叙》(后简称田叙)"从子元集贤大学士直方与其子山长贞文公莱及诸孙元帅翁辈,皆善相禅续"可知,吴渭刊刻后,该本即保存在吴氏家族,传经吴直方、吴莱,及诸孙"元帅辈"。吴直方曾与方凤、谢翱、吴思齐等名儒交游,至京师,任教于明宗潜邸,后任上都路学正,顺帝至元间,历官中政院长史,劝脱脱定计逐走其伯父权臣伯颜。脱脱执政后被授集贤直学士。吴莱即直方之子,深研经史,宋濂曾从其学,吴莱为文求"德化"与"刑辟"并举,以维护元王朝统治,歌行瑰玮有奇气,对元末"铁崖体"诗歌有一定影响。那么元帅辈指的是谁?应该是何时人?弄清楚此问题便大致可知元明两代《月泉吟社诗》在吴氏家藏本的流传状况了。据《嘉靖浦江志略》卷七"义行"吴志德传：

> 吴志德，字惠卿。幼尚气节。从祖直方深器爱之。元季盗起，志德率义勇者保乡里。王师下浦江，志德领众迎谒，从取诸暨及处州，皆著劳绩，戮伪将献馘辕门，以功授浦江翼左元帅，寻以疾辞归。志德与兄志道友爱甚笃，誓不分异，传及五世皆同居。子允和、允权皆以才行称。允权子纬，字克文，事母尽孝，齐家有法。家被火，延及祠堂。志德先营建祠宇而后构其所居，人以为知所先后云。

田序中所说"元帅辈"就是吴志德。吴志德在《吴溪吴氏家乘》记为：吴志德，字惠卿，吴溪吴氏第十七世。志德以功授浦江翼左元帅，故吴氏家谱中即以元帅称志德。《吴溪吴氏家乘》中还有《惠卿公自叙》、《元帅惠卿公行状》等。可见，吴莱没有将《月泉吟社诗》传给自己的两个儿子吴士谔和吴士谧，而是给了吴直方"深器爱"的从孙吴志德。据《行状》[1]记载："（志德）为人耿介而勇为，谦退而无我，然和裕好施与，每有济人利物之念。其于宗族、故旧、乡党、邻里，患难必救，空乏必周给，盖其天性然也。"正因为吴志德品性慷慨耿介，所以吴莱把吴氏家传的《月泉吟社诗》给了他。因此志德之子吴永和从父亲手上得来的诗社集子，应该还是元代至元吴渭刊刻的版本。永和即上面"义行"条中的允和、志德长子。估计是受当地方言的影响，永和允音似，因为据《嘉靖浦江志

---

① 浙江省浦江县前吴村志编委会编，吴宏定执笔《前吴村志》，浙江古籍出版社，1996年，第169页。

略》卷七"人物志"：

> 吴永和与弟吴永权同居越五世。永和、永权俱志德之
> 子。……永和子克成见义必为……永权子克文……

吴永和、吴永权是吴志德的二子，而永和为兄长，可见"允和"就是
"永和"，故郑楷跋中"永和"即《嘉靖浦江志略》中的"允和"。

　　那么是什么使吴家所藏的至元本"失传"呢？据后世序题跋
记载，因为遭遇战争，《月泉吟社诗》在兵荒马乱中被毁，如黄序：

> 吴公据其（即方凤、谢翱、吴思齐）所评之高下，揭赏走使
> 以归之。其诗篇及盟誓、考评之辞，具录成帙而板行之。阙
> 后，从子元集贤大学士直方与其子山长贞文公菜及诸孙元帅
> 翁辈，皆善相禅续，凡求是集者莫不欣然畀之。迨诸老沦谢，
> 屡更兵燹，而此本亦不能存矣。

又如田汝籽《正德本月泉吟社诗集叙》曰：

> ……据录，有刻本，迨从子集贤学士直方并其子贞文公菜
> 及诸孙元帅辈相嗣传焉。中更兵燹，是本泯没……

上述两则材料均认为吴渭在元代至元刊的《月泉吟社诗》因为诸
老沦谢，屡更兵燹，而不能存。笔者认为事情并非如此，至元本既
不毁于兵燹，也未必毁灭。目前可知较早提及月泉吟社重刊的资
料，是奉议大夫蜀府左长史致仕、义门郑楷写的《月泉吟社诗》后
跋和正统十年黄灏写的序：

　　尝记:永乐三年(1405)孟秋,访吴溪永和翁,叙旧接欢,倾倒信宿,出古图记、诗卷、评论,实一快事也。就得批阅《月泉吟社》,携归抄写,既即纳还文府。余复入蜀备员藩府,蒙恩致事而归。廿二年(1424)中秋重至吴溪,翁之诸子克文昆季情谊尤笃,复出《吟社》见示,欲余识其岁月。叹诸老之凋谢,而吴门诸贤能宝兹遗墨,弗致轻以示人,信可谓知所尚矣。更望拟梓传之悠久,以迓续前人之耿光,则是楷之所愿也。奉议大夫蜀府左长史致仕、义门郑楷识。(郑楷跋)

　　……国初,贞文公门人翰林承旨宋公濂、教授胡公翰编类遗文《渊颖文集》,刊于家塾,而此吟社之板失于刊行。今其裔孙之尤贤者曰克文氏,高年隐德,而大学行义推重缙绅间,以吟社之诗为后学之所脍炙,念欲重刊,久而未果。会金华交友钱公世渊,以叔端郑先生所编《圣朝文纂》募工锓梓于家,而克文尝与之胥会于麟溪义门,言及之,世渊即欢然而索家藏旧本,镂板而归诸克文。吁,若世渊不亦义士哉? 然非克文善于继述与其学行取重于人者,又曷能起之若是耶? ……凡诗社之详,诸先达既著之于前,而长史郑公复识于后,不在剿说也,姑述重刊之由,以告夫士友云。(黄灏序)

　　从上述两则材料看,明代永乐间吴永和手上有《月泉吟社诗》,郑楷还手抄过的,由此可以推断,吴渭至元本《月泉吟社诗》的"泯灭"应该发生在永乐到正统十年之间。志德的孙子吴克文掌家时,吴家遭遇一场大火,祸及了吴家的祠堂,自吴渭以来代代相传的《月泉吟社诗》就很有可能在这场大火中烧毁殆尽。吴氏子孙视吴渭月泉吟社征诗为家族的光荣,如郑楷所言"吴门诸贤能宝兹遗墨,弗致轻以示人,信可谓知所尚矣",那么《月泉吟社诗》作为传家之宝置放祠堂。在此次大火中被烧毁后,重新刊刻《月泉吟社诗》就尤为必要。吴志德之孙吴克文不顾高年,经过了很长一段时间寻找,"以吟社之诗为后学之所脍炙,念欲重刊而久行"。虽然大火前《月泉吟社诗》在永和家,那时克文尚小,未必亲眼见过此本,长大后对诗集的情况不甚熟悉,以至于郑楷廿年(1424)中秋重至吴溪时,克文念及昆季情谊尤笃,复出《吟社》见示,欲请郑楷识其岁月。所幸的是,吴克文念欲重刊时,正好赶上"金华交友钱公世渊以叔端郑先生所编《圣朝文纂》募工锓梓于家",克文便从金华钱世渊家索得钱家所藏旧本,于正统十年予以重刊,该本即为正统本。黄灏在序中清晰地记叙了这个过程。

吴克文所刻《月泉吟社诗》虽与吴永和所持本不是同一本。但是既然吴渭"凡求是集者莫不欣然畀之",况且郑楷就曾批阅《月泉吟社诗》,并携归抄写过,应该说至元刻本完好地保留下来不是没有可能。再者金华钱氏与郑氏相交,钱氏家藏本即使不依吴氏家藏本,也有可能依从郑氏家藏本而来。至于那场大火缘何而起,文献所言"兵燹",笔者认为不是很有说服力。正统十年即为1445年,离朱元璋建明1368年也已相距77年,几乎大半个世纪,明代已经走出了改朝换代的战乱和混乱,那场大火应该与元末明初的战争没多大关系,因此笔者认为很可能是克文家中失火。

2. 正统本→正德本→嘉靖本→汲古阁本

明正德年间《月泉吟社诗》又得以刊刻。据水南田汝籽的《正德本月泉吟社诗集叙》记载,正德本应该是续正统本。

　　　　《月泉吟社》者,浦江吴子之所作也。……按,重刊本有
　　邑人黄灏首叙。叙渭……其裔孙克文会金华钱世渊获旧所刻
　　本,复重刻焉,盖正统十年春月之日也。有长史义门郑楷、教

谕文江张用并叙诸末云。石洲王子携至江右间以授予。其诗多律五七言四韵近体，其词婉微，其气平淡，其音清翁，虽不逮唐制，若曰元初，夫自为一代，有唐之遗风。石洲曰："夫言是也"。西涯（李东阳）昔著诗话，亦稍取之。吾切爱清翁、谢、吴三子同一时四方之士，凡所咏歌，只引田园景迹，不及它物事，真雅趣哉！其殆加于世之沈淫纷华者已。且其板毁，曷再刻之？或以吴溪诸辈不亲世，故竟尚文辞，以约盟揭赏为清谈，弗矜废时好事者。今考吴溪社士，皆故宋人也。值元初季，其处心甘是，盖智者识矣。正德十年六月望日，水南田汝籽叙。

田叙中明确说到"石洲王子携至江右间以授予"，据此可知所携即是正统本。田氏在见到正统本诗集后感慨了一番，指出"且其板毁，曷再刻之"。鉴于正统刻本板毁，所以正德十年（1515）又重刻《月泉吟社诗》，使之得以传承下来。

嘉靖二十二年（1544）《月泉吟社诗》得以再刻，即嘉靖本，该本有夏汭内方山人童承叙《嘉靖刊月泉吟社诗集后序》，从中可以知其大概：

> 内方子曰：嘉靖壬寅，余得告归，上先垄日憩郊薮，母弟引礼舍人芳以是集来，余旧有之，而板本磨灭不可读，得之甚慰。……时宪金柯公、郡守王君见之皆题焉，因付郡判解君梓之。……嘉靖二十二年癸卯孟冬朔旦，夏汭内方山人童承叙书于沱谦别墅之来巘亭。（嘉靖本月泉吟社卷末）

序中童氏称自己原有的《月泉吟社诗》已经磨灭不可读，看到礼舍人芳拿来的《月泉吟社诗》，有感于"兹社之举，皆所以发欷歔于歌啸，寄涟洳于比兴，与黍离、麦秀之歌无异"，遂付郡判解君负责刊印。据胡宗楙编《金华经籍志》（卷二十二）载："明正统其裔孙克文得旧本重刻。嘉靖时有覆本，毛子晋据以校刊，凡二卷"，嘉靖本既然是克文重刻本的覆本，可知嘉靖本又依正统本、正德本。毛子晋又据嘉靖本刊校，可知汲古阁本当是依嘉靖本。《适园藏书志》卷十五中所载也说明了这点：

> 《月泉吟社诗》二卷，毛校本……黄氏手跋曰：余初得此书时，因有毛子晋手校字，并手跋语，故珍之。是书出郡故家李明古遗书一单，与余友张讱庵剖分之，此却自留讱庵借以校毛刻，并补毛刻所无者，而皆未知其校补之何据。暇日翻阅藏书，目见有标题《月泉吟社》者，急检视之，乃明嘉靖时覆本。毛校补者悉据是也。复翁记时乙亥四月九日。

黄宗羲称自己在家中翻阅藏书时意外发现了《月泉吟社诗》的嘉靖本覆本，认为"毛校补者悉据是也"。因毛晋本依从嘉靖本，嘉靖本又依正德本，故知毛晋所用底本即正德本。另据清代耿文光撰《万卷精华楼藏书记》（卷一三五）的按语"毛氏所据原本为古松堂藏版"，可知毛氏不只一次刊刻《月泉吟社诗》，在刊刻丛书时但凡其中含有《月泉吟社诗》的，毛氏刻书均照刻不误，在序跋等内容上还有所增加。从《适园藏书志》的文字可知黄氏所见汲古阁本有"张金吾藏"白文方印，"丕烈"白文小印，"荛圃"朱文小腰圆印，"蓉镜珍藏"朱文方印。据祝尚书先生《宋人总集叙序》卷一〇所记，嘉靖重刻本今仅见于台北中央图书馆收藏一部，该本还保存了道光间古歙程恩泽观款及合江陶廷杰假读题识。

3. 诗词杂俎本(汲古阁本)→ 丛书集成初编本

《月泉吟社诗》常见的还有诗词杂俎本、丛书集成本。翻阅丛书集成初编本,其书签写有:月泉吟社诗。背面写有:本馆丛书集成初编所选,诗词杂俎及粤雅堂丛书、金华丛书皆收有此书。诗词本最早,刊印极精致,故知丛书集成出版时据该本影印,并附粤雅本伍崇曜跋于后。因此,丛书集成初编本据诗词杂俎本。

4. 万历本→咸丰本

《月泉吟社诗》还有万历本、咸丰本。据咸丰本所载万历时黄养正《月泉吟社》重刊诗集序可知,万历时期也曾刊刻了《月泉吟社诗》:

> 予家旧有吴直方、马札儿台、欧阳玄、顾阿英、柯九思所赋《蕃马图诗》一卷。词翰之美,擅绝一时。……今按是编则直方者,潜斋之从子。而宋时佚老谢皋羽辈,潜斋皆延而与相唱和,则忠义之砥砺,文艺之切磋,潜斋实开其先。而直方父子秉承家学,陶藉故有自矣……乃是编,王虎谷《书目》、薛方山《浙志》、王洪州《续文献通考》,俱失于收录。李文正公亦慕此集之美,而以未见为歉,则其亡也久矣。乡绅谭起岩翁出以相示,予不胜惊喜,亟授之梓,以广其传。

江夏黄养正从家藏《蕃马图诗》中了解吴渭与《月泉吟社诗》,正感慨《月泉吟社诗》"失于收录"时,正好乡绅谭起岩"出以相示",失而复得,黄养正将此事作了一篇序。该序写于万历戊午年,也就是1618年,此时期正是毛晋掌管汲古阁。按理毛氏之书遍及天下,江夏黄养正要得到汲古阁本也不为难事。但当他得到谭家所藏的《月泉吟社诗》时,"不胜惊喜,亟授之梓"。从黄序来看,谭翁家藏出示本,估计很有可能是不同于汲古阁本的另一版本。方勇先生《南宋遗民群体研究》中的《月泉吟社考论》认为谭氏家藏本是吴渭家藏本。笔者则认为谭翁所示之书也并非吴渭时的本子,因为咸丰本有万历黄氏之序,故咸丰本当依从万历本。而咸丰本除了增加吴上炎写的志外,还有一个显著特点,那就是也有圈点。吴渭留下的文字中并未能见出当时吴、方、谢有圈点之举,因为吴渭诸公特意交代了《月泉吟社诗》编排、整理、付梓的情况,如果有圈点之举吴渭诸公应该有所交代。再者《诗评》也只说"其余瑰辞藻思,粲然毕陈,应接有所不暇,姑次第其篇什,附以管见,俟览者细订之。若曰折衷,则渭岂敢。"以吴渭一贯谦逊姿态来看,也基本不太会直接在诗作上进行圈点。比对咸丰本与汲古阁本,圈点虽略有不同(圈点情况详见附录三),但咸丰本版心刻有汲古阁字样,所以还是可以推断咸丰本仍应依从汲古阁本,而非吴氏家藏本。

5. 粤雅堂丛书本与至元本、汲古阁本、四库本之间的关系

《月泉吟社诗》还有四库本和粤雅堂本。它们与至元本的关系又如何呢?粤雅堂丛书本中有伍崇曜谨跋、毛晋识,诗歌内容与汲古阁本也一样,可知粤雅堂参照了汲古阁本。但是粤本没有完全按照汲古阁本刊印,汲古阁本有圈点,粤雅堂本没有,说明二者的区别较大。在内容的安排上汲古阁本和粤雅堂本也有很大的不同。汲古阁本将范成大的《四时田园杂兴》作为《月泉吟社诗》板刻的一部分,其后的内容编排顺序依次为:田汝籽叙、社规(笔者注:无此二字)、春日田园题意、誓诗坛文、诗评,札目、诗目、小札、回送诗赏札,最后为湖南毛晋笺。粤雅堂本则是将札目和小札赏札放在一起。从以上可初步推断,粤本不在诗集中圈点,卷数也只是一卷,由此可推测粤雅堂本更接近吴渭刻本的原貌。

《四库总目》著录汪如藻家藏本，卷首有无名氏残序。考其内容，此序即汲古阁本卷首之田汝籽序，而卷末无毛晋跋。在内容上，四库本的目录保存了六十位诗人的诗歌、摘句和结句、送诗赏小札、回送诗赏小札。因四库本目录较为省略，四库馆臣称《月泉吟社诗》是"节录本"、"非完书"。从诗集的内容上看，四库本基本保留了以前刻本的诗歌原貌，只是在前序后跋、目录上较为省略，因此方勇先生认为四库本称不上"节录本"，笔者认为此言极是。

（二）从不同版本的比对中析《月泉吟社诗》的版本传承源流

吴渭刊刻的《月泉吟社诗》是否传承下来？至元本即吴渭刊刻的诗集，与传世本即正统本、正德本、嘉靖本、汲古阁本等之间有怎样的关系？历经三朝，期间可能发生哪些变化？

《月泉吟社诗》历经元、明、清三代，刊刻次数已经难以明数。笔者通过比较，从诗词杂俎本到咸丰本，《月泉吟社诗》的正文内容完全一样，它们都包括：社规、春日田园杂兴题意、誓诗坛文、诗评、月泉吟社目录摘句图附、月泉吟社诗歌及摘句、送诗赏小札目录、回送诗赏札目录、月泉吟社回送诗赏札、月泉吟社送诗赏札。但是诗歌、赏札、回赏札的排序上则有所变化，如：汲古阁本所有的目录在先，次为诗歌、送诗赏札、回送诗赏札。粤雅堂本则是诗歌目录及诗歌先于赏札回札。咸丰本完全同于汲古阁本，所有目录在先，诗歌、赏札、回札在后。在众多版本的比较中，至元本和传世本的异同独具价值。至元时期吴渭刊刻的本子自吴克文家失火后，有关至元本的文献已不可考，但是从传世序跋等资料来看，传世本与至元本虽有很大差别，诗集的主体仍然相延续。

首先，至元本是一卷本，而传世本存在一卷本、二卷本和三卷本三种情况。吴渭在《送诗赏小札》中说"以上所送并就缣端笔贴墨铭，用月泉诗赏，潜斋记号通榜，仍各送本社新诗一册"，只提到"一册"，由此可知至元本为一卷。黄灏序："诗篇及盟誓、考评之辞具录成帙而板行之。"也只提到诗篇、盟誓、考评这些内容，而未说及赏札和回札部分，可见吴渭当时就没将五十余篇往来书札辑入《月泉吟社诗》。而后世所谓的三卷本，则将赏札和回札编入其内，有的甚至将范成大的《四时田园杂兴》也编入其内。如《金华丛书》本就分三卷，以诗歌、评语及摘句图为第一卷，送诗赏札为第二卷，回送诗赏小札为第三卷。汲古阁本同样有三本，第一本书签标明月泉吟社，内容为范成大《四时田园杂兴》诗六十首，第二本的内容为月泉吟社竞赛诗歌及其评语，第三本的内容为送诗赏札和回送诗赏札。至元本少了范成大诗歌和赏札回札两部分。

　　其次，至元本的确没有赏札和回札两大部分。传世本中的赏札和回札次序混乱，不能与诗作部分所排名次对应。且同一个人的名字在诗歌及札中表述都不一样，如"山南野逸"、"吕澹斋"，在诗作部分分别为"山南隐逸"、"吕澹翁"。在《送诗赏小札》一至三十篇，存世各本皆缺吴渭致第四名仙村人、第二十九名朱孟翁二人的赏札。吴渭在赠送诗赏札时，不会也不应该独独遗漏此二人，况且朱孟翁还回送了赏札，在《送诗赏小札目录》中明明写有"与仙村人"。因此，送诗赏札和回赏札虽然在征诗过程中确实存在，但未编入诗集。可见，传世本中的赏札部分和回札部分完全有可能是后人加上的。

　　由于传世本的内容比至元本多出了两大部分，卷数也有三卷之说，因此四库馆臣称《月泉吟社诗》是"节录本"、"非完书"：

　　　凡收二千七百三十五卷，延致方凤谢翱吴思齐评其甲乙，

凡选二百八十人，以三月三日揭榜，此本仅载，前六十人，共诗
七十四首，又附录句图，三十二联，而第十八联佚其名，盖后人
节录之本，非完书也。（《四库全书总目》卷一八七）

这都是后人将赏札和回札编入进来而引起的误会。后人在重刻时
进行改变的现象还不止于上面所述。如：吟社《诗评》末均署有
"婺月泉吴渭拜手书"，下注"时元之前至元二十四年也。"所谓前
至元（自 1264 年始，共 33 年）是针对元顺帝时重出"至元"（自
1335 年始，共 6 年）年号而说的。吴渭（1228—1290）是不可能预
料到顺帝时期也会用至元年号，由此可见这也是后人加上的。笔
者在翻阅陶宗仪的《说郛三种》弓八十四本时，发现其中较为详细
地记载了月泉吟社的社规、誓诗坛文、诗评等，其中诗评就没有
"岁强圉大渊献修禊节，婺月泉吴渭拜手书，时元之前至元二十四
年也"的字样。陶宗仪是元末明初人，他在《说郛》中对月泉吟社
的记录是较早的，文字应该有较大的可信性。因为《说郛》对月泉
吟社的社规和誓文都完整记录，诗评中也唯独缺少此句，由此更可
确定这句话是后人刊刻时所加。尽管传世本《月泉吟社诗》有后
人增加的内容，但诗篇、诗评、盟誓仍是吴渭刻本所固有的。且吴
渭在《诗评》中自言"《春日田园杂兴》，此盖借题于石湖作者。"传
世本《月泉吟社诗》"诗传者六十人"，也正是按照范成大《田园杂
兴》六十首诗而来的。从后人的序跋中可以得知，六十人及其诗
歌也应是吴渭刻本之原貌。

　　综上所述，元代《月泉吟社诗》主要在吴氏家族中代代相传。
明清以后，为藏书家珍视，版本流传不再仅限于吴氏家族。在《月
泉吟社诗》的流传过程中，汲古阁本是承接前后的重要版本，它依
从正统本、正德本、嘉靖本而来，同时又进行了诸多改变，其后的版

本又或多或少地借鉴了汲古阁本。粤雅堂本无论在卷数还是评点上都与其他版本不同。所有的版本中,六十名的诗作和摘句在内容和排序上始终是一样的,即诗集的主体不变,而序跋及批阅时的圈点等则为后人增加。《月泉吟社诗》的版本传承源流可概括为:至元本;正统本→正德本→嘉靖本→汲古阁本;诗词杂俎本(汲古阁本)→ 丛书集成初编本、咸丰本。粤雅堂本最接近至元本的原貌。

尽管传世本《月泉吟社诗》有后人不断地增加内容,但据黄灏序来看,诗篇、诗评、盟誓等仍保留了吴渭刻本的原貌。不管后世有感于月泉"发欷歔于歌啸,寄涟洳于比兴"(童承叙语),还是有感于"其词婉微,其气平淡,其音清翕","真雅趣哉"(田汝籽语),还是有感于"欲网罗之以补新史之阙,以洗南朝李侍郎之耻。"(钱谦益语)月泉吟社及其竞赛诗作均给后世留下了丰厚的精神财富。令人景仰,又焉能不源远流长?

结　　语

　　《月泉吟社研究》着力凸显研究对象在三个方面的特征和价值:诗社、诗史、遗民。

　　第一,月泉吟社是中国古代诗社发展史上一个重要"转关"。它弥补了以往诗社范围狭隘、规模局促的不足,打破了地域界线,将诗社从少部分人、小圈子活动、影响有限的桎梏中解放出来。它还改变了以往诗社形式松散的特点,改变了文人参与诗社的根本态度,改变了以往诗社重愉悦的旨趣,使诗社组织形式更为正规严密,开启了诗社从文人雅集似的聚会发展成为更具组织性、自觉性、代表性的知识分子群体的新时代,标志着严格的、完整的、有组织、有计划的诗社已经成熟。月泉吟社是中国诗社发展史上的一个里程碑,为后世诗社的发展提供了可借鉴的典范。月泉吟社还是中国历史上首次民间"锁院试士",它开创了古代诗社发展史上,将诗社的形式、活动与科举考试紧密联系的先例,集中揭示了科举与文人结社之间的关系,直接影响着明清两代诗社的发展。

　　第二,《月泉吟社诗》在田园诗发展史上的意义尤其深远。作为宋季田园诗的余响,月泉吟社为宋代田园诗画上了一个圆满的句号。月泉吟社征诗以闲逸的《春日田园杂兴》为题,征诗时旗帜鲜明地要求在春日田园上做出杂兴,追求言外之意,要求诗外有诗。月泉吟社继承石湖开创的写生般的刻画,同时也步入了渊明求"理趣"的境界,努力将田园诗发展的两条路数,即石湖田园诗的白描与陶渊明田园诗的写意交织一起。月泉吟社的春日田园组诗中，尽管有不少是客观写实的，但其主旨却是延续了陶渊明的传统，诗人在选材上也"以心观物"，诗中的桑麻麦稻、燕鹊蛙鸣不再是客体，而是主观情感投影后的化身。这标志着宋末至元初田园诗的发展出现了一些异变，反映了写实派与写意派在特殊的背景下也会得到一定的整合，中国的田园诗发展也因此走向新的发展阶段。

《月泉吟社诗》对元初诗歌的发展具有重要意义。《月泉吟社诗》抒写了时局剧变给诗人带来的感受，即便是"穷苦愁怨之语"，也是遗民心境的真实流露。诗歌描写田园风物和农家生活，憧憬隐逸，慨叹农家赋税，"清切流丽，自抒性灵，无宋末江湖诸人纤琐粗犷之习"。《月泉吟社诗》抒故国宗社之忧愤，歌黍离麦秀之悲音，慷慨沉郁，忧深思远，表现坚贞的民族气节，有力地改变了宋末文坛"精魂沦亡，气局荒靡"的局面，在元代初期文学中具有承前启后的地位。

《月泉吟社诗》不仅在元初诗坛上具有重要地位，对整个元代诗歌发展也有重要价值。月泉吟社的评诗者在评诗时强调黍离之悲，要求传遗民之心声，强调情感抒写温柔敦厚，追求中和之美，强调"兴"的创作手法，力扫"时文气习"。月泉吟社的《诗评》还极力强调杜甫《秋兴八首》的典范意义，《题意》中则强调"与义熙人相尔汝"。这些均反映了吟社在诗学主张和诗学革新方面的深思熟虑，对有元一代诗歌发展影响甚大。

第三，《月泉吟社诗》是元初遗民诗歌的代表，与《心史》、《谷音》、《河汾诸老》等一起掀起了中国历史上遗民文学的第一次高潮。月泉吟社规模之大、影响之广，是其他遗民文学和遗民团体所不及的。月泉吟社仿照"锁院试士"的征诗形式，给南宋遗民带来了慰藉,也集聚了遗民群体的力量,从而使以月泉吟社为核心的浦江遗民群体成为南宋遗民群体中的一个亮点。月泉吟社对气节的坚守成为明代遗民效仿的榜样,与宋遗民精神一起昭示于天下。毛晋、金俊明、黄宗羲、钱谦益等均珍视《月泉吟社诗》,王士禛"常遍和之",朱彝尊则视月泉吟社诸诗人为人"相与传而宝之"的楷模,清初甬上遗民追踪月泉诸老,掀起了明遗民酬唱的高潮等,这些均彰显了月泉吟社对后世遗民和遗民文学所具有的非同寻常的影响力。

尽管笔者揣着"从某些具体对象入手,然后从中概括出某项可能成立的规律来"的初衷,以"了解之同情"来考量研究对象,文中仍难免因学识浅薄、陋见寡闻,而有挂一漏万、误解讹论之处,诚望前辈时贤、硕学方家有以教焉。

附　录

一、表1：月泉吟社成员表

表格以《月泉吟社诗》和《全宋诗》为底本，参照《南宋遗民诗人群体研究》、《南宋杂事诗》、《宋诗纪事》、《宋明遗民诗歌创作心理比较研究》等。

排名	姓名	字号等	生卒年月	籍贯	作品	游览踪迹	交友情况	仕宦经历	王士祯重新排名
1	罗公福	连文凤，号应山，字伯正。		三山人（福建福州）		杭清吟社			21
2	司马澄翁	冯澄，字澄翁，号来青。		义乌人					16
3又 13	高宇 魏子大	梁相，字必大。		杭州人	2首	古杭州西塾，武林九友会		1298 镇江路儒学教授，5 年迁教绍兴，升婺州知事。	8 2
4	先(仙)村人					古杭白云社			6

排名	姓名	字号等	生卒年月	籍贯	作品	游览踪迹	交友情况	仕宦经历	王士祯重新排名
5	山南隐逸	刘应龟，字符益，号山南。	1244—1307	义乌			与黄潽有和作，黄曾外祖的外孙，潽舅	至元二十三年，强起以主教乡邑。更调月泉书院山长，改杭州路学正。	4
6 53	子进 子直	魏石川先生，名魏新之，字德夫，号石川。	1242—1293	分水人桐庐人	县志有诗一首《访俞星叟观鱼轩》			咸淳七年进士，庆元府教授。	1 15
7	栗里	杨龙溪，名本然，字舜举，号龙溪。		金华			从王应麟学		
8	倪梓	陈尧道，字景传，号山堂。		义乌					
9	全泉翁	名全壁，字君玉，号邈初子。		杭州人		孤山社			3
10	吕澹翁	名文老，字澹翁。		东阳					
11	方赏	方德麟，号藏六。		桐江（今桐庐）徙居新城	全宋诗录2首				7

排名	姓名	字号等	生卒年月	籍贯	作品	游览踪迹	交友情况	仕宦经历	王士禛重新排名
12	邓草径	刘汝钩，号蒙山，字君鼎。		三山人		寓杭	谢翱写《小元祐歌寄刘君鼎》	无仕，与连文凤率舍生为徐应镳举丧。	
13	魏子大					武林九友会			
14 又 45	喻似之 陈纬孙	名何鸣凤，字逢原，又名何教。		分水人（今桐庐西北）	2首			宋末分水县学教谕；入元不仕	17
15	蹑云	翁合老，字仲嘉。		建德（今建德）梓州					5
16	玉华吟客	名子明，号东冈，又名林子明		分水人					
17	田起东	刘蒙山，刘蒙正。		昆山人（今属江苏）					20
18	唐楚友	白湛渊，名珽，字廷玉。	1248—1328	钱塘人（今杭州）四明名儒，舒少度遗腹子，为钱塘白氏收为嗣子。	《湛渊集》八卷，仅存《湛渊遗稿》《湛渊静语》	孤山社			

排名	姓名	字号等	生卒年月	籍贯	作品	游览踪迹	交友情况	仕宦经历	王士祯重新排名
19	识字耕夫	周暕，字伯阳，号方山。		泰州人（今属江苏）	武宗至大三年（1310）为白珽做序;《湛渊静语序》,《全宋诗》录诗6首。	武林社宋亡，流寓秀水、钱塘、吴郡	《养蒙文集》卷2中有《送周方山序》;《桐江续集》卷13中有《送周君暕之余姚讲授》	1287执教余姚	
20	学古翁	赵必范，号古一。		桐江人（今桐庐人）	春日田园诗1首;元日、元夕、社日、清明诗句各2句。				
21	社翁	姚桐翔		钓台人（今桐庐西）					
22	骑牛翁	高镕，字声玉，号悦云。		三山人（今福建福州）				宋末为婺州教官	
23	天目山人	吴瑀，字贵叔。		义乌人	《全宋诗》录诗2首;其中《游垆山记》见清王锡祺《小方壶斋舆地丛钞》第四帙。		吴天祐之侄		

排名	姓名	字号等	生卒年月	籍贯	作品	游览踪迹	交友情况	仕宦经历	王士祯重新排名
24	安定书隐	胡南，字景山，号比心。		义乌人					
25	槐窗居士	黄景昌		浦阳长塘人					
26	姜仲泽	姜霖，字仲泽。		金华人				1295年兰溪县学正	
27	陈柔著	东必曾，字孝先，号潮原，又陈必曾。				武林社三村			
28	方尚老	方子静		桐江白云村					
29	朱孟翁			东阳人					
30	爱云仙友	赵必拆				杭白云社			
31	陈希邵	陈舜道		义乌人	春日田园10首				
32	刘时可			双溪人（今余杭北）					
33	岳重	宝觉寺僧，了慧，字岳重。				武林九友会			
34	云东老吟	许元发		义乌人			与谢翱有交。《晞发集》卷6中有《寄东白许元发》		

排名	姓名	字号等	生卒年月	籍贯	作品	游览踪迹	交友情况	仕宦经历	王士祯重新排名
35	避世翁	洪贵叔		义乌人					
36	观我	杨舜举		金华	《词苑丛编》卷14引姚云文《江村胜语·杨观我词》		与父同出于王应麟之门;与许谦有交《白云集》卷一《游山》		
37	徐端甫			义乌人					
38	龟潭	朱释老		金华孝顺镇					
39	樵逸山人	李蕚		桐江人（今桐庐）					
40	柳圃	字君用，号竹癯。		浦江人	诗社诗2首		与弟公举日与方凤、吴思齐为文字交	元初为月泉书院山长	
46	陈鹤皋								
41	冷泉僧志宁	蔡潭，号熙山。		杭州人					
42	吟隐	俞自得		金华人					
43	东湖散人			杭州人					
44	仇近村	仇远，字仁近。		杭州山村人			戴表元张翥	镇江路学正，溧阳周学教授	

排名	姓名	字号等	生卒年月	籍贯	作品	游览踪迹	交友情况	仕宦经历	王士禛重新排名
47	临清	王进之		建德（今浙江建德东北）	诗社诗2首				
49	王进之								
48	感兴吟			桐江人					
50	元长卿								
51	闻人仲伯	陈希声		义乌人	诗社诗5首				
52	戴东老	月泉社人		月泉（浦江人）	诗社诗3首				
54	袭庆	陈文增		苕水人（湖州）					
55	九山人					寓杭州			
56	桑柘区			金华人					
57	柳州	月泉社人		月泉（浦江人）					
58	草堂后人			杭州人					
59	君瑞			桐江人					
60	青山白云人	陈养直		居杭州杭人			与黄潘交往《送陈养直归四明》，戴表元集中提到其性格。		

排名	姓名	字号或其它	生卒年月	籍贯	作品集名称	游览踪迹	交友情况	仕宦经历	王士祯重新排名
摘句	无机老农								
	子问								
	田农夫								
	唐人机轴								
	忘怀老人								
	五云山人								
	老农								
摘句	刘存行								
	石姥寄客								
	双涧								
	云水								
	白云人								
	傅宣山								
	柳耆								
	俞如山								
摘句	跨犊者								
	佚名								
	山野人								
	盘隐末子								
	扶杖夫								
	廷云								

排名	姓名	字号或其它	生卒年月	籍贯	作品集名称	游览踪迹	交友情况	仕宦经历	王士禛重新排名
摘句	翁自适								
	郭建德								
	骆儒宾								
	陈帝臣	陈公举				公凯弟		世祖至元末为浦江儒学教谕，累迁江浙儒学副提举。	
	晚静								
	竹蓑笠翁								
	俞野处								
	蓝田道人								
	林泉生								
	傅九万								
	才人								

二、表2：宋元吴溪吴氏家族成员仕宦表

人名		字	文学题名	处士题名	文科甲题名	仕宦题名	文集	备注
十二世	九璋	崇义				宋授工部尚书。		
	闻	仲博			宋亚榜进士			治《春秋》
十三世	蕡	蛮声	吴氏文风，公肇其先		宋浙漕进士	宋授登仕郎秘书省校勘文字。		
	英	振之		宋授迪功郎。鬓发未斑，解组遂归。	宋举孝廉			
十四世	埙	伯和，晚号东山处士	月泉书院山长，以振起斯文为己任。	隐居东山	宋亚榜进士		《东山集》	治《诗经》
	渭	清翁，匾所居潜斋	主盟月泉吟社			宋补将仕郎摄浦江县尉，寻护浦江县印，移授义乌知县。	《潜斋集》	
	谦	仲恭，晚号乐闲居士	月泉堂录		宋亚榜进士		《乐闲山房稿》	

人名		字	文学题名	处士题名	文科甲题名	仕宦题名	文集	备注
十五世	幼敏	功父	喜吟咏。构止所别墅。		宋亚榜进士	元授杭州温州府教授。		
	幼祥	景禧	构望云楼以思亲,晚构栖碧楼。			元授浙江省宣慰使。		
	似	续古	工诗,"文章巨家"			元授绍兴府山阴教谕。		
	直方	行可	学问宏博,资性明敏			元授集贤院大学士荣禄大夫致仕,封赠渤国公。		
十六世	莱	立夫	七岁能文,博览群书,著作甚富。	敢于长隐,不乐仕进				
	实					元授兰溪州学正,改授西宁路教授。		
	贵	良贵	工诗。论文析理,穷极根底;为诗足以陶写性灵。			元授九昌府国州学正,迁镇江路学正,补考除松江府教授。		

人名		字	文学题名	处士题名	文科甲题名	仕宦题名	文集	备注
十七世	士谔					元授金华县教谕。		
	宗					元授兰溪州学正。		
	城			●		元授松江府财赋总管府。		
	琦					元授江淮财赋府提空案牍。		

三、《月泉吟社诗》常见版本的比较

《月泉吟社诗》的常见版本有明天启崇祯毛晋汲古阁《诗词杂俎》本，清伍崇曜咸丰《粤雅堂丛书》本，清胡凤丹同治光绪间《金华丛书》本，民国《丛书集成初编》本、咸丰吴氏家藏本。笔者目验汲古阁本、粤雅堂本、丛书集成初编本、咸丰吴氏家刻本，记录其版本特征如下：

1.《月泉吟社诗》明汲古阁刊本的版本特征

见于《诗词杂俎》之三。线装，有书套，三本一套。行款：八行。上下单栏，左右双栏。上白口。该函有三本。第一本的书签写有月泉吟社。前扉页、后扉页各有2张。前有正德十六年辛巳八月朔旦太仆少卿乡后学都穆序，辛巳五月王鏊序。内容依次为：《石湖诗集》，部分字右边用圈点评。有石湖居士寿栎堂书文(卢氏家藏)。版心上面有月泉吟社，中间页码，下面为汲古阁。此后，版心的上面写有月泉吟社，下面写有汲古阁，中间为页码。

内容依次为正德十年六月望日水南田汝籽叙、社规（笔者注：无此二字）、春日田园题意、誓诗坛文、诗评札目包括月泉吟社送诗赏小札目录和回送诗赏小札、诗目包括月泉吟社目录摘句附。第二本的版心上为月泉吟社，下为汲古阁，中为页码。内容为月泉吟社诗歌。第三本版心上为月泉吟社，下为汲古阁，中为页码。内容依次为：送诗赏小札、回送诗赏札，后附湖南毛晋笺。

笔者案：此本有圈点。

2.《月泉吟社诗》粤雅堂丛书初编本的版本特征

见于丛书第二集。有书套，线装。书根写有：十六　粤雅堂丛书二集　月泉吟社。有前扉、后扉。行款：九行。版心：上黑口，下黑口，大黑口。书口依次刻有：月泉吟社叙、月泉吟社、月泉吟社目录、月泉吟社、月泉吟社跋、月泉吟社札目、月泉吟社回送诗赏札、月泉吟社送诗赏札，及页码。下黑口右边刻有粤雅堂丛书。上下栏为单栏，左右栏为双栏。

内容依次为：田汝籽叙、社规（笔者注：无此二字）、春日田园题意、誓诗坛文、诗评、月泉吟社目录摘句图附、月泉吟社诗歌及摘句、伍崇曜谨跋、毛晋识、送诗赏小札目录、回送诗赏札目录、月泉吟社回送诗赏札、月泉吟社送诗赏札。

笔者案：此本无圈点。且在摘句、回送诗赏札、送诗赏札后均写有谭莹玉生覆校。

3.《月泉吟社诗》丛书集成初编本的版本特征

包背装（内有线装，外加上书皮，封面上未有线装眼）。后背写有：上方为第1786册　月泉吟社　下方为吴渭编。书签写有：月泉吟社诗。行款：八行。无版心。

内容依次为：正德十年六月望日水南田汝籽《刻月泉吟社诗叙》、月泉吟社诗札目、月泉吟社诗诗目、社规（笔者注：无此二

字）、春日田园题意、誓诗坛文、诗评、诗歌及摘句、月泉吟社送诗
赏小札、回送诗赏小札、毛晋笺、咸丰辛亥小除夕南海伍崇曜谨跋、
湖南毛晋识。

书尾有编者吴渭，发行人上海河南路王云五，印刷所上海河南
路商务印书馆，发行所上海及各埠商务印书馆。

笔者案：据书中"本馆丛书集成初编所选诗祠杂俎及粤雅堂
丛书金华丛书皆收有此书，诗词本最早，刊印极精致，故据以影印
并附粤雅本伍崇曜跋于后"，丛书集成初编本是据汲古阁本而来。
但丛书集成初编本无版心，无汲古阁三字。

4.《月泉吟社诗》咸丰九年吴氏家刊本的版本特征

线装，书签写有月泉吟社。行款：八行。版心刻有：月泉吟社
小标题（序、诗目、札目）页码　汲古阁。上下单栏，左右双栏。

内容依次为：甲子荷月浦江前吴吴战垒杭州寓次序、正德十年
田汝籽刻月泉吟社诗叙、正统十年黄灏月泉吟社重刊诗集序、万历
戊午九月朔日江夏黄养正书于攸署之群芳堂月泉吟社重刊诗集
序、社规、春日田园题意、誓诗坛文、诗评、月泉吟社目录摘句附、月
泉吟社送诗赏小札目录、诗歌及摘句图、月泉吟社送诗赏小札、月
泉吟社回送诗赏札、毛晋笺、郑楷后跋、张用跋、吴上炎咸丰九年
志、乐捐姓氏。

笔者案：吴上炎志中"兹恐愈久而愈失其传，亟为募资重刻，
批评圈点，悉遵正德十年汲古阁所刻原本，至韩府纪善邑人黄灏首
序，并长史义门郑楷、教谕文江张用乡先达所叙诸末者，仍付梨
枣"，咸丰刊本依据汲古阁本，但是比对二者，仍稍有所不同。圈
点处、圈点的符号有些不同，尤其是前十名的批点。咸丰本用圈较
多，汲古阁本用点多。咸丰本有意在断句处有圈标示，汲古阁本无
断句标示。以第一名罗公福为例：

（1）诗歌部分比较

汲古阁本为：

第一名罗公福杭清吟社，三山，连文凤，伯正，号应山。

老我无心出市朝，东风林壑自逍遥。一犁好雨秧初种，几道寒泉药旋浇。

　　○○　　　　　　　　○○

放犊晓登云外垄，听莺时立柳边桥。池塘见说生新草，已许吟魂入梦招。

　ˋ ˋ ˋ ˋˋ ˋ ˋ　ˋ ˋ ˋ ˋ ˋˋ　ˋ ˋ ˋ ˋ ˋ　ˋ ˋ ˋ ˋ ˋ

笔者案：汲古阁本整首诗均用了圈点，前两联的空白均仍代表用点。

咸丰本为：

第一名罗公福杭清吟社，三山，连文凤，伯正，号应山。

老我无心出市朝，东风林壑自逍遥。一犁好雨秧初种，几道寒泉药旋浇。

　○○○○○，　○○○○○。○○○○○○，○○○○○。

放犊晓登云外垄，听莺时立柳边桥。池塘见说生新草，已许吟魂入梦招。

　○○○○○，　○○○○○。　　　　　　○，○。

笔者案：咸丰本整首诗均用了圈点，为了明显起见，此处用点的地方就不再用点表示，而以空白代表点。

（2）诗歌评语部分比较

评曰：众杰作中求其粹，然无疵极整齐而不窘边幅者，此为冠（汲古阁本）

评曰:众杰作中求其粹,然无疵极整齐而不窘边幅者,此为冠(咸丰本)

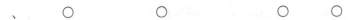

笔者案:上例中的标点均为笔者所加。汲古阁本未用圈点,咸丰本则用了。评语中的空白不代表点。评点中的圈点以断句为目的。

5.《月泉吟社诗》金华丛书本的版本特征

三卷。上下左右双栏。上黑口。行款:九行。中缝有退补斋藏版。

内容依次为:同治十年春二月永康后学胡凤丹月樵氏序;正德十年田汝籽叙;月泉吟社目录卷一摘句附、月泉吟社社规宋吴渭撰(笔者注:无社规二字)、春日田园题意、誓诗坛文、诗评;月泉吟社卷一 宋吴渭编 郡后学胡凤丹月樵校梓;月泉吟社目录卷二 送诗赏小札;回送诗赏札目录卷三;月泉吟社卷二 送诗赏小札;月泉吟社卷三 回送诗赏札;毛晋识;伍崇曜跋

笔者案:该本无圈点。

6.《月泉吟社诗》四库全书本的版本特征

分为上下。行款:八行。上黑口。上下左右双栏。内容依次为:四库馆臣提要;月泉吟社上;月泉吟社下。月泉吟社上包括:月泉吟社原序、社规、春日田园题意、誓诗坛文、诗评。月泉吟社下包括:诗歌、摘句、结句、送诗赏小札、回送诗赏小札。

此外,据祝尚书《宋人总集叙录》,《月泉吟社诗》的版本还有:清顺治甲午(1654),张燧刊《存雅堂遗稿》十三卷,其中卷七至卷十为《月泉吟社》,该本今国家图书馆等有藏本。康熙五十五年(1716),有吴宝芝刻本,今唯见常熟市图书馆著录一部,有宗廷辅批并录明李诩校。除上述刻本外,《月泉吟社诗》在清代

的钞本①有：今国家图书馆藏有清朴学斋林佶钞本二册；清咸丰十年（1860）韩应陛钞本，有韩应陛、周叔弢跋，一册；另有一清钞本。北京大学图书馆藏有清康熙时金俊明钞本（与《谷音》、《河汾诸老诗》、《中州集》同钞），有金俊明、黄丕烈跋。南京图书馆藏有清小辋川钞本。台北中央图书馆亦藏有旧钞本一部，有近人胡嗣瑗、余肇康观款。

四、《月泉吟社诗》的版本调查

明清以来，《月泉吟社诗》的著录屡见于册，兹列如下：

1. 简目著录

（1）中国丛书综录（第二册）

题咏之蜀

月泉吟社一卷（宋）吴渭辑

诗词杂俎（汲古阁本　木松堂本　景汲古阁本）

说郛（宛委山堂本）弓八十四本

四库全书·集部总集类

粤雅堂丛书初编第二集

丛书集成初编·文学类

月泉吟社三卷

　　　金华丛书（同治光绪本，民国补刊本）集部

（2）中国丛书综录续编　　　施廷镛编撰

类编·集类·总集（通代）

宝晋斋四刻

---

① 　以上收藏出处均根据祝尚书《宋人总集叙录》第一○卷，第462页至第470页。

（明）毛晋辑

（明）崇祯五年（1632）常熟毛氏绿君亭刊本

月泉吟社二卷　（宋）吴渭辑

又：类编·集类·诗文评：

古今诗话

（清）稽留山樵辑

（清）刊本

月泉吟社一卷　（宋）吴渭撰

（3）丛书集成新编目录（台湾版：一百二十册）（笔者注，此据电子版）

57 ｜ 2042 ｜月泉吟社一卷 ｜（宋）吴渭 辑 ｜

（4）丛书集成初编目录

文学类

诗总集

1786 月泉吟社诗（宋）吴渭编〔金华·诗词·粤雅〕1 册

（5）《金华丛书》集部　（清）胡凤丹辑

清同治光绪间永康胡氏退补斋刊本

清同治光绪间永康胡氏退补斋刊民国补刊本

月泉吟社三卷　（宋）吴渭辑　同治十年（1871）刊

（6）《金华丛书书目提要》（一）　（清）胡凤丹编修 同治光绪中刊

月泉吟社三卷　吴渭辑　文学类·宋诗·总集

说明：所选百部丛书中，粤雅堂丛书及诗词杂俎均有此书，诗词本最早，故据以影印入诗词杂俎中。

又：板心刻有巳刻金华丛书总目　民国十四年浙江公立图书馆刊

月泉吟社诗三卷　宋吴渭编一册

又:《金华丛书书目提要》(三)

月泉吟社一卷　宋吴渭编,渭字清翁……

板心刻有卷七 集部 二十八 退补斋藏版

(7)《四川善本联合目录》(笔者注:此据电子版,西南师大编)

诗词杂俎十五种二十五卷　明毛晋辑　明天启崇祯毛氏汲古阁刻本

月泉吟社一卷　宋吴渭辑

(8)《文渊阁四库全书目录》

月泉吟社诗一卷(宋)吴渭编

(9)《四库全书总目》卷一百八十七,集部,总集,类二(清)永瑢

月泉吟社诗一卷。编修汪如藻家藏本。

(10)《四库全书简明目录》卷一十九

月泉吟社诗一卷。宋吴渭编。渭立月泉吟社,以丙戌三月分题,丁亥上元收卷。凡得二千七百三十五卷。延方凤谢翱吴思齐评其甲乙,选中二百八十人,此本惟录其前六十卷。其题为《春日田园杂兴》,其姓字皆用隐语,意其以代糊名也。

(11)《四库全书》史部

别史类,钦定续通志,卷一百六十三

月泉吟社诗一卷　宋吴渭编

又:地理类,都会郡县之属,浙江通志,卷二百五十二

月泉吟社一卷,《百川书志》:宋浦阳　潜斋吴渭清翁著

又:政书类,通制之属,钦定续文献通考,卷一百九十七

吴渭《月泉吟社诗》一卷。渭字清翁,号潜斋。浦江人,官义

乌令,入元退居吴溪。

又:目录类,经籍之属,千顷堂书目,卷三十一

吴渭《月泉吟社诗》一卷,号潜翁,浦阳人。

(12)《续修四库全书》史部·目录类·元史艺文志 卷四
(清)钱大昕著

总集类　吴渭月泉吟社一卷

(13)《增订四库简明目录标注》卷十九,集部八,总集类　邵
懿辰撰,邵章续录

月泉吟社诗一卷　宋吴渭编

汲古阁刊诗词杂俎本　续艺圃搜奇本　慎德堂活字本.

〔续录〕粤雅堂丛书本　金华丛书本.

(14)《中国丛书广录》总目

古今诗话　(清)稽留山樵编　清刻本。第八卷,诗词馀话
(元俞焯撰),四六诗话(宋相国道撰),月泉吟社(宋吴渭撰)

2. 经眼录

《藏园群书经眼录》集部七·断代　傅增湘撰

月泉吟社、谷音、河汾诸老诗、中州集、中州乐府序目小传　清
金俊明手写本　黄丕烈跋

又:卷十八,集部七,总集二

月泉吟社、谷音、河汾诸老诗、中州集、中州乐府序目小传,清
金俊明手写本,有跋。甲寅秋七月。有黄荛圃丕烈跋。已卯季冬
望一日。(癸丑)

3. 题跋书志

(1)《宋元明清书目题跋》

《万卷堂书目》卷二 (明)朱睦㮮撰

月泉吟社诗二卷　罗公福

《百川书志》卷一九 集志八 总集 (明)高儒撰

月泉吟社一卷

故宋浦阳盟诗潜斋吴渭清翁著集,立社、开科、誓盟、拔萃往复篇章,共成胜集也。

《徐氏家藏书目》卷五 (明)徐𤊹撰

月泉吟社一卷

(明)董其昌撰《玄赏斋书目》卷七诗总集

月泉吟社

(明)晁瑮撰《晁氏宝文堂书目》卷上诗词

月泉吟社

(2)《明人书目题跋丛刊》(上册)冯惠民、李万健等选编

汲古阁校刻书目,诗词杂俎十六种,月泉吟社,七十三页

又:汲古阁刻板存亡考,诗词杂俎　板现存扬州商人家,久不印出

(3)《清人书目题跋丛刊》

《万卷精华楼藏书记》卷一百三十五,总集类三,宋金(清)耿文光撰

月泉吟社诗一卷附录小札二卷　宋吴渭编

汲古阁本　前有正德十年水南田汝籺序,次送诗赏札目。诗题为春日田园杂兴。先榜名次评次诗,后有毛晋跋,顾东桥集有田汝籺传。

田氏序曰:按重刊本有邑人黄灏首叙。叙渭故宋时尝为义乌令,元初退食于吴溪,延至乡遗老方韶父,与闽谢皋羽、括苍吴思齐主于家,始作月泉吟社,四方吟士从之。三子者乃为其评较、揭赏。云据录有刻本,迨从于集贤学士直方并其子贞文公莱,及诸孙元帅辈相嗣传焉。中更兵燹,是本泯没。其裔孙克文会金华钱世渊,获

旧所刻本,复重刻焉。盖正统十年春月之日也,有长史义门郑楷教谕文江张用并叙诸末,云石洲王子携至江右间以授予。其词婉微,其气平淡,其音清翕,有唐之遗风。石洲曰:夫言是也。西涯昔著诗话亦稍取之,其板毁,盖再刻之。

月泉社吴清翁盟诗,预于丙戌小春月望日以杂兴为题,至丁亥正月望日收卷。月终结局收二千七百三十五卷,选中二百八十名。三月三日揭榜,各送罗布笔墨。

毛氏跋曰:丙戌丁亥间吴潜斋分杂兴题,选中二百八十名,兹集所载仅六十名,凡四韵,诗七十有四首,又附摘句三十又三联,亟合谷预付梨以公同好。

王氏曰:宋末浦江吴渭倡月泉吟社,赋田园杂兴,近体诗,名士谢翱辈第其高下,诗传者六十人,清新尖刻,别自一家。予幼于外祖邹平孙公家见古刻本后,始见琴川毛氏本,尝遍和之。窃谓皋羽所品高下未尽当意,因戏为易置次第。录于《池北偶谈》。

文光案:汲古阁诗词杂俎曰众妙集、曰剪绢集、曰四时田园杂兴、曰月泉吟社诗、曰谷音、曰河汾诸老诗、曰三家宫词、曰二家宫词、曰二妙集、曰漱玉集、曰断肠词、曰女红余志,共十二种。此本缺二妙集一种。其十一种皆著录。毛氏所据原本为古松堂藏版。

《善本书室藏书志》卷三十八,集部　　(清)丁丙撰

月泉吟社诗一卷,小辋川钞本。浦阳盟诗潜斋吴渭清翁。薛应旗《浙江通志》云:月泉在浦江西二里,其泉视月盈虚为消长。宋政和间,县令孙潮疏为曲池。咸淳间,县令王霖龙构精舍于泉上。元改为书院。渭一号潜斋,浦江人,尝官义乌令,入元退居月泉。至元丙戌丁亥间征赋《春日田园杂兴》,其得诗二千七百三十五卷。仿锁院试士之法,以谢翱皋羽为主考,选中二百八十名。自第一名罗公福至六十名,赏罗缣深衣布笔墨有差,揭榜。后刻为诗

录,并附摘句。遭兵燹泯没。至正统十年,其裔孙克文得旧本重刊。水南田汝籽为序。

(4)《清末民国古籍书目题跋七种》之二　程仁桃选编

《适园藏书志》卷十五,集部六,总集类（清)张钧衡(清)缪荃孙编

民国五年(1916)年南材张氏家塾刻本

月泉吟社诗二卷 明刻本

宋吴渭撰,渭号潜斋,一字清翁。浦江人,尝官义乌令。入元退居月泉。浙江通志:月泉在浦江西二里,其泉视月盈虚为消长。宋政和间县令孙潮疏为曲池。咸淳间县令王霖龙构精舍于泉上。元改书院。至元丙戌丁亥间征赋春日田园杂兴。其得诗二千七百三十五卷。仿锁院试士之法,以谢翱皋羽为主考,选中二百八十名。自第一名罗公福至六十名赏罗缣深衣布笔墨有差,揭榜后刻为诗录,并附录摘句。明正统其裔孙克文得旧本重刊。正统十年黄灏序,李东阳序,附录谢翱传。嘉靖癸卯章永叙后序,收藏"席氏玉照"朱文方印,"张金吾藏"白文方印,"丕烈"白文小印,"荛圃"朱文小腰圆印,"蓉镜珍藏"朱文方印。

道光庚寅三月清明后四日古歙程恩泽借观。道光乙未七月朔合江陶廷杰假读。

又:月泉吟社诗二卷 毛校本

此汲古阁本。毛子晋手校。并以嘉靖本序文摹入收藏,有"张金吾藏"白文方印,"丕烈"白文小印,"荛圃"朱文小腰圆印,"蓉镜珍藏"朱文方印。有毛氏手跋、丕烈手跋和蒋氏手跋。黄氏手跋曰:余初得此书时,因有毛子晋手校字,并手跋语,故珍之。是书出郡故家李明古遗书一单,与余友张切庵剖分之,此却自留切庵借以校毛刻,并补毛刻所无者,而皆未知其校补之何据。暇日翻阅

藏书，目见有标题《月泉吟社》者，急检视之，乃明嘉靖时覆本。毛校补者悉据是也。复翁记时乙亥四月九日。

《藏园订补邵亭知见传本书目》卷十六上·集部八·总集类（清）莫友芝撰，傅增湘订补，傅熹年整理

月泉吟社诗一卷　宋吴渭编　○诗词杂俎刊　○续艺圃刊

〔补〕○清康熙五十五年吴宝芝刊本

《文禄堂访书记》卷第五　王文进著，柳向春标点　中国历代书目题跋丛书（第二辑）

月泉吟社一卷　宋吴渭撰。清林吉人手钞本。半页九行，行十九字。黑格。版心下刊〔樸学斋钞本〕五字。正德十年田汝籽序。有〔林佶〕印。

《持静斋书目》卷四　（清）丁日昌撰，路子强、王雅新标点，杜泽逊审察

月泉吟社诗一卷　粤雅堂刊本

宋吴渭编

（5）《木樨轩藏书题记及书录》　李盛铎著、张玉范整理

附书录：〔金俊明手录月泉吟社谷音河汾诸老诗中州集〕中州乐府序目小传一册〔清金俊明辑　清康熙金俊明抄本（黄丕烈金俊明跋）〕

（6）《荛圃藏书题识》卷一〇·集类　　（清）黄丕烈撰

月泉吟社一卷　毛子晋校本

余初得此书时，因有毛子晋手校字，并手跋语，故珍之。是书出郡故家李明古遗书。一单与余友张切庵剖分之，此却自留切庵借以校毛刻，并补毛刻所无者，而皆未知其校补之何据。暇日翻阅藏书，目见有标题《月泉吟社》者，急检视之，乃明嘉靖时覆本。毛校补者悉据是也。复翁记时乙亥四月九日。

（7）《四库全书》集部八，总集类，月泉吟社诗，提要

月泉吟社诗总类提要，臣等谨案：月泉吟社诗一卷。宋吴渭编，渭字清翁，号潜斋，浦江人。尝官义乌令，入元后退居吴溪。立月泉吟社。至元丙戌丁亥间，征赋春日田园杂兴诗，限五七言律体，以岁前十月分题，次岁上元收卷，凡收二千七百三十五卷。延致方凤谢翱吴思齐评其甲乙，凡选二百八十人，以三月三日揭榜。此本仅载前六十人，共诗七十四首，又附录句图三十二联，而第十八联佚其名。盖后人节录之本，非完书也。其人皆用寓名，而别注本名于其下，如第一名连文凤改称罗公福之类，未详其意。岂凤等校阅之时，欲示公论以此代糊名耶？首载社约、题意、誓文、诗评，次列六十人之诗，各有评论，次为摘句，次为赏格及送赏启，次为诸人覆启，亦皆节文。其人大抵宋之遗老，故多寓遁世之意，及听杜鹃餐薇蕨语。王士禛《池北偶谈》称其清新尖刻别自一家，而怪所品高下未当，为移第六名子进为第一，第十三名魏子大为第二，第九名全泉翁为第三，第五名山南隐逸为第四，第十五名蹑云为第五，第四名仙村人为第六，第十一名方赏为第七，第三名高宇为第八，第四十二名俞自得为第九，第二十五名槐窗居士为第十，第四十三名东湖散人为十一，第三十七名徐端甫为十二，第四十四名仇近村为十三，第三十一名陈希邵为十四，第五十三名子直为十五，第二名司马澄翁为十六，第四十五名陈纬孙为十七，第五十一名闻人仲伯为十八，第五十九名君瑞为十九，第十七名田起东为二十，第一名罗公福为二十一。然诸诗风格相近，无大优劣，士禛所移与凤等所定，均各随一时之兴，未见此之必是彼之必非也。李东阳《怀麓堂诗话》曰"元季国初，东南人士重诗社，每一有力者为主，聘诗人为考官。隔岁封题于诸郡之能诗者，期以明春集卷私试，开榜次名，仍刻其优者，略如科举之法。今世所传，惟浦江吴氏《月

泉吟社》,取罗公福为首,其所刻诗以和平温厚为主,无甚警拔,而卷中亦无能过之者,云云,则凤等所定,东阳固以为允矣。乾隆四十六年九月恭校上。"

4. 其他

(1)《元史艺文志辑本》卷二十,集部,总集类　雒竹筠遗稿,李新干补编

月泉吟社诗一卷　吴渭辑　存　见《元史艺文志四卷》清钱大昕撰(光绪九年张寿荣刻《八史经籍志》)

毛氏汲古阁刻本。《粤雅堂丛书》本。《金华丛书》本。《中国善本书目》28,174 上著录月泉吟社谷音河汾诸老诗中州集中州乐府序目小传,不分卷,清康熙金俊明抄本。

(2)《嘉靖浦江志略》

月泉吟社集,潜斋吴渭清翁所作也,凡一卷,板刻存于吴氏。

(3)《地方经籍志汇编》第三十一册

《金华经籍志》二十四卷之卷二十二　胡宗楙编(民国十四1925 年)永康胡氏梦选楼刻本

月泉吟社一卷　宋浦江吴渭编　官义乌令

见绛云楼书目元史艺文志　存

四库书目提要云:(笔者注:前面已有,此处略。)

宗楙按:月泉在浦江县西二里,其泉视月盈虚为消长。宋政和间县令孙潮疏为曲池。咸淳时县令王霖龙构精舍于泉上。元改为书院。至元丙戌丁亥,立社征诗揭榜后,罗公福名列第一,刻为诗录并附摘句。明正统其裔孙克文得旧本重刻。嘉靖时有覆本,毛子晋据以校刊,凡二卷。方韶卿遗集、金华诗录、诗词杂俎、续艺圃及金华丛书并坿刊入。

《金华文粹书目提要八卷》　　(清)胡凤丹编

月泉吟社一卷(笔者按:其他文字同四库提要,此处略。)

(4)《说郛三种》弓八十四本　(元)陶宗仪等编

月泉吟社,潜斋吴渭。有社规、誓诗坛文、诗评,列举了前三名的诗作及评语。《诗评》不完整,少了"岁强圉大渊献修禊节,婺月泉吴渭拜手书,时元之前至元二十四年也"。

(5)东洋文化研究所所藏汉籍目录

集·总集·题咏

月泉吟社一卷　宋吴渭辑《重较说郛》[D009710]第八十四丛书部·杂丛·6 第11帙

月泉吟社一卷　宋吴渭辑　虞山毛氏汲古阁刊本 集部·总集·29　1帙2册

月泉吟社一卷

月泉吟社送诗赏小札一卷　宋吴渭辑　粤雅堂丛书初编第二集 丛书部·杂丛·28 第3帙

月泉吟社回送诗赏札一卷

月泉吟社三卷　宋吴渭辑　金华丛书集部 丛书部·郡邑·8 第17帙

月泉吟社一卷　宋吴渭辑　丛书集成初编景诗词杂俎本 丛书部·杂丛·141 第63帙

月泉吟社一卷　(宋)吴渭/撰 说郛三种[D009710]第八十四景印本 丛书部—杂丛—6.8 第7册

月泉吟社诗一卷 (宋)吴渭/编 景印文渊阁四库全书 丛书部·杂丛·210 第1359册

月泉吟社一卷 (宋)吴渭/辑　诗词杂俎 仓石文库:50013

月泉吟社二卷　(宋)吴渭/编　和刻本汉诗集成总集篇第四辑　用享和二年(1802)江户瑞玉堂大和田安兵卫、星阁角丸屋甚

助刊本景印 和刻本汉诗集成总集篇第四辑 集部·总集·2034 第4 册

(6)《全明分省分县刻书考》　杜信孚、杜同书编 江苏家刻卷

《月泉吟社》一卷　元吾丘衍撰

笔者按：此为编者误。该书名前面有宋吴渭辑，书名后是《学古编一卷》。吾丘衍应该是《学古编》的作者，吴渭为《月泉吟社》的编者。

参 考 文 献

一、目录题跋类:

1. 上海图书馆编《中国丛书综录》,上海:上海古籍出版社,1982 年。

2. 施廷镛撰《中国丛书综录续编》,北京:北京图书馆出版,2003 年。

3. 中国社科院图书馆编《续修四库全书总目提要》,济南:齐鲁书社,1996 年。

4. 王重民撰《中国善本书提要》,上海:上海古籍出版社,1983 年。

5. 丛书集成初编者编《丛书集成初编目录》,北京:中华书局,1983 年。

6. (清)永瑢、纪昀等编《四库全书总目提要》,北京:中华书局,1983 年。

7. 阳海清编撰《中国丛书广录》,武汉:湖北人民出版社,1999 年。

8. 中华书局编辑部编《宋元明清书目题跋丛刊》,北京:中华书局,2006 年。

9. 冯惠民、李万健等选编《明代书目题跋丛刊》,北京:书目文献出版,1994 年。

10. 中华书局编辑部影印《清人书目题跋丛刊》,北京:中华书

局,1993 年

　　11. 程仁桃选编《清末民国古籍书目题跋七种》,北京:国家图
书馆出版,2009 年。

　　12. 贾贵荣、王冠辑《宋元版本书目题跋辑刊》,北京:北京图
书馆出版社,2003 年。

　　13. 国家图书馆编《国家图书馆藏古籍题跋丛刊》,北京:北京
图书馆出版社,2002 年。

　　14. 傅增湘撰《藏园群书经眼录》,北京:中华书局,1983 年。

　　15. 钟肇鹏选编《宋明读书记四种》,北京:北京图书馆出版
社,1998 年。

　　16. (清)吴寿旸撰,郭立暄标点《拜经楼藏书题跋记》,上海:
上海古籍出版社,2007 年。

　　17. 李盛铎著,张玉范整理《木樨轩藏书题记及书录》,北京:
北京大学出版社,1985 年。

　　18. 缪荃孙、刘承干、吴昌绶、董康撰,吴阁整理点校《嘉业堂
藏书志》,上海:复旦大学出版社,1997 年。

　　19. 邵懿辰撰,邵章续录《增订四库简明目录标注》,上海:上
海古籍出版社,1979 年。

　　20. (明)陶宗仪等编《说郛三种》,上海:上海古籍出版社,
1998 年。

　　21. 张之洞撰,范希增补正《书目问答补正》,上海:上海古籍
出版社,2001 年。

　　22. (民国)孙殿起编《贩书偶记》,上海:上海书店,1992 年。

　　23. (清)王文进著,柳向春标点《文禄堂访书记》,中国历代书
目题跋丛书(第二辑),上海:上海古籍书店,2007 年。

　　24. 中国古籍善本书目编辑委员会编《中国古籍善本书目》,

上海:上海古籍出版社,1998年。

25.国立故宫博物院编辑《国立故宫博物院善本旧籍总目》,台北:国立故宫博物院,1983年。

26.北京图书馆编《北京图书馆古籍善本书目》,北京:书目文献出版社,1987年。

27.中国科学院图书馆编《中国科学院图书馆藏中文古籍善本书目》,北京:科学出版社,1994年。

28.(清)莫友芝撰,傅增湘订补《藏园订补邵亭知见传本书目》,北京:中华书局,1993年。

29.杜信孚、杜同书编《全明分省分县刻书考》,北京:线装书局,2001年。

30.(清)丁日昌撰,路子强、王雅新标点,杜泽逊审察《持静斋书目》,中国历代书目题跋丛书(第三辑),上海:上海古籍出版社,2008年。

31.贾贵荣、杜泽逊辑《地方经籍志汇编》,北京:北京图书馆出版社,2008年。

32.祝尚书著《宋人总集叙录》,北京:中华书局,2004年。

33.雒竹筠遗稿,李新干补编《元史艺文志辑本》,北京:北京燕山出版社,1999年。

34.东洋文化研究所所藏汉籍目录 http://www3. ioc. u – toky-o. ac. jp/kandb. html

35.中华古籍善本国际联合书目系统,http://res4. nlc. gov. cn/home/index. trs? method = redirect&channelid = 630&url = front; cnAncientBook;help

二、史书、方志类:

36.(明)程敏政辑《宋遗民录》,北京:中华书局,知不足斋丛书本。

37.（明）宋濂等撰《元史》，北京：中华书局，2000年。

38.（清）万斯同辑《宋季忠义录》，四明丛书本。

39.（元）脱脱等撰《宋史》，北京：中华书局，1977年。

40.（清）陆心源辑撰《宋史翼》，北京：中华书局，1991年。

41.（明）冯琦原编，（明）陈邦瞻纂辑《宋史纪事本末》，北京：中华书局，1955年。

42.（清）黄宗羲原著，全祖望补修，陈金生、梁运华点校《宋元学案》，北京：中华书局，1986年。

43.（清）王梓材、冯云壕辑《宋元学案补遗》，四明丛书第五集。

44.（清）胡凤丹《金华经籍志》，地方经籍志彙编，贾贵荣辑，北京：北京图书馆，2008年。

45.（明）徐象梅撰《两浙名贤录》，明天启刻本影印，续修四库全书史部第一一五册。

46.（明）郑柏辑《金华贤达传》，续金华丛书，四库全书存目丛书史部第八八册。

47.（明）应廷育辑《金华先民传》，续金华丛书，四库全书存目丛书史部第九一册。

48.丁傅靖辑《宋人轶事汇编》，北京：中华书局，1981年。

49.柯劭忞著《新元史》，北京：中国书店，1988年。

50.吕思勉著《中国史》，上海：上海古籍出版社，2006年。

51.浙江省浦江县前吴村志编委会编，吴宏定执笔《前吴村志》，杭州：浙江古籍出版社，1996年。

52.（清）善广修、张景青纂，民国五年黄志墦再增补铅印本《光绪浦江县志稿》，浦江县方志编撰委员会复印，1983年。

53.（明）毛凤韶纂修,（明）王庭兰校正《嘉靖浦江志略》,1963年上海古籍书店据明宁波天一阁藏嘉靖刻本影印,天一阁藏明代地方选刊。

54.浦江县志编纂委员会《浦江县志（1986～2000）》,杭州:浙江人民出版社,1990 年。

55.（清）毛文野修、（清）张一炜纂《康熙浦江县志》,复旦大学图书馆藏稀见方志丛刊第 12、13、14 册。

56.（明）王懋德等修《金华府志》,中国方志丛书,华中地方,第 498 号,成文出版社有限公司印行,1983 年。

57.复旦大学图书馆编《复旦大学图书馆藏稀见方志丛刊》,北京:国家图书馆出版社,2010 年。

58.北京师范大学图书馆编《北京师范大学图书馆藏稀见方志丛刊》,北京:北京图书馆出版社,2007 年。

59.成文出版有限公司编《中国方志丛书》,台北:成文出版有限公司,1970 年。

60.《天一阁藏明代方志选刊》,上海:上海古籍书店影印。

61.上海书店编《中国地方志集成》,上海:上海书店出版,2006 年。

62.吴杏春纂修《吴溪吴氏家乘小谱》,上海图书馆藏,民国三十六年（1947）木活字本。

63.王德毅等编《元人传记资料索引》,北京:中华书局,1987 年。

64.朱士嘉撰《宋元方志传记资料索引》,上海:上海古籍出版社,1986 年。

65.燕京大学引得编撰处编《辽金元传记三十种综合引得》,北京:中华书局,1987 年。

三、总集和别集类:

66. 傅璇琮等主编《全宋诗》,北京:北京大学出版社,1998 年。

67. 李修生等主编《全元文》,南京:江苏古籍出版社,1998 年。

68. (清)顾嗣立编《元诗选》,北京:中华书局,1987 年。

69. (清)厉鹗撰《宋诗纪事》,上海:上海古籍出版社,1983 年。

70. (清)吴之振等编《宋诗钞》,北京:中华书局,1986 年。

71. (清)吴景旭著《历代诗话》(下册庚集),北京:中华书局,1958 年。

72. (清)朱琰等辑《金华诗录别集》,清光绪十一年胡凤丹退补斋刻本。

73. (清)朱琰等辑《金华诗录》,清乾隆三十八年金华府学刻本。

74. (明)阮元声、(明)戴应鳌辑《金华诗粹》,四库存目丛书集部第三百七十册。

75. (明)赵鹤辑《金华正学篇》,四库存目丛书集部二百九十七册。

76. (明)金江辑《义乌人物记》,四库全书存目丛书史部第九十五册。

77. (清)陶元藻著《全浙诗话》,续修四库全书集部第一七〇三册。

78. (清)王士禛著《池北偶谈》(上下),北京:中华书局,1982 年。

79. 孔凡礼辑《宋诗纪事续补》,北京:北京大学出版社,1987 年。

80. 吴文治主编《宋诗话全编》,南京:江苏古籍出版社,

1998 年。

81. 全国高校古籍整理研究委员会编《全明诗》,上海:上海古籍出版社,1990 年。

82. (宋)谢翱著《晞发集》,文渊阁四库全书本。

83. (宋)谢翱著《晞发遗集》,文渊阁四库全书本。

84. (宋)方凤著,方勇辑校《方凤集》,杭州:浙江古籍出版社,1993 年。

85. (宋)连文凤著《百正集》,丛书集成初编本。

86. (宋)林景熙著,陈增杰校注《林景熙诗集校注》,杭州:浙江古籍出版社,1998 年。

87. (元)白珽撰《湛渊静语》,笔记小说大观第六编第 4 册至第 6 册,台北:新兴书局。

88. (元)仇远撰《山村遗稿》,文渊阁四库全书本。

89. (元)仇远撰《金渊集》,丛书集成初编本。

90. (元)白珽撰《湛渊遗稿》,丛书集成初编本。

91. (元)柳贯著,柳遵杰点校《柳贯诗文集》,杭州:浙江古籍出版社,2004 年。

92. (元)柳贯撰《柳待制文集》,四部丛刊初编本。

93. (元)黄溍著,王颋点校《黄溍全集》(上、下),天津:天津古籍出版社,2008 年。

94. (元)黄溍撰《黄文献集》,丛书集成初编本。

95. (元)黄溍撰《金华黄先生文集》,续修四库全书本。

96. (元)吴莱撰《渊颖吴先生集》,四部丛刊初编本。

97. (元)吴莱撰《渊颖集》,丛书集成初编本。

98. (明)宋濂撰《宋学士全集》,丛书集成初编本。

99. (明)宋濂撰《宋景濂未刻集》,文渊阁四库全书本。

100.（明）宋濂著，罗月霞主编《宋濂全集》，上海：浙江古籍出版社，1999 年。

四、其他类：

101. 方勇著《南宋遗民诗人群体研究》，北京：人民出版社，2000 年。

102. 王兆鹏著《宋南渡词人群体研究》，南京：凤凰出版社，2009 年。

103. 欧阳光著《宋元诗社研究丛稿》，广州：广东高等教育出版社，1996 年。

104. 郭英德著《中国古代文人集团与文学风貌》，北京：北京师范大学出版社，1998 年。

105. 陈文新著《中国文学流派意识的发生和发展》，武汉：武汉大学出版社，2007 年。

106. 张宏生著《感情的多元选择》，北京：现代出版社，1990 年。

107. 么书仪著《元代文人心态》，北京：文化艺术出版社，2001 年。

108. 徐子方著《大俗小雅——元代文人心态史》，石家庄：河北教育出版社，2001 年。

109. 邓绍基著《元代文学史》，北京：人民文学出版社，2006 年。

110. 查洪德、李军编著《元代文学文献学》，北京：中国社会科学出版社，2002 年。

111. 王水照、熊海英著《南宋文学史》，北京：人民出版社，2009 年。

112. 程千帆、吴新雷撰《两宋文学史》，上海：上海古籍出版社,1991 年。

113. 刘达科著《辽金元诗文史料述要》,北京:中华书局,2007 年。

114. 杨镰著《元代文学编年史》,太原:山西教育出版社,2005 年。

115. 杨镰著《元诗史》,北京:人民文学出版社,2003 年。

116. 顾建华著《中国元代文学史》,北京:人民文学出版社,1994 年。

117. 钱基博著《中国元代文学史》,湖南蓝田新中国书局发行,中华民国三十二年(1943)。

118. 郭预衡主编《中国古代文学史长编》,上海:上海古籍出版社,2007 年。

119. 刘师培著《中国中古文学史讲义》,南京:江苏文艺出版社,2008 年。

120. 袁行霈主编《中国文学史》,北京:高等教育出版社,2001 年。

121. 东北师范大学中文系编写《中国古代文学作品选讲》,长春:吉林文史出版社,1987 年。

122. 黄士吉主编《中国古代文学》,延安:延边大学出版社,1994 年。

123. 查洪德、李修生著《辽金元文学研究》,北京:北京出版社,2003 年。

124. 沈祥源、王文生著《宋元文学史》,武汉:武汉大学出版社,2009 年。

125. 林庚著《中国文学简史》,北京:清华大学出版社,2007 年。

126. 章培恒、骆玉明主编《中国文学史新著》，上海：复旦大学出版社，2007 年。

127. 罗宗强、陈洪主编，张毅著《中国古代文学发展史》，天津：南开大学出版社，2003 年。

128. 郭英德、过常宝著《中国古代文学史》，成都：四川人民出版社，2003 年。

129. 于非主编《中国古代文学史》，北京：高等教育出版社，1988 年。

130. 陈向春编《中国古代文学史》，长春：东北师范大学出版社，2005 年。

131. 曹础基主编《中国古代文学》，广州：广东高等教育出版社，2004 年。

132. 泽田总清著《中国韵文史》，上海：商务印书馆，1998 年。

133. 萧华荣著《中国诗学思想史》，上海：华东师范大学出版社，1996 年。

134. 游国恩等编《中国文学史》，北京：人民文学出版社，2002 年修订本。

135. 刘大杰著《中国文学发展史》，上海：上海古籍出版社，1984 年。

136. 陈良运著《中国诗学批评史》，南昌：江西人民出版社，2001 年。

137. 汪涌豪、骆玉明主编《中国诗学》，上海：东方出版中心，2008 年。

138. 龙榆生著《中国韵文史》，上海：上海古籍出版社，2002 年。

139. 张涤云著《中国诗歌通论》，杭州：浙江大学出版社，

2006 年。

140. 张晶著《辽金元诗歌史论》，长春：吉林教育出版社，1995 年。

141. 袁行霈、孟二冬、丁放著《中国诗学通论》，合肥：安徽教育出版社，1994 年。

142. 顾易生、蒋凡、刘明今著《宋金元文学批评史》，上海：上海古籍出版社，1996 年。

143. 范文澜著《中国通史》，北京：人民出版社，1978 年。

144. 韩儒林主编《元朝史》，北京：人民出版社，1986 年。

145. 金普森、陈剩勇主编《浙江通史》，杭州：浙江人民出版社，2005 年

146. 朱荣智著《元代文学批评之研究》，台北：台湾联经出版事业公司，1982 年。

147. 北京师范大学古籍所编《元代文化研究》，北京：北京师范大学出版社，2001 年。

148. 王学泰编著《中国古典诗歌要籍丛谈》，天津：天津古籍出版社，2004 年。

149. 洪修平著《禅宗思想的形成与发展》，南京：江苏古籍出版社，1992 年。

150. 李裕民主编《道教文化研究》，北京：书目文献出版社，1995 年。

151. 徐兆仁著《道教与超越》，北京：中国华侨出版公司，1991 年。

152. 任继愈著《中国道教史》，北京：中国社会科学出版社，2001 年。

153. 中华文化通志编委会编《中华文化通志》，上海：上海人

民出版社,1998 年。

154. 金梅著《理想的艺术境界》(傅雷卷),深圳:海天出版社,
2006 年。

155. 袁行霈著《中国文学概论》,北京:高等教育出版社,
1990 年。

156. 曾大兴著《中国历代文学家之地理分布》,武汉:湖北教
育出版社,1995 年。

157. 狄其骢、王汶成、凌晨光主编《文艺学通论》,北京:高等
教育出版社,2005 年。

158. 李志宏主编《文学通论原理》,长春:吉林大学出版社,
2009 年。

159. 李剑锋著《元前陶渊明接受史》,济南:齐鲁书社,
2003 年。

160. 王明辉著《陶渊明研究史论略》,石家庄:河北大学博士
论文,2003 年。

161. 吴国富著《论陶渊明的中和》,上海:上海古籍出版社,
2007 年。

162. 於泓枚撰《宋明遗民诗歌创作心理比较研究》,金华:浙
江师范大学硕士学位论文,2004 年。

163. 徐永明著《元代至明初婺州作家群研究》,北京:中国社
科出版社,2005 年。

164. 张毅著《宋代文学思想史》,北京:中华书局,1995 年。

165. 敏泽主编《中国文学思想史》,长沙:湖南教育出版社,
2004 年。

166. 罗立刚著《宋元之际的哲学与文学》,上海:复旦大学出
版社,1999 年。

167. 许总著《宋明理学与中国文学》,南昌:百花洲文艺出版社,

168. 程明生著《宋代地域文化》,开封:河南大学出版社,1997年。

169. 白寿彝主编《中国通史》,上海:上海人民出版社,2004年。

170. 葛剑雄主编《中国人口史》,上海:复旦大学出版社,2005年。

171. 白寿彝著《中国交通史》,北京:商务印书馆,1998年。

172. 葛剑雄、曹树基、吴松弟《简明中国遗民史》,福州:福建人民出版社,1993年。

173. 梅新林著《中国古代文学地理形态与演变》,上海:复旦大学出版社,2006年。

174. 周扬波著《宋代士绅结社研究》,北京:中华书局,2008年。

175. 张剑、吕肖奂、周扬波著《宋代家族与文学研究》,北京:中国社会科学出版社,2009年。

176. 徐远和著《理学与元代社会》,北京:人民出版社,1992年。

177. 谢国桢著《明清之际党社运动考》,沈阳:辽宁教育出版社,1998年。

178. 赵以武著《唱和诗研究》,兰州:甘肃文化出版社,1997年。

179. 傅晓静著《唐五代"民间私社研究"》,北京:经济科学出版社,2008年。

180. 赵园著《明清之际士大夫研究》,北京:北京大学出版社,

1999 年。

181. 何宗美著《明末清初文人结社研究》,天津:南开大学出版社,2003 年。

182. 何宗美著《明末清初文人结社研究续编》,北京:中华书局,2006 年。

183. 张仲谋著《清代文化与浙派诗》,北京:北京大学出版社,1999 年。

184. 冷金成著《隐士与解脱》,北京:作家出版社,1997 年。

185. 孙适民、尹飞舟著《中国隐逸文化》,长沙:湖南人民出版社,1997 年。

186. 吴小龙著《适性任情的审美人生:隐逸文化与休闲》,昆明:云南人民出版社,2005 年。

187. 张立伟著《归去来兮——隐逸的文化透视》,北京:三联书店,1995 年。

188. 牟宗三著《生命的学问》,桂林:广西师范大学出版,2005 年。

189. 宗白华著《美学散步》,上海:上海人民出版社,1981 年。

190. 刘海峰、李兵著《中国科举史》,上海:东方出版中心,2004 年。

191. 常德增、刘雪君编著《科举与书院》,济南:山东教育出版社,2009 年。

192. 金滢坤著《中晚唐五代科举与社会变迁》,北京:人民出版社,2009 年

193. (日)高津孝著,潘世圣等译《科举与诗艺:宋代文学与士人社会》,上海:上海古籍出版社,2005 年。

194. 金净著《科举制度与中国文化》,上海:上海人民出版社,

1990 年。

　　195. 钟林武著《山水田园诗派研究》,沈阳:辽宁大学出版社,1999 年。

　　196. 葛晓音著《山水田园诗派研究》,沈阳:辽宁大学出版社,1993 年。

　　197. 王凯著《自然的神韵:道家精神与山水田园》,北京:人民出版社,2006 年。

　　198. 曹治邦著《中国古代山水田园诗史》,兰州:甘肃人民出版社,1998 年。

　　199. 严云受著《诗词意象的魅力》,合肥:安徽教育出版社,2003 年。

　　200. 赵沛霖著《兴的源起——历史积淀与诗歌艺术》,北京:中国社会科学出版社,1987 年。

　　201. 周晓琳、刘玉平著《空间与审美——文化地理视域中的中国古代文学》,北京:人民出版社,2009 年。

　　202. 敏泽著《形象·意象·情感》,石家庄:河北教育出版社,1987 年。

　　203. 夏之放著《文学意象论》,汕头:汕头大学出版社,1993 年。

　　204. 夏昭炎著《意境概说》,北京:北京广播学院出版社,2003 年。

　　205. 蔡英俊等著《意象的流变》,台北:联经出版事业公司,1982 年。

　　206. 李健著《比兴思维研究——对中国古代一种艺术思维方式的美学考察》,合肥:安徽教育出版社,2003 年。

　　207. 胡雪冈著《意象范畴的流变》,南昌:百花洲文艺出版社,

2009 年。

208. 许兴宝著《人物意象研究——唐宋词的另一种关注》,北京:中国社会科学出版社,2007 年。

209. 童庆炳著《中国古代心理诗学与美学》,北京:中华书局,1992 年

210. 黄俊杰主编,陈昭瑛著《儒家美学与经典诠释》,上海:华东师范大学出版社,2008 年。

211. 陈植锷著《诗歌意象论——微观诗史初探》,北京:中国社会科学出版社,1990 年。

212. 王立著《心灵的图景——文学意象的主题史研究》,上海:学林出版社,1992 年。

213. 居阅时、瞿明安著《中国象征文化》,上海:上海人民出版社,2001 年。

214. 童庆炳著《童庆炳谈审美心理》,开封:河南大学出版社,2008 年。

215. 攀美筠著《中国传统美学的当代阐释》,北京:北京大学出版社,2006 年。

216. 赵山林著《诗词曲艺术论》,杭州:浙江教育出版社,1998 年。

217. 徐梓著《元代书院研究》,北京:社会科学文献出版社,2000 年。

218. 陈元晖、王炳照著《中国古代的书院制度》,上海:新华书店上海发行所发行,1981 年。

219. 张红著《元代唐诗学研究》,长沙:岳麓书社,2006 年。

220. 中华文化复兴运动推行委员会主编《中国史学论文选集》(第二辑),幼狮文化事业公司印行,1986 年。

221. 李曰刚著《中国诗歌流变史》(全二册),台北:文津出版社民国 76 年(1987)。

222. 祝丰年、祝小惠著《宋代官吏制度》,北京:中国社会出版社,2007 年。

223. 龚延明编《宋代官制辞典》,北京:中华书局,1997 年。

224. 徐连达主编《中国历代官制大词典》,广州:广东教育出版社,2002 年。

225. 葛剑雄著《中国历代疆域的变迁》,上海:商务印书馆,1997 年。

226. 陈冠梅著《谷音研究》,北京:东方出版社,2007 年。

227. 刘达科、阎凤梧著《河汾诸老研究》,太原:山西人民出版社,1993 年。

228. 启功著《诗文声律论稿》,北京:中华书局,2002 年。

229. 田兆元著《神话与中国社会》,上海:上海人民出版社,1998 年。

230. 王琦珍著《黄庭坚与江西诗派》,南昌:江西高校出版社,2006 年。

231. 周绍明著《书籍的社会史》,北京:北京大学出版社,2009 年。

232. 萧丽华著《元诗之社会性与艺术性研究》(上下),《古典诗歌研究彙刊》第五辑,龚鹏程主编,台北:花木兰文化出版社,2009 年。

233. 郑传杰著《宋儒王应麟》,宁波:宁波出版社,2009 年。

234. 冉苒著《取名与心理》,贵阳:贵州人民出版,2001 年。

235. 丘桓兴著《中国民俗采英录》,长沙:湖南文艺出版社,1987 年。

236. 韦春喜著《宋前咏史诗史》，北京：中国社会科学出版社，2010 年。

237. 王金寿著《中国古代文学传播概论》，兰州：甘肃教育出版社，2009 年。

238. 张润静著《唐代咏史怀古诗研究》，上海：上海三联出版社，2009 年。

239. 黄永武著《中国诗学考据篇》，台北：巨流图书公司印行，2008 年。

240. 杨春俏著《诗赋取士背景下的诗国风貌》，北京：光明日报出版社，2009 年。

241. 钱钟书著《谈艺录》，上海：生活·读书·新知三联书店，2007 年。

242. 沈云龙主编《近代中国史料丛刊》，台北：文海出版社，1989 年。

243. (清)吴伟业著《吴梅村全集》，上海：上海古籍出版社，1990 年。

244. (清)陈廷焯撰《白雨斋词话》，上海：上海古籍出版社，1984 年。

245. 王铁著《中国东南的宗族与宗谱》，上海：汉语大辞典出版社，2002 年。

246. 朱丽霞著《清代松江府望族与文学研究》，上海：上海古籍出版社，2006 年。

247. 吴晓著《主观的意象与客观的意象——诗学新解》，北京：中国社会科学出版社，1990 年。

248. (明)李诩撰《戒庵老人漫笔》，北京：中华书局 1982 年排印本。

249. 祝尚书著《宋代科举与文学》，北京：中华书局，2008 年。

250. 张伯伟著《全唐五代诗格汇考》，南京：江苏古籍出版社，2002 年。

251. 顾明远编撰《中国教育大系》，武汉：湖北教育出版社，2004 年。

后　记

　　本书稿是在我的博士学位论文基础上修改而成的。三年紧张又充实的学习生活已成为求学生涯中的美好回忆，我的学术研究之路却刚扬帆起航，因为导师方勇先生常常教诲我们：学术之路很漫长，博士论文只是一个起点，以后的路要靠自己去摸索。

　　写完论文，收获的不仅仅是学位，更多的是感动与感恩：

　　感谢导师方勇先生。既没有家学的渊源，也没有幼年立志的打磨，是我最大的遗憾与感慨。多亏了方勇师不计学生的才疏学浅，收留门下，我才有了在国学深邃的殿堂进一步探索的机会，才有了樱桃河畔之缘。每当想起考博备战时的茫然与艰辛，便对老师的再造之恩充满了无尽的感激。入学之时，我遵从方先生的嘱托，以月泉吟社为毕业论文研究对象。在导师的关心和悉心指导下，经过三年的努力，论文终于得以圆满完成。忘不了，一次次师门会面，导师语重心长的谆谆教诲。

　　感谢指导和帮助过我的老师。每当遇到挫折时，硕导陈文华教授总能为我撩开云雾，给我信心。每当遇到疑难和困惑时，论文评阅老师王兆鹏教授总是细致入微地为我指点迷津，给我方向。朱玉麒教授、严佐之教授在课堂传授的方法和经验，也为我启迪了不少治学的门径。论文的完善还离不开方智范教授、朱惠国教授、徐志啸教授、邵炳军教授、高华平教授、黄人二教授、彭国忠教授等先生的指导和帮助，他们为论文的开题、答辩提出了诸多宝贵意见,付出了辛勤的汗水。

在论文的撰写过程中,我曾数次到浦江进行实地考察,得到了浦江有关人士的热情接待和大力支持。借此向浦江县月泉文化遗址建设工程领导小组的施振强县长、县委常委郑文红副县长、县委常委宣传部钱海乐部长、县文学艺术界联合会何金海书记、浦江文史馆张文德先生,以及所有热情关心和帮助过我的浦江朋友们,致以最诚挚的谢意! 本书稿还获得了南昌大学社会科学学术著作出版基金项目立项(项目批准号为 11XCZ17)。人民出版社孙兴民老师为本书稿的出版花费了许多心血,在此一并致以最衷心的感谢!

忘不了,一个个苍茫夜色里,路灯下与同门讨论的情景。忘不了,樱桃河畔那一抹粉红的夕阳,以及夕阳下与我同欢喜、同迷茫、同奋斗的好友们! 时光飞逝,转眼十载,丽娃变樱桃。忆往昔,皆如梦,唯有杨柳依旧。独上西楼,迢迢路,故园已朦胧。泪也罢,欢也罢,岁月总无声。花季流淌,世事沧桑,而立渐不惑。盼也罢,惜也罢,流水仍无情。收起惆怅,留住唏嘘,感念子瞻,烟雨任平生!

邹　艳

2012 年 12 月 24 日于南昌